Un océan de mensonges

Antoine PRIOLO

À ma femme et à ma fille.

Chapitre I

Mauvaise surprise

C'est par une belle et chaude journée de juin que bascula la vie de Vincent Delorme, P .D. G. d'Intercomp, une société informatique spécialisée dans les systèmes de protection des données. Vers dix-huit heures trente, il quitta son bureau de Sophia-Antipolis, la grande technopole azuréenne située au nord d'Antibes, sur la Côte d'Azur, pour rejoindre son domicile sur les hauteurs de la ville. Après une bonne demi-heure d'un trajet embouteillé, il arriva devant le portail de la villa *Bella Vista*, perchée au sommet d'une colline, d'où l'on avait une vue panoramique sur la côte et la Méditerranée. Vincent Delorme, las après une éprouvante journée, ne remarqua pas immédiatement le portail entrouvert. Ce n'est qu'après avoir actionné la télécommande d'ouverture qu'il leva les yeux vers celui-ci et s'en aperçut. Étonné, il fronça les sourcils, s'impatienta devant la lenteur avec laquelle le lourd panneau métallique glissa sur son rail, s'engagea rapidement dans l'allée qui conduisait au garage et immobilisa son véhicule à l'intérieur d'un espace assez grand pour contenir jusqu'à trois voitures. La petite citadine de sa femme Jennifer était là, bien rangée sur son emplacement. Vincent sortit rapidement de l'habitacle et pressa le pas vers la porte du fond qui ouvrait l'accès à la buanderie et de là, à la cuisine puis au vaste salon salle à manger.

— Jennifer, je suis rentré chérie ! lança-t-il d'une voix forte qui résonnait à travers toute la maison.

Vincent posa l'attaché-case, qu'il emportait tous les soirs du bureau, dans un coin de la large entrée qui desservait les pièces du rez-de-jardin et d'où partait un non moins large escalier vers l'étage supérieur. L'entrée ouvrait directement sur le salon salle à manger, sur la droite. La partie salle à manger était à gauche en entrant, tandis que le salon, en face, se trouvait en contrebas de trois marches basses et larges, disposées en arcs de cercle. Contre le mur de droite se dressait l'âtre d'une belle cheminée de style contemporain. Un magnifique et immense canapé de cuir blanc épousait parfaitement l'arc de l'escalier. Un buffet bas entièrement recouvert de cuir blanc lui aussi, trouvait sa place sur l'autre pan de mur qui jouxtait l'entrée et faisait face à de grandes baies vitrées, au-delà desquelles s'étendait une grande terrasse couverte de lattes de bois exotique, protégée du soleil par d'immenses stores à la toile écrue. Au bout de la terrasse, une immense piscine à débordement surplombait le terrain en restanques complanté d'oliviers plusieurs fois centenaires. Après, il n'y avait plus que la ville, la baie de Golfe-Juan, Cannes et les îles de Lérins. Les Delorme faisaient partie de la bourgeoisie locale et étaient sinon riches, du moins très aisés. Vincent Delorme était l'aîné d'une fratrie de deux enfants dont le père était l'héritier d'une très riche famille d'industriels du Nord, qui devaient leur fortune au textile jusque dans les années soixante-dix. Il avait une sœur,

deux ans sa cadette, qui était elle-même chef
et avait créé sa marque de vêtements et sous-
pour femmes.

Vincent entra dans la pièce, se dirigea vers l'escalier
du salon, s'arrêta net, pris d'un frisson qui lui glaça le sang.
Les pièces de l'échiquier posé sur la large table basse
étaient éparpillées au sol, sur le confortable tapis couleur
sable. À droite de la cheminée, une colonne rectangulaire,
qui supportait une sculpture contemporaine en bronze
représentant une femme effilée, sans visage, était renversée
à même le sol en béton ciré de couleur anthracite. La statue
avait été projetée jusqu'au pied du buffet. Le plus
inquiétant était le tisonnier étendu au pied de la cheminée,
sur le sol, à cheval sur le tapis . L'extrémité, pourvue d'un
bec, était couverte de ce qui était , selon toute
vraisemblance, du sang !

— Jennifer ! hurla Vincent, conscient qu'il s'était
produit quelque chose de grave.

Il essaya de ne pas paniquer, de garder la tête froide,
de ne pas imaginer le pire. Ce n'était pas évident, mais il le
fallait. Où étaient Jennifer et Tara, sa fillette de deux ans ?
Et la chienne, Lana ? À qui appartenait ce sang sur le
tisonnier ? Jennifer aurait pu se blesser toute seule après
tout. Pourquoi alors tout ce désordre ? Il fallait les
retrouver. Vincent quitta le salon, enjamba quatre à quatre
les escaliers jusqu'à l'étage, fonça droit à travers un couloir
jusqu'à la porte de leur chambre, en criant :

— Jenny ! Tu es là ? Jenny, Lana ! Où êtes-vous ?!

Il s'immobilisa, tourna la poignée, hésita un
moment avant de l'ouvrir, de peur de ce qu'il pourrait y

trouver. Il poussa la porte, prit une grande respiration et poussa un ouf de soulagement : la pièce était vide, propre et bien rangée. Il fit demi-tour, ouvrit tour à tour la porte de la chambre de Tara, leur fillette, vide elle aussi, celle de la chambre d'amis, sans plus de succès et enfin celle du bureau où là aussi tout était en ordre. Où pouvaient-elles bien être ? Une violente angoisse l'étreignit soudain, imaginant le pire pour sa femme et son enfant. Il s'élança vers l'escalier, déboula dans l'entrée, fonça à travers la cuisine jusqu'à la buanderie, ouvrit une porte qui donnait sur un escalier assez raide et étroit qui menait au sous-sol de la villa. Il cria :

— Jennifer ! Tu es là mon amour ?!

Il attendit quelques secondes, dans l'espoir d'entendre la douce voix de son épouse, en vain. Il appela sa chienne, avec l'espoir qu'elle sortirait de sa cachette.

— Lana ! viens ma fifille ! Viens voir Papa ! Lana !

Il soupira, descendit l'escalier à la hâte, arriva dans une pièce spacieuse, avec une large fenêtre, aux murs de parpaings et de béton brut, sur lesquels s'adossaient des rangées d'étagères métalliques encombrées du bric-à-brac que l'on retrouve à peu près chez tout un chacun : conserves maison de fruits et légumes, boîtes de conserve industrielles, outillage, jouets obsolètes, chaises de bois et paille héritées des grands-parents, boîtes à chaussures utilisées pour le rangement d'un tas de petits objets, que l'on ne veut surtout pas jeter, dans l'espoir qu'un jour ils serviront et qui finiront sans doute à la benne. Vincent fouilla tous les recoins du sous-sol qui, en plus de cette première pièce, en comptait deux autres, plus petites, ainsi qu'une chaufferie, accessible également depuis l'extérieur par une porte. La villa était à flanc de colline, ce qui fait que le sous-sol était en réalité le niveau zéro côté ouest, sur le jardin en restanques. Il servirait peut-être un jour pour réaliser un appartement indépendant pour y loger un parent ou un enfant, qui sait. C'était une pratique courante dans cette région : l'on construisait une villa dont la superficie était limitée par le C.O.S. et l'on prévoyait un vaste sous-sol, très souvent de la même superficie que le reste de la maison, que l'on aménagerait plus tard, discrètement, doublant ainsi la surface habitable. Vincent dut se rendre à l'évidence : ni Jennifer ni Tara ne se trouvaient dans la maison, pas plus que la chienne. Où étaient-elles passées ? Il soupira de dépit, regarda sa montre : dix-neuf heures quarante. L'angoisse qui l'étreignait ne desserrait pas son étau. Il songea, comme pour se rassurer, que Jennifer avait pu se blesser, qu'à un moment, elle avait peut-être perdu connaissance, qu'elle avait essayé de se rattraper à la colonne supportant la statue, qu'elle avait été déséquilibrée et avait chuté sur l'échiquier. Après avoir repris ses esprits, elle avait sans doute appelé les secours qui les avaient prises en charge, elle et Tara. Elle devait se trouver à l'hôpital à cette heure. Mais alors, où se trouvait Lana ? Elle n'avait pas pu aller à l'hôpital avec sa maîtresse. Vincent Delorme prit son smartphone, chercha le numéro des urgences, tout en remontant dans le salon. Il dut refaire le numéro plusieurs fois avant d'obtenir une jeune femme qui lui dit :

— Urgences de l'hôpital de la Fontonne, bonsoir. Quel est le motif de votre appel ?

5

— Bonsoir, Mademoiselle, dit Vincent d'une voix tremblante. Je voudrais savoir si madame Jennifer Delorme a été admise chez vous aujourd'hui, s'il vous plaît.

— Un instant, je vous prie.

Il y eut un silence, suivi de la musique des quatre saisons de Vivaldi. Après un court laps de temps, la voix féminine résonna à nouveau :

— Allô, Monsieur ?

— Oui.

— Je suis désolé, nous n'avons pas de Jennifer Delorme dans nos services.

Vincent ne savait pas s'il devait prendre cela comme une bonne ou une mauvaise nouvelle. Qu'elle ne soit pas à l'hôpital était en soi plutôt une bonne nouvelle, mais cela ne lui disait pas où elle se trouvait.

— Si elle s'est blessée dans la journée, habitant sur Antibes, aurait-elle pu être transportée ailleurs que chez vous ? demanda-t-il.

— Normalement non, sauf si son cas n'est pas trop grave et qu' elle ait insisté pour être conduite dans une clinique privée. Vous devriez peut-être chercher de ce côté-là. Ce sera tout, monsieur ?

— Oui, je vous remercie.

Vincent passa la demi-heure suivante à contacter toutes les cliniques privées du secteur, sans résultat.

Vingt heures quinze. Vincent hésitait à contacter ses parents, ne voulant pas les inquiéter inutilement. Il songea que de toute façon, si Jennifer était allée chez eux, elle ou ils, auraient cherché à le contacter et lui auraient au moins laissé un message sur répondeur. Même chose si elle était chez l'une de ses amies. Il n'avait plus personne à contacter. Les parents de Jennifer étaient morts depuis longtemps dans un accident d'avion en Afrique. Il dut se résoudre à contacter la police, l'espoir de retrouver sa femme et son enfant s'amenuisant avec le temps.

§

Trois véhicules s'étaient engouffrés dans l'allée de la villa. Deux étaient banalisés et le troisième arborait les couleurs de la police. Vincent devina, aux gyrophares qui éclairaient la rue, que d'autres s'y trouvaient, au-delà du mur et de la haie de cyprès de la propriété. C'est sans doute à ce moment précis qu'il prit conscience de la situation dans laquelle il était plongé depuis près de deux heures. Le heurtoir de la porte d'entrée fut frappé plusieurs fois avec force et il entendit une voix puissante hurler :

— Monsieur Delorme, Police ! Ouvrez, s'il vous plaît !

Vincent, fatigué, abasourdi et abattu, miné par l'angoisse et la peur, était maintenant dans un état second, incapable de garder le contrôle de ses émotions qui le submergeaient et faisaient naître en lui les idées les plus noires. Il entendait les coups sourds du heurtoir contre la porte, les cris du policier lui intimant l'ordre d'ouvrir, mais était dans l'impossibilité de bouger, prostré devant le spectacle de ces gyrophares qui n'annonçaient rien de bon. Tout se brouilla dans son esprit. Les pensées les plus terribles, les plus folles, les plus macabres se bousculaient en lui, l'oppressant, l'empêchant de respirer. Il entendait les battements de son cœur qui s'accéléraient, ressentait une vague brûlante envahir tout son être. Devant ses yeux, tout se mit à tourner de plus en plus vite, de plus en plus flou, jusqu'à ce que le noir fasse place à la lumière...

§

— Monsieur Delorme ? Vous m'entendez ?

La voix était masculine, s'exprimait calmement, posément. Vincent entendit les battements de son cœur, le souffle de sa propre respiration. Celle-ci était rapide, irrégulière. Il avait la nausée. Une forte odeur d'ammoniac emplissait ses narines.

— Il revient à lui ? entendit-il prononcer d'une voix grave.

— Oui, tout doucement.

— Ok toubib, remettez-le-moi sur pied, j'ai besoin de l'interroger.

— Soyez patient, c'est l'affaire de quelques minutes.

Vincent ouvrit les yeux, saisit la main du médecin qui était en train de le ranimer et l'éloigna doucement de son nez.

— Je crois que c'est bon docteur, lui dit-il. Vous allez finir par me cramer les sinus avec ce truc.

Il vit un énorme visage se pencher au-dessus de lui, portant un collier de barbe, qui le regardait comme on regarde une bête curieuse, un petit sourire aux coins des lèvres.

— Bon retour parmi nous, monsieur Delorme. Je suis le capitaine Castillo. Vous vous sentez mieux ?

— Je ne suis pas très frais, mais ça va aller, merci. Que s'est-il passé ?

— Vous semblez avoir fait un malaise. Heureusement pour vous que les baies vitrées du salon étaient grandes ouvertes.

— Vous voulez bien m'aider à me relever, dit Vincent Delorme en lui tendant le bras.

Le policier le tira vers lui. La tête de Vincent tournait. Il se campa solidement sur ses jambes et attendit, silencieux et immobile, que la situation se stabilise. Il aperçut un grand nombre de policiers qui s'affairaient dans le salon, certains habillés d'une combinaison blanche, recouverts d'une capuche et d'un masque devant la bouche.

— Ça va aller, monsieur Delorme ? demanda Castillo.

— Oui. Ça tourne un peu, ça va passer. Je vais aller m'asseoir sur le canapé, si vous le voulez bien.

— Je ne crois pas que ce soit une bonne idée, monsieur Delorme. Allez plutôt vous installer autour de la table de la salle à manger.

Vincent regarda vers le canapé les hommes qui oeuvraient autour de la cheminée et de la table basse. Il alla lentement vers une chaise. Le barbu vint s'installer face à lui. Il planta ses yeux dans les siens et demeura silencieux quelques instants. Avant de commencer à lui poser des questions, il lui dit :

— Vous vous sentez en état de répondre à quelques questions ?

— Je crois, oui. J'ai eu un malaise, sans doute parce que je n'ai rien avalé depuis ce matin.

— Vous voulez peut-être prendre le temps de manger quelque chose avant que nous parlions ?

— Non, ça va aller, capitaine. Allez-y, posez vos questions.

— Si vous me racontiez ce qui s'est passé, monsieur Delorme, que je comprenne mieux la situation.

— Oui, bien sûr.

Vincent Delorme prit le temps de remettre de l'ordre dans ses idées avant de commencer son récit :

— J'ai quitté mon bureau vers dix-huit heures trente, comme tous les soirs, et je suis arrivé ici vers dix-neuf heures. J'ai remarqué que le portail était entrouvert, ce qui m'a étonné.

— Pour quelle raison ? le coupa Castillo.

— Il se ferme automatiquement dès que l'on entre ou sort.

— Comment expliquez-vous qu'il ait été juste entrouvert ?

— Pour qu'il se retrouve dans cette position, il a fallu que quelqu'un manipule la télécommande et le bloque manuellement. Par défaut, le portail s'ouvre ou se ferme complètement.

— D'accord, continuez, dit le policier qui prenait des notes sur un petit carnet bleu, écorné.

— J'ai garé la voiture dans le garage et je suis entré dans la maison en passant par la buanderie, ce que je fais toujours. Je suis arrivé dans la cuisine, elle était vide, puis dans l'entrée où j'ai posé mon attaché-case avant de passer dans le salon. J'ai indiqué à ma femme que j'étais rentré, assez fort pour qu'elle entende même de l'étage.

— C'est là qu'elle se trouvait ?

— Non... enfin, je n'en savais rien à vrai dire. Je fais toujours ça quand j'arrive et que je ne vois pas Jennifer. Une fois en haut des escaliers du salon, j'ai remarqué qu'il y avait du désordre.

— Du désordre ? Vous pouvez préciser ?

— Les pièces de l'échiquier étaient renversées sur le tapis, la colonne qui supportait la statue en bronze était au sol elle aussi. C'est là que j'ai vu le tisonnier, qui semblait couvert de sang à son extrémité.

— Qu'avez-vous fait à ce moment précis ? Avez-vous songé à appeler la police ?

— La police ? Non, pas vraiment.

— Pour quelle raison ?

— J'ai pensé que je devais trouver Jennifer avant tout. J'ai crié son nom plusieurs fois, il me semble, sans succès. Je suis monté à l'étage et j'ai constaté que ni ma femme, ni ma fille, ni même notre chienne Lana ne se trouvaient là.

— Vous avez un chien ? Quelle race ?

— C'est une chienne, une bâtarde, mélange de labrador et d'épagneul, d'après le véto, précisa-t-il.

— Elle vit dans la maison avec vous où dans une niche, dans le jardin ?

— Une niche ? s'étonna Delorme. Il y a encore des gens qui mettent les chiens dans une niche ?

— Plus que vous ne le pensez, visiblement. Continuez.

— Je suis descendu au sous-sol puis, ne les trouvant pas, je suis revenu dans le salon où j'ai passé de nombreux coups de téléphone aux hôpitaux et cliniques.

— Pourquoi avoir fait ça ? dit Castillo qui semblait étonné.

— J'ai pensé que ma femme avait pu se blesser et qu'elle avait peut-être appelé les secours.

— Vous ne saviez pas à qui appartenait le sang sur le tisonnier pourtant, je me trompe ?

— Non, vous avez raison, mais à ce moment-là j'ai essayé de réfléchir à ce qui avait bien pu se passer et j'en suis arrivé à la conclusion qu'il fallait appeler l'hôpital.

— Qu'avez-vous fait ensuite ?

— Je ne savais plus trop quoi faire. Je me suis décidé à vous appeler, à cause du sang, vous comprenez ?

— Vous n'avez pas essayé de joindre des proches : famille, amis. Pourquoi ?

— Ma femme n'a plus aucune famille et j'ai pensé que si elle était allée chez mes parents ou l'une de ses amies, elle aurait sans aucun doute tenté de me joindre.

Castillo demeura silencieux un long moment, les yeux plongés dans son petit carnet, tournant les pages d'avant en arrière, l'air dubitatif.

— Vous vous entendez bien avec votre femme ? laissa-t-il tomber.

La question surprit et mit Vincent Delorme mal à l'aise, qui ressentit tout le poids du soupçon qu'elle sous-tendait.

— Parfaitement bien, répondit-il sèchement, vexé que l'on puisse le soupçonner d'être à l'origine de la disparition de Jennifer et de Tara.

— Aucun conflit, pas la moindre dispute ? insista Castillo en plongeant ses yeux dans ceux de Vincent.

Celui-ci soupira en levant les bras au ciel :

— Vous connaissez beaucoup de couples chez qui tout est parfait au point de ne jamais s'affronter ? questionna-t-il avec ironie.

— Vous aviez des problèmes dans votre couple ces temps-ci ?

— Pas spécialement. Nous sommes un couple très uni, vous pourrez vous en assurer auprès de notre entourage.

— C'est ce que nous ferons, confirma Castillo en hochant la tête. Votre fille, Tara, c'est ça, a quel âge ?

— Vingt-huit mois, pourquoi ?

— L'arrivée d'un premier enfant dans un couple est souvent source de nombreux conflits, qui lui sont parfois fatals. Vous ne pouvez pas imaginer le nombre de divorces ou de séparations qui interviennent dans les deux années qui suivent l'arrivée de l'enfant.

— Nous n'avons pas eu ce genre de problème, affirma Delorme avec une certaine fierté.

— Tant mieux, se contenta d'ajouter le capitaine.

Un lieutenant vint lui susurrer à l'oreille. Castillo acquiesça d'un hochement de tête, regarda sa montre et, s'adressant à Vincent, dit :

Vous auriez un endroit où dormir, hors d'ici, ce soir ?

Un peu surpris, Vincent sembla réfléchir avant de répondre :

— Chez mes parents, je pense, mais je préfère rester ici, si vous n'y voyez pas d'inconvénient.

— Malheureusement, si, regretta le capitaine. Il est tard et la scientifique a encore beaucoup à faire. Vous allez devoir quitter les lieux et n'y revenir sous aucun prétexte jusqu'à nouvel ordre.

Voyant le désarroi dans les yeux de Delorme, il ajouta :

C'est la procédure dans ce genre d'affaires, j'en suis désolé.

— Ce genre d'affaires ? Parce que vous pensez qu'il y a une affaire ? demanda-t-il, abasourdi par cette soirée cauchemardesque.

— Une femme et une enfant disparues, une scène qui laisse supposer une bagarre, un tisonnier couvert de sang, si ce n'est pas une affaire, qu'est-ce que c'est, monsieur Delorme ? dit le capitaine Castillo, qui en avait vu des scènes de crime dans sa carrière de flic et qui ne doutait pas qu'il soit bien devant l'une de ces scènes, ici, dans le salon de cette villa.

— Donnez-moi votre sentiment, s'il vous plaît, vous qui avez l'habitude. Vous pensez que c'est très sérieux ?

Vincent Delorme avait dit cela d'une voix remplie d'angoisse, le visage décomposé. Castillo le dévisagea longuement, soupira en tordant la bouche et en haussant les épaules :

— Difficile à dire pour le moment, mais ce ne sont pas là des indices encourageants. Nous en saurons un peu plus avec les résultats de l'analyse du sang sur le tisonnier. En attendant, je vous invite à garder votre calme et à ne pas envisager le pire. Il peut s'être passé n'importe quoi dans cette maison et pas forcément ce que les apparences nous suggèrent, dit-il pour le rassurer.

— Que puis-je faire, de mon côté, pour vous aider ?

— Ne faites rien. Nous sommes là pour ça. Si nous avons besoin de votre coopération, nous vous contacterons. Inutile de vous préciser qu'il serait souhaitable que vous ne quittiez pas le pays dans les prochains jours.

— Je n'ai aucun déplacement prévu et de toute façon je veux retrouver ma famille. Sans compter que j'ai une entreprise à faire tourner. Mes collaborateurs comptent sur ma présence.

— Alors c'est parfait, monsieur Delorme, dit Castillo en lui tendant une main, nous allons nous revoir très vite.

§

Antoine Priolo

Chapitre II

Un étrange coup de fil

Vincent Delorme était affairé, assis derrière son bureau de Sophia-Antipolis. Cela faisait deux longs jours que sa femme et Tara, sa fillette, avaient disparu sans laisser de trace. Impuissant devant ce drame, le chef d'entreprise s'était jeté à corps perdu dans le travail, ce qui ne le changeait guère de son quotidien à vrai dire. Vincent était un homme très occupé avec près d'une centaine d'employés et de nombreux clients, professionnels exigeants pour la sécurité de leurs données. L'entreprise tournait bien et connaissait une croissance à deux chiffres depuis plusieurs années, sans discontinuer. C'était la fierté de Vincent, cette entreprise. Il l'avait fondée, certes avec des fonds prêtés par ses parents, qui possédaient une fortune confortable, ce qui lui avait donné un sacré coup de pouce, mais il avait démarré quasiment seul et l'avait portée à bout de bras pour en faire ce qu'elle était aujourd'hui, presque dix ans plus tard : une affaire très rentable avec des perspectives d'évolution plus qu'encourageantes.

Le téléphone sonna. Vincent appuya sur le bouton mains libres. La voix de Marjolaine, sa secrétaire, résonna :

— Une certaine Marie Delagrange insiste pour vous parler, Monsieur. Je lui ai dit que vous étiez très occupé, mais elle a insisté en me suppliant de vous prévenir de son appel. Qu'est-ce que je fais ?

— Marie ? s'étonna-t-il.

Marie Delagrange était une amie de Jennifer. Ce qui étonna Vincent, c'est qu'elle appelle à son bureau. C'était bien la première fois que cela arrivait. Intrigué, il répondit :

— C'est bon, passez-la-moi, Marjie.

Après quelques secondes, la voix haut perchée de Marie se fit entendre :

— Allo ? Vincent ? C'est vous ?

— Bonjour Marie. Je suis un peu étonné de votre appel, que se passe-t-il ? rien de grave au moins ?

— Vincent, il se passe quelque chose d'étrange, dit-elle, de l'excitation mêlée d'inquiétude dans la voix.

— Que voulez-vous dire Marie ?

— Je viens de croiser Jennifer… elle laissa un grand blanc, histoire de faire son effet.

— Quoi ?! s'écria-t-il. Qu'est-ce que vous dites ? Jennifer ? Où ça ? s'emballa Vincent, heureux de cette nouvelle.

— Je suis sur la cannebière, à Marseille. C'est là que je l'ai croisée.

— Vous êtes sûre de ce que vous affirmez, Marie ?

— Quasiment certaine, Vincent. Je sortais d'une boutique et au même moment elle passait devant moi. Je n'en croyais pas mes yeux et je suis restée sans voix, figée, incapable de bouger.

— Vous n'avez pas essayé de lui parler ? Pourquoi ?

— Je ne pouvais pas.

— Comment ça ? Je ne comprends pas ?

— C'est délicat à dire, répondit-elle, gênée.

— Marie, il faut que vous me disiez tout. C'est important. Ça fait deux jours que j'angoisse à l'idée qu'elle et Tara puissent être mortes. Alors, si vous l'avez vue, où que ce soit, quelles que soient les circonstances, parlez, je vous en prie.

— Elle n'était pas seule, dit-elle, presque en s'excusant.

Pas seule ? Que voulait-elle dire ? Bien sûr qu'elle n'était pas seule : elle était avec Tara, cela ne faisait pas de doute. Mais pourquoi à Marseille ? Et pourquoi être partie ainsi, sans laisser de trace, sans un mot, sans une explication ? Et pourquoi avoir emmené la chienne ? Vincent ne comprenait pas ce qui arrivait. Tout lui semblait confus depuis la disparition.

— Que voulez-vous dire ? Tara était avec elle ? Et notre chienne, Lana, vous l'avez vue aussi ?

— Non, je n'ai pas vu Tara, ni la chienne, désolée… Elle était avec un homme, voilà, je vous ai tout dit, termina-t-elle soulagée.

— Un homme ? Quel homme ? Vous le connaissez ? Vous l'aviez déjà vu ?

Vincent posait toutes ces questions de manière fébrile. Il ne comprenait plus rien à cette histoire. Que se passait-il ? Dans quoi Jennifer était-elle allée se fourrer ?

— Non, je ne l'avais jamais vu avant, déclara Marie, sûre d'elle.

— Vous dites qu'elle était avec un homme, mais ils avaient l'air d'avoir quel type de relation ? L'homme semblait-il menaçant par exemple ? Est-ce qu'il la maintenait fermement pour qu'elle ne lui échappe pas ? Est-ce qu'elle avait l'air inquiète ?

— Je suis désolé Vincent, s'excusa Marie, mais ce n'est rien de tout ça. Ils semblaient complices et riaient tous les deux. Dans leurs yeux l'on pouvait voir… elle s'interrompit.

— Voir quoi ? Allez jusqu'au bout, Marie, s'il vous plaît ?

— De l'amour. Oui, c'est ça, de l'amour ! C'est ce qu'ils dégageaient tous les deux.

Marie fondit en larmes.

— Oh Vincent, je suis désolée ! Vraiment. J'ai hésité à vous appeler. Je ne voulais pas vous faire de mal, mais je me suis dit que je ne pouvais pas cacher ce que je venais de voir.

— Vous avez bien fait, Marie, je vous en remercie. Si c'est bien Jennifer que vous avez vue, c'est plutôt un soulagement pour moi, même s'il reste de nombreuses zones d'ombre qu'il faudra éclaircir.

— Vous ne m'en voulez pas ?

— Non, quelle question ! Au contraire. Marie ?

— Oui, Vincent ?

— Il faudrait que vous alliez faire une déclaration au commissariat de Nice à votre retour de Marseille. Je peux compter sur vous ?

— Oui, bien entendu. Je serai à Nice demain matin à la première heure, je vous le promets.

— Merci Marie. Vous demanderez à parler au capitaine Castillo. C'est lui qui est chargé de l'enquête. Je vais le prévenir de votre passage, d'accord ?

— D'accord. J'irai lui parler demain. Bien, je vous laisse alors. Ça va aller vous ?

— Oui, maintenant ça va aller mieux puisque je sais que Jenny est en vie. Et si elle l'est, Tara l'est aussi, se réjouit-il.

— Bien. Si vous avez besoin de quoi que ce soit, Vincent, surtout n'hésitez pas à m'appeler, d'accord ?

— C'est très gentil de votre part, Marie. J'y penserai si j'ai besoin, merci.

— Si vous avez besoin d'une épaule sur laquelle vous appuyer durant cette terrible épreuve que vous traversez, je serai là pour vous, vous pouvez me croire, Vincent.

— D'accord, Marie, je garde ça dans un coin de ma tête, dit-il, un peu surpris par les propos de cette femme qu'il ne connaissait pas, pourtant, comme étant un modèle d'altruisme et de générosité affective.

Vincent était perplexe mais heureux d'avoir eu des nouvelles de sa femme. Il ne comprenait pas ce qui arrivait, pourquoi Jennifer était à Marseille, pourquoi elle se trouvait avec un inconnu, pourquoi elle n'avait pas Tara, leur fille, avec elle, mais l'espoir de les revoir vivantes renaissait, le soulageant d'un poids énorme.

§

Les bureaux du commissariat de la caserne Auvare de Nice étaient situés dans une ancienne caserne militaire. Les bâtiments, construits dans les années mille huit cent soixante-dix, furent transformés en commissariat dans les années mille neuf cent quatre-vingt, sans pour autant qu'y soient réalisés des travaux de rénovation dignes de ce nom. Résultat : des locaux vétustes, un réseau électrique dangereux à l'origine d'incendies, des fenêtres cassées, rafistolées à peu de frais, des murs crasseux, des pièces condamnées à cause de leur dangerosité ! Des conditions de travail dénoncées par les syndicats de police, restées sans effet depuis lors. Le bureau dans lequel étaient installés le capitaine Castillo et deux de ses collègues était triste et lugubre avec ses murs gris et blancs jaunis, son plafond à la peinture écaillée, son mobilier d'un autre temps : bureaux et armoires métalliques gris, cabossés, rouillés, sales. Le sol fait de dalles de granito composées d'un mélange de matériaux aux teintes noires, beiges, grises et blanches, n'était pas pour égayer l'ensemble.

Jean–Paul Castillo était un homme d'une cinquantaine d'années, taille moyenne, de l'embonpoint surtout marqué à la ceinture et au visage, le cheveu court et rare, châtain clair grisonnant, les yeux vitreux que soulignaient deux poches prononcées, le nez large et aplati, la bouche généreuse aux lèvres saillantes, qu'encadrait une barbe poivre et sel, taillée court et la peau burinée par le soleil azuréen. Policier à la brigade criminelle depuis plus de 15 ans, devenu capitaine il y a sept ans, il était en poste à Nice depuis 9 ans, 3 mois et 14 jours. Il était très précis quand il en parlait, car il comptait chaque jour où il était « encore en vie » comme il le disait. Castillo avait toujours eu dans un coin de sa tête le sentiment qu'il ne vivrait pas vieux. La cinquantaine passée, il pensait que sa mort n'était plus qu'une question de temps désormais. C'était une situation qu'il vivait mal, assailli par l'angoisse de sa propre mort, par ce sentiment qui le minait depuis toujours. Il avait consulté des médecins, des psys et même des praticiens de médecines parallèles, sans résultats probants. Il s'était résolu à vivre avec, au final et prenait la vie au jour le jour, avec toujours ce sentiment que chaque jour était peut-être le dernier, ce qui était vrai pour tout un chacun si l'on y réfléchissait.

Assis derrière son bureau, le capitaine Castillo relisait le dossier Delorme. Installée à un bureau perpendiculaire au sien, le lieutenant Sonia Galantini décrocha son téléphone et composa le numéro du labo de la police scientifique :

— Ouais, salut Lambert, dit-elle, c'est Galantini. Tu as les résultats pour le tisonnier dans l'affaire Delorme ?... hum, hum, ok, hum, hum. Allez salut Lambert, à la prochaine.

Castillo releva la tête en direction de Galantini, l'air interrogateur. Elle avait un air satisfait :

— C'est bien du sang humain et c'est celui de Jennifer Delorme selon toutes vraisemblances : même groupe sanguin en tout cas. Il faudra attendre les résultats de l'A. D. N. pour confirmer. Il y avait des empreintes sur le tisonnier, toutes appartenant à Vincent Delorme.

— Ça change tout, affirma Castillo. Ce n'est plus seulement une affaire de disparition mais de meurtre désormais.

Il se dressa d'un bond, se mit à faire les cent pas en réfléchissant avant de dire :

— Tu vas me convoquer Vincent Delorme immédiatement. Il faut l'interroger sur son emploi du temps du treize juin.

— Ok, je m'en occupe.

— Et tant que tu y es, profites-en pour convoquer aussi les parents Delorme, j'aimerais bien leur parler... où est Aymar ?

Aymar, de son prénom, Philippe, était l'autre lieutenant qui partageait la pièce avec Castillo et Galantini. Son bureau était placé de biais dans l'angle, à droite de Castillo, près de celui de Galantini. La quarantaine, taille moyenne, mince, sportif, les cheveux assez longs, toujours en bataille, le visage émacié, souvent mal rasé, Aymar était un bon élément, un bosseur qui ne comptait pas ses heures.

— Il est sur le terrain avec Lucas. Vous leur avez demandé de faire le tour du voisinage des Delorme, lui rappela-t-elle.

— Ok, dès qu'ils rentrent, réunion pour faire le point.

— Ils ne devraient plus tarder, répondit-elle après avoir regardé sa montre.

A peine dix minutes plus tard, Aymar et Lucas déboulèrent dans la pièce. Alain Lucas, le plus jeune des deux, 31 ans, était un grand et solide gaillard au visage rempli, plutôt rond. Il avait les cheveux noirs, courts, coiffés avec une raie sur le côté et une petite mèche qui tentait de lui couvrir le front sans trop y parvenir. Il avait l'air un peu pataud, mais il ne fallait pas se fier aux apparences : Lucas était vif, sportif, champion régional de judo et une tête bien faite. Comme Aymar, Lucas était un excellent élément.

— La pêche a été bonne ? s'informa Galantini.

— Pas mauvaise, répondit Aymar, sans plus de précisions.

— Vas-y, accouche !

— T'as cinq minutes ? on est pas aux pièces.

Aymar et Galantini fonctionnaient comme cela, dans une relation verbale conflictuelle, mais dans le fond, ils s'aimaient bien et se taquinaient plus qu'ils ne s'affrontaient.

— Allez, arrêtez les chamailleries ! s'agaça Castillo. Vous avez quoi ?

Aymar sortit un carnet de la poche intérieure de sa veste en daim usé, le feuilleta et dit :

— Nous avons interrogé les voisins immédiats des Delorme, monsieur et madame Gineste. C'est un couple de retraités très sympas. Ils nous ont fait quelques révélations sur les relations du couple Delorme et ce n'est pas tout à fait le même son de cloche que celui de monsieur Delorme. Madame Gineste nous a dit que les Delorme se disputaient souvent, que c'était parfois violent, que plusieurs fois madame Delorme s'était réfugiée chez elle, en pleurs, en se plaignant d'avoir reçu des coups. Une fois, elle est même arrivée le visage tuméfié, du sang coulait de son nez et elle avait des hématomes aux bras. Les Gineste voulaient appeler la police, mais madame Delorme les a suppliés de ne pas le faire, de garder le silence sur tout ça.

— Intéressant, songea Castillo. Donc, notre brave monsieur Delorme nous a menti. Lui qui s'offusquait que l'on puisse mettre en doute la solidité de son couple, qui affirmait que tout était pour le mieux dans son foyer, est l'un de ces salauds qui battent leur femme !

Castillo détestait ce genre de types qui se croyaient le droit de taper sur leur femme, qui étaient souvent d'une violence extrême dans l'intimité de leur foyer et qui montraient au monde un visage tout autre, de bon mari aimant, de bon père de famille, alors que souvent, non seulement ils cognaient, mais ils violaient et commettaient l'inceste sans vergogne. Ces types-là, Castillo se faisait un devoir de les traquer, de les démarquer et de les mettre hors d'état de nuire. Si Vincent Delorme était l'un de ceux-là, il s'en occuperait comme il se doit.

— Eh bien, je crois que tout est clair, constata Aymar. Nous avons notre suspect. Il rentre chez lui, une dispute éclate, il se saisit du tisonnier, porte un coup violent à la tête de madame Delorme et la tue. Pris de panique, il décide de se débarrasser du corps et de faire croire à une disparition. L'affaire devrait vite être bouclée.

— Oui, sauf que ta théorie ne tient pas, affirma Galantini.

— Ah bon, et pourquoi ?

— A cause de la fillette. Pourquoi faire disparaître sa fille ?

— Elle aura été témoin de la scène, sans doute.

— Elle n'a que 2 ans…

— Et alors ?

— Même si c'était le cas, elle n'en gardera aucun souvenir et elle n'a pas encore le vocabulaire pour décrire ce qu'elle aurait pu voir. Et puis c'est sa fille, merde ! s'emporta-t-elle. Si Delorme a tué sa femme dans un accès de colère, ce n'est sans doute pas un tueur de sang-froid.

— Là, Galantini marque des points, constata Castillo. Je ne vois pas pourquoi, en effet, il aurait fait disparaître la petite Tara. Et puis il y a autre chose qui m'intrigue : si Delorme a voulu faire disparaître le corps et les preuves du meurtre, pourquoi avoir laissé le tisonnier plein du sang de son épouse bien en évidence sur le sol ?

— Il a agi dans la panique, tenta d'expliquer Lucas. Il vient de tuer sa femme, ce qui ne devait très certainement pas être intentionnel. Il n'a pas beaucoup de temps pour se retourner, réfléchit à la hâte, décide de faire disparaître le corps, le charge dans le coffre de sa voiture et file le planquer quelque part, dans un endroit isolé. Comme il ne peut pas trop s'éloigner, il le met dans un endroit où il pourra le récupérer plus tard et l'emmener dans un lieu définitif. Il revient rapidement à la maison et se rend compte qu'il a oublié le tisonnier. Il n'est plus en panique, se met à réfléchir et il comprend qu'il sera difficile de faire croire à son entourage que sa femme est partie sans laisser d'adresse. Plutôt que de faire tout disparaître, il se dit qu'il va tout laisser en l'état, que ça fera une bonne scène de crime, qu'à partir du moment où le corps a disparu, il sera très difficile de savoir exactement ce qui s'est passé.

— Ouais, mais il y a toujours la question de la fillette : pourquoi la faire disparaître aussi ? insista Galantini.

— On trouvera, affirma Aymar, confiant.

— Bon, je crois que la vérité se trouve en partie dans vos théories, dit Castillo, mais en partie seulement. Trop de zones d'ombre entourent encore l'affaire pour affirmer que Delorme est le coupable, même si les derniers éléments penchent dans ce sens. Nous devons trouver des preuves tangibles. Le corps de madame Delorme serait l'idéal. En attendant, ne donnons pas trop l'impression à Vincent Delorme qu'il est le principal suspect. Laissons-le croire qu'il a réussi son coup, si c'est bien lui le coupable, bien entendu. Nous allons l'interroger sur son emploi du temps du jour du meurtre, comme j'en avais l'intention, sans plus. Ça nous éclairera peut-être sur ce qui s'est passé. Galantini, passe un coup de fil au légiste, tâche de savoir s'il peut nous situer l'heure de la mort avec plus de précision.

— Ok, chef.

— Aymar, je veux que tu ailles interroger les amies de madame Delorme. Tâche d'en apprendre un peu plus sur sa personnalité et si elle s'était confiée à elles sur les brutalités de son mari.

— Les amies de madame Delorme ? s'étonna Aymar. Je les trouve comment ?

— Tiens, j'ai une liste avec les noms, les téléphones et les adresses.

— D'où tu tiens ça ?

— C'est Marie Delagrange, son amie qui est venue faire une déposition ce matin et qui affirmait avoir croisé madame Delorme sur la canebière à Marseille, hier après midi vers quinze heures trente, qui me l'a dressée.

— Est-ce qu'il faut que je l'interroge à nouveau ?

— Bien sûr, je ne lui ai pas posé de questions sur la maltraitance qu'a subie madame Delorme puisque je n'en avais pas connaissance à ce moment-là.

— Et moi, je fais quoi ? demanda Lucas.

— Tu me trouves tout ce que tu peux sur les Delorme, père et fils. Je veux tout savoir d'eux, absolument tout. Si Vincent Delorme est le coupable, je veux savoir s'il bénéficie de la complicité des siens et si la petite Tara se trouve quelque part dans sa famille, peut-être même dans la maison de ses parents qui sait. Mais pour le moment, le juge ne veut pas nous délivrer de mandat pour aller fouiller chez eux. Il dit qu'il n'y a rien dans le dossier pour étayer cette hypothèse. Alors, mettez-vous au boulot, on doit essayer de sortir cette affaire rapidement.

— Vous ne croyez pas à la thèse d'un enlèvement de la petite, par exemple ? questionna Galantini.

— Pas plus qu'au fait que Vincent Delorme ait pu tuer sa fille. Nous avons placé les téléphones des Delorme sur écoute et ça n'a rien donné. S'il s'agissait d'un enlèvement, les ravisseurs auraient déjà pris contact avec la famille pour la rançon. Et puis, si le but était d'enlever la petite, les ravisseurs ne se seraient sans doute pas embarrassés de la mère.

— Ils sont peut-être tombés sur un os avec madame Delorme.

— Que veux-tu dire ?

— Si des ravisseurs s'étaient pointés pour enlever la fillette et qu'ils étaient tombés nez à nez avec la mère, si celle-ci ne s'était pas laissé faire, si elle s'était opposée à eux, ça pourrait expliquer la scène de bagarre et le sang sur le tisonnier. L'un des ravisseurs lui aurait alors fendu le crâne avec. Pris de panique, ils auraient emporté le corps pour le faire disparaître et surtout pour pouvoir continuer ce qu'ils ont commencé : un enlèvement contre rançon.

— C'est une possibilité, admit le capitaine. Mais rien ne permet d'aller vers une hypothèse plutôt qu'une autre dans l'état actuel des résultats de la scientifique et de nos investigations. Nous devons trouver des preuves.

§

Chapitre III

Premier interrogatoire

Le capitaine Castillo était assis derrière son bureau. Il consultait un dossier, silencieux. Assis à un second bureau, perpendiculaire au premier, l'inspecteur Galantini regardait Vincent Delorme fixement, scrutant les moindres détails de son visage, cherchant à percevoir le monstre qui se cachait peut-être derrière les traits plutôt avantageux de celui-ci. Castillo referma la chemise du dossier, releva la tête et plongea ses yeux dans ceux de Vincent, qui s'agitait sur sa chaise inconfortable.

— Vous en êtes où de l'enquête, capitaine ? s'enquit Delorme, dont l'inquiétude ne cessait de grandir depuis des jours. Vous avez entendu le témoignage de Marie Delagrange ?

— Aucun intérêt, affirma le capitaine, laconique.

— Aucun intérêt ? s'étonna Vincent. Comment ça aucun intérêt ? Cette femme, une amie de la mienne vous affirme avoir vu celle-ci en plein cœur de Marseille en compagnie d'un homme et vous ne trouvez pas ça intéressant ? Je ne comprends pas.

— Vous êtes dans l'angoisse et l'attente, monsieur Delorme et ça se comprend. Vous vous raccrochez à ce que vous pouvez et ça aussi c'est compréhensible, mais ce n'est pas parce que vous pensez que quelque chose est important dans cette affaire que ça l'est. Et là, en l'occurrence, rien ne prouve que cette femme ait réellement vu la vôtre. Du reste, après une demi-heure d'interrogatoire, ses certitudes se sont envolées et elle a fini par nous dire qu'elle n'était plus du tout certaine de ce qu'elle avait cru voir.

— Vraiment ? s'étonna Vincent, déçu. Et du coup vous n'avez rien fait ?

— Bien sûr que si, pour qui nous prenez-vous ? s'indigna Castillo. C'est entre autres pour ça que vous êtes ici. Venez voir, lui dit-il en le priant d'approcher, d'un geste de la main.

Sur l'écran de l'ordinateur du capitaine défilaient plusieurs vidéos disposées en damier dans une fenêtre. Elles étaient en noir et blanc, de qualité inégale et montraient des passants qui déambulaient sur les trottoirs d'une grande artère.

— Tenez, regardez, ce sont les vidéos qui proviennent de plusieurs sources dans le secteur exact où madame Delagrange affirmait avoir vu votre épouse. Elles ont été prises aux alentours de quinze heures trente ce jour-là, à l'heure précise des faits. Concentrez-vous sur cette zone, ici, dans cette vidéo, expliqua Castillo en promenant son index sur l'écran.

Vincent se concentra sur la zone en question, scrutant les passants dans l'espoir de reconnaître Jennifer.

— Là ! regardez ! vous voyez ? demanda l'inspecteur qui venait de figer l'image.

— Oui, je vois.

— Est-ce votre épouse ? La reconnaissez-vous ?

Vincent s'approcha de l'écran, plissa les yeux, essayant de distinguer au mieux le visage de la femme que lui montrait l'index du policier.

— Ce n'est pas évident, reconnut-il.

— Eh non… pas évident du tout.

— Il y a une certaine ressemblance tout de même, mais la couleur de cheveux est un peu différente, les vêtements ne sont pas du tout du style de Jennifer et avec les lunettes qu'elle porte, impossible de distinguer ses yeux et son visage avec précision.

— Vous voyez, aucun intérêt. C'est ce que je vous disais. Madame Delagrange à cru voir… Elle a pensé que c'était… mais qu'a-t-elle vu vraiment ?

— Avouez que c'est tout de même curieux, non ? Pourquoi aurait-elle inventé cette histoire ?

— Ah mais je n'ai jamais dit qu'elle avait inventé quoi que ce soit, se défendit le capitaine. Je pense qu'elle a sincèrement pensé voir votre femme. Sa disparition soudaine a pu provoquer chez elle une réaction inconsciente et elle a sans doute voulu se rassurer en la voyant surgir devant ses yeux, à la faveur d'une personne qui aurait eu une vague ressemblance avec elle. Cela arrive plus fréquemment qu'on ne le pense dans des affaires difficiles de disparitions ou de meurtres.

— Du coup, on est pas plus avancé.

— Cette piste est close en tout cas. Allez vous rasseoir, s'il vous plaît. Je n'en ai pas encore fini avec vous pour aujourd'hui. J'ai de nombreuses questions à vous poser sur votre emploi du temps du jour de la disparition.

— Je vous écoute capitaine, si je peux vous apporter toute ma collaboration pour que vous les retrouviez au plus vite.

Le capitaine Castillo se cala dans son fauteuil et se plongea dans le dossier de l'affaire durant deux bonnes minutes. Il tournait les pages, qu'il annotait consciencieusement à l'aide d'un stylo rouge. Il releva la tête et fixa Vincent, silencieux, durant un moment avant de dire :

— Bien, monsieur Delorme, commençons. Vous allez me raconter ce qui s'est produit il y a deux jours, soit le treize juin.

Vincent comprit qu'on ne l'avait pas fait venir là pour le tenir informé de l'avancée de l'enquête, mais pour un interrogatoire en bonne et due forme. Et visiblement, Castillo n'avait pas l'intention de le ménager, ce qui le faisait bouillir, songeant que la police allait perdre du temps avec lui au lieu de se consacrer à retrouver sa famille.

— Il me semble que je vous ai déjà tout raconté, capitaine, rappela-t-il.

— Eh bien, recommencez depuis le début, dit Castillo, non sans une certaine lassitude.

— Je peux vous poser une question, capitaine Castillo ?

— Je préférerais que vous me racontiez votre histoire, monsieur Delorme, si ça ne vous fait rien, mais allez-y, je vous en prie.

— Vous pensez que c'est en perdant votre temps à m'interroger que vous allez retrouver ma femme et ma fille ? s'insurgea-t-il, un soupçon de colère dans la voix. Je ne suis pour rien dans leur disparition, je vous l'ai dit. Pendant que vous êtes là, bien assis dans votre fauteuil, Dieu sait ce qu'elles endurent ?!

— Allons, calmez-vous, monsieur Delorme. Ce n'est pas en prenant les choses de la sorte que vous nous aiderez au mieux.

— Vous perdez votre temps avec moi, vous me soupçonnez sans doute de quelque chose, c'est honteux ! dit-il, furieux.

— Bon, puisque vous le prenez comme ça, nous allons commencer par le début : nom, prénom, âge et profession ? s'agaça Castillo.

Vincent Delorme soupira, secoua la tête et ricana :

— Vous n'en avez rien à foutre de ma famille, hein ! s'énerva-t-il. Vous, tout ce qui vous intéresse, c'est de vous payer un bourgeois, un type qui, parce qu'il a du fric, une bonne situation, une belle maison et une très belle femme, est forcément le coupable, hein ?!

Castillo ne releva pas. Il ne savait pas si Delorme lui faisait du cinéma ou s'il s'insurgeait de façon sincère. Il continua de fixer son interlocuteur et répéta :

— Nom, prénom, âge et profession ?

Vincent se calma devant l'impassibilité du capitaine. Il soupira à nouveau et répondit :

— Delorme, Vincent, trente-deux ans, ingénieur en informatique, P. D. G. de la société Intercomp.

— Bien, se félicita Castillo. Racontez-nous la journée du treize juin.

— J'ai quitté mon travail…

— Depuis le matin, s'il vous plaît, le coupa-t-il.

Un peu désarçonné, Vincent dut faire un effort pour se remémorer cette journée à partir de son réveil. Il commença :

— Je me suis levé vers six heures trente, comme tous les matins. Après une douche, j'ai déjeuné.

— Seul ? s'étonna Castillo.

— Oui, pourquoi ?

— Continuez.

— Mon épouse ne travaille pas. Elle s'occupe de notre fille et gère notre foyer. C'est un emploi à temps plein, croyez-moi. Elle se lève généralement vers sept heures trente. Nous passons une petite demi-heure à bavarder.

— Ce fut le cas, le treize ?

— Oui, comme tous les matins. Il ne s'est rien passé de particulier ce jour-là… enfin, jusqu'à ce que je rentre le soir.

— Qu'avez-vous fait ensuite ?

— Vers huit heures j'ai quitté la villa pour me rendre à mon bureau à Sophia. J'y suis arrivé vers huit heures quarante, comme presque tous les matins, là aussi. J'ai passé la matinée au bureau. Nous avons eu une réunion vers dix heures qui a duré jusqu'à onze heures trente environ.

— D'accord, qu'avez-vous fait ensuite ?

— J'ai quitté le bureau vers douze heures quinze pour aller faire une course pour ma femme...

— Une course ? Quelle course ? le coupa Castillo, soudain intéressé par le récit de la journée de Delorme.

— Mon épouse possède une collection de poupées anciennes qu'elle a décidé de vendre. Elle avait un client intéressé par deux d'entre elles, mais l'emploi du temps de cette personne ne coïncidait pas avec celui de Jennifer. Elle m'a demandé d'aller au rendez-vous à sa place avec les deux poupées.

— Vous aviez ces poupées avec vous en partant le matin ?

— Non, ce sont des pièces de collection rares et très chères. Il n'était pas question de les trimbaler dans ma voiture et de les laisser traîner au bureau. Jennifer n'aurait pas apprécié. Je suis repassé à la villa. J'y suis arrivé un peu avant treize heures.

— Votre épouse était là ?

— Non, elle avait un rendez-vous chez un médecin à cette heure-là. C'est pour ça que je devais assurer le rendez-vous à sa place.

— Chez quel médecin avait-elle rendez-vous ?

— Le docteur Fabre, rue Victor-Hugo à Nice.

— Rien de grave au moins ?

— Des problèmes de femmes... répondit Vincent, éludant la question. Castillo n'insista pas. Il pria Delorme de continuer son récit :

— J'ai récupéré les deux poupées que Jennifer avait emballées avec soin dans deux cartons et je suis parti pour le rendez-vous qui avait lieu dans un hôtel de Cannes.

— Quel hôtel ?

— Le Martinez.

— Pourquoi un rendez-vous au Martinez ? Le client avec qui vous aviez rendez-vous n'était pas du coin ?

— Apparemment pas. D'après Jennifer, il était venu spécialement de Bordeaux pour voir les poupées.

— De Bordeaux ? pour deux poupées ? s'étonna Castillo.

— Ça vous étonne ?

— Un peu quand même.

— C'est parce que vous ne connaissez pas la valeur de ces deux poupées pour un collectionneur.

— Sans doute. Vous êtes arrivé au Martinez à quelle heure ?

— Treize heures trente-cinq.

— C'est précis.

— J'ai regardé ma montre quand je suis arrivé. J'avais rendez-vous à treize heures trente avec le collectionneur. J'étais un peu en retard. Je me suis hâté de rejoindre le bar de l'hôtel où il avait donné rendez-vous à ma femme.

— Il vous a acheté les poupées finalement ?

— Non. Il n'est pas venu, dit Vincent d'une voix agacée.

— Pas venu ?

— Non. J'ai attendu jusqu'à treize heures cinquante et je n'ai vu personne.

— Vous n'aviez pas un téléphone pour le joindre ?

— Jennifer avait dû oublier de me le donner sans doute, je ne sais pas.

— C'est étonnant, vous ne trouvez pas ?

— Oui, peut-être. Je ne me suis pas vraiment posé la question. Ce n'était pas si important après tout.

— Sans doute. Vous avez le nom de cet acheteur ?

— Le nom ?.. Oui, il s'appelait Martin.

— Martin ? C'est tout ? Il n'avait pas de prénom ?

— Ma femme m'a dit seulement : monsieur Martin.

— D'accord, dit Castillo qui prenait des notes. Qu'avez-vous fait ensuite ?

— Je suis retourné à la villa poser les deux poupées et je suis retourné au bureau dans la foulée.

— Vers quelle heure êtes-vous arrivé à la villa ?

— Je n'ai pas fait attention… je dirai aux alentours de quatorze heures trente à peu près.

— Votre femme était-elle revenue de son rendez-vous ?

— Non.

— Ça fait un peu long pour un rendez-vous chez le médecin, non ?

— Elle a dû en profiter pour faire des courses à Nice sans doute.

— Vous êtes arrivé au bureau à quelle heure ?

— Il était un peu plus de quinze heures. J'y suis resté jusqu'à dix-huit heures trente, heure à laquelle j'ai quitté le bureau pour retourner à la villa.

Vincent Delorme continua son récit, racontant exactement les mêmes faits qu'il avait déjà racontés à Castillo le soir de la disparition de son épouse et de sa fille. Durant tout l'interrogatoire, Castillo avait pris des notes sur son carnet. Sans doute, allait-il vérifier point par point la véracité du récit de Vincent.

— C'est parfait monsieur Delorme, dit Castillo. Je vous remercie d'être venu jusqu'ici. Nous en avons terminé pour aujourd'hui. Vous pouvez partir.

— À ce propos, quand pourrai-je rentrer chez moi ?

— D'ici deux ou trois jours, le temps pour la scientifique de passer la villa et le terrain au peigne fin. Nous vous tiendrons informé.

— Et pour le reste, vous ne voulez vraiment rien me dire ? Ma femme et ma fille sont quelque part dans la nature, entre les mains de je ne sais quel psychopathe, et je n'ai rien à quoi me raccrocher. Je vis dans l'angoisse permanente depuis trois jours et vous, vous ne me dites rien. Ce n'est pas normal ! s'indigna-t-il.

— Rentrez chez vous monsieur Delorme, insista Castillo. À ce stade de l'enquête nous n'avons pas grand-chose à vous dire. Et même si c'était le cas, nous ne pourrions le faire.

— Pour quelles raisons ?

— Parce que à ce stade, tout le monde est suspect, vous compris.

— C'est donc ça : je suis suspect.

— Ne le prenez pas mal, c'est la procédure, sembla s'excuser Castillo. Nous devons éliminer les pistes les unes après les autres jusqu'à ce qu'il n'en reste plus qu'une à suivre : la bonne. Je me mets à votre place, vous savez. Je peux comprendre le sentiment d'impuissance que vous devez ressentir en ce moment. Vous devez nous faire confiance, car nous faisons tout notre possible pour retrouver votre femme et votre fille.

Vincent Delorme quitta les locaux de la PJ. Le capitaine Castillo et Galantini se retrouvaient seuls dans leur bureau. Après un silence de réflexion, Galantini posa une question :

— Vous croyez à son histoire de poupées, inspecteur ?

— C'est ce que nous allons vérifier, mais comme par hasard, le type avec lequel il avait rendez-vous ne s'est pas pointé, il porte un nom parmi les plus communs de ce pays et on a même pas un prénom et pas de numéro de téléphone pour le joindre. Ça sent le mensonge à plein nez tout ça, expliqua-t-il en se tapotant le nez avec son index droit.

— On fait quoi maintenant ?

— Dis à Lucas et Aymar de pointer le bout de leur nez en vitesse. Je veux qu'ils épluchent l'emploi du temps que nous a donné Delorme, dès maintenant.

— Et moi, je fais quoi ?

— Toi, tu viens avec moi, on va à la villa des Delorme.

— Pour y faire quoi ?

— On va fouiller avant que le proc ne l'autorise à rentrer chez lui. S'il y a des preuves de sa culpabilité, je ne veux pas qu'il puisse les détruire.

§

Chapitre IV

Du sang sur la chemise

Castillo et Galantini franchirent à pied l'allée qui conduisait à la villa des Delorme. Ils entrèrent par la porte principale dans le hall d'entrée qui desservait à gauche la cuisine, la buanderie et l'accès au sous-sol, en face l'escalier qui conduisait à l'étage et à droite le salon salle à manger. Les deux enquêteurs prirent le temps de regarder autour d'eux. La villa des Delorme était spacieuse et luxueuse. Le sol du hall était composé d'un assemblage de marbre dans les tons beiges, blancs et rouges qui formaient des motifs géométriques en damier, le tout encadré d'une frise très travaillée. Aux murs étaient accrochées des peintures d'artistes contemporains et le mobilier était fait de bois précieux et cuir blanc. Le vaste séjour était séparé en deux parties de niveaux différents, par un escalier en arc de cercle. Au même niveau que le hall et la cuisine se trouvait un coin salle à manger avec une grande table rectangulaire, au plateau épais composé d'un assemblage de bois précieux, de verre et de métal qui reposait sur un piètement central en bronze, lui-même posé sur un sol qui était le prolongement de celui de l'entrée. Au niveau inférieur, au-delà des marches recouvertes, elles aussi, de marbre, l'on trouvait le coin salon avec son immense canapé de cuir blanc fait sur mesure pour épouser l'arrondi de l'escalier qui reposait sur un sol en béton ciré anthracite et faisait face à une grande et magnifique cheminée contemporaine. Un écran plat de dimensions hors normes était accroché dans l'angle que formaient le mur sur lequel s'appuyait la cheminée et celui où se trouvaient d'immenses baies vitrées qui ouvraient sur la terrasse et la piscine. Sur tous les murs du salon et du coin-repas étaient accrochées des peintures contemporaines. Le tout était impeccablement tenu, rangé et propre. Seuls quelques jouets de la fillette des Delorme trainaient par endroits sur le sol.

— Waouh ! Je n'avais pas eu le temps de m'attarder sur la déco de la baraque l'autre soir, avouait Galantini. La vache ! Y'a du fric là-dedans ! Il doit gagner un sacré paquet de pognon le père Delorme !

— Ce n'est pas un petit flic sous payé comme nous, c'est sûr, constata Castillo. Ça paye l'informatique, on dirait.

— Ouais. Bon, on commence par où ?

— On fouille toute la villa, du sol au plafond.

— Elle est immense, ça va demander du temps.

— Tu as autre chose à faire aujourd'hui ? plaisanta-t-il.

— Non, c'est sûr. Je prends le sous-sol, vous prenez ce niveau ?

— Vas-y et surtout ne laisse rien passer. Si ce type est l'assassin de sa femme, il faut qu'on trouve des preuves de sa culpabilité.

Galantini enfila des gants de fouille en latex, très fins, traversa la cuisine et la buanderie pour accéder à l'escalier qui menait au sous-sol. Elle commença à fouiller méthodiquement les étagères de la première pièce dans laquelle elle arriva, qui supportaient des conserves et des cartons bien rangés, qui contenaient tout un bric-à-brac allant de petits ustensiles de cuisine à des jouets de bébé en passant par de vieux cadres photos vides et des papiers de toutes sortes : factures d'achats, documents administratifs, avis d'imposition, etc. La jeune lieutenante déballa consciencieusement chacun des cartons en prenant son temps, ne voulant rater aucun indice qui aurait pu les aider à coincer Vincent Delorme.

Pendant ce temps, à l'étage, Castillo fouillait dans tous les tiroirs des meubles du salon salle à manger, sans rien trouver d'autre que des services de vaisselle, des ménagères, de la verrerie et des babioles sans importance. Il traversa l'entrée et pénétra dans la grande cuisine entièrement équipée de mobilier rouge laqué qui s'étalait sur trois pans de mur encadrant un îlot central où se trouvaient les plaques de cuisson surmontées d'une hôte aspirante design. L'inspecteur commença à ouvrir les tiroirs et les placards de rangement les uns après les autres, fouillant du regard, déplaçant de la main tout ce qui pouvait gêner sa vue, soulevant tout ce qui pouvait cacher quelque chose, sans grand résultat là aussi. Lorsqu'il eut terminé la fouille de la cuisine, Castillo entra dans la buanderie attenante. C'était une pièce tout en long qui servait de passage entre le garage et la maison et qui permettait l'accès direct au sous-sol. Sur sa droite, se trouvait une planche à repasser à côté d'un meuble blanc à tiroirs sur lequel était posée une centrale vapeur dernière génération. Un peu au-delà, s'empilaient trois panières de linge propre qui attendait d'être repassé. Castillo les vida l'une après l'autre, déversant le linge sur le sol. Un rapide coup d'œil aguerri et il passa à la suite. Juste après les panières, un autre meuble blanc, un peu plus haut, avec deux portes, contenait des produits ménagers de toutes sortes. Là encore rien à se mettre sous la dent. Sur le mur d'en face, dans un renfoncement, étaient installés un lave-linge et un sèche-linge. Castillo ouvrit les hublots des deux machines. Elles étaient vides.

Galantini termina la fouille du sous-sol sans rien trouver de probant pour l'enquête. Elle regagna le rez-de-jardin. Castillo ne s'y trouvait plus. Il était sans doute déjà en train de fouiller l'étage supérieur. La jeune femme décida de faire le tour de l'extérieur de la villa. Elle sortit par la porte principale et se dirigea vers le garage situé sur sa droite. Deux rideaux métalliques blancs en interdisaient l'entrée. Elle fit le tour des garages par une allée dallée, sur la gauche, longeant une haie de cyprès parfaitement taillée et déboucha sur une pelouse plantée de deux jeunes pins parasols, de massifs de laurier-sauce, d'agapanthe et d'anthémis. L'allée continuait de longer le mur du garage, ramenant vers l'arrière de la villa. Là, dans un renfoncement adossé au passage entre le garage et la buanderie, il y avait une sorte de petit local technique d'à peine plus d'un mètre cinquante de haut avec deux portes métalliques vertes. Galantini tourna la poignée et tira sur les portes qui s'ouvrirent sur un conteneur poubelle gris au couvercle vert. Elle le souleva et constata qu'il y avait à l'intérieur plusieurs sacs plastiques noirs soigneusement fermés. Galantini soupira, fit la moue avant de se décider à prendre un premier sac, l'ouvrir et en vider le contenu sur le sol. Des boîtes de conserve, des épluchures et des reliefs de repas s'étalèrent, dégageant une puanteur qui fit grimacer l'enquêtrice.

« Ils ne trient même pas leurs poubelles ces bourges !» songea-t-elle. Un second sac ne révéla rien de plus que le premier. Ce fut lorsqu'elle ouvrit le troisième et dernier sac, tout au fond du conteneur, qu'elle tomba sur une chemise blanche couverte de sang.

— Yes ! s'écria-t-elle, un large sourire illuminant son visage.

Elle se baissa, se saisit du vêtement qu'elle déplia et tint bien tendu à bout de bras pour mieux l'observer. Des projections de sang en recouvraient une bonne partie sur le devant. La jeune femme repéra une porte qui donnait sur l'intérieur de la villa. Elle la poussa et entra par la buanderie. Elle se précipita dans l'entrée et cria :

— Capitaine Castillo ! J'ai trouvé ! Vous entendez, capitaine ? J'ai trouvé !

Castillo descendit l'escalier sans hâte. Il n'était pas sportif et son embonpoint rendait ses déplacements plus lents. Il approcha de Galantini qui exhibait fièrement sa trouvaille devant elle. Il s'en approcha et l'observa sous toutes les coutures :

— Une chemise d'homme couverte de sang. Si c'est celui de madame Delorme comme on peut le supposer, on tient notre preuve ! Bravo Galantini ! bien joué !

— Merci Capitaine.

— On va porter immédiatement cette chemise au labo pour en avoir le cœur net. Avec un peu de chance, je pense que cette enquête va être vite bouclée, se félicita Castillo.

— Ça va être bon pour l'avancement tout ça.

— Ne nous emballons pas trop quand même, tempéra-t-il, il faut tout de même que ce soit le sang de la victime qui se trouve sur cette chemise.

— Vous avez des doutes ? s'étonna-t-elle. S'il s'était blessé, il n'aurait pas jeté la chemise, mais l'aurait mise au lavage.

— Oui, probable. Allez, rentrons, je crois que nous n'avons plus grand-chose à faire ici.

§

Vincent Delorme poussa la porte de sa maison avec une pointe d'appréhension. L'idée que quelque chose de grave soit arrivé dans cette maison à sa femme et à sa fillette lui était insupportable. Il entra, sentit le silence des lieux l'envelopper, pesant sur lui de tout son poids, lui rappelant que ni Jennifer ni Tara ne seraient là pour l'accueillir de leurs sourires, de leurs voix douces, de leurs rires et de leurs regards aimants. Même Lana, sa fidèle compagne à quatre pattes avait disparu. Elle qui lui faisait des joies à n'en plus finir chaque fois qu'il entrait dans la maison. Il se retrouvait seul dans cette grande demeure, qui lui paraissait glaciale sans elles.

« Pour combien de temps encore ? » songea-t-il. Quand retrouverait-il les siens ? Quand la police finirait-elle par comprendre ce qui s'était passé ici ? Et quand lui ramènerait-elle sa petite fille et sa femme ? L'attente était insupportable, angoissante, usante. Ne pas savoir était la pire des choses. Et le moins que l'on puisse dire était que les policiers n'étaient pas loquaces. Vincent savait qu'ils ne le seraient pas tant que le moindre soupçon pèserait sur lui. C'était terrible comme situation !

S'il était là ce soir, c'était grâce à Max, son beau-frère et avocat. Le capitaine Castillo avait insisté auprès du procureur pour qu'il ne puisse pas encore récupérer son domicile, mais Max avait fait valoir que le parquet n'avait pas de raisons impérieuses et valables de l'empêcher de le réintégrer.

Il vint dans le salon, se dirigea vers le buffet, ouvrit une porte, qui entraînait, en s'ouvrant, un plateau coulissant rempli de bouteilles d'alcool. D'une autre porte, il sortit un verre et se servit une bonne dose de Wiski douze ans d'âge. Il s'affala sur l'immense canapé blanc, les yeux dans le vague, rivés sur l'extérieur. Il but une bonne lampée qui lui brûla l'œsophage, l'obligeant à faire la grimace. Il toussota, posa le verre sur la table basse, prit la télécommande de la télé et commença à passer d'une chaîne à l'autre, incapable de s'intéresser à quoi que ce soit. Son esprit était entièrement occupé en permanence par la disparition de Jennifer et Tara. Il n'arrivait pas à penser à autre chose. Il n'avait plus goût à rien, plus d'appétit, plus d'envie de travailler, de s'occuper de faire prospérer son bébé, l'entreprise qu'il avait créée, plus d'envie de voir ses amis, plus d'envie de voir ses parents, plus d'envie d'avancer en fait. Tout s'était figé ce soir du treize juin et rien, à part le retour de Jennifer et de sa fille, ne pourrait sans doute changer cela. Vincent devait faire des efforts surhumains chaque jour pour continuer de vivre normalement, pour mener ses affaires, plus à cause des gens qu'il employait et qu'il ne pouvait laisser tomber, que pour autre chose. Tout ce qu'il aurait voulu, c'est retrouver les siens, mais il ne savait pas comment faire. Il n'était qu'ingénieur en informatique et n'avait aucune idée de par où commencer des recherches. Et puis, si la police n'arrivait pas à les trouver, comment lui, sans expérience et connaissances, aurait-il pu ? Il était désarmé devant une situation qui lui échappait. Il ne maîtrisait aucune des composantes du problème et ne pouvait que s'en remettre au capitaine Castillo et à ses collègues, ce qui le frustrait particulièrement. Il se sentait inutile, incapable de protéger les siens et de leur porter secours. Un immense sentiment de culpabilité le poursuivait depuis lors. Il prit son verre de wiski, le but cul sec, fit la grimace à nouveau, se dressa d'un bond, retourna au buffet, sortit la bouteille qu'il emporta jusqu'au canapé, remplit le verre à raz bord et but son contenu en quelques minutes. Il renouvela cette opération plusieurs fois, vidant la bouteille presque entièrement, en moins d'une heure. Ivre de douleur et d'alcool, il finit par sombrer dans un sommeil profond.

Une sonnerie résonnait dans le lointain. Vincent était bien, là, couché dans l'herbe, son regard plongé dans celui de Jennifer, le visage radieux, souriant de toutes ses dents, les yeux pleins d'amour. La douceur de cette belle journée de printemps les enveloppait d'une tiédeur bienfaisante. Ils étaient heureux, s'aimaient à la folie et le monde autour d'eux disparaissait pour ne laisser place qu'à cette passion qui les unissait. La sonnerie continuait de retentir, de plus en plus présente. Vincent releva la tête, aperçut le combiné rouge posé sur l'herbe. Jennifer souriait toujours, presque de manière béate. Elle prit la main de Vincent et la serra dans la sienne.

— Je dois répondre, dit-il.

Elle serra plus fort. Sa tête tournait de gauche à droite en signe de négation sans cesser de sourire.

— Il le faut, insista-t-il.

Elle perdit soudain son sourire, agrippa les mains de Vincent en les serrant si fort qu'il en ressentit une violente douleur.

— Il le faut, répéta-t-il.

Le visage de Jennifer se tordit dans un rictus qui lui déforma le visage. Sa bouche s'ouvrit sur des dents immenses et pointues et elle se mit à pousser un cri sourd. Vincent, pris de panique, tenta de s'extraire de l'étreinte pour se précipiter sur le téléphone rouge, mais n'y parvint pas. La douleur qu'il ressentait particulièrement au bras droit devint insupportable et il eut de plus en plus de mal à respirer. Il voulut crier à son tour, mais aucun son ne sortit de sa bouche. Le souffle lui manquait, il s'étouffait ! Il sombrait ! Il mourait !..

Soudain, il prit une grande respiration, se réveilla en sursaut, se redressa violemment sur le canapé, le cœur en surrégime, la sueur dégoulinant sur sa peau surchauffée, son bras droit ankylosé, douloureux. La sonnerie du téléphone résonnait clairement à ses oreilles. Son crâne lui faisait mal, ses yeux avaient du mal à voir clair, sa bouche était sèche et pâteuse. Il avait une bonne gueule de bois.

Son bras se tendit et sa main réussit à saisir le combiné qu'il porta à son oreille. Il eut beaucoup de mal à parler :

— Allô ! réussit-il à dire.

— Vincent ? Salut, c'est Franck. Je te dérange pas, ça va ?

— Franck ?

Vincent reprenait doucement ses esprits, mais la cuite qu'il avait prise embuait son cerveau quelque peu désorienté.

— Il est quelle heure ? demanda-t-il, secouant la tête pour se réveiller.

— Excuse-moi, il est tard, je sais, mais je pouvais pas attendre pour te parler.

— Me parler ? De quoi, Franck ? s'étonna Vincent.

— J'aimerais qu'on se retrouve quelque part pour ça, si ça ne t'ennuie pas.

Vincent regarda sa montre : vingt-trois heures quarante. Son cœur retrouva un rythme normal, tandis que sa respiration se stabilisait et qu'il retrouvait doucement l'usage de son bras droit.

— Quand, maintenant ? dit-il, de plus en plus surpris.

— Je sais que ça fait tard, mais je t'assure que c'est important, insista Franck.

— Ça ne peut pas attendre demain ?

— Non, il faut que ce soit ce soir, dit-il sur un ton catégorique. Tu peux me retrouver à La civette de l'étoile dans une demi-heure ?

Vincent soupira. Pouvait-il faire cela ? Il n'en était pas certain, dans l'état où il était. Il avait bu comme un trou et, même s'il avait dormi presque trois heures, il n'en demeurait pas moins ivre. Une grande lassitude s'empara de lui. Mais pourquoi Franck voulait le voir maintenant ? Pourquoi devait-il lui parler ? Et pourquoi était-ce si urgent ? Il n'avait qu'une envie, replonger dans le sommeil, retourner dans son rêve retrouver Jennifer. Franck était son meilleur ami depuis de très nombreuses années, depuis leur enfance en fait. S'il insistait pour parler à Vincent maintenant, c'est qu'il devait avoir une très bonne raison. Vincent prit une grande respiration et répondit :

— Ok, à La civette dans une demi-heure. J'espère pour toi que tu as une bonne raison de me faire descendre en ville à cette heure.

— Tu peux me faire confiance, tu le sais ?

— Oui, je sais.

§

La civette de l'étoile était un bar du centre d'Antibes, situé à un carrefour de rues qui formait une étoile, d'où le nom de l'établissement. L'intérieur vieillot ne respirait pas le luxe. C'était un bar de quartier où les habitués venaient briser leur solitude en buvant des canons avec d'autres habitués venus là pour les mêmes raisons. À cette heure tardive, il n'y avait plus que quelques poivrots accoudés au comptoir, qui parlaient et riaient fort en buvant les derniers verres avant la fermeture. Après, ils iraient certainement à la recherche d'un autre établissement encore ouvert pour s'achever avant de rentrer chez eux et de sombrer dans un semi-coma éthylique. Assis à une table, Franck Di Carlo, un garçon d'une trentaine d'années, brun, type méditerranéen, de taille moyenne, large d'épaules, les yeux et les cheveux noirs corbeau, sirotait un Jet 27. Vincent entra dans le bar, la démarche mal assurée, l'équilibre précaire. Il vint s'asseoir à la table de Franck qui, d'ordinaire souriant, avait un visage plutôt fermé.

— Ça va Vincent ? s'inquiéta-t-il, voyant la démarche de son ami.

— Pas fort. Et toi ? Tu n'as pas l'air dans ton assiette non plus, constata-t-il.

— Un peu. Tu comprendras mieux quand je t'aurai raconté pourquoi je t'ai demandé de venir ici, à cette heure.

— Parle, tu m'intrigues, le pria Vincent que son ami venait soudain de réveiller complètement.

— J'ai reçu un coup de fil un peu plus tôt dans la soirée.

— Un coup de fil ? De qui ? Et en quoi ça me concerne ?

— En tout. Une voix curieuse, tu sais comme dans les films, déformée par un filtre. Tu vois ce que je veux dire ?

— Parfaitement, oui.

Franck regarda autour de lui, comme pour s'assurer que personne n'écoutait, puis, en se penchant par-dessus la table vers Vincent, il raconta à voix basse :

— Elle m'a dit de te répéter ça : vous allez prendre contact avec Vincent Delorme. Vous allez lui donner rendez-vous quelque part, dans un endroit à l'abri des oreilles indiscrètes de la police et lui dire que sa femme et sa fille sont en vie, qu'il ne les reverra vivantes que s'il paye une rançon de dix millions d'euros.

Un long silence s'installa entre les deux hommes. Vincent accusait le coup. Il était partagé entre d'une part, la joie d'avoir enfin quelque chose à quoi se raccrocher avec cette demande de rançon et la peur de ce qui pourrait arriver s'il n'arrivait pas à réunir une telle somme. Lui n'avait pas cet argent. Même en vendant sa société, il ne pourrait réunir au mieux que quelques millions d'euros et encore fallait-il trouver un acheteur et réaliser la transaction dans un délai extrêmement court. C'était impossible ! Ses parents étaient peut-être à même de trouver tout cet argent, mais il n'en était pas sûr. Il n'avait jamais su à combien s'élevait leur fortune, même s'il se doutait qu'elle était conséquente. Ce n'était pas des choses dont on parlait dans la famille. Le point positif était bien entendu que Jennifer et Tara étaient en vie. Les ravisseurs ne pouvaient faire autrement, car il était clair qu'avant de payer, ils devraient fournir des preuves de vie indiscutables. Cela le soulageait.

— C'est tout ce qu'ils t'ont dit ? questionna-t-il avec calme.

— Non, pas tout à fait. Ils m'ont dit d'aller voir dans ma boîte aux lettres et de te remettre ce que j'y trouverai.

Franck fouilla dans l'une des poches de sa veste en jeans et en sortit un smartphone qu'il tendit à son ami en ajoutant :

— Y avait ça dans la boîte.

Vincent le prit, déverrouilla l'appareil et consulta le répertoire. Il n'y avait aucun numéro en mémoire. Il fit la moue :

— Ils ne m'ont pas laissé le moyen de les joindre. Je suppose que ce sont eux qui vont me contacter.

— Ces types-là sont des pros, si tu veux mon avis, dit Franck, qui savait bien de quoi il parlait.

C'était le meilleur ami de Vincent, mais lui avait pris une tout autre voix que son ami. C'était un voyou qui avait réussi à se faire une réputation dans le milieu des malfrats. Il était le chef d'une bande qui tenait une partie des établissements de la nuit sur la Côte d'Azur et possédait lui-même plusieurs hôtels, bars, restaurants et cercles de jeux, sans compter les boîtes de nuit, les cabarets et bars de nuit. Un véritable petit empire, qu'il gérait d'une main de fer. Vincent et lui s'étaient connus sur les bancs de l'école et étaient restés les meilleurs amis du monde, malgré les voies très différentes que chacun avait pris. Ils ne se fréquentaient plus officiellement depuis longtemps, mais se retrouvaient de temps à autre pour prendre un verre et discuter. Ils savaient tous deux qu'ils pouvaient compter l'un sur l'autre en cas de besoin.

— Tu vas faire quoi ? demanda-t-il à Vincent.

— Je vais déjà voir si je peux réunir la rançon, ce qui n'est pas sûr et je vais faire ce qu'ils demandent. Je n'ai pas le choix si je veux les revoir vivantes, tu ne crois pas ?

— Fais bien attention, Vincent, les histoires d'enlèvement, c'est compliqué à gérer. Ne verse rien sans être certain que Jennifer et Tara sont en vie et en bonne santé, d'accord ?

— Oui, je suivrai ton conseil.

— C'est très important. Il faut que les ravisseurs en apportent la preuve formelle. Et pour la rançon, tu penses que tu pourras réunir la somme ? C'est costaud dix millions…

— Je n'en sais rien. Moi, je ne les ai pas, en tout cas, avoua-t-il.

— Tes vieux ?

— Je ne sais pas. Ils sont riches, mais est-ce qu'ils ont de quoi payer autant ? C'est difficile à dire.

— Écoute, je pourrai pas te prêter autant d'argent, tu le sais, mais si je peux faire quoi que ce soit pour t'aider, tu sais que tu peux compter sur moi. Tu le sais, hein ?

— Bien sûr que je le sais, Franck. Toi et moi on n'a pas besoin de se le dire, non ? C'est une évidence, il me semble.

— Ouais, c'est une évidence. Écoute, je sais pas pourquoi ils se sont adressés à moi pour te transmettre le message, mais si tu veux, je peux essayer de me rencarder pour savoir si quelqu'un aurait des infos sur ces types ?

— Pourquoi pas ? Je ne sais pas si ça servira à grand-chose, parce que je ne veux pas risquer la vie de ma femme et de ma fille et je ne ferai rien qui puisse compromettre leur libération.

— Je te comprends. Bon, on oublie pour le moment cette idée alors ?

— Oui, peut-être. Je vais déjà voir comment ça se passe. Si vraiment les choses n'allaient pas dans le bon sens, je te contacterai et tu verras alors ce que tu peux faire, c'est mieux.

— Comme tu voudras, mon pote.

Vincent réfléchit :

— Quelqu'un d'autre est au courant, à part toi ?

— Non, personne…

— N'en parle à personne dans ce cas, d'accord ?

— Pas de problème mon pote, je serai muet comme une tombe. Allez, il est tard, je me casse. Et surtout, fais-moi signe si tu as besoin d'aide, d'accord ?

— Compte sur moi.

§

Chapitre V

La demande de rançon

Vincent Delorme était en route pour la demeure de ses parents lorsque la sonnerie du smartphone que Franck lui avait remis la veille retentit. Il sursauta, se précipita sur l'appareil et décrocha :

— Allô ! Allô ! répéta-t-il, un peu fébrile.

Il attendit. Personne ne répondit.

— Allô ! Vous m'entendez ? Je ne vous entends pas, continua-t-il, de la crispation dans la voix.

Il entendit un bruit désagréable, quelques grésillements et enfin une voix grave, métallique, impersonnelle, servie à travers un filtre, qui lui dit :

— Vous avez la rançon ?

— La rançon ? Non ! Comment voulez-vous ? Je n'ai eu le message qu'hier soir tard.

— Je vous donne vingt quatre-heures pour trouver l'argent. Après ça, nous exécuterons votre femme.

— Attendez ! Je ne suis pas sûr de pouvoir réunir une telle somme en si peu de temps. C'est de la folie ! Il va peut-être falloir plusieurs jours pour y arriver !...

Un silence ponctua la conversation. Le ravisseur semblait réfléchir à la situation. Il finit par dire :

— D'accord, je vous contacterai demain pour savoir où vous en êtes. Mais attention ! Si vous essayez de nous embrouiller, de mettre les flics sur le coup ou de tenter quoi que ce soit d'autre, nous tuerons votre femme. C'est bien compris ?

La menace était claire. Ces gens-là n'avaient pas l'air de plaisanter. Vincent déglutit et dit :

— C'est très clair. Je ne tenterai rien qui puisse mettre la vie de ma famille en danger, je vous le jure.

— Très sage de votre part. Nous vous contacterons…

— Attendez ! s'écria Vincent.

— Je vous écoute.

— Qu'est-ce qui me prouve que vous détenez ma femme et ma fille et qu'elles sont en vie ?

— Regardez dans votre boîte aux lettres.

Le ravisseur raccrocha.

§

Vincent roulait sur la basse corniche entre Nice et Villefranche-sur-Mer où résidaient ses parents. Il allait les retrouver pour tenter de trouver l'argent de la rançon. Arrivé dans la petite cité, nichée au fond d'une baie délimitée par le cap de Nice d'un côté et le cap Ferrat de l'autre, il prit une rue qui remontait à flanc de colline pour atteindre la luxueuse propriété qui l'avait vu grandir.

L'Audi de Vincent pénétra dans le parc de la villa, dont l'imposant portail en fer forgé s'était ouvert à son approche. Elle vint s'immobiliser au pied d'un escalier qui conduisait sur un perron qui donnait sur l'entrée principale de la demeure.

Olivier Delorme, cinquante-huit ans, un mètre quatre-vingt-six pour cent kilos, cheveux bouclés, châtains et barbe courte blanchissante, était un homme imposant. Il était le patriarche de la famille Delorme. Avec son épouse Jacqueline, que tout le monde appelait Jackie, il avait eu deux enfants : Vincent, trente-deux ans et Maeva, vingt-neuf ans. Homme d'affaires de talent, il avait hérité d'une moitié de la fortune familiale léguée par ses parents, des industriels du Nord qui possédaient une usine textile à la grande époque de l'industrie française. L'autre moitié de cette fortune était revenue à la sœur aînée d'Olivier, Ophélie, soixante ans. Les Delorme étaient ce que l'on appelait : des grands bourgeois. Des gens très riches et très discrets.

Olivier prenait son petit déjeuner autour d'une table ronde, sur une vaste terrasse, à l'ombre d'un grand parasol couleur terre de sienne, qui prolongeait une magnifique villa bourgeoise construite dans les Années folles, en mille neuf cent vingt-six, sur les hauteurs de Villefranche-sur-Mer. Il avait hérité cette propriété de ses parents, qui l'avaient acquise auprès d'une comtesse italienne ruinée par un époux joueur invétéré, qui avait laissé sa fortune au casino de Monte-Carlo. Depuis presque toutes les fenêtres de la villa l'on avait une vue magnifique sur la rade de Villefranche, le cap Ferrat sur la gauche, le mont Boron et le cap de Nice sur la droite.

Vincent, un mètre quatre-vingt-deux pour soixante-dix-huit kilos, vint s'asseoir face à Olivier qui lisait son journal. Il avait les cheveux bruns, les yeux de sa mère et le visage de son père : le front haut, les pommettes légèrement saillantes, la bouche large et le menton volontaire.

Olivier leva les yeux vers son fils, eu un léger sourire et dit de sa voix grave :

— Alors mon fils, tu as du nouveau ?

— Oui, Papa.

— Bien.

Olivier attendait que Vincent lui donne des explications, mais celui-ci se tut. S'impatientant, il dit :

— Bon, je t'écoute, parle !

— J'aimerais mieux que Maman soit là, avant, si ça ne t'ennuie pas.

— Qu'est-ce qui se passe ? De mauvaises nouvelles ? s'inquiéta-t-il.

— Oui et non. Patiente, j'ai vu Maman dans la cuisine en passant. Elle arrive.

Jacky, la mère de Vincent, une femme élégante, grande et fine, les cheveux blonds mi-longs (elle les teignait car en réalité elle était brune), les yeux bleus, presque turquoise, les rejoint. Elle posa sa main sur celle d'Olivier tout en jetant un regard attendri vers son fils dont elle voyait toute la détresse sur le visage.

— Tu as pris ton petit-déjeuner ce matin ? lui demanda-t-elle, le trouvant amaigri.

— Pas vraiment. J'ai juste avalé un café.

— Sers-toi donc et mange, l'invita-t-elle en montrant les victuailles sur la table d'un geste ample de la main.

— Je n'ai pas très faim à vrai dire, Maman.

— Vincent a du nouveau, lui indiqua Olivier.

— Ah, bien. Alors, est-ce qu'ils ont retrouvé Tara et Jennifer ?

— Non Maman. Assieds-toi, s'il te plaît, lui demanda-t-il d'un ton impérieux.

Madame Delorme regarda son époux, inquiète et se posa dans l'un des fauteuils en fer forgé. Vincent prit une grande respiration avant de commencer :

— J'ai eu des nouvelles de Jennifer et Tara.

— Vraiment ?! s'écria Jackie, émue. Où sont-elles ? Est-ce qu'elles vont bien ?..

— Maman, je t'en prie, la coupa Vincent.

— Laisse-le parler, Jackie, s'agaça Olivier.

Jackie haussa les épaules et se tut, vexée. Vincent reprit :

— J'ai reçu un coup de fil des ravisseurs qui ont kidnappé Jenny et Tara.

— Oh mon dieu ! s'exclama Jackie en se prenant la tête entre les mains, effondrée par la nouvelle.

— Ne t'inquiète pas Maman, c'est plutôt une bonne nouvelle. Elles sont en vie.

— Mais oui, il a raison, ajouta Olivier, c'est la meilleure chose qui pouvait arriver au vu des circonstances actuelles. Je t'avoue mon fils que je suis soulagé. Je m'attendais au pire.

— Oui, mais il y a un gros hic, expliqua Vincent en tordant la bouche.

— Si c'est pour l'argent, nous paierons, affirma haut et fort Olivier qui trouva dans le regard de Jackie son approbation.

— Attends Papa, tu ne connais pas encore la somme que les ravisseurs demandent.

— Peu importe, nous paierons ce qu'il faut.

— Dix millions, Papa ! Dix millions ! appuya-t-il pour bien leur faire comprendre que la somme était colossale, même pour eux sans doute.

— Dans combien de temps dois-tu leur apporter l'argent ? se contenta de demander Olivier, nullement ému par le chiffre astronomique qu'il venait d'entendre.

— Ils le voulaient pour demain matin…

— Demain matin ! le coupa Olivier.

— Oui, mais je leur ai dit que ce ne serait sans doute pas possible. Ils ont compris et me laissent un délai.

— Bon, dit Olivier s'adressant à son épouse, va me chercher le portable et le calepin, s'il te plaît.

Jackie se leva de son fauteuil et sans un mot s'éloigna vers l'intérieur de la demeure. Vincent restait sans voix. Son père n'avait même pas bronché en entendant le montant de la rançon, comme si on lui avait demandé un billet de vingt euros. C'était hallucinant ! Il savait que la fortune familiale était assez conséquente, mais comme ni lui ni sa sœur Maeva n'avaient jamais su à combien elle se montait, il n'avait aucune idée précise de ce qu'elle représentait réellement. Il venait de réaliser à cet instant qu'elle était sans aucun doute beaucoup plus importante que tout ce qu'il aurait pu imaginer. Ce qui l'amena à la réflexion suivante : est-ce que les ravisseurs savaient que les Delorme pourraient payer une telle somme ?

— Papa, commença à dire Vincent, gêné par ce que ses parents étaient en train de faire pour l'aider.

Il fut coupé par Olivier :

— Ça va mon garçon, ça va. Ne t'inquiète de rien. Nous gérons la situation, ta mère et moi. Ne te fais pas de mouron pour l'argent, il vous en restera encore après notre mort.

— Papa, je t'en prie.

— Je plaisante fiston, détends-toi. Notre famille peut supporter ça. Je ne dis pas que nous pourrions en payer dix du même montant, mais ça ira.

— Merci Papa, de tout mon cœur, pour Jennifer et Tara, merci.

— C'est bon mon fils, gardes tes remerciements pour le jour où elles nous reviendront saines et sauves. Et au fait, à ce propos, comment peut-on être certains qu'elles sont bien entre leurs mains et en vie ?

— Ils m'ont dit d'aller voir dans ma boîte aux lettres. Je suppose qu'ils y ont mis une preuve.

— Tu ne l'as pas ? s'étonna Olivier.

— Ils m'ont contacté pendant que je roulais pour venir ici. Je vais rentrer immédiatement à la villa pour voir de quoi il retourne. Je te passe un coup de fil dès que j'ai récupéré la preuve, d'accord ?

— Bon, nous on s'occupe de l'argent pendant ce temps.

— Ah, au fait Papa, n'évoque pas l'enlèvement et la rançon, ni au téléphone, ni avec qui que ce soit. Ils m'ont assuré que si les flics étaient mêlés à tout ça, ils tueraient Jenny.

— C'est entendu mon fils. File vite chez toi pour nous rassurer.

§

Vincent arrêta sa voiture devant le portail de la villa. Il en descendit, alla jusqu'à la boîte aux lettres intégrée dans l'un des piliers qui soutenaient le lourd panneau métallique du portail coulissant. Il l'ouvrit, prit le courrier qui s'y trouvait et remarqua immédiatement une enveloppe à bulles, pas très épaisse. Elle n'avait pas été postée, juste déposée. Il l'ouvrit fébrilement, en extirpa un boîtier de cd transparent qui contenait un DVD inscriptible avec une face blanche imprimable sur laquelle étaient inscrits ces mots :

Voici la preuve – 10 millions – pas de flics.

Vincent remonta dans son véhicule, s'engagea dans l'allée qui menait au garage et de là gagna le salon où il inséra le DVD dans le lecteur de son portable. Son lecteur vidéo se lança et après quelques secondes une pièce sombre apparut. Il distingua de vagues silhouettes plongées dans la pénombre. Il plissa les yeux, s'approcha de l'écran comme pour mieux voir, sans succès. Tout à coup un projecteur illumina la pièce, découvrant Jennifer tenant dans ses bras sa fillette. Elle semblait apeurée mais en bonne santé. Tara n'avait pas l'air traumatisée et jouait avec une poupée. La pièce dans laquelle elles étaient était propre, sans mobilier, juste un matelas jeté à même le sol. Les murs étaient blancs et l'on pouvait distinguer une fenêtre sur la droite, aux volets clos. Vincent entendit une voix masculine, lointaine, qui s'adressait à Jennifer. La jeune femme prit un journal qui était posé près d'elle sur le matelas et l'exhiba devant elle. La caméra fit un zoom dessus. Vincent put lire les gros titres. Ils traitaient des sujets du moment. La caméra zooma sur la date. C'était celle du jour !

— Vincent, mon amour, dit Jennifer en s'adressant à la caméra, Tara et moi allons bien. Nous n'avons pas subi de violences, mais je t'en supplie, fais ce qu'ils te demandent ! Ils ont l'air déterminés et j'ai peur. Si tu ne trouves pas l'argent de la rançon, ils me tueront et tu ne reverras jamais Tara. Je t'aime mon chéri, je t'aime…

La vidéo s'arrêta là. Vincent la repassa et la repassa encore, heureux de voir les deux amours de sa vie.

Après l'émotion suscitée par la vidéo, il sortit sur la terrasse pour reprendre ses esprits. Il projeta son regard au loin, par-delà la ville, la baie et les îles de Lérins, jusqu'à la ligne d'horizon où le ciel et la mer se confondaient dans les brumes de chaleur. Les pensées et les questions se bousculaient dans son esprit et quelque chose le frappa : si les ravisseurs avaient filmé la vidéo ce matin même et qu'ils avaient déposé le DVD dans la boîte aux lettres dans la foulée, tandis qu'il roulait vers Villefranche-sur-Mer, cela voulait dire que Jennifer et Tara étaient détenues tout près d'ici, dans un rayon de quelques kilomètres. Cela voulait dire aussi qu'ils surveillaient la villa et ses faits et gestes. Il se pouvait même que ce soit des personnes qu'il connaissait et croisait régulièrement, qui sait. L'autre point qui intriguait Vincent était la somme astronomique qu'ils avaient demandé. Une rançon d'un tel montant était certainement très rare. Pour demander autant, les ravisseurs devaient savoir que ses parents avaient la capacité financière de payer. Ils étaient bien renseignés, mieux que lui en tout cas. Un autre point encore intriguait Vincent : Jennifer avait assuré dans la vidéo qu'elle et Tara n'avaient pas été maltraitées, ce qui semblait le cas. Pourquoi alors cette mise en scène dans son salon avec du sang sur le tisonnier ? Était-ce destiné à marquer les esprits et à faire peur ? Mais dans quel but ? Ça ne collait pas. Une chose était sûre dans son esprit : le sang n'était pas celui de Jennifer, encore moins celui de Tara, ce qui était plutôt rassurant. Vincent espérait maintenant que ses parents pourraient réunir la somme rapidement et que l'échange se puisse se faire au plus vite.

§

Aymar et Lucas entrèrent dans les locaux d'Intercomp, situés dans un petit bâtiment de deux niveaux aux façades vitrées qui se trouvait au cœur de la technopole de Sophia-Antipolis. Un hall d'accueil, avec un comptoir et une hôtesse, attendait les deux Lieutenants. La jeune femme, blonde, cheveux courts, de grands yeux bleus et un sourire ravageur, les reçut :

— Lieutenants Aymar et Lucas, dit Aymar en montrant sa carte de police à la belle.

— Bonjour messieurs, répondit-elle de sa douce voix, que puis-je faire pour vous ?

— Il y a beaucoup de choses que vous pourriez faire, ma jolie, dit le lieutenant, coureur dans l'âme, mais on pourrait peut-être en parler une autre fois, qu'en pensez-vous ?

La jeune femme perdit son sourire et répondit :

— Vous êtes là pour la disparition de la femme du patron, c'est ça ?

— Hum, perspicace avec ça ! Vous me plaisez.

— Il est toujours comme ça votre copain ? dit-elle, s'adressant à Lucas qui restait silencieux.

— C'est son côté chiant, avoua Lucas. Dès qu'il voit une belle femme, il faut qu'il en fasse des caisses ! Rassurez-vous, il aboie mais il ne mort pas.

— Je vois, que de la tchatche, se moqua-t-elle.

— Eh ! Si je vous dérange, faut le dire, objecta Aymar, vexé par les propos de Lucas à son sujet. Et toi, ça va pas de me faire passer pour un con !

Il tapa avec force sur l'épaule de Lucas, qui vacilla mais ne bougea pas de sa position et se mit à rire de bon cœur.

— Tu l'as bien cherché celle-là ! ajouta Aymar.

— Bon, on peut redevenir sérieux ? dit Lucas. On va passer pour qui auprès de cette charmante jeune femme ?

Aymar se rendit compte qu'en fait, sous ses airs de ne pas y toucher, Lucas était en train de draguer la belle de façon bien plus subtile que lui ne le faisait. Il lui décocha un sourire en secouant la tête et en disant :

— Toi, t'es un sacré malin !

— Vous ne m'avez toujours pas dit ce que vous désirez, rappela l'hôtesse.

— On voudrait vous poser quelques questions au sujet de votre patron, reprit Aymar qui avait retrouvé son sérieux.

— Je vous écoute.

— C'est vous qui étiez à ce poste le jour de la disparition de sa femme et sa fille, le treize juin ?

— C'est toujours moi qui suis à ce poste, sauf quand je suis malade ou en congé.

— Bien. Vous vous souvenez des allez et venues de votre patron ce jour-là ?

L'hôtesse réfléchit longuement avant de dire :

— Je n'en suis pas certaine à cent pour cent.

— Ce n'est pas si vieux, essayez de vous souvenir. Je vais vous aider : est-ce qu'il est arrivé à l'heure habituelle le matin ?

Nouvelle réflexion :

— Je crois.

—Vous croyez ou vous êtes sûre ?

— Le patron est là généralement avant tout le monde. Quand j'arrive, il est déjà dans son bureau, la plupart du temps.

— Il était là ce matin-là ?

— Je suppose.

— Vous n'en êtes pas certaine ?

— J'arrive vers neuf heures moins dix tous les matins, je bois un café au distributeur qui se trouve là, dit-elle en montrant l'appareil qui trônait dans un coin du hall. Je prends mon travail à neuf heures tous les jours. Je ne vois jamais passer le patron devant moi le matin. Ce matin-là n'a pas fait exception à la règle.

— D'accord. Ensuite, au cours de la journée, est-ce qu'il a l'habitude de s'absenter ?

— Il a des rendez-vous à l'extérieur assez régulièrement, oui.

— Le treize, vous souvenez-vous s'il est sorti dans la journée ?

Nouveau silence. L'hôtesse tordit sa jolie bouche, plissa le front, preuve d'une intense réflexion :

— Oui, je me souviens qu'il a quitté le bâtiment à l'heure du déjeuner. C'est assez rare à cette heure de la journée. Il déjeune sur le pouce la plupart du temps. Il est très occupé, vous savez.

— Il vous a dit où il allait ? demanda Lucas.

— Le patron ne me dit jamais ce qu'il fait. Je suis juste à l'accueil, pas sa secrétaire. Pour connaître son emploi du temps, il faut vous adresser à Marjolaine. C'est elle sa secrétaire.

— On va le faire, merci. Vous vous rappelez à quelle heure il est revenu ?

— Je ne pourrai pas vous dire à quelle heure précise, mais je suis sûre que c'était dans le milieu de l'après-midi. Je dirai entre quinze heures trente et seize heures.

— Comment vous pouvez en être sûre ?

— Parce que c'est là que je prends une pause pour boire un coca bien frais et je me souviens que le patron est rentré à ce moment-là. Quand il m'a vue près du distributeur, il est venu me parler et a bu un café avec moi.

— Il a l'habitude de faire ça ? se demanda Aymar.

— Pas vraiment.

— De quoi avez-vous parlé ? s'enquit Lucas.

— De tout et de rien.

— Mais encore ?

— Il m'a demandé si je me plaisais ici, si mon travail n'était pas trop ennuyeux, si ça allait dans ma vie en général.

— Curieux non, pour quelqu'un que vous ne croisez que rarement ? fit remarquer Aymar.

— Je ne l'ai pas vu comme ça. Il est très occupé et a rarement le temps de discuter avec ceux qui ne sont pas dans son entourage immédiat. Ce jour-là, il semblait avoir un peu de temps devant lui. C'était l'une des rares fois où je l'ai vu faire une pause devant le distributeur de boissons.

— Il est reparti vers quelle heure ensuite ?

— Je n'en sais rien. Je quitte à dix-huit heures et le patron part toujours le dernier, sans doute vers dix-huit heures trente, dix-neuf heures.

— Bien, nous vous remercions pour ces infos, Mademoiselle, dit Lucas. Vous pouvez nous dire où nous pouvons trouver la secrétaire de monsieur Delorme, Marjolaine, c'est ça ?

— C'est ça. Au premier étage, au fond de l'open space, la porte de gauche, mais attendez, je vais la prévenir de votre arrivée.

— C'est inutile, on va lui faire la surprise, objecta Aymar.

§

Marjolaine Martins était une jeune femme grande, plantureuse, avec une chevelure rousse abondante, un visage agréable et des yeux gris-bleu. Aymar sut du premier coup d'œil que c'était une créature qui n'avait pas froid aux yeux avec les hommes. L'expérience du coureur qu'il était, sans doute. Et Marjolaine sut au premier coup d'œil à quel genre d'homme elle avait affaire avec Aymar.

— Vous êtes Marjolaine ? demanda celui-ci, entrant dans son bureau.

— C'est moi, pourquoi ?

— Lieutenants Aymar et Lucas, Madame.

— Mademoiselle, précisa-t-elle.

— Nous aurions quelques questions à vous poser au sujet de l'emploi du temps de votre patron pour la journée du treize juin.

— Ah oui, c'est pour la disparition de sa fille et de sa femme, c'est ça ?

— C'est ça, Mademoiselle.

— Que voulez-vous savoir exactement, lieutenant ?

— Nous aimerions éclaircir quelques points sur son emploi du temps de ce jour-là. Par exemple, savoir s'il avait des rendez-vous de prévus à l'extérieur ?

— Un instant, je consulte son planning.

La jeune femme se mit à pianoter frénétiquement sur les touches de son clavier d'ordinateur et dit :

— Le treize, il n'avait pas de rendez-vous.

— Il ne devait pas s'absenter à l'heure du déjeuner ?

— Non, pas de rendez-vous.

— Vous êtes sûre ?

— Oui… Quoique…

Elle réfléchit un moment avant d'ajouter :

— Il n'avait pas de rendez-vous professionnels, mais il s'est effectivement absenté pour une affaire personnelle.

— Quel genre d'affaire ?

— Ça, il ne me l'a pas dit, c'était personnel, fit-elle remarquer.

— Ça lui arrive souvent de s'absenter pour affaires personnelles ? demanda Lucas.

— Ça peut arriver parfois, oui. C'est le patron, il fait ce qu'il veut.

— Vous souvenez-vous à quelle heure il est revenu de son rendez-vous ?

— Oui, il était quinze heures trente-cinq exactement.

— C'est très précis, fit remarquer Aymar.

— Je regarde toujours la pendule murale lorsque le patron part ou arrive, une vieille habitude.

— Et vous vous souvenez avec précision de son heure de retour, ce jour-là ?

— Oui, ça ne fait pas si longtemps. Vous m'auriez demandé de vous donner une heure précise pour une journée située il y a deux mois, je n'aurais sans doute pas pu vous répondre, mais là...

— Là quoi ?

— Non, rien, c'est tout frais, c'est ce que je veux dire, c'est tout.

— D'accord. Bon, nous vous remercions de votre coopération, Mademoiselle, termina Aymar.

— Ce fut un plaisir, lieutenant, dit-elle en faisant un large sourire à Aymar qui lui répondit par un non moins large sourire.

Les deux lieutenants quittèrent les locaux d'Intercomp.

— Pour l'instant, son histoire a l'air de se tenir, fit remarquer Lucas tandis que les deux hommes regagnaient leur véhicule.

— Pour l'instant, tout ce dont on est sûr, c'est qu'il a quitté le bureau vers douze heures quinze et qu'il est revenu vers quinze heures trente. Entre-temps, on ne sait pas ce qu'il a fait. On va aller au Martinez de Cannes, interroger le personnel de l'hôtel pour vérifier son histoire de rendez-vous avec un soi-disant collectionneur de poupées.

§

Le luxueux hôtel Martinez de Cannes se situe sur la fameuse Croisette, la promenade du bord de mer de la ville. C'est une imposante bâtisse de sept étages, avec une façade d'une centaine de mètres de long, de style Art déco, construite dans les années vingt. Aymar et Lucas présentèrent au portier leurs cartes de police et lui montrèrent la photo de Vincent Delorme. Il n'était pas présent le treize juin, c'était son jour de repos. Les deux lieutenants pénétrèrent dans le vaste hall d'accueil soutenu par deux rangées de colonnes carrées, qui créaient une séparation entre plusieurs coins d'attente et de détente, constitués de canapés et de fauteuils confortables. Le sol, en marbre beige ceinturé de frises de marbre roux, brillait comme la surface d'un lac aux eaux immobiles. Des clients allaient et venaient dans cet espace grandiose et luxueux, vêtus d'habits de marques : costumes italiens pour les hommes, robes et ensembles de Paris pour les femmes. Un lieu comme le Martinez respirait le luxe et l'argent. Ce n'était pas le quotidien des lieutenants, même s'il leur arrivait parfois de côtoyer ce monde, à la faveur d'une enquête, comme c'était le cas actuellement. Ils se dirigèrent vers le bar de l'hôtel, une vaste salle aménagée de petites tables et de fauteuils recouverts de cuir aux couleurs havane et beige, le tout posé sur une moquette rouge. Les deux hommes se dirigèrent droit vers le bar et s'installèrent sur des chaises hautes, en bois, à l'assise de cuir beige. Ils furent dévisagés par le barman, vêtu d'un costume bleu pétrole, d'une chemise blanche et d'une cravate dans les tons bois du mobilier. Aymar fut le premier à sortir sa carte de police, qu'il lui tendit bien en évidence en disant :

— Police. Lieutenants Aymar et Lucas. Nous avons des questions à vous poser.

— À moi ? s'étonna le barman.

— On va commencer par vous, mais j'aurai sans doute besoin de parler à vos collègues aussi. Je suppose que vous n'êtes pas seul, ici ?

— Non, bien sûr. C'est à quel sujet, lieutenant ?

— Vous étiez de service le treize, aux alentours de treize heures, treize heures trente ?

— Le treize ? C'était quel jour le treize ?

— Un lundi.

— Alors oui, j'étais de service ce jour-là.

Aymar sortit la photo de Vincent Delorme de la poche intérieure de sa veste et la tendit au barman :

— Est-ce que cette tête vous dit quelque chose ?

L'homme regarda attentivement la photo, puis tordit la bouche dans une moue dubitative en répondant :

— Pas spécialement. Pourquoi, ça devrait ?

— Cet homme prétend avoir eu un rendez-vous ici le treize à l'heure du déjeuner. On vérifie ses déclarations.

— Ah, je vois. Il a fait quelque chose de grave ?

— Peut-être bien. Alors, ça ne vous dit rien ?

— Franchement… non. Mais vous savez, on voit pas mal de monde toute la journée et se rappeler d'un visage parmi tant d'autres… s'il n'a pas fait quelque chose qui sorte de l'ordinaire…

— Je comprends. A part vous, il y avait qui ce jour-là ? demanda Lucas.

— Robin, le serveur qui est là-bas, dit-il en le montrant du doigt. Amed, notre spécialiste des cocktails, il est allé au sous-sol chercher des bouteilles d'alcool et sera là dans un petit moment et Jeanne, la serveuse que vous voyez dans le coin, là-bas.

— Ok, merci, on va aller les interroger.

Aymar et Lucas se dirigèrent vers Robin, un grand gaillard dégingandé, qui officiait dans le salon où quelques clients discutaient, attablés devant des boissons fraîches. Ils attendirent que le serveur ne soit plus occupé à discuter avec les clients pour l'approcher et se présenter à lui :

— La police ? s'étonna Robin. Qu'est-ce que je peux faire pour vous, messieurs ? dit-il, quelque peu dédaigneux.

— Vous étiez de service le treize ?

— C'était quel jour ça ?

— Le treize juin, répondit Aymar.

— Ça, j'avais compris, dit-il, trouvant la réponse stupide. Quel jour de la semaine : lundi, mardi…

— Lundi.

— Oui, je travaillais ce jour-là.

— Reconnaissez-vous cet homme ? dit Aymar en lui montrant la photo de Vincent.

Robin la prit en main et la regarda quelques secondes avant de dire :

— Ça ne me dit rien. Pourquoi, ça devrait ?

— Vous êtes sûr de vous ? Vous ne voulez pas regarder mieux ?

— J'ai très bien regardé, s'offusqua le serveur. Inutile d'y passer plus de temps. Pour moi, c'est non, je ne l'ai pas vu.

Devant le ton catégorique de Robin, les deux lieutenants n'insistèrent pas et tentèrent leur chance du côté de Jeanne, la serveuse qui rangeait des napperons dans un petit meuble discret, au fond de la salle. La photo lui fut présentée. Elle prit le temps de bien la regarder, contrairement à Robin. Après une vingtaine de secondes, elle dit :

— Cette tête me dit quelque chose, mais je ne suis pas certaine de l'avoir vu ici.

— Essayez de vous souvenir, c'est important, insista Lucas.

— Qu'a-t-il fait cet homme ? s'inquiéta-t-elle.

— On ne peut pas vous le dire, Mademoiselle, répondit Aymar, que le joli visage de Jeanne ne laissait pas insensible. À se demander quelle femme pouvait le laisser insensible, celui-là.

— Je vous l'ai dit : je l'ai peut-être déjà vu, ce n'est pas plus sûr que ça et je ne saurais pas dire où.

— Le treize juin, un lundi, ici, non ? insista Aymar.

— Non, je ne pourrais pas l'affirmer, désolé.

Bien, merci mademoiselle d'avoir répondu à nos questions.

Il ne restait plus à nos deux compères qu'Amed, le spécialiste des cocktails, à interroger. Il revenait du sous-sol, chargé de cartons de bouteilles d'alcool, lorsqu'ils arrivèrent à sa hauteur :

— Vous êtes Amed ? demanda Lucas.

— C'est bien moi, Monsieur, répondit-il, une pointe d'accent du Maghreb dans la voix.

— Le lundi treize, vous étiez de service ?

— Non, pas le treize, Monsieur, pourquoi ?

— Vous êtes sûr de vous ? s'étonna Aymar.

— Oui, pourquoi ?

— Le barman nous a affirmé que vous étiez ici ce jour-là ?

— Il s'est trompé, Monsieur. D'habitude, je travaille le lundi, c'est vrai, mais le treize j'avais demandé ma journée pour pouvoir conduire ma fille chez un docteur, à Nice.

— Vous n'avez pas travaillé du tout, ce jour-là ?

— Non, je vous l'ai dit, j'avais pris ma journée. Je peux savoir pourquoi vous me posez toutes ces questions ? s'inquiéta-t-il soudain.

— Nous enquêtons sur une affaire qui ne vous concerne pas, rassurez-vous. Désolé de vous avoir dérangé.

Aymar et Lucas profitèrent de leur présence pour montrer la photo au portier de l'hôtel ainsi qu'à deux ou trois employés rencontrés au hasard, sans plus de succès. Il devenait évident que Vincent Delorme avait menti sur son emploi du temps du jour de la disparition de son épouse.

§

Antoine Priolo

Chapitre VI

Arrestation pour meurtre

L'attente était insoutenable. Deux jours que Vincent attendait que l'argent soit réuni ! Les ravisseurs téléphonaient toutes les douze heures pour lui mettre la pression. Olivier Delorme faisait tout ce qui était en son pouvoir pour activer les choses, mais rassembler en un seul lieu et en liquide dix millions d'euros n'était pas une mince affaire. En attendant, Vincent se jetait à corps perdu dans le travail pour tenter de faire passer le temps au plus vite. Les affaires de sa société prospéraient et ce n'était pas l'activité qui manquait. D'autant qu'il était sur le point de signer un contrat mirifique avec une très grande entreprise américaine, ce qui allait propulser son affaire au rang de grande entreprise, elle aussi. Cela faisait plus de deux ans que sa société était sur le dossier et il ne restait plus qu'Intercomp et deux autres concurrents sur le coup. Vincent avait eu vent par une connaissance que c'était son entreprise qui était la mieux placée pour remporter le contrat. Pourtant, malgré cela, Il n'avait pas le cœur à l'ouvrage. Son esprit tout entier était accaparé par l'enlèvement des siens. Il devait faire des efforts à chaque instant pour se concentrer sur les dossiers, pour écouter ses collaborateurs, pour discuter avec les clients. C'était épuisant.

Vincent fut tiré du dossier qu'il parcourait par le bruit d'une agitation anormale dans l'open space, d'ordinaire très calme, de l'entreprise. La porte de son bureau s'ouvrit brusquement laissant apparaître Marjolaine, sa secrétaire, le visage décomposé, écartée sans ménagement par le lieutenant Lucas qui précédait Castillo, Galantini et Aymar. Galantini et Lucas firent le tour du bureau en passant de part et d'autre et vinrent se placer derrière Vincent, tandis que Castillo prononçait avec force ces mots :

— Vincent Delorme, je vous arrête pour le meurtre de votre épouse, Jennifer Leguet Delorme survenu le treize juin à votre domicile ! Vous êtes en garde à vue à compter de maintenant et pour une durée minimum de vingt quatre-heures, qui pourra être prolongée si besoin de vingt quatre heures supplémentaires. Vous avez le droit de vous faire examiner par un médecin, de prévenir un proche, de vous faire assister par un avocat et de garder le silence. Vous avez également le droit de consulter le procès-verbal constatant votre garde à vue, l'éventuel certificat médical établi par le médecin et les procès-verbaux de vos auditions. Est-ce que vous avez bien compris tout ce que je viens de vous dire, monsieur Delorme ?

Castillo tendit un document à Vincent. Celui-ci le prit et, abasourdi, demanda :

— Qu'est-ce que c'est ?

— Ça reprend ce que je viens de vous dire. Vous pouvez le lire si bon vous semble.

Vincent eut un haut-le-cœur, regarda sa secrétaire, les lieutenants et finit par tourner son regard vers l'extérieur par la large baie qui éclairait la pièce, secouant la tête en signe de négation, tandis que les lieutenants le relevaient de son fauteuil et lui passaient les menottes manu militari.

— C'est insensé ! s'écria-t-il, s'adressant à Castillo. Je n'ai rien fait ! Vous commettez une grave erreur, inspecteur !

— C'est ça oui, ricana Castillo. Vous dites tous ça.

— Je n'ai pas tué ma femme ! J'aime ma femme ! Elle n'est pas morte ! Elle n'est pas morte ! criait-il alors que les lieutenants le sortaient de la pièce.

Castillo jeta un regard satisfait à Galantini et dit aux policiers présents :

— Fouillez-moi ce bureau de fond en comble. On va voir s'il n'est pas coupable celui-là !

— Il va avoir du mal à justifier le sang sur la chemise, c'est sûr, dit Galantini d'un air amusé.

— Allez, viens Galantini, on va se payer ce salopard !

§

Vincent était assis, seul, menotté, face au bureau de Castillo. Il s'agitait sur sa chaise inconfortable, énervé de se trouver là, entravé et soupçonné du meurtre de sa femme alors qu'il savait qu'elle était en vie et séquestrée, quelque part non loin de là. Il aurait voulu le dire aux policiers, leur montrer la vidéo que les ravisseurs avaient fait d'elle et Tara, mais il ne devait le faire sous aucun prétexte. Cela aurait mis leur vie en danger. Que faire alors ? S'il parlait, il risquait la vie des siens et s'il ne parlait pas, il risquait de ne pas pouvoir faire l'échange de la rançon contre leur vie et la risquer également. Ce qu'il ne comprenait pas pour le moment, c'était les raisons qui avaient poussé Castillo à le mettre en examen pour meurtre ? Quelles preuves avait-il pour cela ? Comment pouvait-on accuser quelqu'un de meurtre sans qu'il y ait de cadavre et surtout sans qu'il y ait meurtre ? C'était insensé !

Le capitaine Castillo entra dans la pièce, accompagné de Galantini et d'Aymar. Chacun gagna son bureau en silence. Castillo regarda Vincent droit dans les yeux, semblant y chercher quelque réponse aux questions qu'il devait se poser. Il se pencha sur le côté droit, empoigna une pochette plastique transparente, fermée hermétiquement puis il se leva, fit le tour du bureau et posa ses fesses sur l'angle à droite de Delorme. Il se pencha sur lui et dit, brandissant la pochette sous les yeux du prévenu :

— Vous reconnaissez cette chemise monsieur Delorme ?

Vincent détailla le vêtement tâché de sang contenu dans la pochette. Il avait bien une chemise qui ressemblait à celle que l'on exhibait sous ses yeux, mais de là à dire que c'était celle-là… Il haussa les épaules et répondit :

— J'ai une chemise qui ressemble à celle-ci, mais je ne peux pas dire que je reconnaisse cette chemise-ci.

— Vous êtes sûr ? Regardez-la bien, insista Castillo, parce que cette chemise provient d'un sac poubelle trouvé dans un conteneur situé dans votre propriété... Alors, ça vous revient maintenant ? C'est votre chemise, oui ou non ?

— Je ne peux pas l'affirmer. De plus je ne me suis jamais blessé en portant l'une de mes chemises. J'en déduis donc que ça ne doit pas être l'une des miennes.

Vincent s'étonna lui-même de demeurer aussi calme devant les lieutenants qui s'acharnaient sur lui. Il y a cinq minutes encore il s'énervait tout seul sur sa chaise et là, il se contrôlait et ne lâchait rien.

— Vraiment ? s'étonna le capitaine. Cette chemise a été retrouvée dans votre villa et vous me dites que ce n'est pas l'une des vôtres ? Elle serait venue là par hasard ? Ce serait peut-être celle d'un voisin ? ironisa-t-il. Qu'en pensez-vous ?

— Je ne peux pas expliquer pourquoi cette chemise était chez moi, dans un sac poubelle à l'intérieur de mon conteneur, mais je vous jure que je n'ai jamais eu de chemise couverte de sang. Et puis de toute façon, vous devriez faire analyser le sang, vous verrez qu'il ne s'agit pas de celui de mon épouse.

Vincent semblait sûr de lui en disant cela et pour cause : il savait bien que Jennifer n'avait pas été blessée.

Castillo et les deux autres lieutenants se regardèrent, médusés par l'aplomb de Delorme. Il niait l'évidence alors que la preuve était sous ses yeux et en plus il les prenait pour des imbéciles ! Il ne manquait pas de toupet !

— C'est ce que nous avons fait, monsieur Delorme, vous pensez bien, expliqua Castillo.

— Bon, alors vous savez que ce n'est pas le sang de Jennifer, se réjouit Vincent. Qu'est-ce que je fais ici dans ce cas ?

— Le problème, monsieur Delorme, c'est que justement c'est bien le sang de votre épouse qui est sur cette chemise, ajouta calmement Castillo.

Vincent devint blême. Il comprit soudain que c'était à cause de cette chemise maculée de sang qu'il avait été mis en examen. Il vivait un cauchemar ! Jamais il n'avait taché une chemise avec le sang de qui que ce soit, ni le sien, ni celui de sa femme ou de quelque personne que ce soit. Il ne comprenait pas ce qui était en train de se produire. Comment ce vêtement avait-il atterri dans un sac poubelle à l'intérieur de son conteneur ? Qui l'y avait déposé ? Et dans quel but ? Les ravisseurs ? Il ne voyait pas l'intérêt qu'ils auraient pu avoir à faire cela ? Non, c'était absurde ! Eux, ce qu'ils voulaient, c'était l'argent, rien de plus. Mais alors qui et pourquoi ? Et si c'était bien le sang de Jennifer sur la chemise, cela voulait dire que, contrairement à ce qu'elle avait dit sur la vidéo, elle avait été blessée. Le plus curieux était que son sang se soit trouvé sur l'une de ses chemises. Elles étaient rangées dans sa penderie, à l'étage et, à moins que quelqu'un en ait pris une délibérément pour y verser du sang, elles n'avaient aucune raison de se retrouver dans cet état. Alors Vincent commença à penser qu'il pouvait s'agir d'une machination contre lui. Quelqu'un voulait-il faire croire qu'il avait assassiné son épouse ? Pourquoi ? Qui pouvait lui en vouloir au point de monter un tel scénario ? Il ne se connaissait aucun ennemi, personne à qui il aurait pu faire du mal au point qu'il veuille se venger de lui. À moins que ce ne soit une affaire liée à son activité professionnelle ? Un concurrent qui n'aurait trouvé que ce moyen de se débarrasser d'Intercomp en mettant son P.D.G. dans une situation difficile. S'il était écroué, la presse s'emparerait de l'affaire et ses clients quitteraient le navire, surtout dans une activité où la confiance était primordiale. Et surtout, il perdrait l'énorme contrat qu'il était sur le point de signer. Le problème est que cela ne collait pas avec l'enlèvement. Ou alors, deux affaires distinctes se télescopaient peut-être ? Le kidnapping d'une part et une sombre affaire de concurrence d'autre part. À ce stade il fallait tout envisager. Puis, Vincent se dit que penser à une machination était ridicule. Pour verser le sang de Jennifer sur la chemise, il aurait fallu l'obtenir d'une façon ou d'une autre et Jennifer était actuellement aux mains de ses ravisseurs, ce qui excluait la chose. Et, à moins qu'elle soit elle-même partie prenante de cette machination, ce qui était encore plus ridicule, ce n'était absolument pas possible. Mais alors d'où provenait ce sang sur cette chemise ? Quand s'y était-il retrouvé et pour quelles raisons ? Cela demeurait un mystère pour le moment, mais Vincent était certain qu'il devait y avoir une explication logique et qu'il finirait bien par comprendre.

— Qu'avez-vous à répondre à ça ? questionna Castillo sur un ton plus sec, moins courtois.

— Que je n'ai jamais vu cette chemise tâchée de sang. Si vous l'avez trouvée dans ma propriété, c'est que quelqu'un l'a déposée là. Et êtes-vous certain qu'il s'agit bien du sang de ma femme ? Parce qu'il est impossible que ce soit le sien, j'en suis certain pour ma part.

— Quelqu'un l'a déposé là et vous êtes certain que ce n'est pas le sien, répéta Castillo qui hallucinait devant les réponses de Vincent. Vous avez intérêt à trouver une autre explication, faites-moi confiance. Le juge d'instruction ne vous fera pas de cadeaux, quand vous serez déféré devant lui, si vous lui sortez ce genre de connerie !

— C'est pourtant la vérité.

— Allons monsieur Delorme, vous n'allez pas nous faire croire ça tout de même ! lança Castillo sur un ton plus agressif. Nous avons une chemise qui vous appartient, couverte du sang de votre épouse, laquelle a disparu ainsi que votre fille, un tisonnier également couvert de son sang et vous voulez nous faire croire que vous n'êtes pour rien dans son assassinat ? Vous vous foutez de notre gueule ! cria-t-il, la colère prenant le dessus.

Vincent demeura étonnamment calme. Était-ce le fait qu'il savait que Jennifer n'était pas morte qui le confortait dans l'idée qu'il ne pourrait pas être plus inquiété que cela ? Sans doute. Pourtant, les preuves s'accumulaient contre lui, il en était conscient. Comment allait-il se sortir de cette épreuve ? Et s'il était écroué, qui pourrait porter la rançon aux ravisseurs ? Son père ? C'était dangereux. Vincent ne voulait pas mêler ses parents à cette affaire plus qu'ils ne l'étaient déjà. Il lui fallait son avocat. Pourquoi n'était-il pas là ? Il décida de ne plus rien dire qui puisse le compromettre un peu plus, jusqu'à son arrivée.

— Je ne parlerai plus qu'en présence de mon avocat, désormais, dit-il. Du reste, pourquoi est-ce qu'il n'est pas encore là ? Je l'ai appelé il y a près de deux heures.

— Ben voyons ! Il faudra vous en passer pour le moment. Il ne pourra être à vos côtés qu'après la douzième heure de garde à vue.

— C'est légal, ça ? s'étonna-t-il.

— Si le procureur l'ordonne, oui.

— Eh bien, la journée va être longue alors, ajouta Vincent avant de se murer dans le silence.

— Parlez-nous de vos rapports avec votre épouse, monsieur Delorme, continua Castillo. Vous vous entendiez bien ? Il n'y avait pas de frictions dans votre couple ?

Vincent demeura silencieux.

— Elle ne vous agaçait pas ? Vous ne vous mettiez pas en colère contre elle ? Une petite baffe de temps à autres, histoire de la remettre à sa place, non ? Racontez-nous, monsieur Delorme.

— Oui, c'est ça, expliquez-nous comment on doit traiter sa femme quand elle est insolente ? ajouta Galantini, furieuse devant cet homme violent, qui se voulait bien sous tous rapports.

— Expliquez-nous comment il faut frapper pour que ça fasse mal sans trop laisser de traces, monsieur Delorme ? renchérit Aymar.

C'en était trop pour Vincent. Toutes ces insinuations le mettaient hors de lui. Il n'avait jamais porté la main sur sa femme, pas plus que sur quiconque d'ailleurs. Il sortit de son silence, furieux :

— Vous délirez ! Qui vous a mis ces conneries dans la tête ?! Jamais je n'ai touché ma femme, pas plus que ma fille ! Nous sommes un couple qui s'aime et il n'y a pas de problème entre nous. Et quand bien même il y en aurait, jamais je ne toucherai un cheveu de Jennifer, vous m'entendez !

Castillo applaudit, ce qui dérouta Vincent :

— Bravo monsieur Delorme ! Quelle belle tirade ! vous en seriez presque convaincant… presque… sauf que nous avons le témoignage de voisins à qui s'est confiée votre épouse sur les maltraitances qu'elle subissait de votre part…

— Les maltraitances ? coupa-t-il. Quelles maltraitances ? Ils mentent ! C'est impossible ! Jamais je n'ai touché ma femme ! Vous pouvez interroger notre entourage, tout le monde vous confirmera qu'il n'y avait pas de nuages dans notre couple !

— Ils mentent ? C'est votre argument de défense ? ironisa Castillo. Expliquez-moi pourquoi un couple d'octogénaires mentirait sur ce sujet ? L'envie de vous nuire, peut-être ? ricana le capitaine.

— Je n'en sais rien, avoua Vincent. C'est qui ces voisins à qui ma femme se serait confiée ?

— Peu importe, ce n'est pas le sujet.

— Au contraire. Si ces personnes veulent me nuire, il faut que je sache qui c'est et pourquoi, vous ne croyez pas ? C'est bien trop grave comme accusation.

— Avez-vous eu un différend avec l'un de vos voisins ? demanda Aymar.

— Non, aucun. Je n'en connais que très peu à vrai dire. Et encore, c'est bonjour bonsoir et un mot échangé sur le temps qu'il fait, c'est tout.

— Jamais le moindre conflit ? renchérit Castillo.

— Non, jamais, dit Vincent, haussant les épaules.

— Alors, pourquoi voulez-vous qu'un voisin puisse vouloir vous nuire ? Il n'y a aucune raison, n'est-ce pas ?

— Aucune, à ma connaissance, précisa-t-il.

— Le problème, monsieur Delorme, c'est qu'ils sont témoins oculaires de l'état dans lequel il vous arrivait de mettre votre femme.

Vincent hausa à nouveau les épaules :

— C'est du délire ! Mais d'où ils sortent ces gens-là ? Comment est-ce qu'ils peuvent porter de telles accusations contre moi ? Ma femme n'a jamais subi la moindre violence de ma part !

— Vous savez, vous devriez rapidement changer de système de défense, lui conseilla Castillo. Devant un juge d'instruction votre comportement ne vous servira pas.

— Un juge d'instruction ? Pourquoi, vous m'accusez formellement du meurtre de mon épouse ? s'étonna-t-il.

— Tout vous accuse, monsieur Delorme, laissa tomber calmement le capitaine. Vous ne vous en sortirez pas. Le mieux est de tout nous avouer maintenant. C'est un crime passionnel, le juge comprendra. Si votre avocat est bon, vous prendrez quinze ans et si vous vous tenez tranquille, dans huit ans, vous êtes dehors. Vous êtes jeune, vous aurez encore la vie devant vous.

Vincent pouffa :

— Vous prenez vraiment vos désirs pour des réalités, capitaine Castillo. Jamais je n'avouerai un crime que je n'ai pas commis. Vous êtes en train de commettre une erreur monumentale dans cette affaire. J'espère que bientôt vous vous en rendrez compte. En attendant, je n'ai plus la moindre intention de parler sans la présence de mon avocat.

Castillo et Galantini tentèrent de le faire avouer en lui mettant la pression, en vain. Vincent ne décocha plus un mot jusqu'à l'arrivée de Max Renard, son beau-frère avocat.

— Que reprochez-vous à mon client exactement ? s'informa-t-il auprès de Castillo.

— Nous le soupçonnons fortement d'avoir tué son épouse, maître, répondit-il.

— Vincent Delorme, tuer son épouse ! Vous avez des preuves solides j'espère, inspecteur ? Et, bien entendu, vous avez retrouvé le corps ? ajouta-t-il d'un air entendu.

— Pas encore, mais ça ne saurait tarder.

— Bien, dans ce cas, je ne vois pas ce que mon client fait encore dans vos locaux, capitaine. Pas de corps, pas de meurtre. Vous avez autre chose ?

— Oui, une chemise de monsieur Delorme couverte du sang de sa femme.

— Vous êtes sûr qu'il s'agit bien du sang de Jennifer ?

— Certain. Le labo l'a confirmé. Mais il n'y a pas que ça. Une voisine a recueilli les confidences de madame Delorme sur la maltraitance qu'elle subissait de la part de son époux depuis pas mal de temps déjà. Elle a même affirmé avoir vu madame Delorme le visage tuméfié et sanguinolent lorsqu'elle s'est réfugiée chez elle, un jour.

— Cette voisine a-t-elle vu mon client porter des coups à sa femme ?

— Pas directement.

— Pas directement. Donc, vous n'avez d'elle que des propos rapportés soi-disant de l'épouse de mon client, c'est bien ça ?

— Oui, mais c'est une vieille dame qui n'a aucun intérêt à nous mentir, objecta Castillo.

— Une vieille dame ? Quel âge ?

— Ce n'est pas important, rétorqua-t-il.

— Quel âge ? insista l'avocat.

— Quatre-vingt-un ans.

— D'accord. Donc, vous avez le témoignage indirect d'une voisine âgée de quatre-vingt-un ans sur d'hypothétiques brimades et coups dont l'épouse de mon client aurait fait l'objet, exact ?

— Ce n'est pas exactement ça, maître.

— Pas exactement ça ? Expliquez-moi ce que c'est alors, capitaine, parce que moi tout ce que je vois ce sont des on-dit, des ragots, des racontars, du sang sur une chemise, mais pas de cadavre, pas de preuves directes de l'implication de mon client dans une affaire de meurtre.

— C'est un faisceau de présomptions, tout de même, se défendit le capitaine.

— Je peux avoir le procès-verbal de l'audition de mon client, s'il vous plaît, capitaine ?

— Oui, bien entendu, maître, dit Castillo, lui tendant le document.

Max Renard parcourut le procès-verbal de l'interrogatoire pendant qu'il s'entretenait avec Castillo. Il releva que Vincent niait avoir vu cette chemise couverte de sang. Il dit au capitaine :

— Mon client vous a dit qu'il n'avait jamais vu cette chemise couverte de sang, qu'il soupçonnait quelqu'un de malintentionné de l'avoir déposée... où ça déjà... ah oui, dans la poubelle de la villa.

— Maître, nous savons vous et moi que les coupables sont tous innocents des faits qu'on leur reproche, dit Castillo sur le ton de quelqu'un qui ne croit pas un mot de ce qu'il entend.

— Capitaine Castillo, vous et moi savons aussi que pour condamner quelqu'un pour meurtre, il faut un peu plus qu'une chemise tachée de sang et le témoignage indirect d'une voisine âgée de plus de quatre-vingts ans.

— Oui, mais il n'y a pas que ça, maître. Votre client nous a menti.

— À quel propos ?

— Il a affirmé que le jour du meurtre...

— De la disparition, capitaine, pas du meurtre, le coupa Max. Cette histoire de meurtre est juste une supposition que vous faites, fondée sur aucune réalité.

— De la disparition, rectifia Castillo, il avait un rendez-vous pour vendre deux poupées de collection appartenant à son épouse, au Martinez de Cannes. Or, il se trouve que nous avons enquêté et que personne ne se souvient avoir vu votre client au bar du Martinez ce jour-là, ni aucun autre jour du reste.

— Et alors ? Parce que personne ne se souvient de mon client, il est un menteur ?

— Avouez que c'est tout de même curieux, non ?

— Et vous en déduisez quoi au final ?

— Que votre client n'était pas au Martinez à l'heure qu'il nous a indiquée et qu'il a très bien pu en profiter pour aller se débarrasser du corps de son épouse, tuée sans doute la veille au soir ou le matin même lors d'une dispute.

Max Renard prit une grande respiration avant de dire, sur un ton solennel :

— Capitaine Castillo, je vous demande de relâcher immédiatement mon client. Le dossier est vide. Vous n'avez aucune raison valable de le garder à vue plus longtemps. Si vous persistez, je saisirai directement le procureur de la République. En attendant votre décision, je vais aller m'entretenir avec mon client, si vous n'y voyez pas d'inconvénients ?

— Vous en avez tout à fait le droit, maître.

Lorsque l'avocat eut quitté le bureau de Castillo, celui-ci décrocha son téléphone et appela son supérieur, le commissaire Balducci pour lui expliquer la situation.

— Vous saviez que vous n'aviez pas grand-chose dans le dossier, Castillo, je vous l'avais dit, lui rappela Balducci.

— Oui, mais quand même, commissaire, il y a un faisceau d'indices concordants qui accusent Vincent Delorme, se défendit Castillo.

— Libérez-le, Castillo, c'est un conseil. Ne perdez pas les précieuses heures de garde à vue maintenant, alors que vous n'avez pas assez pour le confondre. Étayez le dossier et, lorsqu'il sera plus solide, vous pourrez l'arrêter à nouveau. Faites-moi confiance, vous entêter ne résoudra pas l'affaire, bien au contraire.

— En le cuisinant, je suis sûr que j'aurais pu le faire avouer, commissaire. Il a tué sa femme, j'en suis certain. Le tisonnier couvert de son sang, la chemise blanche, rouge également couverte du sang de madame Delorme, l'emploi du temps fantaisiste de monsieur Delorme le jour du meurtre, sont des indices qui ne trompent pas, vous ne croyez pas ?

— Je vous l'accorde, capitaine. Toutefois, le procureur refusera une inculpation pour meurtre sur ces seuls indices si nous n'avons pas le cadavre. Il faut le retrouver. Vous en êtes où à ce sujet ?

— On cherche, commissaire. Pour le moment, on ne l'a pas trouvé, mais on finira bien par mettre la main dessus. Delorme n'a pas pu le cacher bien loin.

— Alors, trouvez-le, insista Balducci. C'est la seule façon de mettre en examen Vincent Delorme. Tant que vous ne l'aurez pas, son avocat se fera un devoir de nous rappeler qu'il n'y a aucune preuve de l'assassinat de madame Delorme et il obtiendra la libération de son client dès demain matin.

— D'accord, commissaire, je lui signifie la fin de sa garde à vue. Je vais retrouver le cadavre et après je l'inculperai de meurtre, lui jura le capitaine.

— Voilà qui est sensé, Castillo. Vous prenez la bonne décision.

C'est ainsi que, la mort dans l'âme, Castillo mit fin à la garde à vue de Vincent Delorme. Persuadé de sa culpabilité, il s'était juré de tout mettre en œuvre pour la prouver, le faire juger et incarcérer.

§

Lucas décrocha le téléphone fixe de son bureau. Il se présenta à l'interlocuteur, un directeur de succursale bancaire de l'avenue Jean Médecin à Nice.

— Bonjour inspecteur, dit l'homme. Vous m'avez demandé de vous prévenir s'il y avait de gros mouvements de fonds sur les comptes de monsieur Delorme.

— Lieutenant, dit Lucas.

— Pardon ? dit le directeur, qui ne comprenait pas.

— Je ne suis pas inspecteur, mais lieutenant.

— Oh ! Excusez-moi lieutenant, je ne savais pas.

— Aucun problème. Alors, il y a du nouveau ? s'informa Lucas.

— Plutôt, oui. Monsieur Delorme vient de vendre pour dix millions d'euros d'actions et obligations et nous a demandé de lui préparer la somme en numéraire.

— Dix millions ! s'exclama l'inspecteur. Ça fait une somme ! Quand monsieur Delorme doit-il passer récupérer l'argent ?

— Dans deux jours, le temps pour nous de finaliser les transactions et de réunir les fonds.

— Parfait. Je vous demanderais de bien vouloir nous prévenir dès que vous aurez fixé le rendez-vous avec monsieur Delorme, s'il vous plaît.

— Bien sûr, inspecteur, ce sera fait.

Lucas se précipita dans le bureau de Castillo :

— Le père Delorme est en train de vendre ses actions pour dix millions d'euros !

Castillo regarda Galantini et Aymar avant de dire :

— Dix millions. Ce serait pas une rançon, ça ?

— Ça m'en a tout l'air, répondit Galantini.

— Jennifer Delorme ne serait pas morte alors ? s'étonna Aymar.

— C'est curieux, vous ne trouvez pas chef ? dit Galantini. Tout portait à croire qu'elle avait subi une violente agression pourtant.

— Curieux, en effet, songea Castillo, pensif.

— Elle aura été blessée par ses ravisseurs, supposa Lucas.

— Et le sang sur la chemise de Vincent Delorme, tu en fais quoi ? s'interrogea Aymar.

— Là, j'avoue que je ne comprends pas. Ça ne colle pas avec le scénario d'un enlèvement, expliqua Galantini.

— Les ravisseurs ont peut-être pris une chemine de monsieur Delorme pour essuyer le sang sur le sol, proposa Lucas.

— Tu crois vraiment que des ravisseurs s'amuseraient à nettoyer le sang de leurs victimes avant de prendre la fuite ? c'est irréaliste.

— Il y a une possibilité que vous n'avez pas évoquée, fit remarquer Castillo, c'est que l'argent de la rançon soit uniquement pour la fillette. La mère est sans doute morte. Il se peut aussi que Vincent Delorme ait monté cette histoire d'enlèvement pour se disculper du meurtre de son épouse, tout simplement.

— C'est tordu, mais plausible, admit Aymar.

— Nous sommes tous d'accord pour dire que les indices recueillis jusqu'à présent ne vont pas dans le sens d'un enlèvement. Donc, l'hypothèse que ce soit une manœuvre pour nous enfumer est tout à fait envisageable. Nous allons quand même essayer d'appréhender les éventuels ravisseurs de madame Delorme et de sa fillette, mais je ne suis pas certain qu'ils existent vraiment. Nous allons prendre contact avec le père Delorme et l'inciter à collaborer avec nous. S'il est complice de son fils, il fera tout pour nous mettre des bâtons dans les roues, dans le cas contraire, il acceptera de nous aider, j'en suis sûr.

— Vous croyez que Vincent Delorme peut vouloir faire d'une pierre, deux coups, avec cette histoire d'enlèvement ? songea Galantini.

— Que veux-tu dire ? s'étonna Castillo.

— Il se disculpe et en même temps il soutire dix millions à ses parents.

— Ce n'est pas à exclure, tu as raison. On ne va pas le lâcher, ce Vincent Delorme. Quoi qu'il ait fait, quoi qu'il ait prévu de faire, on ne va pas le lâcher, répéta-t-il.

§

Antoine Priolo

Chapitre VII

Le versement de la rançon

Le téléphone prépayé fourni par les ravisseurs vibra, faisant sursauter Vincent Delorme, qui attendait leur manifestation depuis près de vingt-quatre heures. La rançon avait été réunie dans sa totalité depuis le début d'après-midi et Olivier Delorme avait immédiatement averti son fils par mail en lui laissant un code qu'ils avaient défini ensemble pour que la police ne soit pas tenue au courant de l'affaire. Vincent, un peu nerveux, décrocha :

— Vous avez l'argent ? demanda avec froideur la voix grave et métallique.

— Oui, ça y est, la somme est réunie, répondit Vincent.

— Parfait. Vous allez mettre l'argent dans des sacs de sport, que vous placerez dans le coffre de votre voiture. Ensuite, vous allez vous rendre à Nice, sur le port, à l'embarcadère pour la corse demain matin à neuf heures. Vous vous garerez sur le parking avec les autres véhicules qui embarquent sur le bateau de la Corsica ferries, c'est compris ?

— Oui, mais vous oubliez un détail : pour aller jusqu'au parking, il faut passer le contrôle et avoir un billet, expliqua-t-il.

— Vous irez voir dans votre boîte aux lettres, il y a tout ce qu'il faut.

— Je fais quoi ensuite ? J'embarque ? Pour quelle destination ?

— Ensuite, nous vous contacterons pour d'autres instructions.

La conversation s'arrêta là. Le ravisseur raccrocha. Vincent trouva une enveloppe dans sa boîte aux lettres, qui contenait une réservation à son nom pour embarquer avec sa propre voiture, direction l'île Rousse. Il constata que c'était un aller simple.

Jennifer et Tara seraient donc en Corse ? songea-t-il. Si c'était le cas, cela voulait dire que les ravisseurs devaient être suffisamment nombreux pour qu'il y ait deux équipes : l'une en Corse et l'autre ici même qui lui déposait les enveloppes à mesure des besoins. Vincent n'aimait pas l'idée de se retrouver en Corse, seul, dans un environnement qu'il ne connaissait pas, qu'il ne maîtrisait pas, à la merci des ravisseurs. Ils pouvaient l'attirer dans n'importe quel piège là-bas, sans qu'il sache à l'avance où il allait se retrouver. Ici au moins, il connaissait parfaitement sa région, son département. Il était né dans le Nord, mais était arrivé sur la Côte d'Azur à l'âge de cinq ans et avait vécu là, depuis. Ici, il était sur son terrain de jeu. En Corse, il était sur celui des ravisseurs et cela ne l'enchantait pas.

Vincent regarda sa montre : dix-sept heures quinze. Il quitta la villa en direction de Villefranche-sur-Mer pour y récupérer la rançon. Avant cela, il prit les trois sacs de sport qu'il possédait. S'il en fallait plus, nul doute qu'il en trouverait chez ses parents.

Lorsqu'il arriva à la propriété familiale, il était aux environs de dix-huit heures. Le soleil était encore haut dans le ciel à cette époque de l'année où la nuit ne tombait que vers vingt deux heures. Jackie et Olivier attendaient dans le grand salon la venue de leur fils, avec une certaine nervosité. Près d'eux, contre le plus grand des deux sofas de la pièce, deux énormes valises en ABS, de couleur grise, attendaient là, sagement. Vincent entra dans la pièce, provoquant le sourire de sa mère et le soulagement de son père qui dit :

— Je suis content que tu sois là, enfin ! Je n'ai jamais trouvé le temps aussi long qu'aujourd'hui, avoua-t-il.

— Pour moi aussi, Papa, le temps a paru long, tu sais. Et ce n'est pas qu'aujourd'hui, mais depuis que ma fille et Jennifer ont été enlevées.

— Oui, je sais, mon fils, ce que tu peux ressentir, parce que ta mère et moi nous faisons aussi beaucoup de soucis depuis leur disparition, crois-moi.

— Où est l'argent ? demanda Vincent qui tenait en main les trois sacs de sport.

— Ici, indiqua Jackie en montrant les deux valises.

— Il va falloir mettre les billets dans ces sacs. C'est une exigence des ravisseurs.

— Je ne sais pas s'ils suffiront, douta Olivier.

— S'il en faut d'autres, je pense que vous devez en avoir ici, non ?

— Bien sûr, dit Jackie. Je vais aller en chercher. Commencez à remplir les sacs en attendant.

Olivier prit deux petites clés dans l'une de ses poches et ouvrit la première valise, après l'avoir posée à plat sur le sol. Elle était remplie jusqu'à la gueule de billets de cent euros. Vincent en fut impressionné. C'était la première fois qu'il voyait autant d'argent réuni en un seul et même endroit. Olivier perçut l'émoi de son fils devant une telle somme :

— Cinq millions d'euros, là, sous nos yeux. Ça fait quelque chose, hein mon fils ? Et attend, ce n'est pas fini.

Olivier coucha sa seconde valise, l'ouvrit, découvrant cinq autres millions.

— Ça n'a beau être que du papier, reprit Olivier, quand on sait tout ce que l'on peut faire avec ça…

— On peut sauver la vie de deux des êtres les plus chers que j'ai au monde.

— Exactement, ajouta-t-il en posant une main compatissante sur l'épaule de son fils. Allez, remplissons les sacs.

Les deux hommes commencèrent à prélever les liasses de billets dans les valises et à les empiler consciencieusement dans les sacs.

— Ils t'ont déjà dit où devait se passer l'échange ? demanda Olivier.

— Pas encore, mais je pense que ça va se passer en Corse.

— En Corse ! s'exclama-t-il, surpris. Comment ça ?

— J'ai pour consigne d'aller à l'embarcadère pour la Corse demain matin à neuf heures. Ils ont pris soin de me réserver un passage avec ma propre voiture jusqu'à l'île Rousse.

— Tu ne crois pas que ça devient un peu trop dangereux ? fit remarquer Olivier, peu rassuré par cette nouvelle. Il vaudrait mieux, peut-être, mettre la police dans le coup, non ?

— Non, surtout pas ! Si les ravisseurs s'aperçoivent qu'il y a des flics dans le coup, ils m'ont promis de tuer Jennifer. Je ne veux prendre aucun risque, dit-il, catégorique.

— Je comprends fiston, mais es-tu bien sûr qu'en allant en Corse, ils ne vont pas t'attirer dans un guet-apens quelque part dans un coin paumé de l'île, s'emparer de l'argent et vous faire disparaître, toi, Jennifer et Tara ?

— J'y ai songé. C'est un risque que je dois prendre. J'ai encore quelques heures pour réfléchir à ça et tenter de trouver une solution pour ne pas tomber dans un piège de ce genre.

— J'espère que tu sais ce que tu fais, mon fils, ajouta-t-il en désespoir de cause.

— Je n'ai guère le choix, papa, fit remarquer Vincent.

Jackie arriva avec deux sacs de sport. Les deux valises furent vidées en un peu plus d'une demi-heure dans les cinq sacs. Chaque sac fut ensuite placé dans le coffre de l'Audi RS 7 de Vincent. Olivier plaça le dernier sac et referma le coffre avant de s'approcher de son fils et de poser ses deux mains sur ses épaules :

— Sois prudent.

— Merci Papa. Merci pour tout, dit Vincent, ému.

— Tu n'as pas à nous remercier, mon fils. La famille, c'est plus important que l'argent. Tâche de nous ramener Tara et Jennifer saines et sauves. C'est tout ce qui importe pour le moment.

— Je les ramènerai, c'est promis.

— Je t'ai mis quelque chose dans le coffre, avec les sacs. Tu décideras de ce que tu veux en faire, d'accord ?

— D'accord, Papa, répondit-il, intrigué.

Vincent quitta la villa de ses parents et rentra chez lui. Il ouvrit le coffre pour sortit les sacs et les porter dans la maison et trouva un coffret en bois précieux. Il le prit, l'ouvrit, découvrant un revolver de calibre 7,65 Walther-Manurhin PP. Une arme de poing, compacte et discrète. Avec le revolver, un étui supplémentaire, chargé de balles. Vincent connaissait bien cette arme. Elle appartenait à Olivier depuis toujours. Quand il fut en âge de la manipuler, son père l'inscrivit dans un stand de tir, que lui-même fréquentait et lui apprit à tirer. Vincent était plutôt doué et rapidement il réussit à vider son chargeur dans le centre de la cible presque à chaque séance de tir. Cela faisait au moins dix ans qu'il n'avait plus tiré avec cette arme. Il se demandait s'il serait encore capable de mettre dans le mille. Mais qu'allait-il bien pouvoir faire avec ce revolver ? Tirer sur des cibles en carton, dans le calme relatif du stand de tir, était une chose, mais s'il avait à s'en servir contre les ravisseurs, serait-il capable de garder son sang-froid et d'ajuster sa cible ? Serait-il capable de presser la détente ? Serait-il capable de blesser, voire de tuer, un être humain, fut-il l'un des ravisseurs de sa fille et de sa femme ? Vincent était ingénieur et chef d'entreprise, pas policier et encore moins voyou. Devait-il quand même emporter avec lui l'arme ? Et si cela tournait mal ? Si les ravisseurs lui tendaient un piège pour lui prendre l'argent sans lui rendre sa famille ? Réussirait-il à utiliser ce revolver pour sauver les siens ?

Il soupira, secoua la tête, prit le coffret et l'emporta dans la maison avec un sac de billets. Il fit encore deux allers-retours pour prendre les autres sacs, puis s'enferma à triple tour dans la maison.

§

Le lendemain matin, Vincent se leva à l'aube. Il avait eu beaucoup de mal à trouver le sommeil et n'avait dormi que quelques heures. Après une bonne douche et un petit déjeuner vite avalé, il chargea à nouveau les sacs dans le coffre de l'Audi et demeura un long moment devant le coffret contenant le revolver, incapable de se décider le concernant. Il était partagé entre l'envie de le prendre et l'idée que les choses pourraient mal tourner si les ravisseurs se rendaient compte qu'il était armé. Sans compter qu'il n'était toujours pas persuadé d'être capable de s'en servir si le besoin s'en faisait sentir. Finalement, après de nombreuses tergiversations, il décida de le prendre avec lui, mais de le mettre dans la boîte à gants de l'auto.

Comme cela, il serait plus rassuré de l'avoir et si les ravisseurs décidaient de le fouiller au corps, il n'y aurait pas d'embrouille.

Vincent arriva au port Lympia de Nice vers huit heures quarante. Il prit le quai des deux Emmanuels, déjà bien encombré par les nombreux véhicules qui se rendaient, comme lui, à l'embarcadère pour la corse. Il descendit la rampe qui conduisait au quai d'Entrecastaux, qu'il longea jusqu'au quai du commerce, après avoir franchi les barrières qui en gardaient l'accès. Il ne lui fallut pas moins d'une demi-heure pour faire ce trajet qui représentait moins d'un kilomètre. Arrivé sur le quai du commerce, où d'immenses parkings assuraient le stationnement des véhicules avant l'embarquement, il fut dirigé par le personnel du port vers une file d'attente de plusieurs dizaines de voitures. Vincent coupa le moteur de l'Audi, jeta un œil à sa montre et regarda autour de lui. Il ne restait plus qu'à attendre les prochaines instructions des ravisseurs.

Le téléphone sonna. Vincent décrocha :

— Allo !

— Vous voyez la Clio grise, stationnée à votre gauche, le long du mur ? dit la voix métallique.

— Oui, je la vois, confirma Vincent, après avoir repéré le véhicule, qui se trouvait à une centaine de mètres.

— Parfait. Vous allez prendre les sacs et les déposer dedans.

— D'accord. Et après ?

— Vous vous installez au volant et vous attendez nos instructions.

Vincent descendit de son véhicule, ouvrit le coffre et commença le transfert des sacs vers la Clio. Il dut faire trois allers-retours, ce qui lui prit une bonne dizaine de minutes. Il s'installa au volant, constata que les clés étaient dessus et attendit le prochain appel, qui ne tarda pas :

— C'est très bien, monsieur Delorme. Démarrez et roulez en direction de la Trinité, par la voie sur berge. Nous vous contacterons plus tard.

Vincent regarda sa voiture, stationnée au milieu des centaines d'autres voitures prêtes à embarquer pour la corse. Finalement, il préférait ça. Ici, il était chez lui, connaissait bien la région. Mais pourquoi faire tout cela ? Pourquoi les ravisseurs ne lui avaient-ils pas donné un rendez-vous quelque part, dans un endroit tranquille ? Que signifiait ce parcours qu'ils lui faisaient faire ? Était-ce parce qu'ils avaient peur que la police ne soit de la partie ? En le faisant bouger ainsi, ils s'assuraient qu'il n'était pas suivi, sans doute. Mais alors, cela impliquait qu'il était certainement épié, précédé ou suivi par eux. Il regarda autour de lui, cherchant à déceler un comportement suspect, un regard appuyé, quelqu'un qui fasse mine de regarder ailleurs lorsqu'il croiserait son regard, sans résultat. Après avoir jeté un rapide coup d'œil à sa montre, il démarra la voiture et s'éloigna du parking, reprit la rampe qui ramenait sur le quai des Deux Emmanuels et prit la traverse qui conduisait sur le boulevard Stalingrad. De là, il remonta le quartier Riquier en direction des berges du paillon et de la voie rapide qui menait à la Trinité, cité populaire périphérique au nord-est de Nice.

La Clio roulait sur la voie sur berge, à la hauteur du quartier Bon Voyage lorsque la sonnerie du téléphone retentit à nouveau. Vincent décrocha et attendit les instructions dictées par cette voix grave et métallique, produite par un changeur de voix, petit appareil simple et facile à trouver sur Internet pour une somme dérisoire.

— Vous allez prendre la prochaine sortie et vous diriger vers l'autoroute, direction Cannes. Nous vous recontacterons.

La Clio prit la sortie et rattrapa l'autoroute A8 au niveau de l'entrée Nice est. Cette autoroute contourne la capitale azuréenne par les collines nord qu'elle traverse par de nombreux tunnels et viaducs impressionnants, avant de redescendre brusquement vers la vallée du Var, fleuve qui rejoint la Méditerranée au niveau de l'aéroport, à l'ouest de la ville. Au bout d'une descente infernale qui a vu de nombreux accidents, notamment de camions fous dont les freins ont lâché, il y a un péage important, où ceux-ci, lancés à pleine vitesse, incapables de s'arrêter, ont fait de nombreuses victimes et des dégâts importants. C'est après ce péage que les ravisseurs reprirent contact :

— Prenez la prochaine sortie, dirigez-vous vers l'Arénas.

Vincent commençait à trouver cette balade un peu longue. Quelles étaient les intentions des ravisseurs ? Pourquoi le baladaient-ils ainsi, d'un bout à l'autre de la ville ? Après un petit quart d'heure au cœur d'une circulation déjà dense, Vincent arriva au niveau du quartier de l'Arénas, un ensemble d'immeubles de bureaux situés face à l'aéroport, à l'extrême-ouest de Nice. Les ravisseurs se manifestèrent :

— Prenez la direction de l'entrée du parking de l'Arénas située près du parc Phœnix, descendez au troisième sous-sol, allez au bout de l'allée et prenez à gauche jusqu'au bout puis tournez encore à gauche, faites vingt mètres et garez-vous dans un emplacement du renfoncement à droite. Vous avez compris ?

— À gauche, encore à gauche, renfoncement à droite. Ça devrait aller.

Vincent pensa que l'échange devrait certainement avoir lieu à cet endroit. C'était un grand parc de stationnement sous l'ensemble des immeubles de bureaux. Le troisième sous-sol était peu utilisé en temps normal et serait un endroit tranquille pour cela. Un peu trop tranquille même… Vincent tiqua, regarda le portillon de boîte à gants un moment avant de se décider à l'ouvrir et en extraire le revolver, qu'il posa sur le siège passager. Si les choses devaient mal tourner, il valait mieux l'avoir sous la main.

La Clio arriva au troisième sous-sol du parking de l'Arénas, désert comme d'habitude. Après avoir tourné deux fois à gauche, elle vint s'immobiliser dans un renfoncement sombre, non loin d'une autre voiture. Vincent regarda dans sa direction, pensant que c'était peut-être celle des ravisseurs, mais il vit qu'elle était vide. Il attendit que le téléphone sonne, en vain. Après un certain laps de temps, il réalisa qu'à ce niveau sous la surface, entouré de béton armé sur plusieurs épaisseurs, le réseau ne devait pas passer. Ce qu'il vérifia en regardant le smartphone. Est-ce que les ravisseurs avaient prévu ce problème ? Est-ce qu'ils n'avaient plus besoin de le contacter et qu'ils allaient arriver ? Comment savoir ? Que devait faire Vincent ? Rester là bien sagement et attendre, ou sortir et chercher un endroit avec du réseau pour le cas où ils essayeraient de le contacter ? Soudain, alors qu'il se posait toutes ces questions, son regard se porta sur le mur devant lui, presque plongé dans le noir. Il distingua à peine l'affiche qui y était collée et qu'il n'avait pas remarquée en arrivant, son regard s'étant porté sur la voiture stationnée près de la sienne. Il alluma les phares et lut ce qui était inscrit sur une feuille au format A3 :

« Transférez les sacs dans cette voiture et sortez du parking par la sortie opposée au parc Phœnix. »

La voiture était une Polo noire. Vincent se hâta de transférer les sacs dans le coffre et quitta ce lieu plutôt sinistre par la sortie imposée par les ravisseurs. Une fois à l'air libre, ils purent se manifester à nouveau via le smartphone :

— Prenez la direction de l'autoroute, direction Cannes.

— Ce petit jeu va durer encore longtemps ? demanda Vincent qui commençait à trouver le temps long.

— Suivez nos instructions si vous voulez revoir votre femme et votre fille en vie. Et cessez de parler.

La communication fut interrompue. Vincent reprit l'autoroute en direction de Cannes. A peine avait-il fait un kilomètre que la sonnerie du smartphone retentit :

— Prenez la sortie Cagnes-sur-Mer et roulez en direction de Vence.

La sortie de Cagnes-sur-Mer n'était qu'à quatre kilomètres de l'entrée qu'il avait prise à Nice ouest. C'était l'une des portions d'autoroute les plus fréquentées du sud-est de la France. Après la sortie, une large avenue à quatre voies séparées par des plates-bandes fleuries et agrémentées de pins, s'enfonçait dans les terres en direction des villages perchés sur les premiers contreforts des Alpes du sud. Elle desservait un grand complexe commercial nouvellement sorti de terre et, au-delà, se scindait en deux routes principales qui menaient, l'une à Vence, petite cité d'une vingtaine de milliers d'habitants, située à trois cents mètres d'altitude, au pied des Baous, véritables montagnes composées en façade exposée vers la mer de falaises abruptes et culminant entre six et huit cents mètres d'altitude, l'autre à La Colle-sur-Loup et Saint-Paul, le village rendu célèbre en son temps par l'acteur Yves Montant qui y séjournait à la fameuse Colombe d'Or, son hôtel attitré.

Vincent arriva à la bifurcation. À droite, c'était la route qui conduisait directement à Vence, en face, c'était celle qui conduisait à Saint-Paul et qui rejoignait également Vence par un trajet plus long et plus bucolique. Les ravisseurs avaient dit de prendre la direction de Vence, mais n'avaient pas précisé par quel chemin. Il décida de passer par Saint-Paul, ce qui constituerait un bon moyen de savoir s'il était épié et suivi. Dans ce cas, les ravisseurs s'empresseraient sans doute de le contacter pour lui faire changer de route. Il atteignit le village de La Colle-sur-Loup après quelques kilomètres et continua vers Saint-Paul, où il arriva après dix minutes de trajet. Il n'y eut aucune réaction de la part des ravisseurs, ce qui étonna un peu

Vincent. Se pouvait-il que personne ne le suive ? Mais comment les ravisseurs pouvaient le guider dans ce cas ? Il trouva cela curieux. Après cinq autres minutes de route, il arriva à l'entrée de Vence. Là, le téléphone se mit en branle :

— Vous prendrez la direction de Tourrettes-sur-Loup en suivant le trajet le plus direct cette fois, précisa la voix.

Donc, les ravisseurs savaient qu'il avait pris par Saint-Paul. Ils étaient très certainement derrière lui, proches. Pourtant, Vincent avait bien observé ses rétroviseurs pendant les différents trajets et il n'avait pas réussi à repérer le ou les véhicules qui le suivaient. Ou alors ils avaient placé une balise GPS dans chacun des véhicules qu'il conduisait. C'était tout à fait plausible et bien plus sûr au final que de faire une filature. Il restait toutefois un point qui posait problème : s'ils utilisaient des balises GPS pour connaître sa position précise en temps réel, cela ne renseignait pas les ravisseurs sur le fait qu'il soit suivi par la police. Il devait fatalement y avoir quelqu'un qui l'observait dans ses moindres déplacements. Tout ce cheminement qu'ils avaient prévu, avec deux changements de véhicules, était fait pour s'assurer qu'il n'était pas suivi, c'était une évidence.

Arrivé à Tourrettes-sur-Loup, les ravisseurs le rappelèrent et lui donnèrent la consigne de continuer jusqu'à l'intersection avec la route qui conduisait dans les gorges du Loup, la rivière qui baignait les petites cités qui tiraient leur nom du sien. La route, après Tourrettes, serpentait au milieu de forêts de pins sur une dizaine de kilomètres jusqu'à Pont-du-Loup, un lieu-dit où l'on trouvait quelques maisons, un ou deux restaurants, un hôtel et une confiserie célèbre dans la région. La bifurcation vers les gorges partait un peu avant l'entrée dans Pont-du-Loup, sur la droite et grimpait rapidement à flanc de rocher, surplombant le cours de la rivière. La route devenait plus étroite et s'enfonçait entre les parois abruptes qui couraient sur plusieurs centaines de mètres au-dessus d'elle. Après avoir franchi deux tunnels et un pont qui enjambait le Loup, elle s'élargissait à nouveau, devenait moins tortueuse et traversait des zones très boisées.

Vincent se demandait jusqu'où il allait devoir rouler ainsi, lorsque le téléphone sonna une nouvelle fois :

— Dans moins d'un kilomètre vous prendrez la direction de Courmes. Arrivé à l'entrée du village, vous vous garerez sur le parking, à côté de la Jeep verte. Compris ?

— Parfaitement.

Courmes est un village niché sur un plateau qui surplombe la vallée du Loup. L'on y accède par une route très étroite de plusieurs kilomètres qui se termine en cul-de-sac au village.

La Polo arriva sur le parking à l'entrée de Courmes. Elle vint stationner près de la Jeep verte, comme l'avaient demandé les ravisseurs. Vincent coupa le moteur et attendit la suite. Encore un coup de fil :

— Transférez les sacs dans le coffre de la Jeep puis remontez dans la Polo et attendez.

Vincent était dans l'expectative. Pourquoi, après avoir mis les sacs dans la Jeep, devait-il retourner dans la Polo ? Pour attendre quoi ? Curieux. Ce n'était peut-être pas un changement de véhicule pour lui, mais seulement pour les sacs de billets. L'échange devait se faire ici, il en était persuadé. Après être sorti de la Polo et avoir jeté un œil alentour, il mit les sacs dans la Jeep puis retourna sagement s'asseoir au volant de la petite Volkswagen.

Deux minutes s'écoulèrent avant que la silhouette imposante d'un homme en jogging, encapuchonnée, marchant tête basse, visiblement pour masquer le visage, s'avança sur le parking et s'arrêta à hauteur de la Jeep. Il regarda autour de lui, marqua l'arrêt dans la direction d'un fourré au bout du parking, reprit son inspection puis regarda dans la direction de Vincent pour s'assurer qu'il était bien dans la voiture. Lorsqu'il fut rassuré, il souleva le hayon arrière de la Jeep, ouvrit un sac au hasard et prit quelques liasses de billets qu'il effeuilla pour vérifier qu'elles étaient bien constituées de billets de banque et non de vulgaire papier, comme c'est parfois le cas lors de remises de rançon. Lorsqu'il fut satisfait du premier sac, il le referma et en ouvrit un second, répétant son petit manège. Il referma ensuite le hayon et s'approcha de la Polo, en prenant soin de masquer son visage. Il fit signe à Vincent de baisser la vitre de la portière et lui dit :

— Tu vas attendre ici bien sagement. Je vais m'éloigner avec la Jeep et dans deux minutes un autre véhicule va venir à sa place. Dedans, il y aura ta femme et ta fille. Compris ?

— Qu'est-ce qui me dit que vous n'allez pas partir avec l'argent et ne pas me rendre ma famille ? demanda Vincent, guère rassuré par la manœuvre.

— Tu veux revoir ta famille ? répondit l'homme sèchement.

— Oui.

— Alors ferme-là ! Fais ce qu'on te dit et tout ira bien !

Vincent se tut, tenaillé par une sourde angoisse. Il n'avait pas un bon pressentiment. Il repensa au revolver, fut pris d'une envie de s'en saisir et de mettre en joue le ravisseur, de l'obliger à le conduire à sa famille, puis se ravisa, saisi d'effroi à l'idée que son geste puisse compromettre leur libération, pire, que l'une ou l'autre ne soit blessée ou tuée dans le feu de l'action. Il resterait sagement assis au volant de la voiture, espérant que tout se passe bien, que les ravisseurs tiennent parole, qu'ils lui rendent sa fille et sa femme.

L'homme s'éloigna et grimpa dans la Jeep, qui recula puis démarra en trombe, quittant le parking et s'éloignant sur la route. C'est à ce moment que les hommes de Castillo entrèrent en action pour tenter de la bloquer en mettant en travers de la route leur véhicule et en pointant leurs armes sur le conducteur qui fonçait dans leur direction. Alors que la Jeep arrivait presque à leur hauteur, elle bifurqua brusquement vers la droite, empruntant un chemin empierré, que d'ordinaire une barrière barrait l'accès aux véhicules, mais qui avait été ouverte très certainement par les ravisseurs pour pouvoir fuir. La Jeep grimpa le chemin cahoteux qui s'enfonçait rapidement dans la forêt et s'élevait vers les hauteurs du village et, au-delà, vers le sommet de la montagne sur laquelle il s'adossait et qui débouchait sur un plateau à près de mille mètres d'altitude. Le plateau de Saint-Barnabé (il tirait son nom du petit hameau encore habité qui se situait au centre de celui-ci) était situé au nord de la montagne le Puy de Tourrettes qui culminait à plus de mille deux cents mètres, masse imposante qui dominait la bande littorale et faisait partie de la ligne des premières montagnes que l'on rencontrait quand on quittait la côte.

Vincent fut surpris de voir des dizaines de policiers, armes au poing s'agiter en tous sens, fonçant, qui à pied, qui en voiture banalisée, à la poursuite des ravisseurs. Les flics comprirent très vite qu'ils s'étaient fait avoir, incapables de suivre la Jeep sur le chemin impraticable par les véhicules dont ils disposaient. Le capitaine Castillo demanda immédiatement le renfort d'un hélicoptère de la gendarmerie et le blocage des routes dans tout le périmètre. Vincent, qui était sorti de la Polo depuis un bon moment déjà, fonça dans la direction des forces de l'ordre et de Castillo, qu'il avait repéré de loin, en hurlant :

— Pourquoi vous avez fait ça ? pourquoi ?! Ils ne me rendront plus ma fille et ma femme maintenant ! Merde ! Merde ! Merde !...

— Calmez-vous monsieur Delorme ! cria Castillo. Nous les aurons. Ils ne peuvent pas aller bien loin. Les gendarmes vont quadriller tout le secteur avec un hélicoptère en renfort. Ils ne nous échapperont pas. Nous allons vous ramener votre famille, le rassura-t-il.

— Vous allez me ramener quoi, des cadavres ?! cria Vincent de colère.

— On va vous les ramener vivantes, affirma Castillo, qui à vrai dire n'était pas sûr du tout de ce qu'il débitait.

L'opération avait foiré, c'était une évidence. Castillo et ses hommes n'avaient pas prévu de se retrouver dans la montagne et s'étaient fait piéger par des ravisseurs qui eux avaient prévu leur coup pour échapper aux forces de l'ordre en cas de besoin. Toutefois il demeurait confiant dans le fait qu'ils n'iraient pas loin. Même avec une Jeep, capable de franchir quasiment tous les obstacles sur ces chemins pierreux aux pentes abruptes, ils ne pourraient avancer très vite, ce qui laisserait largement le temps aux gendarmes d'installer des barrages sur toutes les routes environnantes et à l'hélicoptère de les repérer et de les suivre.

— On a des cartes du coin ? s'informa-t-il auprès de ses hommes.

— Non, capitaine, lui répondit un autre flic, mais les gendarmes arrivent dans dix minutes. Ils doivent avoir ce qu'il faut.

— Dix minutes ! Putain, ils viennent d'où ces cons-là ?! s'agaça-t-il. On n'a pas trop de notre temps pour les retrouver, merde !

— Et vous allez me les ramener vivantes… lui lança Vincent plein d'ironie devant la situation.

Castillo baissa les yeux, tordit la bouche, réfléchit et lui dit :

— Ok, tout ne s'est pas passé comme on aurait voulu, je le reconnais, monsieur Delorme, mais vous devez nous faire confiance, nous sommes en train de déployer des forces considérables sur le terrain. Ça ne se fait pas en dix minutes. Les ravisseurs nous ont pris de court en fuyant avec leur 4x4. On n'avait pas prévu ça, mais nous avons un atout dans notre manche : nous avons placé une balise dans l'une des liasses de billets.

Vincent eut un mouvement de recul, fronça les sourcils, prit le temps de réfléchir avant de dire :

— Vous pouvez m'expliquer quand et comment vous avez pu placer une balise au milieu des billets ? Je n'ai pas quitté les sacs des yeux un seul instant depuis hier soir… à moins que…

Soudain tout s'éclaira dans l'esprit de Vincent. Si la police n'avait pas pu mettre la balise dans les sacs, c'est qu'elle l'avait fait avant, quand l'argent était encore dans les deux grosses valises. Cela signifiait que son père était de mèche avec elle. Pire, c'était peut-être lui qui l'avait prévenu ! Comment avait-il pu faire cela à son propre fils ? Et surtout, pourquoi ? Il devrait tirer cela au clair, plus tard. Abasourdi et dégoûté, il se laissa choir lourdement sur le capot de l'une des voitures qui barrait la route, vidé, sans forces, avec le sentiment d'avoir été trahi par sa propre famille, par ses propres parents. Il avait l'étrange impression que le monde s'effondrait encore un peu plus sous ses pieds, qu'il n'avait plus la maîtrise des évènements, de sa propre vie, que tout autour de lui, ce qui faisait les fondements de son existence, se fendillait, se craquelait jusqu'à s'écrouler chaque fois qu'il faisait un pas. Depuis l'enlèvement de sa fille et de sa femme, il vivait un cauchemar, pire même, car d'un cauchemar l'on finit par s'éveiller alors que là, rien n'y faisait : à chaque réveil il reprenait comme la veille et l'avant-veille. Quand cela se terminerait-il ? Quand s'éveillerait-il enfin aux côtés des siens ? Quand retrouverait-il sa vie ?

Les gendarmes arrivèrent : deux voitures, cinq hommes, dont le commandant Trinquart, de la gendarmerie de Grasse, qui était en charge de ce secteur. Trinquart était grand, mince, la cinquantaine passée, les cheveux courts, gris, avec des lunettes rondes et fines, le visage émacié, une bouche large qui souriait à Castillo :

— Commandant Trinquart, dit-il en tendant la main au capitaine.

— Castillo, répondit-il. Merci d'avoir fait si vite, commandant.

— Quelle est la situation exactement ?

— Les ravisseurs ont pris la fuite par ce chemin, expliqua-t-il, montrant du doigt la piste empruntée par la Jeep. Ils ont un 4x4 Jeep Wrangler de couleur vert camouflage. Ils ont... Il regarda sa montre... moins d'un quart d'heure d'avance sur nous. Vous avez une carte du secteur, je suppose ?

Le commandant Trinquart demanda qu'on leur apporte la carte IGN de la montagne. Elle fut dépliée sur le capot d'une voiture. Trinquart chercha le village de Courmes et l'emplacement du départ de la piste :

— Voilà, la piste part d'ici, à l'endroit où nous sommes. Elle remonte derrière le village dans la forêt. A partir d'un certain point, elle devient quasiment impraticable, sauf pour des conducteurs de 4x4 aguerris. Et même dans ce cas, ils n'ont pas pu avancer bien vite. Après ce passage difficile, il y a plusieurs chemins qui partent à travers la forêt : vers le sud, c'est le plus rapide pour atteindre une route asphaltée. Vous voyez, là, expliqua-t-il en faisant glisser un index sur la carte, il y a une piste qui longe la montagne jusqu'au domaine des Courmettes. De là, ils peuvent rejoindre très vite la route entre Pont-du-Loup et Vence. De l'autre côté, au nord, la piste remonte à flanc de montagne jusqu'au plateau de Saint-Barnabé. De là, ils peuvent le traverser jusqu'au hameau et prendre la route qui rejoint la D2, descendre le col de Vence ou, dans l'autre sens, filer vers Coursegoules et prendre ensuite d'autres directions. Mais c'est plus long par là.

— Et par là ? demanda Castillo qui suivait du doigt une piste qui cheminait vers le nord-ouest.

— Par le pré de Marthe ? Oui, c'est une possibilité aussi, d'autant qu'en passant par cette piste, puis par celle-ci, qui descend dans la combe de l'aigle jusqu'au pré de Marthe, ils ne vont pas rencontrer de grosses difficultés et pourront rouler assez vite. Mais c'est le chemin le plus long pour atteindre une route.

— Ils ont plusieurs possibilités en tout cas. Il va falloir déployer vos hommes tout autour de cette zone très rapidement, commandant.

— J'ai deux bus qui sont en route, mais la mise en place de barrages sur toutes ces routes va être longue. Nous avons aussi mobilisé six voitures. Je vais les dispatcher sur les points principaux par lesquels ils pourraient quitter ce secteur.

— Et l'hélicoptère ? s'enquit Castillo.

— Il ne va pas falloir compter dessus, dans l'immédiat. Nous en avons un en révision et le second a une pale cassée. Nous attendons la pièce de rechange depuis trois jours !

— Putain, c'est la poisse !

— Je sais. Bon, on peut s'en sortir sans hélico. Les ravisseurs n'ont pas forcément eu une bonne idée en venant ici. Leur fuite ne sera pas très rapide et ils n'ont pas cinquante portes de sortie. Ça nous donne tout de même un avantage sur eux. Je donne mes ordres à mes hommes immédiatement pour qu'ils se rendent aux endroits stratégiques.

Castillo vit Vincent Delorme qui s'éloignait en direction du parking. Il s'avança vers lui et le héla :

— Eh ! Monsieur Delorme ! Où allez-vous ?

— Je rentre chez moi, répondit-il d'un air désabusé, sans se retourner.

— J'ai des questions à vous poser d'abord. Et puis vous ne pouvez pas reprendre le véhicule avec lequel vous êtes arrivé. La scientifique va devoir le passer au peigne fin. Venez avec moi, je vous ferai raccompagner par une voiture.

— Vous ne les retrouverez pas ! lança-t-il.

— Qui ça, les ravisseurs ? On les retrouvera.

— Non, je parle de ma famille. Vous ne les retrouverez pas vivantes.

— Allons, allons, reprenez-vous monsieur Delorme, ne soyez pas défaitiste. Nous n'avons pas dit notre dernier mot, vous savez. Ces types ne s'en tireront pas comme ça, je vous en donne ma parole.

— Votre parole ! dit-il en pouffant. Tout ce que je vois, c'est que vous avez foiré votre intervention, que depuis le début de cette affaire, je suis votre principal et sans doute seul suspect, que vous avez toujours été persuadé que j'ai tué ma femme pour je ne sais quelle obscure raison, que vous n'avez pas exploité d'autres pistes et que vous n'avez pas avancé d'un pouce dans la recherche de la vérité. Et vous venez me parler de votre parole ? A d'autres !

Castillo fit la grimace. Delorme n'avait pas tout à fait tort. C'est vrai que tout accusait cet homme d'avoir assassiné son épouse. C'est vrai qu'il avait focalisé son enquête sur lui, négligeant sans doute d'autres pistes. C'est vrai aussi que, malgré les évènements actuels, il n'avait pas cessé de le soupçonner. Après tout, il avait très bien pu organiser lui-même une demande de rançon, aidé de complices, pour se disculper et faire porter le chapeau du meurtre de sa femme à des ravisseurs présumés. C'est ce qu'il expliqua à Vincent, qui n'en revint pas de la constance du capitaine à le prendre pour le coupable :

— Je crois que vous êtes un grand malade, lui dit-il, complètement dépité. Même devant l'évidence, vous trouvez encore le moyen de me rendre coupable. C'est du grand n'importe quoi !

— J'envisage toutes les hypothèses, monsieur Delorme, se défendit Castillo. C'est mon travail de ne pas m'arrêter aux évidences.

— Vraiment ? Pourtant, c'est bien ce que vous avez fait avec moi, non ?

— Non. Vous pensez que je m'acharne sur vous ? C'est faux. Vous êtes l'un des suspects pour l'instant. Tant que nous ne trouvons rien de flagrant contre vous, vous demeurez un suspect, parmi d'autres.

— Sauf que vous concentrez tous vos efforts à trouver des preuves contre moi, plutôt que de fouiller d'autres pistes ! objecta Vincent, furieux.

— Ce n'est pas vrai. Nous faisons notre travail, qui consiste à fermer certaines pistes et à en ouvrir d'autres. Celle qui vous concerne n'est pas encore refermée. Si nous ne trouvons rien contre vous, elle sera fermée, elle aussi. En attendant, vous allez devoir éclaircir plusieurs points concernant les ravisseurs et la demande de rançon.

§

Le commandant Trinquart s'approcha du capitaine Castillo, qui parlait avec Vincent Delorme. Il lui dit :

— Nous avons déjà deux barrages en place, capitaine. Les autres ne tarderont pas à être opérationnels.

— Ah, voilà une bonne nouvelle ! se félicita Castillo.

— Oui, et un véhicule tout-terrain arrive. Nous allons pouvoir partir sur leurs traces, ajouta Trinquart.

— Parfait. Nous allons traquer ces voyous ! Merci commandant.

Trinquart s'éloigna, retournant auprès de ces hommes pour coordonner l'opération. Castillo se tourna vers Vincent :

— Vous voyez, nous allons traquer et arrêter ces hommes et nous leur ferons dire où se trouvent votre femme et votre fille.

— Je l'espère, capitaine, car même si vous pensez toujours que je suis à l'origine de cet enlèvement, sachez que moi je sais que ce n'est pas le cas et que les ravisseurs détiennent bien ma femme et ma fille. J'ai reçu une vidéo avec la demande de rançon qui prouve qu'elles sont bien en vie, contrairement à ce que vous pensez depuis le début.

— Une vidéo ? s'étonna Castillo. Pourquoi ne pas nous l'avoir montrée, dans ce cas ?

— Parce que les ravisseurs ont menacé de tuer ma femme si je vous mettais dans le coup.

—Je vois. C'est classique en effet, reconnut le capitaine, mais vous n'auriez pas dû les écouter, monsieur Delorme. En nous écartant de l'affaire, vous avez diminué les chances de retrouver votre famille en vie, je suis désolé de vous le dire. Vous auriez dû nous faire confiance. Nous aurions pu mettre sur pied un plan plus efficace si nous avions été mis dans la confidence dès le début.

— Possible, admit Vincent, très abattu. Et maintenant, que va-t-il se passer ?

— Nous allons arrêter les ravisseurs et retrouver vos proches, affirma le capitaine.

Le véhicule tout-terrain de la gendarmerie arriva. C'était un petit camion avec des roues immenses et une garde au sol très haute. Le commandant Trinquart appela le capitaine pour qu'il vienne avec lui dans le véhicule. Vincent s'adressa à Castillo :

— Je voudrais venir avec vous, capitaine.

— Je ne pense pas que ce soit possible, monsieur Delorme, c'est une opération de police. Nous n'emmenons pas de civils. De toute façon, vous devez répondre à nos questions. Vous allez suivre le lieutenant Galantini qui va vous conduire dans nos locaux de Nice pour prendre votre déposition.

— Je vous en prie, capitaine, retrouvez ma famille, le supplia-t-il.

— Je vous le promets.

Castillo monta dans le véhicule tout-terrain avec le commandant Trinquart. L'engin emprunta la piste, secouant ses passagers, grimpant sur les rochers dans un boucan du diable ! Castillo se demanda ce qu'il était venu faire dans cette galère ! Son petit déjeuner était sur le point de quitter son estomac et de reprendre le chemin inverse de celui qui l'avait conduit là. L'avantage de ce véhicule était qu'il pouvait rouler assez vite, même sur des terrains très accidentés, contrairement à une Jeep, qui passait partout, mais qui devait le faire lentement quand le terrain était trop difficile. Après une dizaine de minutes, l'engin arriva à une bifurcation. D'un côté le chemin partait au sud, où il finissait par atteindre une route goudronnée, où le premier barrage avait été très rapidement installé. De l'autre, il remontait vers le plateau de Saint-Barnabé. Trinquart et Castillo descendirent pour observer les traces sur le chemin. Le passage d'un véhicule sur ce type de surface laissait toujours des traces visibles, pour peu que l'on sache observer. Ils constatèrent que les traces partaient en direction du plateau. Après avoir cheminé à flanc de montagne sur près d'un kilomètre, l'ascension se terminait sur le plateau de Saint-Barnabé, qui s'étendait au nord de la montagne sur quelques kilomètres carrés, que de nombreux chemins sillonnaient en long et en large. Le capitaine Castillo et le commandant Trinquart sortirent à nouveau pour essayer de trouver des traces du passage de la Jeep. Le terrain était rocailleux et il était difficile de voir quelque chose. Trinquart consulta la carte et dit :

— Ils peuvent avoir pris à droite, vers l'est, en direction du hameau, tout droit, au nord, vers le pré de Marthe.

— Vos barrages sont en place sur la route de Saint-Barnabé depuis quand ? s'informa le capitaine.

— C'était le second mis en place. Ils n'ont pas pu passer par là, confirma le commandant.

— Je crois que nous n'avons pas le choix dans ce cas, constata Castillo. S'ils n'ont pas atteint le barrage, c'est qu'ils sont partis au nord, vous ne croyez pas ?

— Déduction logique, capitaine.

Le véhicule s'ébranla à nouveau et traversa le plateau à vive allure. Là, les chemins étaient beaucoup plus carrossables et le permettaient. Trinquart reçut des nouvelles du dispositif mis en place sur les routes et affirma :

— Tous les barrages sont en place, capitaine. Ils ne nous échapperont pas.

Ils atteignirent la combe de l'aigle, au milieu de laquelle le chemin descendait vers le pré de Marthe, un espace large, relativement plat et verdoyant, qui contrastait avec l'austérité du paysage minéral du plateau. Une herbe grasse y poussait et l'on y trouvait deux ou trois fermes en pierre où leurs occupants élevaient surtout des chevaux. Là, le chemin était facile et permettait de foncer à travers la clairière pour atteindre rapidement les bois et redescendre vers la route qui venait de Pont-du-Loup. Trinquart consulta les unités qui étaient sur les barrages. Aucune Jeep verte n'avait approché de l'un d'eux.

— On ne les a vus nulle part, capitaine, s'inquiéta le commandant.

— Ils sont sans doute encore dans les bois, à se cacher. S'ils sont devant nous, nous les coincerons, dit-il, confiant.

La traversée des bois se fit à allure modérée pour pouvoir observer alentour, mais ils ne virent rien. Finalement, ils atteignirent la route au bord de laquelle était stationnée la Jeep. Castillo et Trinquart descendirent de leur véhicule et firent le tour du 4x4 vert, constatèrent qu'il était vide, que plusieurs autres véhicules avaient laissé leur empreinte sur le sol humide, ce qui était normal puisque c'était l'entrée du chemin qui conduisait aux différentes fermes d'où ils arrivaient.

— On les a perdus ! Merde ! pesta Castillo.

— Ils ne franchiront pas les barrages, affirma Trinquart.

— Il faut l'espérer.

— Je préviens les unités dans le secteur pour qu'elles soient vigilantes.

Les forces de gendarmerie déployées sur le terrain filtrèrent la circulation sur les routes entourant le secteur durant plusieurs heures, sans mettre la main sur les ravisseurs, qui avaient visiblement trouvé le moyen de passer entre les mailles du filet.

§

Chapitre VIII

Un ami qui vous veut du bien

Vincent Delorme venait de passer plusieurs heures dans les locaux du commissariat de la caserne Auvare de Nice, interrogé par le lieutenant Galantini dans un premier temps et le capitaine Castillo, revenu de sa virée dans la montagne, dans un second temps, sur la demande de rançon et les ravisseurs. Il avait été entendu comme simple témoin et aucune charge n'avait été retenue contre lui. Il sortit fatigué mais libre de cette audition. Castillo lui demanda de lui faire parvenir la vidéo qu'il avait reçu des ravisseurs montrant son épouse et sa fille en bonne santé. Cela constituerait au moins la preuve que Vincent n'était pas coupable du meurtre de sa femme, mais ne le disculpait pas pour autant d'avoir organisé l'enlèvement avec elle pour soutirer de l'argent à ses parents. C'était l'une des hypothèses que la police n'avait pas encore écartée, le concernant. Vincent était soulagé, car il pouvait prouver son innocence concernant la « mort » de Jennifer, ce qui était le plus important à ses yeux. Pourtant, quelque chose lui faisait dire que Castillo et son équipe demeuraient persuadés qu'il était coupable du soi-disant meurtre de son épouse et qu'ils ne croyaient qu'à moitié à l'existence de cette vidéo. Rien n'y faisait. Même après avoir appris l'enlèvement et la demande de rançon, ils continuaient à penser cela. Désespérant. Vincent se demandait ce qu'il avait bien pu faire pour mériter cela. Ce qui le faisait le plus enrager dans cette affaire, était le fait que les policiers, au lieu de chercher dans la bonne direction, s'acharnaient sur lui. Si au moins ils avaient réussi à attraper le ravisseur qui était parti avec la Jeep. Mais non, même pas ! Malgré les forces de gendarmerie déployées sur le terrain, en plus des hommes de Castillo, il avait réussi à leur filer entre les pattes ! La Jeep avait été retrouvée sur le bord d'une route, au bout d'une piste en terre. Le ravisseur avait, selon toute vraisemblance, changé de véhicule et était passé entre les mailles du filet tendu par les gendarmes. Ainsi, non seulement Vincent n'avait pas retrouvé sa famille, mais en plus il s'était fait subtiliser les dix millions de la rançon. Il était au désespoir. Il lui restait à espérer que les ravisseurs, à la tête de cette petite fortune, relâcheraient son épouse et sa fillette, dans la mesure où ils avaient atteint leur objectif et qu'elles ne leur étaient plus d'aucune utilité. Il était bien entendu conscient qu'ils pouvaient aussi décider de se débarrasser d'elles en les tuant, tout simplement. C'était quelque chose qu'il ne pouvait envisager.

Cela faisait plus de douze heures que les ravisseurs avaient l'argent de la rançon. Vincent était angoissé, dans l'attente d'une bonne nouvelle espérée. Arrivé chez lui, il eut l'étrange impression que quelqu'un s'y était introduit durant son absence. Son œil fut inconsciemment attiré vers des objets qui semblaient avoir été déplacés, bien qu'il ne pût l'affirmer formellement. Un tiroir était entrouvert dans la cuisine, une pile de magazines était en désordre sur la table basse du salon. Et surtout, un parfum le troubla. Ce parfum, il le connaissait bien, c'était celui de Jennifer. Il se dit que c'était son imagination qui devait lui jouer des tours et que, sans doute, ce parfum traînait encore dans la maison, qu'il ne l'avait pas senti ces derniers jours, n'y faisant pas attention, trop occupé à se débattre pour tenter de récupérer sa famille. Il se précipita dans le salon, alluma son ordinateur portable pour transmettre la vidéo des ravisseurs à Castillo et eut la mauvaise surprise de constater que le lecteur DVD était vide. La vidéo avait disparu ! Vincent n'avait pas eu une impression. Quelqu'un s'était bel et bien introduit dans la maison et avait subtilisé la vidéo ! Il n'y avait pas eu effraction et l'alarme ne s'était pas déclenchée. Cela voulait dire que la personne qui était entrée avait non seulement les clés, mais également le code de l'alarme. Les ravisseurs avaient sans doute récupéré les clés de Jennifer et lui avaient fait donner le code. Mais pourquoi avoir récupéré la vidéo ? L'on n'y voyait rien d'autre que Jennifer et Tara, dans une pièce aux volets clos, qui ne recelait aucun indice pouvant conduire aux ravisseurs. Encore un mystère qui ne trouvait pas de réponse logique. L'on aurait dit que les ravisseurs faisaient tout pour faire accuser Vincent du meurtre de son épouse, ce qui semblait a priori totalement illogique. Pourtant, qui d'autre à part eux avait pu récupérer les clés et le code de l'alarme ? Vincent, las de toute cette affaire, angoissé dans l'attente de nouvelles de sa famille, n'arrivait plus à réfléchir. Il décida de remettre ses questionnements à plus tard.

Assis sur son canapé, Vincent fixait la pendule lorsque la sonnerie de l'interphone retentit. Il s'agissait de Max Renard et de sa Sœur, Maeva, qui venaient le soutenir.

Il leur ouvrit. Ils furent bientôt auprès de lui. Maeva se précipita dans ses bras, l'enlaçant de toutes ses forces en prononçant ces paroles :

— On est de tout cœur avec toi, Vincent. J'ai demandé à Max de me conduire ici pour t'épauler dans ces moments pénibles. Comment tu te sens ? Ça va ? Tu tiens le coup ?

— C'est dur, avoua-t-il. J'avais mis tant d'espoir dans le versement de cette rançon et les flics ont tout fait foirer ! Je suis dégoûté. J'en veux à Papa de les avoir mis au courant pour l'enlèvement et la rançon. Maintenant, que va-t-il se passer pour Jennifer et Tara ?

— Ils vont sûrement les libérer, le rassura Max. Que veux-tu qu'ils fassent d'autre ? Les tuer ne rimerait à rien et leur vaudrait la perpétuité s'ils se faisaient prendre.

— Pourquoi, ce n'est pas déjà le cas pour avoir enlevé et séquestré une femme et son enfant ? dit Vincent qui s'était renseigné sur les peines encourues.

— Ça peut, en effet, mais généralement, si aucun mal n'est fait aux victimes, les peines prononcées ne sont pas aussi lourdes. De toute façon, quel intérêt auraient les ravisseurs à les tuer, tu peux me dire ?

— Je n'en sais rien. Si Jennifer avait vu leurs visages et les avait reconnus, par exemple.

— Il semble que nous ayons affaire à des professionnels chevronnés. Ils auront fait ce qu'il faut pour que Jennifer ne voit jamais leurs visages et n'entende pas leurs vraies voix, tu peux me croire. C'est une sécurité pour elles deux aussi.

— Tu peux faire confiance à Max, ajouta Maeva, il connaît son métier. S'il te dit ça, ce n'est pas juste pour te rassurer, mais parce que c'est vrai. N'est-ce pas Max ?

— Bien sûr. Je suis sûr qu'ils vont les libérer dans les heures qui viennent, si ce n'est pas déjà fait. C'est pour ça que nous sommes là, pour attendre avec toi.

— Je vous remercie tous les deux. Votre soutien m'est d'un grand secours dans ces moments pénibles que je vis. Je n'ai pas eu l'occasion de te dire merci, Max, pour m'avoir sorti des griffes de Castillo lors de la garde à vue.

— Tu plaisantes ? Je n'ai fait que mon boulot d'avocat. Ce n'est rien. Et heureusement que j'ai pu le faire pour toi, mon meilleur ami avant d'être mon beau-frère.

Maeva, la sœur de Vincent, une belle jeune femme brune de trente ans à peine, un mètre soixante cinq, les yeux en amande, d'un vert soutenu, les cheveux courts, le nez fin, la bouche souriante, svelte et élégante, vint s'asseoir près de lui et lui prit la main. Ils restèrent ainsi, un certain temps, dans le silence, à attendre des nouvelles de Tara et Jennifer. Maeva finit par lui dire :

— Tu sais Vincent, il ne faut pas en vouloir à Papa. Il a cru bien faire en prévenant la police. Il avait peur que les choses ne tournent mal et que l'on ne revoie jamais Tara et Jennifer. Lui et Maman se font un sang d'encre depuis leur disparition.

— Je le sais, petite sœur, mais il aurait au moins pu m'en parler avant. Nous sommes une famille il me semble et j'avais mon mot à dire, car c'est avant tout ma femme et ma fille qui sont séquestrées, avant toute autre considération financière.

— Tu ne devrais pas dire ça, s'insurgea-t-elle. Papa n'a pas hésité un seul instant à verser la somme demandée et il n'a pas prévenu la police dans l'espoir de récupérer cet argent, tu es injuste là-dessus !

— Excuse-moi, tu as raison. Je suis en colère, ça me fait dire des conneries. Tu sais, je ne suis pas dans mon état normal depuis qu'elles ont disparu et j'ai tellement peur de ce qui pourrait leur arriver, avoua-t-il.

Maeva serra fort son frère dans ses bras, comme pour le consoler et l'assurer de son affection.

La sonnerie du téléphone résonna dans toute la maison, faisant sursauter Maeva, qui lança un regard interrogateur à son frère. Celui-ci décrocha :

— Allô ! J'écoute.

Il n'y eut pas de réponse. Vincent entendait une respiration à l'autre bout du fil.

— Allô ! répéta-t-il. Je vous entends respirer.

— Êtes-vous seul ? demanda une voix masquée par un appareil de distorsion qui fit penser qu'il s'agissait des ravisseurs.

— Non, pas vraiment, pourquoi ?

— Écoutez-moi attentivement, mais ne répondez rien dans ce cas, compris ?

— Oui.

— Débarrassez-vous des gens qui sont avec vous et allez jusqu'à votre boîte aux lettres.

Vincent s'aperçut des regards insistants de Maeva et de Max, qui attendaient des explications sur le coup de fil.

— Ce n'est rien, mentit Vincent, le boulot.

— Mauvaises nouvelles ? s'inquiéta Max, voyant son ami soucieux.

— Un client qui a des problèmes et qui n'est pas content de nos services. Rien de bien important. J'enverrai un technicien régler ça demain matin.

Vincent regarda sa montre avant d'ajouter :

— Vous devriez rentrer chez vous maintenant, je vais me coucher tôt. Je suis fatigué et demain j'ai une grosse journée.

— Je reste avec toi, dit Maeva. Tu as besoin d'une présence dans ce délicat moment d'attente.

— Non, non, rentre avec Max, insista Vincent. Ça va aller, je t'assure, petite sœur. S'il se passe quelque chose, je vous appellerai.

— Tu es sûr ?

— Oui, certain. Rentre chez toi avec Max.

— Tu nous appelles, même en pleine nuit si tu as la moindre nouvelle, d'accord ?

— C'est promis, petite sœur.

Lorsque Max et Maeva eurent quitté la villa, Vincent se précipita à la boîte aux lettres et y trouva un paquet déposé là. Il rentra dans la maison, l'ouvrit et en sortit un nouveau téléphone prépayé. Il s'agissait bien des ravisseurs, c'était leur méthode. Vincent attendit qu'ils appellent, fébrile.

Lorsque enfin la sonnerie retentit, il décrocha et dit :

— Vous avez l'argent. S'il vous plaît, rendez-moi ma famille !

— Votre épouse Jennifer n'a pas été enlevée. Elle a organisé son propre enlèvement pour vous soutirer de l'argent. Elle se trouve à Marseille. Elle vit actuellement à la Rouvière, bâtiment A, vingtième étage, dans le neuvième arrondissement, sous son nom de jeune fille.

— Pardon ? dit-il, cueilli par ces propos inattendus.

— Vous devez me croire, je sais tout.

— D'accord, répondit-il, circonspect. Je peux savoir qui vous êtes et comment vous avez eu ces informations ?

— N'oubliez pas, la Rouvière, Marseille 9.

La personne raccrocha. Vincent resta un moment immobile, dubitatif, choqué par ce coup de fil. Qui pouvait bien lui en vouloir au point de lui téléphoner pour lui dire de telles horreurs sur Jennifer ? Un plaisantin peut-être ? Mais qui, à part lui, ses parents, les ravisseurs et la police, était au courant de l'enlèvement et de la rançon ? A priori, personne. Alors, qui était ce mystérieux interlocuteur et quel intérêt trouvait-il à dénoncer Jennifer, si tant est qu'elle soit réellement pour quelque chose dans son propre enlèvement ? Il n'y avait aucune logique dans tout cela. Vincent ne comprenait plus rien à cette affaire. Depuis le début tout s'enchaînait de façon curieuse, illogique, désordonnée. D'abord, la disparition de Jennifer et Tara, avec une scène dans son salon qui laissait penser à une violente agression, avec du sang de son épouse sur le tisonnier. Ensuite, le coup de fil de Marie Delagrange, l'amie de Jennifer, qui lui affirmait l'avoir vue à Marseille... Marseille ? Coïncidence ? L'appel anonyme de ce soir situait Jennifer à Marseille, lui aussi. Se pouvait-il qu'il y ait un fond de vérité dans ces propos ? Vinrent ensuite les accusations à son encontre et ces étranges voisins qui affirmaient que Jennifer s'était confiée à eux sur les violences qu'elle subissait de sa part. Ils avaient même précisé l'avoir vue en sang, le visage tuméfié par les coups reçus. Et il y avait aussi la chemise trouvée dans sa poubelle, pleine du sang de Jennifer, elle aussi. Tout semblait avoir été fait pour l'accuser de son meurtre. C'est là que rien ne collait, car si Jennifer avait planifié son propre enlèvement pour soutirer de l'argent, pourquoi aurait-elle mis en place toute cette mise en scène destinée à l'accuser de l'avoir tuée ? Si elle voulait obtenir une rançon, ce n'était pas la meilleure façon de procéder. S'il avait été incarcéré pour son meurtre, adieu la rançon ! Alors ? Qu'est-ce qui clochait dans toute cette affaire ? Il est vrai que plus Vincent y songeait, plus il paraissait évident qu'il y avait eu mise en scène pour l'accuser du meurtre. Si Jennifer, ce que Vincent ne croyait nullement, avait quelque chose à voir avec l'enlèvement, elle n'était certainement pas à l'origine de ce complot pour l'accuser. Quelqu'un d'autre en a peut-être profité pour... Non, cela n'avait pas de sens ! Tout était lié, il ne pouvait en être autrement, bien que l'enlèvement et l'accusation de meurtre étaient parfaitement contradictoires. Il y avait de quoi s'arracher les cheveux.

Vincent songea qu'il pourrait essayer de retrouver les voisins qui avaient fait la déposition contre lui. Cela ne devrait pas être très compliqué puisqu'il savait que c'était des octogénaires. À sa connaissance, dans le quartier, il n'y avait que deux couples de personnes aussi âgées. Il était curieux d'entendre ce qu'ils avaient à lui dire.

§

La villa des Gineste était à deux pas de celle des Delorme, sur le trottoir d'en face, à droite, en contrebas de la route. Vincent appuya sur le bouton de la sonnette. Après un moment, il entendit des crissements de pas sur le gravier de l'allée, de l'autre côté d'un portail haut, qui ne laissait rien voir de la propriété. Une voix d'homme, celle de monsieur Gineste, vraisemblablement, se fit entendre :

— Qu'est-ce que c'est ?! cria-t-il derrière son haut portail en panneaux de bois plein.

— Bonjour, monsieur Gineste, je suis votre voisin d'en face, monsieur Delorme. J'aimerais vous parler.

— Partez, je n'ai rien à vous dire ! cria le vieil homme, visiblement inquiet.

— S'il vous plaît, monsieur Gineste, insista Vincent, c'est très important pour moi. Je voudrais que vous me racontiez ce que ma femme, Jennifer, vous aurait dit au sujet de notre couple, vous voulez bien ?

— J'ai tout dit à la police. Laissez-nous tranquille !

— J'insiste, monsieur. Les accusations que vous avez proférées à mon encontre sont très graves et j'aimerais savoir pourquoi vous avez raconté ça à la police ?

— Foutez le camp ou j'appelle les flics ! cria Gineste, de plus en plus inquiet et nerveux.

Entre-temps, Madame Gineste sortit de la maison, intriguée par les cris de son époux :

— Qu'y a-t-il Raymond ? lui demanda-t-elle.

— C'est le voisin, le mari de Jennifer, qui vient nous chercher des histoires !

— Vraiment ? Veux-tu que j'appelle la police ?

Vincent, qui entendait tout, grimpa sur le portail pour voir chez les Gineste et s'adressa directement à madame :

—Madame Gineste, je vous en prie, j'ai besoin de savoir pourquoi vous avez dit tout ça à la police. Je ne cherche pas les histoires, je veux juste comprendre, c'est tout.

Les Gineste restèrent figés sur place devant la vue de leur voisin qui s'apprêtait à enjamber leur portail.

— Je vous en prie, répéta Vincent. Je n'ai pas l'intention de vous faire du mal. J'ai besoin de la vérité, c'est tout. Je n'ai jamais porté la main sur Jennifer, contrairement à ce qu'elle semble vous avoir dit et j'aimerais que vous m'éclairiez, car je suis perdu. Je n'arrive pas à comprendre pourquoi elle vous aurait dit ça.

Madame Gineste sembla réfléchir un moment, puis elle s'adressa à son époux :

— Ouvre-lui, Raymond.

— Mathilde ! dit Raymond, désapprouvant.

— Il n'a pas l'air bien méchant, reconnut-elle.

— Je ne vous veux aucun mal, répétait Vincent.

Contre son gré, Raymond Gineste, un petit homme sec, plié sous le poids des ans, le visage ridé, rougi par le soleil cuisant de ce début d'été, ouvrit le portail, laissant entrer ce voisin dont ils avaient, lui et sa femme, une bien piètre opinion.

— Entrez, monsieur Delorme, lui intima madame Gineste, une petite femme, menue, les cheveux gris abondants, mi-longs, le visage doux d'une grand-mère idéale.

— Merci madame.

— Asseyez-vous, dit-elle, montrant un fauteuil de style classique, face au canapé dans le même style.

Les Ginestes s'y installèrent.

— Que voulez-vous de nous ? demanda-t-elle, curieuse de la démarche de cet homme qui n'avait pas l'air d'un époux violent.

— Je cherche des réponses, madame.

— Des réponses ?

— Oui. Comme vous le savez, mon épouse et ma fille ont toutes deux disparues depuis plusieurs jours. La police est venue vous interroger à ce sujet.

— Nous savons tout ça. Est-ce que vous avez des nouvelles de Jennifer ? s'inquiéta-t-elle.

— Non, madame, pas pour le moment.

— Cette histoire est terrible, je n'en ai pas dormi pendant des nuits, confia-t-elle.

— Je n'ai pas beaucoup dormi non plus, avoua Vincent.

— Vous disiez chercher des réponses, rappela-t-elle.

— J'ai appris par la police que vous aviez fait une déposition. La teneur de celle-ci m'a anéanti. Sur le moment je n'ai pas compris pourquoi des voisins, que je connais à peine, pouvaient dire de telles choses à mon encontre. Puis, les jours passants et les évènements s'enchaînant, j'ai compris que quelque chose se passait et que ces propos que vous aviez tenus, car c'est bien de vous qu'il s'agit, n'est-ce pas ?... n'étaient peut-être pas une invention de votre part.

— Bien entendu que ce n'est pas une invention de notre part ! s'insurgea monsieur Gineste, furieux.

— Calme-toi, Raymond, tu sais que ce n'est pas bon pour ton cœur, lui dit madame Gineste avant de s'adresser à Vincent :

— Tout ce que nous avons dit à la police, monsieur, est vrai. Nous n'avons pas pour habitude de mentir, vous savez.

— Je n'en doute plus maintenant, madame. Ce que j'aimerais, c'est que vous me racontiez quand et dans quelles circonstances vous avez eu des contacts avec Jennifer et ce qu'elle vous a dit exactement, car je vous avoue qu'en ce qui me concerne, Jennifer ne m'a jamais parlé de vous.

— La première fois, c'était il y a trois mois, en Mars. Je m'en souviens très bien car c'était le jour de l'anniversaire de ma sœur Catherine. Votre femme est venue sonner à notre portail. C'est moi qui lui ai ouvert. Elle était en pleurs, apeurée et voulait se réfugier chez nous. Je l'ai faite entrer dans la maison et elle a fini par me raconter que vous l'aviez battue. Elle n'a pas voulu me dire si c'était fréquent ou pas, mais j'ai bien senti qu'elle était effrayée par vous.

— Vous êtes sûre qu'il s'agit de Jennifer ? demanda Vincent en sortant une photo de son épouse de la poche de sa veste pour la montrer aux Gineste.

— C'est bien elle, Jennifer Delorme, votre épouse, confirma madame Gineste. Je la reconnais parfaitement.

— Cette histoire est dingue ! dit-il en secouant la tête. Vous êtes sûre que c'était cette femme ? insista-t-il, incapable de croire un instant que Jennifer ait pu lui faire une telle chose.

— Oui, oui, c'est elle, nous en sommes sûrs, Raymond et moi. C'est bien la femme sur la photo.

— Je n'ai jamais porté la main sur elle, se défendit Vincent. Je ne comprends rien à cette histoire. C'est complètement insensé ! Pourquoi ma femme aurait-elle fait ça ? se demanda-t-il.

— Vous n'avez pas l'air de quelqu'un de mauvais, tenta de le rassurer madame Gineste. Cela se voit dans les yeux, la méchanceté. Vous, vous avez du bon dans les yeux, pas du mauvais.

— Pourquoi ma femme est-elle venu vous raconter une chose pareille ? C'est incompréhensible.

— Elle n'est pas venu qu'une fois, fit-elle remarquer.

— Combien de fois en tout, vous vous souvenez ?

— Trois, peut-être quatre.

— Et à chaque fois elle vous a raconté la même chose ? dit-il, de plus en plus étonné et dépité.

— A peu près, oui. Vous l'aviez battue après une violente dispute. Je lui ai dit de vous quitter, mais elle avait trop peur. Elle disait que si elle le faisait, vous vous en prendriez à elle et à votre fillette.

— Elle vous a dit ça ?!

Vincent tombait des nues. Le monde s'écroulait autour de lui. Sa femme, en qui il avait une confiance aveugle, à qui il aurait confié sa vie sans la moindre hésitation, l'avait poignardé dans le dos durant des mois, en se plaignant de faits qu'il n'avait jamais commis. Dans quel but ? Que cherchait-elle ? Où voulait-elle en venir ? À le faire accuser de son meurtre ? Mais pour quelles obscures raisons ? Il commença à penser qu'elle avait dû être embrigadée par des personnes qui lui avaient monté la tête pour qu'elle en arrive à faire ça. Non, ça ne rimait à rien ! Jennifer n'était pas quelqu'un à se faire monter la tête. Et puis, quel but auraient poursuivi ces personnes ? Cela n'avait pas de sens. Il se demanda alors si elle n'était pas plutôt victime de gens malfaisants, de voyous qui l'auraient menacée de s'en prendre à elle ou à Tara si elle ne faisait pas ce qu'ils demandaient. C'était plus plausible. Mais dans quel but ? Pourquoi vouloir monter un tel scénario pour le faire accuser de meurtre ? L'hypothèse d'un concurrent de son entreprise lui retraversa l'esprit. Il est vrai qu'il était en négociation depuis plusieurs mois avec une très grande entreprise internationale et qu'il était sur le point de remporter un marché qui allait propulser son affaire et la faire passer à une taille bien supérieure. Si cela se concrétisait, ce qui n'était plus qu'une question de semaines, il devrait embaucher dans les deux ans qui viennent plus du triple d'employés qu'il en avait actuellement ! Et encore, ce ne serait qu'un début. Une fois en possession de cette formidable carte de visite, nul doute que sa société connaîtrait une croissance exponentielle qui la propulserait au rang de géante dans son domaine. Les deux principaux concurrents de Vincent étaient des entreprises plus grosses que la sienne, avec des moyens supérieurs et un personnel nombreux. L'une d'elles pourrait avoir eu vent du fait qu'il était le mieux placé et ses dirigeants auraient pu décider de se débarrasser de ce gêneur qui les empêchait d'avoir cet énorme marché de plusieurs dizaines de millions de dollars. Ça, c'était du concret et pouvait justifier toute cette incroyable affaire ! Pour de telles sommes, certains ne devaient pas hésiter à tout faire pour évincer les concurrents.

— C'est ce qu'elle nous a dit, oui, répondit madame Gineste. Je lui ai proposé de l'emmener à la police, elle n'a pas voulu, elle avait trop peur. Elle nous a fait jurer de ne jamais en parler autour de nous et de ne surtout pas appeler la police.

— J'ai cru comprendre qu'une fois elle est arrivé le visage tuméfié, en sang. Est-ce vrai ?

— C'était le mois dernier, oui.

— Le mois dernier ?

Vincent se souvint de ce jour, c'était en mai, où, rentrant du bureau, comme tous les soirs, il l'avait trouvé assise sur le canapé, la tête en arrière, immobile. Il n'avait pas remarqué le coton rouge de sang qui emplissait ses narines, juste la tache brune sur son front, qu'il avait pris pour un reflet de lumière sans importance. Ce fut lorsqu'il s'approcha d'elle pour venir l'embrasser qu'il découvrit le visage tuméfié de sa femme. Il eut un haut-le-cœur en la voyant ainsi et lui posa la question de savoir ce qui lui était arrivé. Il se souvint qu'elle n'avait pas l'air dans son assiette ce soir-là. Elle semblait ennuyée, gênée. Quelque chose semblait la tracasser. Elle répondit à sa question :

— Ce n'est pas très grave, mon chéri. Je suis descendu au sous-sol et j'ai raté l'une des dernières marches. Je suis partie en avant et j'ai heurté une étagère avec la tête.

— Tu as vu le médecin ? s'inquiéta-t-il alors.

— Ce n'est rien, je t'assure, j'ai juste saigné du nez et j'ai un peu mal au front, c'est tout. Ça passera.

Vincent avait insisté, lui disant qu'il ne fallait pas plaisanter avec les chocs à la tête, que cela pouvait être dangereux, mais elle finit par s'agacer après lui. Avec le recul, il se dit que ce soir-là, elle n'était pas comme d'habitude, qu'elle semblait cacher quelque chose, ou tout au moins, être gênée, peut-être même avoir honte de quelque chose. Oui, c'est ça, maintenant qu'il repensait à tout ça, c'est une impression de honte, voire de culpabilité qui semblait l'habiter ce soir-là. Se sentait-elle coupable de ce qu'elle avait fait, un peu plus tôt dans la journée, lorsqu'elle était allée se plaindre auprès des époux Gineste ? Pourquoi l'avoir fait dans ce cas ? Non, il devait y avoir autre chose, quelque chose que Vincent, encore une fois, n'arrivait pas à saisir. Il revint dans la conversation :

— Elle avait un hématome sur le front, c'est ça ?

— Oui, il me semble. Elle saignait du nez aussi.

— Attendez que je me souvienne, c'était le cinq mai, vous vous en souvenez ?

— Le cinq ? Oui, peut-être. En début de mois en tout cas.

— Je vois... Jennifer était tombée dans l'escalier qui conduit au sous-sol, ce jour-là. Du moins, c'est ce qu'elle m'a dit le soir quand je suis rentré du bureau.

— Je ne comprends pas pourquoi elle nous aurait raconté des mensonges aussi graves ? s'étonna madame Gineste, qui restait méfiante vis-à-vis de Vincent.

— Moi non plus, avoua Vincent, qui avançait de plus en plus dans le brouillard, même s'il commençait à avoir quelques idées précises qui pourraient justifier le comportement de sa femme.

— Nous avons cru tout ce qu'elle nous a dit, sembla s'excuser monsieur Gineste, qui voyait bien le désarroi de son voisin.

— Ce n'est pas de votre faute. Nous découvrons, vous et moi, une Jennifer que nous ne soupçonnions pas.

Vincent, totalement abattu, groggy par ce qu'il venait d'entendre, avait soudain l'air d'un petit enfant perdu, à la recherche de ses parents. Ses grands yeux profonds reflétaient la peur de l'abandon, la peur du vide. Il se ressaisit rapidement et posa une dernière question :

— Avez-vous revu Jennifer ces derniers jours ?

La question parut les surprendre.

— Vous voulez dire : depuis sa disparition ?

— Oui.

— Bien sûr que non, quelle question.

— Je vous remercie d'avoir accepté de me parler. Grâce à vous j'y vois un peu plus clair, même s'il reste encore beaucoup de zones d'ombre.

§

Antoine Priolo

Chapitre IX

La mort dans l'âme

La cité de la Rouvière, dans le quartier du Redon à Marseille, était un ensemble de barres d'immeubles construites dans les années soixante-dix. Contrairement à ce que l'on aurait pu penser de prime abord, ce n'était pas une cité HLM comme l'on en trouve beaucoup dans cette métropole, surtout dans les quartiers nord, mais une copropriété immense, en fait, la plus grande copropriété d'Europe. Elle avait ses commerces, ses banques, ses bars et restaurants et son supermarché. Les gens qui vivaient là étaient, à l'origine, surtout des pieds-noirs d'Algérie qui étaient rentrés précipitement après la guerre, dans les années soixante.

C'est à l'entrée de la cité que se trouvaient les commerces, dans une grande structure sur plusieurs niveaux, laquelle était surmontée de la tour « A », qui comptait une trentaine d'étages. C'est dans cette tour qu'était censé se trouver Jennifer, d'après l'appel anonyme qu'avait reçu Vincent Delorme. Afin d'en avoir le cœur net, celui-ci avait décidé de se rendre à Marseille. Il espérait trouver des réponses à toutes les questions qu'il se posait désormais. Après les divers chocs qui l'avaient ébranlé depuis la disparition de sa femme et de sa fille, il avait intégré l'idée que Jennifer puisse ne pas être étrangère à tout ce qui était arrivé. C'est la mort dans l'âme qu'il avait dû admettre que trop de choses curieuses s'étaient enchaînées, en particulier les déclarations qu'elle avait fait aux époux Gineste, pour qu'elle n'ait rien à voir dans tout cela, que ce soit de son plein gré ou non.

Le problème était que Vincent était toujours amoureux de sa femme et qu'il avait du mal à lui en vouloir, quoi qu'elle ait pu faire contre lui. Du reste, il n'arrivait toujours pas à comprendre les raisons qui avaient pu la pousser à vouloir faire croire qu'il l'avait assassinée, alors que leur couple n'avait aucun problème majeur, que depuis qu'ils s'étaient rencontrés, ils vivaient une véritable idylle, que la naissance de Tara les avait comblés tous les deux de bonheur. Il restait persuadé que la seule explication plausible résidait dans le fait qu'elle était sous la menace de personnes qui avaient un moyen de pression sur elle pour la pousser à faire ce qu'elle avait fait. Il ne pouvait imaginer qu'il en soit autrement. La seule chose qu'il ne comprenait pas, quel que soit le scénario qu'il imaginait, c'était le but recherché. Pour ce qui est de la rançon, aucun problème, c'était l'argent, mais pour le reste ? Pourquoi vouloir le faire accuser de meurtre ? Il avait encore repensé à une histoire de vengeance, refait le film de sa vie dans le but de trouver qui aurait pu lui en vouloir à ce point, sans succès. Il ne se connaissait pas d'ennemi à qui il aurait pu faire assez de mal pour mériter un tel acharnement. La seule explication qu'il retenait pour l'instant était celle d'un concurrent qui voulait remporter l'énorme marché qu'il était sur le point d'emporter. C'est pourquoi il était là, dans l'espoir de trouver les réponses.

Vincent stationna sa voiture sur un parking en terre, au pied du centre commercial et de la tour, qui jouxtait un plan d'eau où s'ébattaient de nombreuses tortues, au milieu de poissons rouges. Au bout de ce parking, il y avait les tables d'un restaurant, dressées sur un sol de graviers blancs, sous un mélèze gigantesque qui prodiguait une ombre salutaire en cette chaude saison. À cette heure de la matinée, il n'y avait pas encore de clients. À côté du restaurant et à l'étage supérieur, où courait une large promenade, des commerces affichaient leurs enseignes.

Vincent leva les yeux au ciel, sur la tour « A » qui dominait l'ensemble, de ses trente étages. Là-haut, quelque part, se trouvaient peut-être Jennifer et les réponses qu'il était venu chercher. Il avait la gorge nouée et la peur au ventre à l'idée de la trouver là. Dans un sens, l'idée de la savoir ici, en bonne santé, le rassurait, mais cela voulait dire que la personne qui l'avait contacté anonymement disait la vérité sur le rôle qu'elle avait joué dans son propre enlèvement. La pensée d'un face à face avec Jennifer, dans ces conditions étranges, lui faisait peur. Qu'allait-il apprendre d'elle ? Qu'allait-elle dire pour sa défense ? Comment justifierait-elle son comportement ? Ce qui faisait le plus peur à Vincent, hormis tout ce qu'il pourrait apprendre, c'était de connaître les sentiments qu'elle éprouvait encore pour lui. Et si elle ne l'aimait plus ? Pour avoir fait ce qu'elle avait fait, si elle était bien là et avait fait quelque chose, c'est que ses sentiments à son égard devaient être plutôt confus. Mais si elle était menacée, alors ce n'était sans doute pas le cas et elle ne faisait que protéger sa famille et son couple.

Prenant son courage à deux mains, Vincent décida de rejoindre le vingtième étage de la tour pour en avoir le cœur net. Avant de sortir de la voiture, il vérifia le revolver que lui avait donné son père, le coinça dans son pantalon, au niveau de la taille. Il sortit, contourna le bassin, traversa le jardin terrasse du restaurant et s'engagea dans un escalier large qui menait à l'étage supérieur des commerces. Il emprunta la promenade qui longeait le bâtiment et donnait accès aux boutiques de ce niveau. Il traversa la promenade, contourna le bloc de commerces et arriva devant l'entrée de la tour. Il dut attendre qu'une personne entre pour lui emboîter le pas et pénétrer dans le hall de l'immeuble. Il vérifia sur les boîtes aux lettres que le nom de Leguet, son nom de jeune fille, y était bien et repéra l'étage de son appartement. L'ascenseur le déposa assez rapidement au vingtième étage. Son cœur se mit à battre plus fort, à mesure qu'il s'approchait d'elle. Il repéra le nom sur le bouton de la sonnette, posa son doigt dessus, hésita longuement avant d'appuyer, entendit un son strident, puis plus rien. Trente secondes s'écoulèrent, durant lesquelles Vincent, fébrile à l'idée de la retrouver, en eut des sueurs. Son cœur s'emballait, ses mains tremblaient, sa bouche s'asséchait, ses jambes flagellaient. Personne ne vint ouvrir. Il rappuya sur le bouton de sonnette, insista plusieurs fois, en vain. Déçu, Vincent reprit l'ascenseur et se retrouva bientôt dans les allées de la résidence. Il regarda sa montre, vit qu'il était bientôt l'heure du déjeuner et décida de se rendre dans ce restaurant qu'il avait vu en arrivant, avec sa sympathique terrasse ombragée, près du plan d'eau. Il reprit la promenade devant les commerces lorsqu'il tomba nez à nez sur...

— Jennifer ? dit-il, surpris de la voir là, devant lui, à quelques mètres seulement, sortir d'une boutique.

Jennifer Delorme se figea sur place, le visage décomposé, de la peur dans le regard. Elle ne réussit pas à dire le moindre mot. Elle était comme paralysée.

Vincent la regarda de la tête aux pieds. Elle avait changé sa coiffure, coupé ses cheveux, les avait teints en blond. Son maquillage était différent, lui aussi, plus appuyé autour des yeux, plus marqué aux lèvres. Ses vêtements enfin étaient plus... ou plutôt moins sages. Elle portait un débardeur au décolleté plongeant, sur un short court qui moulait outrageusement son postérieur. C'était Jennifer, mais ce n'était plus tout à fait elle.

— Jennifer, répéta-t-il, incapable de dire quoi que ce soit d'autre, à la fois ému et heureux de la retrouver, vivante, visiblement en pleine forme.

— Vincent ? finit-elle par dire, l'effet de surprise passé.

— C'est moi, mon amour.

— Qu'est-ce que tu fais là ? Comment m'as-tu retrouvée ? dit-elle, inquiète.

— Peu importe mon amour. Je suis là et tu es là, près de moi, vivante, belle, rayonnante. Si tu savais comme je suis heureux !

Vincent ne pouvait contenir son bonheur d'avoir retrouvé sa bien-aimée. Jennifer ne semblait pas partager son enthousiasme. Son visage était grave, ses yeux reflétaient une indicible peur. Elle regardait autour d'elle régulièrement, comme si elle se sentait épiée. Une certaine panique s'était emparée d'elle, l'empêchant de penser de façon rationnelle. Elle se força à se ressaisir, à reprendre ses esprits, à contrôler l'instant présent et, après s'être calmée, lui dit :

— Viens, ne restons pas là, c'est dangereux. Suis-moi.

— Dangereux ? Pourquoi ça, dangereux ?

— Viens, viens…

Jennifer entraîna Vincent jusqu'à l'entrée de la tour « A », appuya fébrilement sur le bouton d'appel de l'ascenseur et attendit, se dandinant nerveusement d'une jambe sur l'autre. Vincent l'observait attentivement. Elle était belle, même si son apparence avait changé du tout au tout. Ce qui avait le plus changé était son regard. Il n'était plus le même. Avant, lorsqu'elle le regardait, il pouvait percevoir l'amour qu'elle lui portait. Maintenant, il ne voyait plus que de l'indifférence et de la peur. Elle avait perdu cette petite étincelle qui faisait briller ses beaux yeux bleus. Que s'était-il passé pour en arriver là ? Il ne pouvait se l'expliquer. Il avait beau chercher ce qu'il avait bien pu faire pour qu'elle se détache de lui au point de ne plus avoir d'amour pour lui, au point d'être capable d'organiser un faux enlèvement pour lui soutirer de l'argent, au point de tout mettre en œuvre pour le faire accuser d'un faux meurtre, il ne trouvait pas. Il avait été un mari aimant et attentif à ses moindres désirs, ses moindres besoins, ses moindres envies, un bon amant aussi, du moins le croyait-il jusque-là, car elle semblait comblée sur le plan sexuel, tout comme lui l'était et un bon père, qui passait le plus de temps possible avec sa fillette. Rien dans son comportement ne pouvait justifier un tel acharnement. Vincent balaya d'un coup toutes les théories sur le complot visant à l'évincer du marché qu'il allait emporter, pour lequel Jennifer aurait été menacée et obligée de faire ce qu'elle avait fait. Les yeux de cette femme n'étaient plus ceux de sa femme. Ils ne lui parlaient plus d'amour. Jennifer était complice, pas victime, il le voyait dans ce regard, même s'il ne voulait toujours pas y croire.

L'ascenseur arriva. Ils prirent place dans la cabine, qui s'éleva jusqu'au vingtième étage. Le couple demeura silencieux durant tout ce temps, Vincent gardant les yeux rivés sur son épouse tandis qu'elle les baissait pour ne pas croiser son regard. Les portes s'ouvrirent. Jennifer se précipita dans le corridor jusqu'à la porte de son appartement, qu'elle se dépêcha d'ouvrir avant de s'y engouffrer prestement, entraînant Vincent dans son sillage. Elle la referma rapidement et tourna les trois verrous de sécurité, comme si elle craignait la venue de quelqu'un.

L'appartement était spacieux, d'un standing correct, avec un séjour orienté vers la ville et la mer. De cette hauteur, la vue panoramique était époustouflante, depuis les îles de l'archipel du Frioul avec son célèbre château d'If, en passant par la non moins célèbre Notre-Dame de la Garde, que les Marseillais surnomment « la bonne Mère », le vieux port, le centre-ville et les quartiers périphériques, jusqu'à la chaîne de l'Estaque, au nord-ouest.

Meublé chichement d'un simple canapé, d'une table basse et d'une télévision, sans aucune fioriture ni décoration, il semblait n'être destiné qu'à un séjour de courte durée. C'est du moins ce que cela faisait penser à Vincent. Sur la cloison de droite, il y avait une ouverture en arc de cercle, assez large, avec un passe plat, qui donnait sur une cuisine de taille correcte, équipée de meubles vieillots de style faussement classique, de couleur chêne.

— Assieds-toi, lui proposa Jennifer, qui semblait plus détendue maintenant qu'elle était en sécurité chez elle.

— Merci, je préfère rester debout.

— Comme tu voudras. Tu veux un café ? demanda-t-elle d'une voix indifférente.

— Je veux bien, oui.

Jennifer passa dans la cuisine où une machine à café, de celles que l'on trouve désormais dans tous les foyers de France et sans doute du monde, trônait sur le plan de travail, dans un angle. Après avoir posé la sacro-sainte question : tu le préfères fort ou léger ? Elle introduisit la capsule adéquate et pressa le bouton qui mit en branle la machine d'où coula le breuvage sombre et odorant. Elle revint avec un petit plateau rond sur lequel deux tasses étaient disposées et le tendit à Vincent :

— La tasse devant toi, précisa-t-elle, avant de venir s'asseoir sur le canapé et de porter la sienne à ses lèvres.

Vincent but, fit la grimace, se lécha discrètement les lèvres et reposa la tasse sur le petit plateau. Il n'aimait pas ces cafés en capsules. Il leur trouvait un arrière-goût curieux. Du reste, chez eux, ils n'avaient pas ce type d'appareils. Vincent avait acheté une véritable machine à expresso de bar, italienne et se faisait livrer du café en grains d'un petit torréfacteur qui créait des mélanges selon les goûts de chacun de ses clients. Une merveille !

Jennifer posa sa tasse, regarda Vincent dans les yeux et réitéra sa question, posée un peu plus tôt sur la promenade, devant les boutiques :

— Tu m'as trouvée comment ?

— Si tu le permets, les questions, c'est moi qui vais les poser pour le moment, dit-il sur un ton cassant. Tu me dois bien ça au vu des circonstances, non ?

— Oui, c'est vrai, reconnut-elle. Je t'écoute.

— D'abord, je veux savoir où se trouve notre fille ? Est-ce qu'elle est ici, avec toi ?

Le ton de Vincent était devenu froid. La stupeur et la joie un peu niaise d'avoir retrouvé sa bien-aimée avaient disparu, laissant place à la lucidité et à une colère contenue.

— Oui, ne t'inquiète pas pour elle, elle va bien.

— Je veux la voir.

— Elle n'est pas là pour le moment.

— Pas là ?

— Non, je l'ai confiée à une personne qui s'en occupe quand j'ai besoin de me déplacer.

— Où est-elle ?

— Je te l'ai dit…

— Où – est – elle ?! égrena-t-il sèchement.

— Dans le parc de la résidence, au jardin d'enfants. Elle sera de retour sous peu.

— Bien. Ça, c'était le plus important pour moi. Ensuite, je voudrais savoir ce qu'il s'est produit le treize juin et sans doute avant, pour que nous en arrivions là ? Je pensais avoir une vie simple, normale, avec une femme que j'aimais et qui m'aimait et je découvre depuis cette date que cette vie que je croyais vivre avec toi n'est que mensonges ! Pourquoi ? Est-ce que tu avais tout planifié ? Est-ce que notre rencontre n'était pas fortuite ? Est-ce que tu m'as joué la comédie du bonheur pour en arriver à extorquer les dix millions à mes parents ? C'est ça la vérité ?!

Vincent avait élevé la voix au fur et à mesure de la colère qui montait en lui en prononçant ces paroles. Jennifer baissa les yeux, comme un aveu de sa culpabilité. Des larmes coulèrent le long de ses joues. Lorsqu'elle releva la tête, Vincent vit ses beaux yeux bleus embrumés et rougis. Il en fut ému et son cœur se serra. Malgré tout ce qu'elle avait fait, il ne parvenait pas à la détester, pire, son amour pour elle était intact, fort comme au premier jour. Il l'avait dans la peau.

— Je vais tout t'expliquer, dit-elle. Je n'en peux plus de mentir. De te mentir. Je n'en peux plus de tout ça ! s'écria-t-elle.

Vincent sentit qu'elle avait besoin de vider son sac, de déballer toute cette histoire, de se soulager d'un poids, d'un lourd fardeau. Il était impatient, car enfin il allait savoir pourquoi elle avait fait cela.

Jennifer rentra sa tête dans les épaules, baissa les yeux vers le sol et, après avoir essuyé ses larmes, commença son récit :

— Cette histoire a commencé…

Vincent ressentit une violente douleur sur l'arrière du crâne. Sa vue se troubla, puis tout devint noir, les bruits s'estompèrent. Il perdit connaissance…

Des coups sourds résonnaient dans le lointain, mêlés de voix qui criaient, dont on ne pouvait distinguer la teneur des propos. Une douleur lancinante tira Vincent de sa torpeur. Il ouvrit les yeux. La lumière lui faisait mal. Son souffle était court et il avait des difficultés à reprendre sa respiration. Il grimaça, gémit et se toucha le crâne. Il ressentit une humidité au niveau des cheveux et une bosse douloureuse juste au-dessus de l'os occipital. Il regarda ses doigts couverts de sang, comprit qu'il était à même le sol et tenta de se redresser. Il avait des vertiges, sa vue était troublée, ses sens comme engourdis. Il réussit à s'asseoir sur son postérieur et resta immobile, le temps de reprendre ses esprits. Les coups sourds et les cris redoublaient. Ils devenaient de plus en plus clairs et audibles. Il sembla à Vincent que quelqu'un frappait à une porte et criait quelque chose comme : plisse ! plisse ! précédé d'un autre mot qu'il ne distinguait pas. Il souffla à plusieurs reprises, respira à fond, régulièrement, tandis que sa vue s'éclaircissait rapidement. Il distingua une masse sur le sol, devant lui, qu'il reconnut malgré son trouble de la vision. C'était Jennifer. Elle ne bougeait pas. Il fit un effort surhumain pour se rapprocher d'elle, en rampant et se pencha au-dessus de son visage, qu'il distinguait à peine :

— Jennifer ? dit-il en la secouant sans brusquerie.

La jeune femme semblait dormir. Elle ne répondit rien.

— Jennifer ? insista-t-il, la secouant plus fort cette fois.

Les coups devinrent distincts, les voix aussi :

— Ouvrez, police ! Ouvrez immédiatement ! Police !

La vue de Vincent devint un peu plus claire, mais il était toujours à moitié conscient, un peu comme dans un rêve. Il regarda Jennifer, étendue sur le sol, baignant dans une mare de sang, les yeux vides, le visage livide, figé dans une forme de sérénité. Son cœur se serra, sa gorge se noua, des larmes coulèrent le long de ses joues. Il posa délicatement son oreille droite sur la poitrine de son épouse, n'entendit rien, sut qu'elle était morte. Le monde venait encore une fois de s'effondrer pour Vincent, mais cette fois, il n'aurait plus aucun espoir de la revoir vivante, plus aucun espoir de reprendre sa vie avec elle, dans la douceur de leur foyer heureux, aucun espoir de connaître la vérité. Sa vérité, celle qu'elle s'apprêtait à lui raconter. On avait tué l'amour de sa vie, l'être chéri, la femme, la maîtresse, l'amie, la mère de son enfant. Un vide incommensurable s'installait soudain en lui, comme si plus rien ne comptait, comme si la vie n'avait de sens sans elle, comme si rien, ni avant, ni après n'avait eu et n'aurait plus d'importance. Il dut faire l'effort de penser très fort à Tara, sa fillette pour trouver la force de continuer à vivre, à se battre pour elle, pour la retrouver. Désormais il devrait s'accrocher à ce seul objectif : récupérer Tara. Car il n'avait plus rien à attendre de Jennifer.

La porte s'ouvrit dans un fracas assourdissant. Une demi-douzaine de policier en uniforme, arme au poing, déboula et se jeta sur Vincent, en criant :

— Mains sur la tête ! Tout de suite ! Mains sur la tête !

Vincent s'exécuta sans broncher. Il était ailleurs, comme spectateur de son propre cauchemar. Les policiers le ceinturèrent et lui passèrent les menottes sans ménagement. Ils le mirent debout et le poussèrent vers la sortie, en hurlant des tas de phrases qu'il n'entendit pas, plongé dans une profonde tristesse et une solitude glaciale.

§

Il ne se souvint pas comment il était arrivé à l'arrière d'une voiture, encadré de deux policiers, qui fonçait à travers les artères de la cité phocéenne, sirènes hurlantes. Il distingua à peine le véhicule qui, arrivant de la gauche à pleine vitesse, heurta la voiture dans laquelle il se trouvait, dans un choc terrible qui le projeta tantôt sur le policier à sa gauche, tantôt sur celui à sa droite. Il sentit son sang qui montait à sa tête, puis qui descendait à ses pieds pour remonter encore et redescendre à nouveau. Il comprit que la voiture faisait des tonneaux et il lui sembla qu'elle n'avait pas l'intention de s'arrêter. Puis enfin, après ce tumulte, après avoir été bourlingué comme un fétu de paille, tout s'arrêta, devint silence et immobilité. Vincent avait toujours mal au crâne et maintenant, en plus, il avait mal à peu près partout ! La voiture avait cessé ses roulades sur le bitume en s'immobilisant sur le côté gauche. Il regarda à sa gauche, vers le bas en l'occurrence, le policier qui semblait inconscient, couvert de sang, à sa droite, vers le haut désormais, l'autre policier, guère plus vaillant que le premier, mais qui n'était pas ensanglanté, lui. Le chauffeur était écrasé par la tôle broyée par l'impact qu'il avait pris de plein fouet, mort sans doute. Vincent, coincé entre le policier de gauche, sous lui, et celui de droite, sur lui, se dégagea comme il pouvait, s'extrayant de l'étrange sandwich que les trois hommes formaient. Il fut bientôt libre de ses mouvements, toujours entravé de menottes toutefois. Il songea à sortir de l'habitacle, se ravisa, fouilla le policier qui lui avait passé les menottes, trouva les clés et les ôta prestement. Il passa la tête à travers l'ouverture de la fenêtre de la portière dont la vitre s'était brisée dans le choc, regarda autour de lui, vit que de nombreux curieux s'attroupaient pour voir le spectacle, mais que les policiers n'étaient pas encore là, pas plus que les secours. Il se dégagea de l'habitacle et fut rapidement sur la chaussée. Il grimaça, se tordit en ressentant une violente douleur aux côtes, à droite, souffla et prit une grande respiration et son courage pour marcher et s'éloigner le plus vite possible du lieu de l'accident. Les curieux le regardaient, en silence pour certains, avec des mots de réconfort pour d'autres et quelques railleries d'un petit groupe de jeunes voyous qui riaient à la vue d'une voiture de flics accidentée et qui le prenaient sans doute pour un flic lui-même. Il emprunta une rue tranquille et s'éloigna du carrefour où avait eu lieu l'accident, arriva près d'un petit square, où il trouva un plan de ville, se repéra, vit qu'il n'était qu'à quelques pâtés de maisons de la Rouvière, décida d'y retourner et marcha un bon moment, claudiquant, une douleur tenace à la jambe gauche. Après plus d'une demi-heure, il atteignit enfin l'entrée de la cité de la Rouvière, constata que de nombreux policiers s'y trouvaient encore et vit qu'ils s'affairaient autour de sa voiture. Il comprit qu'il ne pourrait compter dessus pour quitter la ville. Il prit son smartphone, fit la grimace en voyant qu'il était cassé et ne fonctionnait plus.

Sans doute un choc pendant l'accident. Il réfléchit un moment, regarda autour de lui et vit que le restaurant qui se trouvait au niveau du plan d'eau et du parking en terre, était encore ouvert, des clients déjeunaient en terrasse. Il constata qu'un petit groupe de clients quittait le restaurant en empruntant un passage situé à l'opposé du parking et qu'il ressortait sur l'avenue. Il emprunta le même chemin en sens inverse et se retrouva sur la terrasse, sous le vieux et immense mélèze. Il se dirigea vers l'intérieur du restaurant, à la décoration contemporaine, dans les tons gris et rouge, traversa la salle jusqu'au comptoir du bar qui se trouvait vers le fond à droite, où une charmante jeune femme préparait les commandes de boissons et tenait aussi la caisse. Elle lui fit un sourire, avant de constater qu'il était couvert de sang et qu'il semblait avoir été passé dans le tambour d'un lave-linge, ce qui le lui fit perdre :

— Je peux vous aider, monsieur ? demanda-t-elle avec une pointe d'inquiétude dans la voix.

— J'ai besoin de passer un coup de fil, s'il vous plaît. Je viens d'avoir un accident de la circulation et je dois appeler un taxi pour rentrer chez moi.

— Vous ne voulez pas que j'appelle une ambulance pour vous conduire à l'hôpital, plutôt ? s'inquiéta-t-elle.

— Non, ce ne sera pas la peine, je vous remercie. Je veux juste téléphoner à un taxi. Je peux ?

— Oui, bien sûr, faites, je vous en prie, dit la jeune femme, montrant d'un geste de la main droite le téléphone qui se trouvait sur le comptoir, près de la caisse enregistreuse.

Vincent appela un taxi et lui indiqua de le prendre au niveau de l'arrêt de bus qui se trouvait presque en face de l'entrée de la cité, sur l'avenue. Celui-ci arriva moins de cinq minutes après, l'emportant vers la gare Saint-Charles.

§

Max Renard sortait du palais de justice de Nice lorsque son téléphone sonna.

— Max Renard, avocat, j'écoute, dit-il d'une voix ferme et claire.

— Max, c'est Vincent.

— Vincent ? où étais-tu ? On a essayé de te joindre toute la matinée avec Maeva.

— Max, j'ai besoin que tu me rendes un immense service, dit Vincent, la voix grave.

— Qu'est-ce qui se passe, Vincent ? s'inquiéta-t-il.

— Je ne peux pas te parler, tu sais qu'ils surveillent nos lignes.

— Oui, je sais.

— Tu te souviens de la communion de la fille d'Eva ?

— Heu... oui...

— C'était une belle journée, tu te souviens ?

— Oui, c'est vrai. Nous avions passé un bon moment, répondit Max, un peu perdu, qui ne comprenait pas trop ce que tentait de lui dire Vincent.

— Ok, ça m'a fait plaisir de te parler, Max. A bientôt.

— Oui, à bientôt, Vincent. Porte-toi bien.

Max se remémora le jour de la communion de la fille de leurs amis communs, Eva et Jean-Philippe Debrennes. Pourquoi diable Vincent lui avait-il parlé de cette journée ? Quel message avait-il tenté de lui faire passer ? Il était certain qu'il s'agissait bien d'un message, puisqu'il lui avait fait remarquer qu'ils étaient écoutés et qu'il ne pouvait lui parler ouvertement. Que s'était-il passé ce jour-là qui soit d'un intérêt particulier pour Vincent ? Ce fut une journée agréable : église, photos de groupe et restaurant avec musique et DJ. Tout s'était bien déroulé, il n'y avait pas eu de fausses notes, d'esclandre, de malade. Une journée somme toute très banale, une communion conforme à la règle. Max songea que ce n'était peut-être pas la communion en elle-même dont Vincent voulait lui parler, mais simplement le lieu où elle s'était déroulée ? Mais lequel ? L'église ? Le restaurant ? Il pencha pour l'église, lieu de recueillement, discret s'il en est. Le restaurant n'était pas un lieu pour se retrouver en toute tranquillité. Vincent lui avait dit qu'il avait besoin d'un immense service, ce qui voulait dire qu'il avait besoin de lui parler de vive voix. Il restait encore une inconnue : l'heure du rendez-vous... Max regarda sa montre : quatorze heures trente. À quelle heure avait eu lieu la cérémonie à l'église ? Dans son souvenir, c'était vers dix heures du matin. Cela voulait-il dire que Vincent lui donnait rendez-vous à l'église Sainte Jeanne d'Arc de Juan-les-Pins demain à dix heures ? Comme il n'avait pas plus d'informations, il jugea qu'il devait se fier à son instinct et à ses déductions. Il irait demain matin.

Jean-Paul Castillo avait réuni son équipe dans le bureau qu'il partageait avec Galantini et Aymar.

— Nous avons du nouveau, expliqua-t-il. Les écoutes téléphoniques nous ont fait parvenir une conversation entre Vincent Delorme et son beau-frère, l'avocat Maxime Renard, dont je vous livre la teneur :

— *Max, c'est Vincent.*

— *Vincent ? où étais-tu ? On a essayé de te joindre toute la matinée avec Maeva.*

— *Max, j'ai besoin que tu me rendes un immense service...*

— *Qu'est-ce qui se passe, Vincent ?*

— *Je ne peux pas te parler, tu sais qu'ils surveillent nos lignes ?*

— *Oui, je sais.*

— *Tu te souviens de la communion de la fille d'Eva ?*

— *Heu... oui...*

— *C'était une belle journée, tu te souviens ?*

— *Oui, c'est vrai. Nous avions passé un bon moment.*

— *Ok, ça m'a fait plaisir de te parler, Max. A bientôt.*

— *Oui, à bientôt, Vincent. Porte-toi bien.* Voilà, c'est court, mais ça nous renseigne sur le fait que Vincent Delorme, dont on ne peut plus douter de l'assassinat de son épouse désormais et de l'extorsion d'une rançon à ses parents, cherche l'aide de ses proches pour échapper aux forces de l'ordre qui sont à ses trousses depuis son arrestation à Marseille dans l'appartement loué par son épouse, retrouvée morte à ses côtés. Je viens d'avoir la capitaine Peletier, du SRPJ de Marseille, qui arrive vers fin d'après-midi avec deux de ses hommes pour travailler avec nous.

— Pourquoi les flics de Marseille ? On est capable de gérer cette affaire sans eux ! s'indigna Lucas.

— Parce que madame Delorme a été assassinée à Marseille, mon grand et que, par conséquent, l'affaire leur revient désormais, pour ce qui concerne sa mort, du moins. Pour le reste, l'enlèvement présumé, nous restons toujours sur le coup pour éclaircir l'affaire. Peletier veut collaborer avec nous, car nous avons tous les éléments de l'enquête jusqu'à présent et qu'elle ne veut pas se coltiner tout le travail que nous avons déjà fait. D'autant que ça l'obligerait à passer du temps dans le coin, ce qu'elle m'a assuré ne pas avoir. Donc… nous allons travailler main dans la main avec nos collègues Marseillais. Est-ce que quelqu'un y voit une objection ?

Castillo regarda tour à tour ses collègues, qui tous restèrent muets.

— Parfait alors ! Remettons-nous au travail dans ce cas. Qu'est-ce que ça vous inspire cette conversation téléphonique ?

— Je pense, expliqua Galantini, que Vincent Delorme a voulu faire passer un message à son avocat. Pourquoi aurait-il parlé de cette communion autrement ? Ça n'a de rapport avec rien.

— J'y ai pensé, avoua Lucas, mais il ne dit rien à part : - c'était une belle journée -. Qu'est-ce qu'il faut comprendre ?

— Un lieu de rendez-vous sans doute, précisa Galantini. Cette communion s'est bien déroulée quelque part, non ? Alors, peut-être l'endroit où ça c'est passé ?

— Ok, Aymar, trouves-nous des informations sur cette communion de la fille de cette Eva, ordonna Castillo.

— Eva Debrennes, précisa Lucas, qui avait ressorti la liste d'amies de Jennifer Delorme, dressée par Marie Delagrange.

— Debrennes ? Tu es sûr ?

— C'est la seule Eva de la liste en tout cas.

— Bon, contacte cette madame Debrennes et tâche de savoir où s'est déroulée cette communion, dit Castillo à Aymar.

— Lucas et Galantini, préparez une filature de l'avocat. Il ne faut pas le lâcher, au cas où l'on se tromperait sur cette histoire de communion.

— On la commence quand cette filature, chef ? demanda Galantini, peu enthousiaste.

— Quand ? De suite, voyons. Tu crois que l'avocat et Delorme vont t'attendre bien sagement ?

— Super ! On va se taper une nuit de planque ! dit-elle à Lucas.

— Allez, au boulot Galantini ! Et pas de mauvais esprit ! ajouta Castillo en plaisantant.

La première chose que fit Vincent, lorsqu'il fut dans le centre de Marseille, fut d'acheter un téléphone prépayé et d'appeler Max Renard pour lui fixer un rendez-vous pour le lendemain, car il n'avait pas beaucoup d'argent sur lui et il savait que s'il utilisait sa carte de crédit, il se ferait repérer immédiatement. Ensuite, il compta l'argent qu'il avait sur lui, estima qu'il aurait suffisamment pour un billet de train et une nuit d'hôtel dans un de ces bouibouis que proposaient certaines chaînes hôtelières très bas de gamme principalement destinés aux démarcheurs et représentants de commerce. S'il ne mangeait pas trop, il lui resterait peut-être aussi de quoi prendre un bus à Antibes pour se rendre à son rendez-vous. Sinon, il irait à pied.

Finalement, le lendemain matin, il lui resta assez pour prendre un bus, qui le conduisit au lieu de son rendez-vous avec Max, l'église Sainte Jeanne d'Arc de Juan-les-Pins. C'était un édifice construit en béton, dans les années soixante, assez modeste, recouvert de parements de pierre de taille, qui lui donnait un aspect plus ancien. Les portes étaient fermées à clé et il n'était pas possible à qui voulait se recueillir, de le faire en dehors de certaines heures, sans la présence d'un prêtre. C'était le cas de beaucoup d'églises, victimes de vandalisme et de pilleurs de troncs. Vincent savait tout cela et il n'avait pas l'intention d'entrer dans la nef, juste de coller un message pour Max sur la petite porte à droite de l'entrée principale. Il se doutait qu'après son coup de fil de la veille, les policiers feraient tout pour le pister et suivraient son avocat où qu'il aille. Comme il n'était que huit heures du matin, il ne risquait pas de voir débarquer Max et une horde de chiens dans son sillage. Lorsqu'il eut placardé son message, il repartit à pied, n'ayant plus le moindre centime en poche. Il lui restait à espérer que Max trouverait le message avant la police.

§

Chapitre X

La cavale

Max était passé à l'église Sainte Jeanne d'Arc et avait fini par trouver le mot laissé par Vincent :

J'ai besoin d'argent (le plus possible) pour organiser ma fuite à l'étranger. Je te rembourserai dès que possible. J'ai aussi besoin d'un véhicule (ni le tien, ni celui de Maeva ou de mes parents, trop faciles à repérer) et d'un smartphone avec appels depuis l'étranger (impératif). Comme tu vas être suivi en permanence par les flics, demande à Franck de passer à ton cabinet. Donne-lui l'argent et les clés du véhicule. Qu'il se rende au troisième sous-sol du parking de Nice Étoile et qu'il se gare le plus près possible de l'accès au centre commercial, cet après-midi à 16h précises. Dis-lui de laisser les clés sur le contact et de quitter le parking par le centre commercial. Je te contacterai dès que je le pourrai pour t'expliquer la situation. Merci pour tout.

Vincent

PS : accroche un billet sur la porte à la place du mot, je n'ai plus un radis.

Il le plia en quatre et le glissa dans sa poche avant de sortir un billet de cent euros de son portefeuille qu'il épingla le plus discrètement possible sur la porte, puis il s'assit sur les marches du parvis et fit semblant d'attendre durant un petit quart d'heure, afin d'égarer la police qu'il savait ne pas être loin. Au bout de ce laps de temps, il regagna son véhicule et quitta le parking de l'église pour retourner à son cabinet.

Lorsqu'il fut arrivé dans son cabinet niçois, Max emprunta le smartphone de sa secrétaire pour téléphoner à Franck Di Carlo, le meilleur ami de Vincent. Il lui expliqua que celui-ci avait besoin d'aide, que lui était suivi par la police et ne pouvait donc approcher Vincent, qu'il fallait lui apporter de l'argent et un véhicule. Franck, riche propriétaire de plusieurs établissements dans la région, bars, restaurants, hôtels et même un casino, n'hésita pas un seul instant et fut dans le bureau de Max moins de deux heures plus tard.

— Tu as le véhicule ? s'inquiéta Max.

— Tu me prends pour qui ? s'offusqua-t-il. Je t'ai dit que je m'en occupais. Tu sais que, quand je dis quelque chose, je le fais. J'ai aussi un téléphone.

— Un appareil prépayé ?

— Non, avec un abonnement classique, pourquoi ?

— Il est à quel nom ?

— Peu importe. Avec ça, personne ne le pistera et ne l'écoutera, tu peux me faire confiance. J'ai glissé le numéro d'appel dans son étui. Comme ça, il pourra le donner si besoin.

— Il pourra appeler depuis l'étranger avec ça ?

— Comme il l'a demandé, oui, s'agaça Di Carlo.

— C'est très bien.

— Tu as l'argent ? demanda Franck.

— Oui, j'ai à peu près huit mille euros.

— Pfff ! fit Franck. Tu crois qu'il va faire quoi avec ça ? Pour une cavale, il faut beaucoup d'argent. Heureusement que je te connais un peu, Max. J'ai prévu le coup.

Franck sortit une grosse enveloppe de la poche intérieure de sa veste et l'ouvrit devant son ami :

— Il y a combien ? demanda Max.

— Soixante quinze mille. Donne ce que tu as.

— Je n'avais pas plus dans mon coffre, expliqua Max. Je n'ai pas voulu aller tirer de l'argent sur mes comptes pour ne pas éveiller les soupçons des flics. Ils me surveillent, je suis coincé.

— Ne te justifie pas, Max. Tu es près de tes sous, ce n'est pas un secret, le taquina-t-il.

— Mais non, pas du tout ! dit-il, vexé. J'ai fait au mieux dans la situation actuelle. Tu voulais quoi ? Que j'aille trouver les flics et que je leur dise : Bonjour, c'est moi, l'avocat de Vincent Delorme, j'ai tiré cent mille euros sur mon compte en banque, mais ça n'a rien à voir avec l'affaire de mon client !

— Tu as raison, Max, je suis mauvaise langue, désolé. Bon, je fais quoi maintenant que j'ai l'argent et la voiture ?

— Tu te pointes au parking de Nice Étoile à seize heures pile, troisième sous-sol. Tu te gares près de l'entrée centrale du centre commercial, tu laisses les clés sur le contact, l'argent dans la boîte à gants et tu vas faire un tour dans la galerie marchande.

— J'ai compris.

Franck Di Carlo jeta un coup d'œil à sa montre et dit :

— Il est treize heures quinze, tu n'as pas faim ?

— Si, un peu, pourquoi ?

— Allez, viens, je t'invite à casser la croûte. J'ai presque trois heures à tuer.

Après avoir déjeuné dans la zone piétonne du centre de Nice où les deux amis parlèrent de l'affaire de Vincent avant de finir par refaire le monde, Franck se rendit à l'hôtel Méridien, un établissement quatre étoiles sur la promenade des Anglais, dont le propriétaire était un ami. Il y passa une bonne heure avant de se rendre au lieu de rendez-vous fixé par Vincent. Là, il fit exactement ce qui était prévu, laissant le 4x4 Mercedes, clés sur le contact, l'enveloppe dans la boîte à gants.

Vincent, caché entre deux files de voitures stationnées, avait vu son ami arriver et se garer. Il attendit un long moment avant de se décider à s'avancer vers le véhicule, après avoir été convaincu que la police n'était pas dans les parages. Pas très rassuré tout de même, il avançait en regardant autour de lui dans toutes les directions les mouvements des voitures et des piétons, guettant le moindre signe suspect. Il longea enfin le 4x4 jusqu'à la portière conducteur. Il jeta un dernier coup d'œil alentour, l'ouvrit et s'engouffra dans l'habitacle. Il vérifia que l'argent se trouvait bien dans la boîte à gants, tourna la clé de contact, entendit le ronronnement du puissant moteur 4 cylindres, enclencha la première et quitta le parking sans être inquiété. Il sortit de la ville par les quartiers est et emprunta l'autoroute en direction de la frontière italienne, qu'il atteignit et franchit sans encombre moins d'une heure plus tard.

Lorsqu'il fut sur le territoire italien, Vincent poussa un ouf de soulagement. Il n'était pas tiré d'affaire pour autant, mais il aurait un répit qui lui permettrait de réfléchir sereinement, le temps de faire le point, de trouver comment se disculper du meurtre de son épouse et retrouver sa fille. Il devait commencer par tenter de comprendre comment il en était arrivé là en si peu de temps. Comprendre pourquoi il n'avait rien vu venir, rien soupçonné à propos de Jennifer. Tandis qu'il roulait en direction de Gênes, il se remémora sa rencontre avec celle qui allait devenir sa femme et la mère de sa fille : c'était lors d'une soirée organisée par des amis cannois, les Grunwald, Sally et Paul, sur les hauteurs de la ville, dans une magnifique propriété qu'ils y possédaient. Sally et Paul, de richissimes américains qui tenaient leur fortune de l'exploitation des gaz de schistes, étaient, à l'origine, des clients de Vincent devenus rapidement des amis. La propriété, située au-dessus du quartier de la Californie, l'un des plus huppé, dominait la ville et la baie de Cannes, ses îles, sa pointe Croisette et, dans le fond, le massif de l'Esterel. Le Tout-Cannes avait été invité et Vincent se souvint du ballet incessant des limousines lorsqu'il était arrivé, vers vingt heures, alors que le soleil déclinait, posé sur le pic de l'Ours, la principale montagne de l'Esterel. C'était vers la fin d'été, en septembre. Le ciel était limpide, la température agréable et les essences méditerranéennes embaumaient l'air. C'était une soirée mondaine : smoking de rigueur pour les hommes et robes du soir pour les dames. Le gratin cannois et azuréen était là ce soir-là. Vincent, qui n'appréciait guère ce genre de soirée, avait accepté l'invitation par égard pour les Grunwald, qui avaient insisté pour qu'il soit présent. Il avait été présenté à plusieurs amis de Paul, américains eux aussi, très intéressés par les services de protection des données que sa société proposait et avait passé une partie de la soirée à faire du business. Il était déjà tard, la nuit avait tout enveloppé depuis longtemps lorsqu'il quitta le petit salon, où il avait discuté travail, pour sortir sur la vaste terrasse que prolongeait une piscine démesurée, avec un îlot central planté de palmiers et une plage de sable fin ! Une folie ! Il y avait quelques personnes sur cette terrasse, mais personne dans l'eau. Il faisait frais à cette heure, en cette saison. Vincent, fatigué d'avoir parlé boulot toute la soirée, respira le bon air frais et fit quelques pas en direction d'une allée éclairée subtilement, qui s'enfonçait dans la végétation luxuriante du jardin. L'allée se terminait sur des escaliers qui conduisaient quelques mètres plus bas, sur une terrasse circulaire, à flanc de colline, pavée de blocs de pierre, ceinturée en partie par un garde-corps fait de balustres surmontés d'une main courante. Une petite cascade, entourée de végétations fleurie, jetait ses eaux dans une vasque en demi-lune qui débordait dans un réceptacle à même le sol. Le tout, éclairé de façon subtile, comme le reste du jardin, incitait à la flânerie et à la contemplation. Vincent s'était accoudé au garde-corps et admirait la vue magnifique de cette baie de Cannes illuminée, qui faisait partie des plus beaux endroits au monde. Alors qu'il était perdu dans ses pensées, le regard dans le vague, il entendit une voix féminine, douce et chaude, rompre le silence du lieu :

— C'est une vue exceptionnelle, vous ne trouvez pas ?

Vincent, surpris, se retourna et la vit pour la première fois. Elle était magnifique, dans sa robe longue couverte de sorte d'écailles brillantes dans lesquelles se reflétait la lumière des éclairages de la terrasse, la rendant presque irréelle, telle une sirène sortie de l'océan. Ses cheveux tirés en arrière avec une large mèche qui tombait sur le côté, mettaient en valeur son visage à l'ovale parfait, dans lequel vivaient deux grands yeux profonds, bleu azur, pétillants de malice, un nez fin, légèrement à la retrousse et une bouche généreuse, joliment dessinée. Elle souriait, découvrant une denture régulière et blanche. Vincent eut immédiatement le coup de foudre pour cette femme qui représentait assez fidèlement son idéal féminin.

— Je ne m'en lasserai jamais, répondit-il, mais ce soir j'ai trouvé une vue encore plus exceptionnelle.

— Vraiment ? Vous pourriez me montrer ? dit-elle, intéressée.

— Je suis désolé, mais je ne crois pas que vous puissiez la voir comme moi je la vois.

Il ouvrit les mains devant lui, dans sa direction. Elle comprit qu'il parlait d'elle et eut un petit rire amusé.

— Elle est à votre goût ? demanda-t-elle avec un petit sourire entendu et le regard coquin.

— Je n'aurais pu espérer mieux, reconnut-il.

Elle s'approcha, s'accouda près de lui et regarda la baie illuminée :

— La vue que j'ai n'est pas mal non plus, avoua-t-elle.

— Vous voulez parler de la baie ? plaisanta-t-il.

Elle rit.

— Oui, je veux parler de la baie, répondit-elle d'un air complice.

— C'est ce que j'avais compris.

— Et vous, vous parliez du jardin, bien entendu ?

— Bien entendu.

Elle fit un quart de tour dans sa direction et lui tendit une main :

— Jennifer Leguet.

Il saisit délicatement cette main tendue, fine, douce et presque froide.

— Vous êtes glacée, vous avez froid ? s'inquiéta-t-il.

— Un peu, j'avoue.

Il ôta prestement sa veste de smoking et la passa sur les épaules de la jeune femme, qui s'enveloppa avec pour se réchauffer :

— Merci, dit-elle, la voix soudain tremblante.

— Ça va aller ? Vous voulez rentrer au chaud ?

— Je veux bien, si ça ne vous fait rien.

— Non, bien sûr. Venez, ne restons pas là.

Il lui tendit un bras, qu'elle saisit et ils remontèrent l'escalier en direction de l'allée.

— Avec tout ça, vous ne m'avez pas dit votre nom, lui fit-elle remarquer.

— Vincent Delorme.

— Enchantée Vincent Delorme.

— Enchanté Jennifer Leguet.

Ils se regardèrent et ils perçurent tous deux dans ces regards, cette indicible flamme qui embrase les âmes, qui embrase les corps.

§

Gênes passée, Vincent continua de rouler en direction de Livourne, puis de Florence qu'il atteignit dans la soirée. Las de cette journée, il décida d'y faire halte pour la nuit, trouva un hôtel-restaurant en périphérie de la ville, prit un rapide repas et un repos mérité.

Le lendemain matin, il reprit la route vers Sienne, qu'il quitta pour prendre la direction des collines du Chianti jusqu'à un gros bourg perché du nom de Castellina in Chianti. Il traversa la localité jusqu'à l'hôtel 'Il Colombaio'. C'était un lieu qu'il connaissait pour y avoir passé quelques nuits avec Jennifer lors de leur lune de Miel. Malheureusement pour Vincent, il était complet. Le réceptionniste l'orienta vers un autre hôtel, complet lui aussi. Là, la propriétaire lui conseilla de tenter sa chance du côté de la Casa Landini, une chambre d'hôtes située à la sortie nord du village.

Après avoir parcouru quelques centaines de mètres sur un chemin cahoteux à travers la campagne, Vincent arriva devant une maison en pierre ancienne, nichée sous les frondaisons d'arbres séculaires. À sa droite, d'autres petites maisons collées les unes aux autres, de plain-pied, avec chacune un petit jardinet, qui ouvert, qui fermé. À sa gauche, un peu en contrebas du terrain qui descendait à flanc de colline, une autre maison devant laquelle se trouvait une piscine. À gauche toujours, devant cette maison, un parking accueillait quelques véhicules de vacanciers. Un homme, pas très grand, solide, le visage taciturne, s'avança vers lui. Lorsqu'il fut à quelques mètres, son visage s'illumina d'un sourire, qui le rendit plus affable. Il lui parla en italien, langue que Vincent comprenait un peu, souvenirs du collège et du lycée.

— Bonjour. Vous avez une réservation ? demanda l'homme.

— Non. Je cherche une chambre, vous auriez quelque chose ?

— Pour combien de temps ?

— Je ne sais pas. Plusieurs jours sans doute.

— Venez, il faut que je consulte le planning.

L'homme, dont Vincent apprit par la conversation qu'il s'appelait Landini, propriétaire des lieux, l'entraîna dans la grande bâtisse en pierre, à l'étage, où il avait son bureau. Il consulta son ordinateur et dit :

— J'ai un studio vacant durant quatre jours. Ça ira ?

— Je ferais avec, répondit Vincent, l'air embêté.

— Vous voulez plus ?

— Si vous pouvez.

— Il faudra libérer le studio, mais je peux vous en proposer un autre à la place, libre jusqu'au quatorze juillet. Ca vous va ?

— Je m'en contenterai, merci.

— C'est la saison touristique, s'excusa Landini. Nous sommes complets à cette époque, d'habitude, vous savez. C'est une chance qu'il y ait encore des disponibilités.

— Ce sera parfait, monsieur Landini, je vous remercie.

Vincent sortit une liasse de billets et régla d'avance le séjour, faisant la joie du propriétaire.

Le studio était tout en long, dans une petite maison mitoyenne, avec une étroite terrasse et un jardin où il put directement garer son véhicule. On entrait directement dans un séjour d'une douzaine de mètres carrés, avec, au fond, un coin cuisine équipé de plaques de cuisson, petit réfrigérateur et four micro-ondes. Une porte, à droite en entrant, donnait sur une chambre avec un lit double plus un lit d'enfant et au fond, en face, une autre porte permettait l'accès à une salle d'eau entièrement faïencée, étroite et longue. Vincent sortit sur la terrasse et s'installa sur une chaise, accoudé à la petite table qui s'y trouvait. Il respira à plein poumons pour se détendre, ce qu'il avait beaucoup de mal à faire depuis la disparition de Tara et Jennifer, apprécia le calme des lieux, la lumière et le ciel d'un bleu limpide. Il serait bien, là.

Vincent eut tout à coup le blues en repensant à Jennifer. Depuis deux jours il n'avait pas eu un moment de répit, ne songeant qu'à organiser sa fuite, ce qui l'avait obligé à penser à tout autre chose. Maintenant qu'il était là, au calme, plus détendu, la réalité de la situation s'imposait dans son esprit : Jennifer était morte… Jennifer ne serait plus jamais là, à ses côtés. Jamais plus il n'entendrait sa voix, ses rires, ses discussions enflammées, passionnées, ses joies, ses peines et ses colères parfois. Jamais plus il ne plongerait ses yeux dans le bleu océan des siens. Jamais plus il ne caresserait sa peau si douce, qui sentait si bon. Jamais plus les mains délicates et fines de celle-ci ne courraient sur les muscles de son corps. Jamais plus il ne sentirait son souffle lors de l'étreinte qui les unissait dans l'extase. Et jamais plus Tara n'aurait de maman. Une infinie tristesse l'envahit, serra sa gorge, noua son estomac et fit couler des larmes de ses yeux. Soudain, il se sentait vide, sans forces, sans désirs d'aucune sorte, sans autre envie que de se coucher pour dormir et oublier. Pourtant, il ne pouvait pas se laisser aller, se laisser mourir. Il avait encore sa fille, Tara. Dieu seul sait où elle se trouvait, mais il se promettait de la retrouver et de faire payer le prix fort à ceux qui la détenaient et avaient tué Jennifer.

Le reste de la journée, Vincent la passa à gamberger. Dans l'après-midi, il décida d'appeler son ami Paul Grunwald pour lui poser une question sur Jennifer. Il dut le rappeler plusieurs fois avant de l'avoir enfin au bout du fil :

— Paul, c'est Vincent Delorme, je ne vous dérange pas ?

— Vincent ? Non, bien sûr. Comment allez-vous ? J'ai appris pour la disparition de votre épouse et de votre fille. Ça doit être terrible. Je suis de tout cœur avec vous,

Vincent. Sachez que si vous avez besoin de quoi que ce soit, n'hésitez pas à me faire signe. Si c'est dans mes cordes, bien entendu.

— Je vous remercie Paul. Je n'y manquerais pas si le besoin s'en faisait sentir. Paul, je vous appelle pour vous poser une question à laquelle je ne suis pas certain que vous sachiez répondre.

— Eh bien, ma foi, posez-la toujours, j'y répondrais volontiers si c'est dans mes cordes.

— Ça concerne Jennifer.

— Je vous écoute.

— Vous savez que je l'ai rencontrée à la soirée que vous avez donnée il y a un peu plus de trois ans dans votre villa de Cannes. C'était fin septembre, vous vous souvenez ?

— Bien entendu. Très belle soirée, particulièrement réussie.

— Ce n'est pas moi qui dirais le contraire, j'y ai rencontré ma femme.

— Quelle est votre question, Vincent ?

— Connaissiez-vous Jennifer depuis longtemps ?

— Je ne la connaissais pas, avoua Paul.

— Mais elle était pourtant invitée à la soirée. C'était une connaissance de votre épouse alors ?

— Non, Sally ne la connaissait pas non plus.

— Comment s'est-elle retrouvée à la soirée dans ce cas ?

— Je ne sais plus trop, je vous l'avoue. C'est déjà loin et vous savez que nous avons un emploi du temps très chargé une grande partie de l'année, Sally et moi.

— Je sais, oui.

— Pourquoi voulez-vous savoir ça ? demanda Paul, intrigué.

— Ce serait trop long à expliquer, Paul.

— Je viens de me souvenir d'une chose, expliqua Grunwald. Il me semble que votre femme était une amie d'une cliente de Sally.

— Vous êtes sûr ?

— Il me semble bien, oui.

— Pouvez-vous me donner le nom de cette cliente, s'il vous plaît ?

Il y eut un blanc.

— Je ne me souviens plus de son nom. L'ai-je seulement su ? se demanda Paul.

— Vous êtes sûr de ne pas le connaître ? insista Vincent.

— Oui, désolé. Ça ne me dit rien du tout. Vous savez, je ne connais pas toutes les amies et clientes de ma femme, elle en a tellement !

Paul se mit à rire.

— Oui, je comprends. Est-ce que je pourrais parler directement avec Sally dans ce cas ?

— Ce sera difficile. Elle est en Alaska pour un colloque sur les nouvelles techniques de fragmentation de la roche pour l'extraction des gaz de schiste.

— Je pourrais l'appeler directement là-bas, qu'en pensez-vous ?

— Elle a un planning très chargé. Elle ne répond que très rarement au téléphone. Moi-même je ne l'appelle pas. J'attends qu'elle le fasse. Vous savez ce que nous allons faire, Vincent ? Dès que j'aurai Sally, je lui poserai la question et je vous rappellerai. Ca vous va ?

— Ce serait gentil, merci. Je vous donne mon numéro, mais Paul, je dois vous demander de ne le donner à personne, sous aucun prétexte. Puis-je compter sur vous ?

— Que se passe-t-il Vincent ? Tout ça à l'air très mystérieux, s'étonna Paul Grunwald.

— Je ne peux rien vous dire pour le moment, Paul, j'en suis désolé, mais vous devez me faire confiance, d'accord ?

— Bien entendu, Vincent. Et je ne vous poserai même pas la question de savoir pourquoi tous ces mystères.

— C'est très aimable de votre part, Paul. Je savais que je pouvais compter sur vous. J'attends votre appel avec impatience.

L'appel que Vincent venait de passer à Paul Grunwald avait été dicté par sa journée de réflexion. Il était de plus en plus persuadé que la rencontre de Jennifer n'était peut-être pas fortuite, mais planifiée dans un but bien précis : soutirer une énorme somme d'argent à sa famille. Cela lui paraissait pourtant une idée complètement folle a priori, mais c'était, dans son esprit, ce qui pouvait le mieux expliquer tout ce qui s'était produit ces derniers temps. S'il parvenait à retrouver la personne par qui Jennifer avait été invitée à la soirée des Grunwald, il pourrait sans doute en apprendre plus sur celle qu'il croyait pourtant si bien connaître et dont à l'évidence il ne connaissait rien. Rien de vrai s'entend.

§

Le capitaine Castillo regardait l'homme assis en face de lui. Il portait une chemise à fleurs rouges sur un pantalon de toile écru et des mocassins bleus. Qui, de nos jours, s'habillait ainsi ? se demandait-il. Il connaissait sa réputation de malfrat, bien que son casier judiciaire fût toujours vierge. C'était quelqu'un de malin, qui ne se faisait jamais prendre, qui envoyait toujours ses lieutenants accomplir les basses besognes et, lorsque l'un d'eux se faisait prendre, il leur payait les meilleurs avocats pour les sortir rapidement d'affaire. Il l'avait convoqué pour lui poser des questions et était là en tant que simple témoin. Castillo sortit une boîte de bonbons acidulés, emballés dans des papillotes transparentes, la tendit à l'homme, qui refusa poliment et se choisit un bonbon goût citron, ses préférés. Après avoir soigneusement défait la papillote, il mit le bonbon dans sa bouche et commença à le sucer avec délectation. C'était son péché mignon. Il observa que l'homme commençait à s'agiter sur sa chaise, signe d'une impatience évidente, signe aussi qu'il était en conditions pour l'interrogatoire. Castillo prit un dossier qui traînait sur une pile posée sur son bureau, l'ouvrit et fit mine de lire un petit moment, histoire de faire croire qu'il avait un dossier conséquent sur le sujet sur lequel il s'apprêtait à poser ses questions. Il releva les yeux en direction de l'homme, technique qu'il employait régulièrement, et commença :

— Bien, vous savez pourquoi nous vous avons convoqué, monsieur Di Carlo ?

Franck Di Carlo tordit la bouche, haussa les épaules et répondit :

— Je n'en ai aucune idée, commissaire.

— Capitaine.

— Pardon ?

— Je suis capitaine, pas commissaire.

— Ah pardon ! capitaine.

— Même pas une petite ?

— Non.

— Une toute petite ? insista Castillo d'un air moqueur.

— Non, je vous assure, pas la moindre, mentit Di Carlo, qui jouait les idiots, ce qui avait le don d'exaspérer Castillo.

— Pouvez-vous me dire où se trouve le 4x4 Mercedes de votre... comment dois-je l'appeler ?... Lieutenant, Luigi Martino ?

— Responsable de la sécurité, c'est son titre, précisa Franck.

— Responsable de la sécurité, ricana l'inspecteur en regardant ses collègues qui souriaient en secouant la tête.

— Alors, ce 4x4, il est où ?

— Je sais pas, moi. Il faut demander directement à monsieur Martino.

— C'est curieux, dit Castillo perplexe, parce que nous avons pris une photo de ce 4x4 qui arrivait sur le parking de l'immeuble de l'avocat, maître Renard et vous savez qui était au volant ? ajouta-t-il, savourant la tête que fit Di Carlo.

— Comment voulez-vous que je sache ? répondit avec un certain culot Di Carlo.

Castillo tendit la photo que ses collègues avaient prise lors de la planque qu'ils effectuaient devant l'immeuble de l'avocat et dit :

— Ce ne serait pas vous par hasard ?

Di Carlo prit la photo, jeta un regard rapide et la lança sur le bureau en disant :

— Elle est floue votre photo, on a du mal à distinguer le visage.

Castillo rit jaune. L'énergumène qui se trouvait face à lui commençait à lui porter sur le système. La photo était tout ce qu'il y avait de plus clair et le visage de Di Carlo était parfaitement identifiable. Il prenait les flics pour des cons et cela ne plaisait pas au capitaine, qui le lui fit savoir :

— Continuez comme ça, monsieur Di Carlo et je vous fous au trou !

— Pour quelles raisons ? J'ai rien fait de mal.

— Vous avez retiré près de cinquante mille euros sur l'un de vos comptes bancaires le jour où cette photo a été prise, juste avant de venir voir l'avocat.

— Et alors ? C'est un délit ?

— Non, vous faites ce que voulez avec vos comptes bancaires. Ce qui est un délit, en revanche, c'est d'aider un fugitif recherché par toutes les polices de France.

— Un fugitif ? De quoi vous me parlez ?

— Vous le savez très bien. Cet argent, qu'en avez-vous fait ?

— Je l'ai prêté à un ami.

— Ah, enfin une vérité ! s'exclama le capitaine. Et je peux connaître le nom de cet ami ?

— Ce sont des affaires privées, inspecteur. Alors, vous pensez bien que je vais pas vous de dire.

— Et le 4x4 ? vous avez quitté le bureau de l'avocat et depuis, il a disparu de la circulation, c'est le cas de le dire, plaisanta Castillo à l'intention de ses collègues.

— Je l'ai ramené à son propriétaire le jour même, mentit Di Carlo. Vous pouvez lui demander, il vous confirmera.

— Je n'en doute pas.

Di Carlo regarda avec insistance sa montre.

— Vous avez un rendez-vous ? demanda Castillo.

— Non, mais j'ai du travail. Alors, si vous n'avez pas d'autres questions, je vais vous laisser à vos suppositions. J'ai du concret à traiter, moi.

Castillo fit un geste de la main, lui montrant la porte. Di Carlo se leva et quitta la pièce sans un mot, sans se retourner.

— Il n'a pas parlé, fit remarquer Lucas.

— Non, mais son attitude l'a trahi, expliqua Castillo. L'argent était bien pour Delorme, le 4x4 aussi. Nous allons contacter Interpol et leur demander de lancer un avis de recherche dans toute l'Europe. Delorme a pu quitter le territoire en moins d'une heure, vers l'Italie. Dieu sait où il se trouve maintenant.

§

Chapitre XI

Une nouvelle amie

Une belle journée ensoleillée s'annonçait encore, comme la veille et l'avant-veille. Le mois de juillet brillait de tous ses feux et s'annonçait radieux, avec son soleil cuisant, ses touristes et ses moustiques ! Vincent fut debout vers huit heures du matin. Il en profita pour marcher un moment dans la nature environnante, dans le calme de la campagne Toscane. Les monts du Chianti étaient en grande partie recouverts d'une forêt dense. L'autre partie était couverte de terres plantées de ceps de vigne qui donnaient le fameux vin du même nom. Après sa balade matinale, Vincent prit un copieux petit déjeuner sur la terrasse devant son studio, que le soleil levant baignait d'une lumière jaune orangée, donnant au paysage une beauté presque irréelle. Il était perdu dans ses pensées lorsqu'une voix féminine l'interpella :

— Bonjour, je suis votre voisine, l'appartement juste derrière le vôtre. J'ai vu aux plaques de votre véhicule que vous êtes français, précisa une femme d'une soixantaine d'années.

C'était une personne élégante, assez grande, menue, les cheveux très courts, à la coupe travaillée, couleur blond très clair, presque platine, vêtue d'un ensemble pantalon et chemisier, dont on remarquait du premier coup d'œil la qualité haut de gamme. Des bijoux discrets, mais de grande valeur, ornaient l'ensemble avec goût. Son visage était fin, terminé par un menton volontaire, dans lequel deux grands yeux bleus gris soigneusement maquillés brillaient d'une intelligence peu commune. Elle souriait de ses dents bien blanches et régulières qui indiquaient qu'elle avait les moyens de s'entretenir, ou qu'elle s'était fait poser des implants.

— Excusez-moi de vous importuner de bon matin, mais je suis arrivé hier soir et je n'ai pas eu le temps d'acheter du café. Vous serait-il possible de me dépanner ?

— Du café ? dit Vincent, surpris. Oui, bien sûr. Ne bougez pas, je vais vous chercher ça.

— Ne vous donnez pas cette peine, dites-moi simplement où le trouver et j'irai le chercher… enfin, à moins que cela vous gêne que j'entre chez vous.

— Non, ça ne me gêne pas.

Vincent réfléchit, regarda la femme dans les yeux et lui demanda :

— Sans vouloir être indiscret, vous êtes seule ou accompagnée ?

Elle pencha la tête sur le côté, le dévisagea avec un sourire plein de malice et répondit :

— Pourquoi ? vous voulez me faire une proposition indécente ?

Encore plus surpris, Vincent en bafouilla :

— Euh… non… enfin oui… non ! Ce n'est pas ce que je voulais dire. Je voulais juste vous inviter à prendre le petit déjeuner avec moi… si vous êtes seule, bien sûr.

— Rassurez-vous, jeune homme, je ne suis pas une cougar, dit-elle en riant. Je ne chasse pas les beaux garçons dans votre genre.

Vincent se détendit et rit.

— Excusez ma maladresse, je n'avais pas compris que vous plaisantiez. J'étais perdu dans mes pensés à vrai dire.

— Vous êtes tout excusé. J'accepte.

— Pardon ?

— J'accepte votre proposition : déjeuner avec vous.

— Ah oui, excusez-moi encore. Asseyez-vous, je vais vous chercher un bol et des couverts.

Vincent s'éclipsa un court instant et revint avec les ustensiles, qu'il disposa devant la dame.

— Je me présente, dit-elle en lui tendant une main : Alicia Redgrave.

— Vincent Delorme. Enchanté de faire votre connaissance madame Redgrave.

— De même, monsieur Delorme. Puis-je vous appeler Vincent ? Ce serait moins formel.

— Si je peux vous appeler Alicia.

— J'allais vous le proposer, bien entendu.

Alicia Redgrave trempa un croissant, que Vincent avait acheté la veille à la supérette du village, dans son bol de café tout en faisant la conversation :

— Alors, Vincent, racontez-moi ce qu'un beau jeune homme comme vous fait tout seul dans ce coin paumé de la Toscane ?

— Voyage d'affaires, répondit-il laconiquement.

— Vous êtes dans quel domaine, si ce n'est pas trop indiscret ?

— La protection des données informatique.

— Ouh ! C'est pointu comme domaine.

— Assez, oui. Je suis ici pour faire un audit pour un futur client de ma boîte, mentit-il. Et vous ?

— Moi, je n'y connais strictement rien en informatique. Tout ce que je sais faire, c'est lire mes mails et naviguer sur Internet.

— Ce n'est pas ce que je voulais vous demander, s'excusa-t-il. Que fait une femme de votre classe dans ce coin paumé ?

— Ah oui ! Oh, c'est tout le drame des femmes à mon âge… On ne nous dit plus que nous sommes belles, mais que nous avons de la classe, se désola-t-elle.

— Euh, mais vous êtes très belle, je vous assure ! dit-il pour tenter de se rattraper, ce qui la fit bien rire.

— Je plaisante, Vincent. J'ai été très belle, je peux le dire sans orgueil excessif. J'ai l'âge que j'ai et je ne me plains pas. Cela pourrait être pire, vous ne trouvez pas ?

— Je suis sincère en disant que je vous trouve très belle et sans arrière-pensée en plus.

— J'espère bien. Je vous l'ai dit, je ne suis pas une cougar.

— Je n'ai pas eu de réponse à ma question du coup.

— Je fais une sorte de … comment dire… retraite.

— Une retraite ? comment ça ?

— J'avais besoin de faire le point sur ma vie, d'être seule.

— Ça veut dire qu'il y a quelqu'un, ça, non ?

Alicia rit :

— Non, personne. Il y a eu, jusqu'à un passé récent, mais c'est terminé depuis près d'un an.

— Comment un homme peut-il vous laisser partir ? s'offusqua Vincent par courtoisie.

— Ce n'est pas moi qui suis partie.

— Encore pire ! Quel idiot !

— C'était mon époux et il est décédé l'an dernier, précisa-t-elle, de la tristesse dans la voix.

— Je suis désolé. Décidément, je les accumule !

Alicia rit à nouveau :

— Vous ne pouviez pas savoir. J'ai été heureuse avec lui, pendant près de trente ans. Je ne regrette rien.

— Comment est-il mort ?

— Un cancer des os. Il est parti en moins de six mois ! C'est très douloureux, vous savez.

Vincent ne sut qu'ajouter. Un silence pesant s'abattit sur eux, qu'Alicia chassa par sa bonne humeur :

— Allez, ne nous laissons pas atteindre par la morosité ! La vie continue, n'est-ce pas ?

— Oui, il le faut.

Alicia finit son croissant, but son café et ajouta :

— Je vais vous laisser tranquille, vous devez avoir à faire. Je vous remercie de votre gentillesse et de votre hospitalité.

Elle se leva et lui tendit une main :

— Cela m'a fait plaisir de vous connaître, Vincent. J'espère que nous aurons encore l'occasion de nous parler ?

— Bien sûr, nous sommes voisins après tout.

— Alors c'est d'accord, on reprendra notre conversation plus tard.

— Vous savez où je suis. Vous pouvez venir quand vous en sentez le besoin.

— Vous pouvez faire de même, je suis juste derrière vous, là, dit-elle en montrant la direction de son appartement.

§

Dans la journée, Vincent flâna dans les rues animées du bourg, qui en cette saison estivale étaient noires de monde. Il en profita pour faire quelques courses avant de s'attabler à la terrasse d'un café pour se désaltérer. La journée était particulièrement chaude aujourd'hui et il ne faisait pas bon traîner sous le soleil cuisant de la Toscane. Alors qu'il sirotait une bière bien fraîche, il remarqua Alicia Redgrave devant une boutique de souvenirs, juste en face du café, de l'autre côté de la rue. Elle avait revêtu une robe blanche à fleurs rouges et jaunes qui ne la faisait pas passer inaperçue. Elle s'attardait devant des ustensiles en bois d'olivier, spécialité d'à-peu-près toutes les régions autour de la Méditerranée. Elle disparut dans la boutique un moment avant d'en ressortir avec un sac. Son regard croisa celui de Vincent, qu'elle reconnut, lui fit un large sourire et un signe de la main. Il lui rendit son signe et hésita à l'inviter à prendre un verre avec lui. Il ne voulait pas avoir l'air de s'intéresser trop à elle, de peur qu'elle ne s'imagine qu'il veuille la séduire. Elle avait beau se défendre d'être une cougar, Vincent ne voulait pas qu'il y ait de malentendu entre eux. Il n'eut pas besoin de se poser plus de questions que cela. Alicia traversa la rue et vint jusqu'à sa table :

— Je suis morte de soif ! dit-elle. Vous permettez que je me joigne à vous ?

— Oui, bien sûr, j'allais vous le proposer. Vous avez fait de bons achats ? demanda-t-il en montrant le sac qu'elle venait de déposer sur une chaise libre.

— Oui, des babioles pour les petits enfants. Des jouets en bois d'olivier en fait, précisa-t-elle. Mais je ne suis pas certaine qu'ils apprécieront. Aujourd'hui si vous ne leur offrez pas la dernière console de jeux à la mode ou le nec plus ultra des téléphones portables, ils ne sont pas contents.

Alicia rit. Vincent sourit et ajouta :

— Ils sont d'une autre génération, née avec les écrans tactiles et l'Internet. On ne peut pas leur reprocher de n'avoir d'yeux que pour les nouvelles technologies. Après tout, c'est notre génération qui a conçu tout ça.

— Votre génération, précisa-t-elle. La mienne n'a fait que poser les prémices de tout cela.

— C'est vrai, vous avez raison. Que prenez-vous ?

— Quelle heure est-il ? demanda-t-elle tout en regardant le cadran de sa montre. Dix-huit heures quarante. Je crois que je peux prendre un apéritif dans ce cas, qu'en pensez-vous ?

— Que c'est une excellente idée. Je vais vous accompagner.

— Un Martini Gin, dans ce cas, pour moi.

— Un Martini tout court pour moi.

Vincent héla le serveur et lui passa commande. Alicia sortit un nécessaire à maquillage de voyage et se repoudra. Elle vit que Vincent la regardait, l'air amusé.

— À mon âge, il faut faire des retouches plus souvent, plaisanta-t-elle.

— Votre âge a l'air d'être une préoccupation pour vous, je me trompe ?

— Vous savez, pour une femme, l'âge est une préoccupation à partir de trente ans. Dès l'apparition de la première ride, nous devenons obsédées par notre apparence. C'est à cause de vous, les hommes, tout cela. Vous nous aimez parce que nous sommes jeunes, fraîches, avec des formes accueillantes, la cuisse ferme et la peau lisse et douce comme celle d'une pêche. Mais dès que nous déclinons physiquement, vos regards se portent ailleurs. Nous sommes dans l'obligation de dépenser une énergie folle et des sommes considérables pour durer le plus longtemps possible !

Elle repartit à rire, entraînant Vincent avec elle.

— Tous les hommes ne sont pas comme ça, vous ne croyez pas ?

— Je n'en sais rien. La plupart quand même, je pense. Et vous, racontez-moi.

— Moi ?

— Oui, êtes-vous marié ? Avez-vous des enfants ? êtes-vous heureux en somme ?

— J'ai été marié, oui. Je suis comme vous, veuf.

— Oh, je suis désolé pour vous. Vous êtes si jeune pour être veuf. Quel âge avait votre épouse quand...

— Quand elle est morte ? Trente et un ans.

— Mon Dieu ! C'est si jeune ! Je ne veux pas paraître indiscrète avec mes questions, mais de quoi est-elle morte ?

— Un accident, dit-il, sans plus de précision.

Alicia comprit que Vincent ne désirait pas parler de la mort de sa femme. Elle changea de sujet :

— Vous avez quelque chose de prévu ce soir ? demanda-t-elle, surprenant Vincent.

— Euh, non, pas spécialement, pourquoi ?

— J'ai entendu dire qu'il y avait non loin d'ici un petit restaurant très sympa, où l'on mange très bien. J'avais l'intention de m'y rendre. Si le cœur vous en dit, je vous y invite avec plaisir.

Vincent hésita, se demandant pourquoi cette femme s'intéressait à lui, eut peur qu'elle n'eût des visées sur lui, faillit lui dire non, se ravisa et accepta finalement son invitation. Après tout, si malentendu il y avait, il pourrait le dissiper avec un peu de tact.

§

Le restaurant était situé dans une vieille bâtisse en pierre de taille. L'intérieur était décoré dans le style rustique de la région. Il n'y avait pas de clients dans la salle de restaurant, juste les employés : barman, serveurs et commis. Le maître d'hôtel précéda Alicia et Vincent, leur ouvrant le chemin pour atteindre la terrasse ombragée, couverte en grande partie d'une treille sur laquelle s'accrochait une vigne abondante au feuillage touffu d'où émergeaient par endroit les prémices de grappes de raisin. La terrasse était spacieuse, de nombreux clients y dînaient. La table qui était réservée se situait au bout de celle-ci, avec une vue magnifique sur le village, les monts et la plaine toscane. Le soleil déclinait lentement, embrasant le paysage. C'était magnifique ! Alicia était en beauté : robe de soirée, pendentifs, bracelet et collier en diamants, faux vraisemblablement. Elle rayonnait. Vincent trouvait sa compagnie agréable. Elle lui faisait oublier l'espace d'un moment les terribles épreuves qu'il vivait. Ils discutaient tranquillement devant un cocktail. Alicia lui posa une question :

— Vous n'avez pas d'enfants ?

— J'ai une fille.

— Vraiment ? Comment se prénome-t-elle ? demanda-t-elle avec intérêt.

— Tara.

— Comment a-t-elle réagi à la mort de votre épouse ?

Vincent ne répondit pas. Alicia sentit le malaise dans le comportement de son invité. Elle hésita avant d'ajouter :

— Je vous ennuie avec mes questions peut-être ? Excusez-moi.

— Non, pas du tout. C'est que je n'ai pas revu ma fille depuis la mort de sa mère.

— Un problème ?

— Oui, plutôt, mais ce serait trop long à expliquer. Je ne veux pas vous ennuyer avec ça.

— Ça ne m'ennuie pas du tout, affirma-t-elle. Enfin... à moins que vous ne désiriez pas en parler.

— Je suis dans une situation compliquée en ce moment. Il s'est produit des évènements qui ont bouleversé mon existence et l'ont passablement compliquée. Je ne sais pas si je dois vous en parler, lui confessa-t-il.

— Vous avez des ennuis ? se risqua-t-elle.

— C'est un euphémisme.

— À ce point ? Que vous est-il arrivé ? Vous voulez m'en parler ? insista-t-elle.

— Je crois que vous êtes une personne de confiance, lui dit-il. J'ai absolument besoin que vous me promettiez de ne parler de ce que je vais vous raconter à personne.

— Vous m'intriguez tout à coup, Vincent. Eh bien, si c'est la condition sine qua none, j'accepte.

Vincent passa la soirée à conter ses mésaventures à Alicia, dans les moindres détails. Celle-ci, loin de se lasser, n'arrêtait pas de poser des questions, fascinée par l'histoire incroyable qu'il lui racontait. La nuit tomba sur les monts du Chianti, le repas s'acheva alors que la discussion ne l'était pas. Ils décidèrent de la poursuivre en marchant dans les rues de Castellina où flânaient encore de nombreux vacanciers dans la relative fraîcheur du soir. Ils s'arrêtèrent sur une esplanade où les attendait un banc et restèrent longtemps à discuter de cette triste affaire. Alicia assura Vincent de son soutien, lui promettant de l'aider dans la mesure de ses possibilités. Ils rentrèrent tard dans la soirée et se séparèrent, arrivés devant le logement de Vincent.

§

Le smartphone de Vincent sonna. Il ne reconnut pas le numéro appelant. Soucieux, il fronça les sourcils, partagé entre l'envie de décrocher et la peur de tomber sur un interlocuteur indésirable. Que faire dans ce cas ? Il hésita, puis finit par décrocher :

— Allô ?

— Vincent, c'est Max.

— Max ! Je suis content de t'avoir, dit-il, soulagé.

— Vincent, j'ai appris pour Jennifer, dit Max, gravement.

— Ce n'est pas moi qui l'ai tuée, Max.

— Que s'est-il passé, Vincent ? Comment est-ce arrivé ? Comment l'as-tu retrouvée ?

— Ce serait un peu long à expliquer au téléphone, mais je l'ai retrouvée grâce à un coup de fil anonyme.

— Un coup de fil anonyme ? Un homme, une femme ? demanda Max d'une voix inquiète.

— Aucune idée. La voix était masquée.

— Tu es sûr de ne pas pouvoir dire si c'était une femme ?

— Que se passe-t-il, Max ? Tu m'as l'air inquiet ? Quelque chose ne va pas ?

— Qui a tué Jennifer ?

— Je n'en sais rien. J'ai reçu un coup derrière la nuque et lorsque je me suis réveillé, elle était allongée près de moi, morte. Les flics ont défoncé la porte de son appartement et me sont tombés dessus. S'il n'y avait pas eu l'accident, je serais en prison à l'heure actuelle.

— Oui, j'ai appris pour cet accident. Tu as eu de la chance de t'en sortir vivant. Les trois flics qui étaient avec toi sont morts.

— Ah merde ! Pauvres gars, compatit Vincent. C'est bien triste. Je n'ai dû mon salut qu'au fait d'être entre deux d'entre eux, à l'arrière. Ils m'ont servi d'amortisseurs de chocs. Ce sont eux qui ont tout pris !

— Vincent, il faut que je te parle de vive voix. Nous courons, toi et moi, un grave danger.

— Que veux-tu dire par : toi et moi ? J'ai du mal à comprendre ?

— Je ne peux pas parler au téléphone, on ne sait jamais. Dis-moi où tu es, que je puisse te rejoindre. J'ai des choses importantes à t'avouer.

— Tu m'intrigues Max.

— Je t'en prie, Vincent, c'est une question de vie ou de mort pour nous deux. Il faut que je te raconte tout ce que je sais avant qu'il ne soit trop tard.

— D'accord Max, d'accord. Tu es sur un téléphone qui n'est pas sur écoute, je présume ?

— Oui, tu peux parler.

— Je suis en Toscane.

— Où exactement ?

— Je ne vais pas te le dire, laissa-t-il tomber sèchement.

— Tu n'as pas confiance en moi ?

— Question de prudence, tout simplement. Viens à Sienne et recontacte-moi quand tu seras là. Je te fixerai un rendez-vous et nous pourrons parler.

— D'accord, je pars dès que j'ai pris mes dispositions et j'arrive.

§

Une voiture de carabiniers, avec à son bord quatre hommes, roulait au pas le long du parking, observant attentivement tous les véhicules stationnés là. Elle poursuivit son chemin en direction des villas, repérant les voitures stationnées dans les jardinets. Elle ralentit à l'approche du 4x4 Mercedes de Vincent. Le carabinier chef Etore (prononcé èttôré en italien) Rapallo releva la plaque d'immatriculation et vérifia avec le mémo de son smartphone la concordance avec le véhicule qu'ils recherchaient.

— Continue d'avancer, intima-t-il au chauffeur, c'est la voiture du Français recherché par Interpol.

Il ne fallait pas laisser penser au Français qu'il était recherché. En avançant ainsi, les carabiniers voulaient donner l'impression d'une simple ronde de routine. La voiture reprit le chemin de la sortie, qui passait un peu plus haut que le parking en contrebas, puis bifurqua sur la gauche pour le reprendre et finir devant la maison du propriétaire, où ils resteraient cachés à la vue du Français. Ils sortirent, frappèrent à la porte de monsieur Landini, qui leur ouvrit, un peu surpris de les voir débarquer ainsi, à quatre.

— Bonjour, monsieur Landini, comment allez-vous ? Demanda Rapallo, qui connaissait bien l'homme, comme il connaissait bien presque tous les habitants du bourg.

— Bien, merci. Que se passe-t-il ? s'inquiéta Landini.

— Nous sommes à la recherche d'un Français signalé par Interpol pour une affaire en France. Nous avons repéré sa voiture garée devant l'une de vos locations. Vous pouvez me parler de lui, s'il vous plaît ?

— Oui, bien sûr, mais qu'est-ce que je peux vous dire ? Il est arrivé ici il y a deux jours, m'a loué le studio pour plusieurs jours et m'a payé d'avance, c'est tout.

— Il est seul ?

— Oui.

— Est-ce que vous avez remarqué s'il était blessé ?

— Blessé ? Non, je ne crois pas. Il n'a pas l'air en tout cas.

— Armé ?

— Alors ça, je n'en sais rien, dit Landini, haussant les épaules. Il n'a pas sorti de pistolet devant moi en tout cas, plaisanta-t-il, faisant de geste de la main, index tendu pour simuler une arme.

— Vous savez s'il est dans le studio actuellement ?

— S'il y a sa voiture devant, c'est probable. Vous savez, les gens ne partent que très rarement à pied d'ici.

— Est-ce que tous vos appartements sont loués en ce moment ?

— Oui.

— Il va falloir être très prudents, expliqua Rapallo, s'adressant à ses hommes, il ne faudrait pas que quelqu'un soit blessé ou tué pendant son arrestation.

— Vous allez l'arrêter ? s'inquiéta Landini. Ce n'est pas dangereux pour mes clients ?

— Nous allons faire venir des renforts de Sienne, ne vous inquiétez pas, monsieur Landini, ils sont aguerris à ce type de mission. En attendant, vous allez discrètement faire le tour des appartements proches de celui du Français et demander à leurs occupants de quitter les lieux immédiatement, d'accord ?

— Oui, oui, je vais y aller tout de suite.

— Nous restons ici en attendant, si ça ne vous fait rien.

Vincent entendit des coups sourds, qui semblaient provenir du salon. Il était dans la salle de bain en train de faire sa toilette, finit son coup de rasoir, s'essuya le visage et s'avança prudemment dans la chambre, cherchant du regard ce qui pouvait provoquer ces bruits dans le salon. Il ne vit rien, les coups redoublaient pourtant. Il avança et pénétra dans la pièce. Les coups venaient d'une porte de séparation entre son studio et l'appartement voisin, probablement celui d'Alicia Redgrave. Il s'approcha de cette porte, colla son oreille à proximité et entendit la voix de sa voisine :

— Vincent ! criait-elle, la police vous recherche et va donner l'assaut !

— Alicia, je vous entends, cessez de frapper, s'il vous plaît.

— Vincent, le propriétaire est venu me prévenir que les carabiniers avaient demandé que tous les clients quittent les lieux avant l'assaut qu'ils vont donner pour vous capturer !

— C'est gentil de me prévenir, Alicia.

— Fuyez !

— Comment ? Ils doivent surveiller l'unique sortie et je n'ai aucune chance de leur échapper.

Il réfléchit, regarda cette porte qui les séparait, se dit que si elle était là, c'est qu'elle devait pouvoir s'ouvrir sur l'appartement de sa voisine. Il déplaça un petit meuble qui se trouvait devant, vit une serrure et une poignée. Il tenta de pousser la porte, qui bien sûr était condamnée.

— Alicia, il n'y aurait pas une clé sur la porte, de votre côté ? demanda-t-il.

Après un silence qui dura un petit moment, il entendit un bruit métallique et la porte s'ouvrit sur le sourire enjoué d'Alicia :

— J'ai trouvé la clé dans une petite boîte accrochée au mur, expliqua-t-elle.

— Vous êtes formidable Alicia !

— Allez, venez vite avant qu'ils ne vous tombent dessus.

Vincent réunit ses affaires, franchit le seuil avant qu'Alicia ne referme la porte à clé. L'appartement était plus grand que le sien, avec des couchages dans le salon. Ce devait être pour des familles avec enfants.

— Merci Alicia pour ce que vous avez fait pour moi.

— Ce n'est pas grand-chose, Vincent, ne me remerciez pas. Et puis vous n'êtes pas tiré d'affaire pour autant. Dès qu'ils auront investi votre studio, qu'ils verront que vous n'y êtes plus, ils boucleront tout le périmètre et vous ne leur échapperez pas. Il faut que vous quittiez les lieux immédiatement.

— Oui, mais comment ? Ma voiture est devant le studio, autant dire que je peux lui dire adieu. Je n'irai pas loin à pied.

Alicia sembla réfléchir un moment avant de proposer :

— Vous allez vous réfugier dans le coffre de ma voiture. Les carabiniers ont demandé à tous les clients de quitter les lieux. C'est ce que nous allons faire tous les deux. Ainsi, vous serez déjà loin quand ils donneront l'assaut.

— Vous êtes géniale, Alicia !

— Voilà un beau compliment, plaisanta-t-elle. Ça fait toujours plaisir. Aidez-moi à préparer mes bagages, s'il vous plaît, je ne reviendrai pas ici de toute façon.

§

Après quelques kilomètres en direction de Sienne, où elle croisa deux bus de carabiniers qui fonçaient dans la direction de Castellina in Chianti, Alicia s'arrêta sur le bord de la route pour libérer Vincent du coffre de sa voiture.

— Venez, vous ne risquez plus rien, assura-t-elle.

Vincent s'étira, regarda autour de lui et dit :

— On va dans quelle direction maintenant ?

— Sienne. Nous allons prendre l'autoroute.

— Pour aller où ? dit-il désabusé, je n'ai aucune chance de m'en sortir. Ils savent que je suis en Italie, ils vont me traquer jour et nuit.

Alicia soupira :

— Vincent, je sais que ce que vous vivez actuellement est difficile, mais il ne faut pas être défaitiste, vous savez. Il existe toujours de l'espoir dans les situations les plus désespérées.

— Vous êtes une femme hors du commun, Alicia, la complimenta-t-il. Je ne sais pas pourquoi vous prenez autant de risques pour moi et je ne pourrai jamais assez vous remercier, mais j'avoue que dans ma situation, j'apprécie votre aide à sa juste valeur.

— Vous me remercierez plus tard, dit-elle. Dépêchez-vous de monter dans cette voiture, que nous partions le plus loin possible d'ici avant qu'ils ne s'aperçoivent de votre fuite et ne dressent des barrages sur toutes les routes... et pour répondre à votre question : nous allons à Rome.

— Rome ?

— Oui, Rome. J'y possède un petit pied-à-terre dans le centre. Vous y serez tranquille, le temps de trouver des solutions pour vous sortir du mauvais pas dans lequel vous vous trouvez.

Vincent était subjugué par cette femme si forte, si volontaire, avec un tel sang-froid. Dans une situation aussi compliquée, elle arrivait à réfléchir et à proposer des solutions, là où d'autres auraient cédé à la panique et fait n'importe quoi. Elle était incroyable ! Il ne la connaissait que depuis quatre jours et elle prenait des risques insensés pour le sortir des griffes des carabiniers italiens.

La voiture avalait les kilomètres. Après Sienne, la voie rapide de type autoroutier filait vers l'est à travers la campagne Toscane pour rattraper l'autoroute qui descendait plein sud en direction de la capitale italienne. Après trois heures de route, Rome fut en vue. Alicia emprunta le périphérique de la capitale, prit une sortie qui débouchait sur une longue route qui traversait toute la banlieue nord de la ville, s'enfonçant vers le centre, distant d'une bonne quinzaine de kilomètres. Alicia semblait connaître parfaitement le trajet, qui les conduisait jusque dans le centre historique, dont la circulation était limitée aux seuls véhicules autorisés une grande partie du temps. La voiture emprunta une avenue ombragée, qui traversait un quartier bourgeois où l'on trouvait de nombreux palaces, pour déboucher sur la place Barberini, puis la via del Tritone qui elle-même donnait sur l'avenue la plus centrale et commerçante de la ville, la via del Corso. En direction du sud, cette avenue s'ouvrait sur l'une des plus célèbres places de Rome : la piazza Venetia, où se dressait le monument à la gloire du roi Victor Emmanuel, que les Romains surnommaient « la machine à écrire » à cause de sa forme. Alicia prit une avenue qui partait à droite et s'engagea très vite dans une contre allée, qui permettait l'accès aux rues de la Rome historique, lesquelles formaient un véritable dédale. Elle savait où elle allait et arriva sur une petite place, la pizza di Pietra, où se dressaient les vestiges du temple d'Hadrien, érigé après la mort de cet empereur au deuxième siècle de notre ère. Une partie du péristyle comptant onze colonnes était encore debout, intégrée au bâtiment de l'actuelle bourse de Rome. La voiture traversa la place pour entrer sous un porche, après que les portes se furent ouvertes grâce à une télécommande qu'Alicia actionna. Elle vint s'immobiliser dans une petite cour intérieure rectangulaire, où étaient entreposés divers conteneurs poubelles de diverses couleurs, pour le tri sélectif. Vincent suivit Alicia qui s'engouffra par une double porte en partie vitrée, dans la cage d'escalier monumentale de l'immeuble, dont l'aspect extérieur très simple ne pouvait laisser deviner le luxe bourgeois intérieur. L'ascenseur les conduisit au dernier étage. Alicia engagea une clé dans la serrure d'une porte en bois, de couleur vert bouteille, à double battant, haute et large, qui ouvrait sur un vaste espace aux murs blancs, avec un sol couleur sang de bœuf et un plafond à plus de quatre mètres de haut, entièrement réalisée en poutres et ourdis en bois, de teinte noyer foncé. L'espace formait un L qui partait sur la gauche depuis l'entrée. Sur le côté gauche en entrant, des portes miroir coulissantes cachaient un grand placard, tandis qu'en face, à droite, un buffet long, ancien, supportait une lampe au pied en céramique couleur bronze, en forme de goutte d'eau, surmontée d'un abat-jour marron. Alicia déposa ses clés dans un panier, à côté de la lampe.

— Mettez-vous à l'aise Vincent, dit-elle en ôtant ses chaussures, avant de traverser la pièce couverte de tapis épais, aux couleurs rouge et écrue.

Deux grandes fenêtres, très hautes, ornées de voilages légers, encadrées de lourds rideaux de velours rouge, donnaient sur la place, avec une vue imprenable sur le temple d'Hadrien et les toits de Rome. Vincent demeura un long moment à regarder la place, le temple, les toits, l'agitation estivale de la ville. Il se souvint de son voyage de noces avec Jennifer. Ils avaient passé quelques jours à Rome, des jours merveilleux qu'il n'oublierait jamais. Ils avaient flâné dans les rues si animées et pleines de charme de la vieille ville, entre la fontaine de Trevi, la piazza Navona, le Panthéon, les petites rues étroites, noires de monde, où se succédaient les terrasses de restaurants, la musique présente partout au détour d'une rue, d'une place. Rome était l'une des villes les plus vivantes qui soit. L'on y ressentait une joie de vivre communicatrice, due sans doute à la situation exceptionnelle de cette cité au passé grandiose, à son climat si doux, à son architecture si particulière, qui mêlait les vestiges plusieurs fois millénaires de l'Empire romain au baroque et au néoclassique, mais aussi à ses habitants, dont la nonchalance affichée perpétuait la tradition d'une certaine « dolce vita ». Sans compter les parfums : celui du café italien, si particulier, de la sauce tomate au basilic, de la pizza et des paninis. Tout cela contribuait à faire de Rome une capitale que l'on ne pouvait qu'aimer.

— Vous désirez boire quelque chose ? demanda Alicia.

— Oui, je veux bien.

— Bière, eau pétillante, jus d'orange, soda ?

— Une bière m'ira très bien, merci.

Alicia monta un étroit escalier conduisant à une cuisine en mezzanine, qui dominait le vaste espace salon. Vincent vint s'asseoir dans un fauteuil de cuir marron. De là, il voyait le couloir qui conduisait à l'escalier de la mezzanine et se prolongeait jusqu'à une première porte sur la gauche, puis une seconde, en face, au bout.

— Vous avez un charmant pied-à-terre, dit-il.

— N'est-ce pas ? Nous l'avons acquis avec mon époux, il y a une quinzaine d'années. C'était la première fois que Jonathan et moi venions à Rome et nous en sommes tombés amoureux fous ! Jonathan n'a pas voulu quitter la ville sans y avoir acheté un appartement, qui nous donnerait un prétexte pour y revenir très souvent.

Alicia se figea un instant avant d'ajouter, un sourire amusé aux coins des lèvres :

— Il était comme ça, mon Jonathan.

Elle redescendit avec les boissons et deux verres, qu'elle posa sur une grande table basse blanche, laquée. Elle s'installa sur le canapé, y allongea ses jambes et se servit un grand jus d'orange.

— Ça va mieux ? s'inquiéta-t-elle.

— Grâce à vous. Je ne pourrai jamais vous remercier assez, vous savez.

— Allons, ce n'est rien, minimisa-t-elle. Vous en auriez fait autant pour moi dans une telle situation, je me trompe ?

—Je ne me suis pas posé la question à vrai dire. Sans doute.

— Moi je suis sûre que oui.

— Vous voulez savoir ce qui m'étonne le plus venant de vous, à part bien sûr le fait que vous êtes d'un sang froid exceptionnel, que vous réagissez avec une rapidité et une lucidité qui forcent l'admiration, j'entends, dit-il sur un ton léger.

— Non, dites-moi.

— Que vous ayez pris autant de risques pour moi, sans me connaître vraiment, comme si ça n'avait aucune importance pour vous de savoir si je vous ai dit la vérité sur ce qui m'est arrivé.

— Vous n'avez pas l'air d'un psychopathe assoiffé de sang, Vincent. Je crois pouvoir me vanter de connaître assez bien les gens et les hommes en particulier. Vous respirez l'honnêteté. Si tel n'avait pas été le cas, vous ne m'auriez certainement pas raconté une histoire aussi tordue. Vous vous seriez contenté de me servir un bon gros mensonge. Tout ce que vous m'avez dit ne peut pas être faux. Ou alors, c'est que vous êtes vraiment doué, ajouta-t-elle sur le ton de la plaisanterie.

— Pas vraiment, non, mais la police me recherche pour le meurtre de mon épouse, tout de même. Ça ne vous fait pas peur ? Si la police faisait le rapprochement entre vous et ma fuite de Castellina, ou si l'on m'arrêtait à votre domicile, vous seriez accusée d'avoir aidé un fugitif, un meurtrier.

— Ils n'ont aucune preuve, rassurez-vous.

— Je n'ai pas tué ma femme, vous savez Alicia. J'aimais Jennifer plus que tout, dit-il, dépité.

— Je vous crois, affirma-t-elle sans hésitation. Vous n'avez pas l'étincelle d'un assassin dans le regard. Vous êtes un homme bon et gentil, cela se voit.

— Je vous remercie.

— Si vous êtes innocent, ce dont je ne doute pas, vous finirez par réussir à le prouver. Gardez espoir, Vincent, ne baissez pas les bras, allez de l'avant quoi qu'il arrive et n'oubliez jamais que vous n'êtes pas seul. Vous avez votre fille. Vous devez la retrouver, elle doit être effrayée sans ses parents et a besoin de vous.

— Si au moins je savais avec qui elle se trouve actuellement. Je n'ai plus aucun moyen de le savoir depuis la mort de Jennifer. Elle seule aurait pu me le dire.

— Vous la retrouverez, il faut y croire, insista Alicia, qui démontrait une volonté sans failles.

— Je ferai tout pour, en tout cas. Seulement, je ne sais pas par où commencer, vous comprenez. Je suis paumé dans cette histoire. Il y a des éléments qui se contredisent et je n'arrive pas à faire le lien entre eux. Il y a trop d'incohérences.

— Je comprends.

— De plus, je ne suis pas détective. Mener une enquête n'est pas chose aisée quand on n'est pas du métier. Je ne connais pas le b.a.-ba d'un enquêteur. Je suis ingénieur en informatique. Ma spécialité c'est la protection des données, pas les enquêtes policières.

— Je crois que vous avez besoin de repos, Vincent. Tout ce que vous avez vécu ces derniers temps a dû être exténuant pour vous. Ici vous êtes en sécurité. Prenez le temps de souffler. Faites le point tranquillement et vous trouverez peut-être comment aller de l'avant.

— Vous êtes vraiment formidable avec moi, Alicia. Je ne voudrais pas abuser de votre hospitalité.

— Ne soyez pas stupide, voyons. Vous pouvez rester ici le temps qu'il faudra. Cela ne me dérange pas du tout. De toute façon je ne serai pas toujours ici, avec vous. Je compte me déplacer sous peu. Vous resterez seul.

— C'est très gentil à vous. J'espère pouvoir rapidement prouver mon innocence et être libre de mes mouvements pour retrouver ma Tara. C'est tout ce qui compte pour moi.

— Vous y arriverez, j'ai confiance.

§

Vincent était seul dans l'appartement. Alicia était partie faire quelques courses d'alimentation. Elle lui avait conseillé de ne pas sortir dans la rue, c'était trop dangereux pour lui pour le moment. Il réfléchissait, se demandant comment il pourrait agir pour prouver son innocence ? Il avait envisagé de prendre un détective privé pour qu'il mène l'enquête, mais finalement n'était pas convaincu que ça l'aiderait. Il avait dans l'idée de rechercher dans le passé de Jennifer pour comprendre son comportement, retrouver ceux qui étaient derrière tout ça et par là même, retrouver sa fille et prouver qu'il n'était pour rien dans sa mort. Son smartphone retentit dans le salon. Il reconnut le numéro de Max Renard. Dans sa fuite, il l'avait oublié celui-là. Il décrocha et lui dit :

— Salut Max. Désolé, je n'ai pas pu te prévenir avant, lui mentit-il, mais je ne suis plus en Toscane.

— Et moi, je suis désolé, Vincent, mais j'ai été obligé de prendre l'avion et j'ai atterri à Rome. Où es-tu maintenant ?

— Je suis également à Rome.

— Ah, super ! Où est-ce que l'on peut se voir rapidement ? Un endroit discret si possible, précisa Max.

— Je ne sais pas, je ne connais pas assez Rome pour te dire ça maintenant. Je peux te rappeler un peu plus tard pour te le dire, le temps pour moi de me renseigner.

— D'accord, mais je t'en prie Vincent, fais vite, il faut vraiment que nous parlions de tout ça très rapidement. J'ai peur qu'il ne nous arrive malheur.

— Je ne comprends pas de quoi tu me parles, Max et j'avoue que je suis très intrigué depuis ton coup de fil d'hier. J'ai hâte que nous en discutions. Je te rappelle.

Vincent n'avait pas entendu Alicia entrer. Celle-ci écoutait la conversation qu'il avait avec Max, debout dans l'entrée, en prenant soin de ne pas faire de bruit. Lorsqu'il raccrocha, il se rendit compte de sa présence.

— Alicia ? dit-il, étonné.

— Désolé Vincent, je n'ai pas voulu vous déranger durant votre coup de fil. Je n'avais pas l'intention d'écouter aux portes.

— Ce n'est pas grave, Alicia, vous êtes chez vous après tout. Et puis je n'ai rien à vous cacher. C'était mon beau-frère Max Renard, qui est aussi mon avocat.

— De bonnes nouvelles, j'espère ?

— Je ne sais pas. Il m'a contacté hier pour me dire qu'il devait me parler d'urgence. Il avait l'air paniqué. Il est arrivé à Rome et veut me rencontrer dans un endroit tranquille. Vous pourriez peut-être m'en indiquer un ?

Alicia réfléchit un instant et lui dit :

— Si vous cherchez un lieu très tranquille, je vous recommande le parking souterrain de l'auditorium. Il est désert à cette époque de l'année. Vous ne pourrez pas trouver endroit plus tranquille, lui assura-t-elle.

— Ce sera parfait, merci Alicia. Je rappelle Max pour lui donner rendez-vous.

— Vous pourrez prendre ma voiture pour vous y rendre. Moi, je dois vous quitter, j'ai un rendez-vous urgent à Londres. Ensuite, je devrais me rendre à New York pour un certain temps. J'ai déjà réservé mon billet d'avion. Je pars dans une heure. Vous avez des provisions pour plusieurs jours. Vous pouvez rester ici autant que nécessaire. Si vous décidez de partir, glissez la clé de l'appartement dans la boîte aux lettres, j'ai un double.

— Je vous remercie pour tout, Alicia. Grâce à vous j'ai repris espoir. J'espère maintenant trouver les réponses à mes questions et j'ai bon espoir que ma rencontre avec Max aujourd'hui pourra m'en apporter, car il semble qu'il en sache plus sur le sujet que je ne l'aurais cru.

— Je vous le souhaite, Vincent. Vous le méritez.

§

Antoine Priolo

Chapitre XII

Le meurtre de trop

Vincent avait donné rendez-vous à Max dans le parking souterrain de l'auditorium du parc de la musique de Rome, situé à quelques kilomètres au nord du centre-ville. À cette époque de l'année, l'auditorium était déserté et le parking était quasiment vide, comme le lui avait précisé Alicia Redgrave. Il pénétra dans le sous-sol par l'entrée située au sud, sur l'avenue Pilsudski et se retrouva dans un vaste espace désert, vide et lugubre. Il traversa les allées jusqu'à une rampe qui conduisait à l'étage inférieur, à l'aspect encore plus inquiétant. Vincent regarda sa montre : douze heures vingt cinq. Il avait donné rendez-vous à Max à douze heures trente. Il espérait que celui-ci soit à l'heure. Il n'avait pas envie de traîner dans ce lieu plus longtemps qu'il ne le fallait. Il aperçut un véhicule garé en plein milieu d'un espace peu éclairé, d'ordinaire occupé par un grand nombre de voitures, mais qui, en l'occurrence, était complètement désert. Ce devait être Max. Vincent stationna à côté de cette voiture, reconnut son occupant, fut soulagé et sortit de son véhicule pour le rejoindre.

— Max, c'est moi. Tu as fait bon voyage ? demanda-t-il, en ouvrant la portière, côté passager, pour s'installer dans l'habitacle, à ses côtés.

— C'est sinistre ici, tu ne trouves pas ? ajouta-t-il en refermant la portière.

Max ne répondit rien. Vincent se tourna vers lui, sursauta, eut un mouvement de recul et un sentiment de dégoût l'envahit en un instant. Max Renard, son ami, son beau-frère, son avocat, était assis, la ceinture attachée, baignant dans un flot de sang qui s'écoulait de sa cage thoracique, le regard vide, le visage figé dans un rictus de frayeur.

— Max ! Putain ! C'est pas possible ! Max ! répétait-il en secouant son ami.

Max ne bougeait plus. Max était mort.

— Putain Max ! Qu'est-ce que tu as fait pour en arriver là ? lui dit-il. Qu'est-ce que tu voulais me dire ? Qu'est-ce que tu savais qui pouvait justifier qu'on t'assassine ?

Vincent débitait ces paroles avec l'énergie du désespoir. Il ne comprenait pas, ne comprenait plus. D'abord Jennifer, ensuite lui. À quel genre d'affaire Vincent était-il mêlé ? Il ne savait plus. Au départ, c'était une affaire de disparition. Ensuite, elle s'était transformée en enlèvement. Ensuite encore, en escroquerie dans laquelle était mêlée son épouse. Et maintenant, son beau-frère était mort ! S'en était trop ! Que savait-il ? Qu'avait-il découvert ? Avait-il trouvé des informations sur Jennifer ? Sur les gens avec qui elle avait préparé son faux enlèvement ? Savait-il où se trouvait Tara ? Une phrase prononcée par Max avait intrigué Vincent : « j'ai des choses importantes à t'avouer ». C'est ce « à t'avouer » qui l'avait beaucoup intrigué. Si Max avait appris des choses sur Jennifer et ses complices, il aurait dû dire : « à t'expliquer » ou bien encore : « à te raconter », mais pas « à t'avouer ». Faire un aveu, dans ce cas, signifiait que l'on avait quelque chose à se faire pardonner. Qu'avait à se faire pardonner Max ? Et pourquoi avoir dit aussi : « nous courons un grave danger » ? Est-ce que Max se savait suivi ou épié par ceux qui l'avaient tué froidement dans ce parking sordide ? C'est alors que Vincent se posa quelques questions cruciales : est-ce que Max était au courant depuis le début que l'enlèvement était bidon, qu'il était le fait de Jennifer ? Était-il, d'une manière ou d'une autre, complice des agissements de son épouse ? Cela expliquerait qu'il ait eu des choses à lui avouer et qu'il se soit fait assassiner, sans doute par les complices de Jennifer.

Vincent ferma les paupières de Max avant de sortir de la voiture et de s'éclipser rapidement pour retourner à l'appartement d'Alicia Redgrave, en plein cœur de Rome.

§

Le capitaine Castillo arriva à l'Aéroport de Rome Fiumicino à dix heures du matin. Il fut accueilli par le commissaire Antonio Gianetti, de la police urbaine de la capitale.

— Bonjour capitaine Castillo, avez-vous fait bon voyage ? demanda Gianetti, tout sourire, avec un fort accent italien.

L'homme faisait un mètre quatre vingt, était solide, brun, cheveux courts ondulés, presque frisés, grisonnants, avec une belle moustache fournie, le teint mat des Italiens du sud, toujours bronzés sous le soleil romain.

— Je déteste l'avion, répondit Castillo, bougon.

— Ah, oui, c'est un problème. Mais vous savez, c'est pourtant le moyen de transport le plus sûr. Vous avez plus de chances de mourir noyé dans votre baignoire que de mourir dans un accident d'avion ! dit-il en riant.

— Ouais, ben moi, je préfère être dans ma baignoire.

— Venez, capitaine, nous allons à votre hôtel poser votre bagage et ensuite nous irons sur le lieu du crime.

Après avoir déposé son sac à l'hôtel, dans un quartier populaire de la périphérie de la ville, Castillo, conduit par son collègue italien, se retrouva dans le parking de l'auditorium, devant le véhicule de location dans lequel Max Renard avait trouvé la mort deux jours auparavant.

Castillo eut un frisson :

— C'est un vrai coupe gorge ce parking, constata-t-il. J'en ai vu des endroits lugubres, mais celui-ci n'est pas piqué des vers !

— Piqué des vers ? dit Gianetti, qui ne comprenait pas l'expression.

— Oui, il est au sommet de la liste des endroits lugubres, si vous voulez.

— Ah oui, je comprends. C'est parce qu'en été les Romains quittent la ville et il n'y a pas de concerts et d'activités dans cet endroit. Le reste du temps, il n'est pas aussi vide.

— Il a été tué dans la voiture, c'est bien ça ? s'enquit Castillo, qui regardait le siège conducteur maculé de sang.

— Oui, deux balles dans le thorax. Toutes deux ont touché le cœur. Mort instantanée.

— Je ne vois pas de verre brisé, constata Castillo. La vitre conducteur était abaissée ?

— Exact.

— Il a baissé la vitre pour parler à son assassin, vous ne croyez pas ?

— C'est possible. Nous allons nous rendre au centre de sécurité du parking. Ils ont des caméras et enregistrent les vidéos, qu'ils stockent une semaine. Nous avons déjà visionné les enregistrements de la journée du meurtre.

La voiture du commissaire Gianetti quitta le parking et fit un trajet de quelques centaines de mètres pour se rendre dans un parking à l'air libre, au fond duquel se trouvait un petit bâtiment où deux gardiens en uniforme géraient le parc de stationnement de l'auditorium et deux ou trois autres parcs alentour.

Gianetti parla avec les deux employés qui s'affairèrent sur leurs écrans pour lancer les images que le commissaire voulait montrer à Castillo.

— Voici une vidéo du jour du meurtre, prise aux environs de quatorze heures trente. Vous voyez cette voiture qui entre dans le parking ? dit-il en montrant du doigt le véhicule, une Lancia blanche. Elle va descendre au sous-sol où a eu lieu le meurtre. Elle va en ressortir à peine huit minutes plus tard. Là, vous voyez les images ?

— Vous n'avez pas les vidéos du sous-sol ?

— Non, il y a des caméras, mais elles sont presque toutes en panne. Nous avons visionné le peu qui sont encore en fonction et elles n'ont rien montré.

— Dommage, regretta Castillo.

— Comme vous dites. Mais regardez cette image, insista Gianetti, qui avait demandé un arrêt sur image de la vidéo.

— Vous reconnaissez cet homme ?

Castillo fixa le visage de l'homme qui apparaissait clairement sur l'image de la caméra de surveillance qui se trouvait à la sortie du parking, pile à l'endroit où l'on introduisait le ticket de sortie.

— Vincent Delorme ! C'est bien lui. C'est notre homme. Il a tué sa femme, il a tué son beau-frère, qui est aussi son avocat et il a pris la fuite. Je crois que les choses sont de plus en plus claires désormais.

— Vous pensez que c'est lui l'assassin ?

— Qui d'autre ?

— Quel est votre théorie dans ce cas ? demanda Gianetti, curieux.

— L'affaire ne semblait pas évidente jusqu'ici. Il y avait des éléments curieux, des contradictions. Mais dès le début, j'ai soupçonné Delorme d'avoir tué son épouse. Il se trouve que ce n'était pas le cas, alors. Je pense que Delorme et son épouse ont organisé le faux enlèvement de celle-ci et de leur enfant dans le but de soutirer dix millions d'euros au père de Vincent. Ensuite, les choses ont mal tourné pour Delorme, car nous avons trouvé des indices qui l'accusaient du meurtre de Jennifer, son épouse.

— Des indices ? De qui venaient-ils ? s'étonna Gianetti.

— Nous ne le savions pas encore, car nous n'avions pas tous les éléments en notre possession. C'est lorsque le corps de Jennifer Delorme a été trouvé à Marseille, avec à ses côtés son époux, que nous avons commencé à comprendre. Jennifer Delorme a tout planifié pour faire accuser son mari de son propre meurtre. C'est elle qui a semé des indices dans leur maison, à l'insu de son époux : un tisonnier couvert de son sang, une chemise maculée, toujours avec son sang et surtout, ce qui prouve sa préméditation, ses diverses escapades chez ses voisins, des gens âgés, à qui elle prétendait avoir été battue par son mari.

— Je vois, elle voulait faire emprisonner monsieur Delorme pour garder la totalité de l'argent, c'est bien ça ?

— Oui, le motif le plus bassement humain : l'argent !

— Mais Delorme ne s'est pas laissé faire.

— Non, il a tué sa femme. Deux balles dans le cœur.

— Comme l'avocat ?

— Exactement pareil. C'est signé Delorme !

— Il y a une chose que j'aimerais comprendre, dit Gianetti. Pourquoi Delorme s'est-il fait appréhender après avoir tué sa femme ? Pourquoi n'a-t-il pas fui ?

— Il n'en a pas eu le temps. Des voisins ont entendu les coups de feu et immédiatement appelé la police qui est intervenue dans les cinq minutes.

— Vous avez des hommes efficaces en France, reconnut Gianetti.

— Une patrouille devait être dans le quartier, sans doute. Je pense que Vincent Delorme n'est pas parti tout de suite parce qu'il devait chercher quelque chose dans l'appartement. C'est ce qui fait qu'il s'est laissé surprendre. Il a eu une veine de cocu lorsque la voiture de police est entrée en collision avec un autre véhicule. Nos collègues n'ont pas eu la même chance que lui : trois morts.

— Je suis désolé, capitaine.

— Ne le soyez pas, commissaire, je ne les connaissais pas, ils étaient de Marseille.

— Mais alors, pour le meurtre de l'avocat, vous pensez quoi ?

— Je n'en sais encore trop rien, avoua Castillo, mais je vois deux possibilités : soit l'avocat était de mèche avec les Delorme et Vincent l'a éliminé pour des raisons qui restent à éclaircir, soit il a tout découvert et a voulu en avoir le cœur net, ce qui a précipité sa perte.

— Je vois. Il faut quand même que je vous montre autre chose, dit Gianetti, l'air ennuyé.

Il donna des directives aux deux gardiens qui lancèrent une autre vidéo. Gianetti expliqua :

— Nous avons visionné les vidéos de l'ensemble de la journée du meurtre jusqu'à l'heure de celui-ci et un peu au-delà. Il n'y a quasiment personne qui soit entré ou sorti du parking durant ce laps de temps, car comme je vous l'ai dit, l'auditorium et le parc de la musique sont fermés. Toutefois, une voiture est entrée à quatorze heures, ce jour-là. Voici les images.

Castillo regarda la vidéo qui défilait sur l'écran de contrôle. Une Fiat Punto noire franchit la barrière avec à son bord un conducteur dont il n'était pas possible de distinguer le visage, mais qui semblait porter un chapeau ou une casquette ainsi que des lunettes noires.

— La voiture est ressortie à quatorze heures vingt six très exactement, d'après le temps indiqué sur les enregistrements, précisa Gianetti. Comme pour monsieur Delorme, nous avons un gros plan du visage de la personne qui conduisait. Regardez.

La vidéo se figea sur le visage. Il était fin, avec une bouche aux lèvres roses brillantes, cerné d'un foulard aux motifs qui faisaient penser à un tissu de la marque Hermès et de grosses lunettes noires qui masquaient les yeux.

— C'est une femme, constata Castillo.

— Ça en a tout l'air, à moins que ce ne soit un homme très efféminé, qui sait ? Maintenant, je vais vous montrer la vidéo de l'arrivée de l'avocat.

Une fois encore, Gianetti donna ses ordres et la vidéo défila sur l'écran. L'on y voyait la voiture de location dans laquelle Max Renard était arrivé à quatorze heures seize très précisément, toujours d'après le compteur horaire de la bande.

— La femme est arrivée avant l'avocat, constata Castillo, perplexe.

— Exactement. Alors que monsieur Delorme est arrivé après. Il y a presque dix minutes de battement entre l'arrivée de l'avocat et celle de Delorme. Si une personne était déjà sur place, si elle avait décidé de s'en prendre à l'avocat, elle aurait eu tout le temps de le tuer et de partir avant son arrivée, vous ne croyez pas ?

— C'est vrai, commissaire, mais ça met à mal toute ma théorie dans ce cas, regretta Castillo.

— Les théories sont faites pour être remises en question, inspecteur. Si cette femme a tué l'avocat, cela ne veut pas dire que votre théorie soit totalement fausse, mais simplement qu'il vous manque encore des éléments pour la transformer en une vérité plausible. Cela viendra, je nous le souhaite puisque maintenant nous sommes liés par cette affaire.

— Cette voiture, on n'a pas une caméra qui aurait relevé sa plaque d'immatriculation à tout hasard ?

— Il n'y a pas de hasard dans cette affaire, capitaine. Nous avons des caméras dans toute la ville et il se trouve que nous avons, bien entendu, recherché une vidéo qui permettrait de l'identifier, ce qui a été le cas. La voiture a été louée le matin même dans le centre de Rome par une femme, une certaine Lola Ashburn, de nationalité britannique. Bien entendu, nous avons demandé à nos homologues de Scotland Yard de retrouver cette femme. Elle n'existe pas. La femme possédait de faux papiers. Nous avons interrogé le loueur : il a été incapable de nous décrire son visage mieux que ce que nous avons sur la vidéo.

— Cette femme a visiblement tout fait pour ne pas être reconnue. Si elle avait prémédité un assassinat, elle ne s'y serait pas prise autrement.

— C'est ce que nous avons pensé aussi, capitaine Castillo.

— Il y a aussi la possibilité, souleva Castillo, que cette femme soit la maîtresse de Vincent Delorme et qu'ils sont complices depuis le début.

— Vous croyez ? réfléchit Gianetti. Si c'était le cas, pourquoi monsieur Delorme aurait-il, comme vous le supposez, organisé l'enlèvement avec sa propre épouse ? Il lui suffisait de l'enlever avec sa maîtresse et d'empocher l'argent et ensuite de la faire disparaître, tout simplement. Il avait l'argent, la maîtresse et se débarrassait de l'épouse.

— Vous avez raison, ça ne tient pas mon affaire. J'avoue que je suis perdu. Cette femme qui s'invite dans cette affaire déjà bien compliquée ne vient pas éclaircir les choses, bien au contraire. Mais au fait, j'y pense, vous n'avez pas pu pister la voiture avec les caméras, après sa sortie du parking ?

— Oh, mais oui. Elle a tout simplement retrouvé son point de départ, à l'agence de location.

— Une femme consciencieuse, admit Castillo. Quel assassin loue une voiture et la ramène après son forfait ? C'est la preuve que ce n'est pas une professionnelle en tout cas.

— J'ai pensé la même chose, capitaine. Nous raisonnons de manière assez semblable finalement, la police italienne et française, je veux dire.

— Nous faisons exactement le même métier, pas dans la même langue, c'est tout, plaisanta Castillo.

Gianetti eut un sourire amusé :

— Vous avez raison, capitaine. Vous avez faim ? Parce que si vous avez faim, je vous invite dans une petite trattoria du quartier de Trastevere où il servent des gnocchi au Gorgonzola, une merveille !

— Si vous me prenez par les sentiments, commissaire, je vous suis.

§

Vincent était seul dans l'appartement d'Alicia depuis plusieurs jours. Elle lui avait expliqué qu'elle avait hérité de la fortune de son époux, un riche Américain qui devait sa fortune au coton du sud du pays. Bien qu'elle ne gérât pas elle-même ses affaires, elle était l'actionnaire majoritaire de plusieurs sociétés et se devait régulièrement, plusieurs fois par an, d'assister aux conseils d'administration et d'y prendre les décisions qui s'imposaient pour la bonne marche desdites sociétés. Madame Redgrave était donc allée à Londres puis retournée aux États-Unis le jour du meurtre de Max Renard. Depuis, Vincent tournait en rond comme un lion en cage dans l'appartement, n'osant pas mettre le nez dehors, de peur d'être appréhendé par la police italienne. Il se doutait que des caméras avaient dû le filmer aux abords et même à l'intérieur du parking et que les policiers italiens n'avaient pas dû mettre longtemps pour faire le rapprochement entre lui et son beau-frère. La situation était loin de s'améliorer pour lui, pire, la police devait déjà lui avoir collé ce meurtre sur le dos. Il est vrai que tout était contre lui, encore une fois, comme si le sort s'acharnait. Le sort y était-il réellement pour quelque chose ? Ou était-ce plutôt cette main qui œuvrait dans l'ombre depuis le départ, qui avait encore frappé dans son dos pour lui faire porter le chapeau ? Si seulement il pouvait connaître les raisons d'un tel acharnement. Persuadé que quelqu'un lui en voulait à mort depuis déjà un certain temps, il repassait régulièrement le film de sa vie, de ses amis, de ses amours, de ses clients et de ses concurrents, pour tenter d'y trouver une explication plausible, mais il n'y arrivait pas. Pour qu'on lui en veuille à ce point, il aurait fallu qu'il fasse vraiment quelque chose de terrible à quelqu'un et il avait beau se creuser la tête, il ne voyait pas quoi et à qui. Il avait bien pensé que ce n'était pas à lui, mais à Jennifer qu'on en voulait, mais elle était morte. Alors, à quoi bon s'acharner sur lui après ça si c'était à elle que l'on voulait s'en prendre ? Non, cette théorie ne tenait pas non plus. Il gardait pour l'instant la seule qui avait un peu de sens, à savoir le concurrent qui veut l'évincer du marché qu'il devait signer avec une multinationale américaine de renom.

Avec la mort de Max, c'était un allié précieux, sur qui Vincent pensait pouvoir s'appuyer pour prouver son innocence, qui disparaissait. Mais Max était-il réellement un allié ? Il finissait par en douter après ce qui venait de se produire. Comment Vincent allait-il s'en sortir désormais ? Qu'allait-il pouvoir faire pour mettre un terme au cauchemar qu'il vivait ? Comment pourrait-il retrouver sa fille ? Après mûre réflexion, il prit la décision de rentrer en France. Ici, il ne pouvait rien faire. Là-bas au moins il pourrait tenter d'en apprendre plus et de la retrouver. Et tant pis si les policiers finissaient par lui tomber dessus ! De toute façon, ici, il n'était pas plus en sécurité maintenant.

Il ne pouvait pas partir avec la voiture d'Alicia. C'est avec elle qu'il s'était rendu au parking de l'auditorium. Les policiers italiens devaient avoir le signalement et même le numéro de plaque. Il ne ferait pas dix kilomètres avec elle. Il lui fallait louer une auto, mais avec ses papiers, il risquait d'alerter, là aussi, les forces de l'ordre et de se faire cueillir bien avant la frontière. Il décida de joindre Alicia, sur son portable, pour lui demander de l'aider. Elle n'hésita pas un seul instant et lui promit de s'occuper de louer une voiture pour lui. Elle le rappela une heure plus tard pour lui confirmer la réservation et lui donner l'adresse pour récupérer le véhicule. Bien entendu, elle mit en garde Vincent, lui disant qu'il commettait une folie en voulant retourner en France. Elle tenta de l'en dissuader en lui proposant de l'attendre quelques jours, qu'elle allait organiser sa fuite du pays et qu'elle l'emmènerait en Grèce où il ne risquerait plus rien. Vincent déclina son offre, la remercia pour tout ce qu'elle avait fait et faisait encore pour lui et lui dit qu'ils se reverraient peut-être un jour, s'il réussissait à se sortir de ce mauvais pas.

C'est ainsi que Vincent quitta Rome par un bel après-midi de juillet, direction Nice.

§

Chapitre XIII

Retour aux sources

— Franck ? Salut, c'est la tronche, J'aurais besoin de la cabane, c'est possible ?

— La tronche ! comment tu vas, veille branche ? Ça fait combien ? dix ans qu'on s'est pas vu ? répondit Franck, faignant d'avoir un vieil ami au téléphone.

La tronche, c'est le surnom qu'il avait donné à Vincent. Son ami de toujours était doué pour les études, alors que lui avait fini par quitter le lycée en terminale, sans avoir été jusqu'au bac, ce qui ne l'avait pas empêché de réussir, bien qu'ayant pris une voie parallèle.

— La cabane ? Oui, bien sûr, tu peux y aller quand tu veux, la tronche. Tu sais où est la clé ?

— Comme d'habitude ?

— Comme d'habitude, mon pote ! Si tu as besoin d'autre chose, tu sais où me joindre.

— J'aimerais bien que l'on se revoit un de ces quatre, qu'en penses-tu ?

— Je suis d'accord. Ben écoute, passe me voir demain, il y aura aussi Patrick. Ca fait longtemps que tu l'as pas vu, lui aussi je crois ?

— Ah oui, je serai heureux de vous voir tous les deux.

— À demain alors, la tronche.

— À demain Franck.

Heureusement que les deux amis se connaissaient bien depuis leur enfance, qu'ils avaient quasiment tout partagé et que Vincent n'avait jamais pu s'en éloigner, même après qu'il eut pris un chemin détourné qui l'avait conduit au crime. Franck était un véritable ami, sur qui l'on pouvait compter, jusqu'à la mort. Ça, Vincent le savait et Franck savait qu'il en était de même de la part de Vincent. Les deux amis ne se fréquentaient plus depuis des années pour ces raisons qui les éloignaient, le cercle de leurs amis s'étant différencié avec le temps, mais ils se parlaient souvent au téléphone et ne manquaient jamais une occasion de prendre un verre ensemble, assis à la terrasse d'un café, sur le bord de mer de Juan-les-Pins, leur terrain de jeu, depuis l'enfance.

Vincent, lorsqu'il parlait de la cabane, citait en fait un pied-à-terre qui appartenait aux parents de Franck, dans un immeuble du vieil Antibes. C'était un appartement dans une maison étroite, sur trois niveaux, qui donnait dans une ruelle, sans vue, sans confort excessif, qui leur servait pour y emmener des filles quand ils étaient ado et jeunes adultes, mais aussi de refuge quand ils en avaient besoin. Les parents de Franck, des immigrés italiens venus de Calabre, avaient gagné leur argent plus ou moins honnêtement dans la construction. Son père se servait surtout de son entreprise du bâtiment comme d'une façade pour des activités plus lucratives mais beaucoup moins légales. Après cela, comment pouvait-on demander à son fils de rester dans le droit chemin ? Du coup, monsieur Di Carlo père, avait acheté des dizaines de biens immobiliers, un peu partout dans la région et en particulier sur la commune d'Antibes, où les Di Carlo résidaient. Il les faisait rénover par ses équipes de maçons et ouvriers du bâtiment et les revendait avec un substantiel bénéfice. Le père Di Carlo mourut un jour, alors que son fils n'avait que dix-sept ans et les activités de marchand de biens cessèrent du jour au lendemain. La cabane était le dernier bien qu'avait acquis les Di Carlo. Il demeura vide et en l'état durant toutes ces années, que les jeunes hommes qu'étaient devenu Franck, Vincent et quelques autres avaient mis à profit pour leurs besoins personnels. Depuis, Franck n'avait jamais voulu toucher à ce bien, par nostalgie sans doute et parce que cela lui rappelait, si d'aventure il l'oubliait, que l'on est que de passage sur cette terre et que tout peut s'arrêter du jour au lendemain, laissant inachevés tous les projets que l'on peut bâtir.

Franck avait fait référence à un certain Patrick, de leurs amis, qui serait présent lorsqu'ils se rencontreraient. En réalité, c'était là encore une façon détournée qu'avait eue Franck Di Carlo pour donner rendez-vous à Vincent dans un bar de quartier de Juan-les-Pins, « La Barque », situé sur la fameuse RN7, la route des vacances des années cinquante et soixante, à l'époque où les Parisiens et autres vacanciers du nord de la France descendaient dans le Midi pour y passer leur mois de congé payé au bord de la mer Méditerranée. Aujourd'hui débaptisée pour s'appeler D6007 ou D6107 selon le tronçon, elle avait été détournée par une voie rapide et ne passait plus dans le cœur de la ville. Aujourd'hui, elle n'était plus, à cet endroit, que le boulevard Raymond Poincaré, avait perdu ses galons de grande route de France, de route nationale la plus longue du pays, qui allait de Paris à Menton, jusqu'à la frontière italienne.

La Barque était un tout petit bar avec un comptoir court, en L, une salle avec quatre petites tables rondes et quelques chaises, une réserve et une terrasse, où l'été l'on pouvait mettre trois autres petites tables. Il était près de vingt deux heures lorsque Vincent entra. La porte était grande ouverte en cette saison estivale et seuls quelques habitués, déjà bien imbibés s'accoudaient au comptoir, cigarettes au bec, parlant et riant fort. Assis à la table du fond, Franck Di Carlo sirotait un Jet 27. Lorsqu'il vit son ami entrer, un grand sourire illumina son visage. Vincent vint l'embrasser et s'installa sur la chaise face à lui.

— Tu es revenu bien vite, dit-il.

— Je ne pouvais rien faire de là où j'étais. Comment prouver mon innocence à des centaines de kilomètres d'ici ?

— Tu prends des risques en revenant.

— Pas plus qu'en restant là-bas. Ils ont tué Max.

— Merde ! c'est pas vrai ? dit-il d'une voix désolée. Qui a fait ça ?

— Si je le savais… Le problème, c'est que j'étais sur les lieux du crime, dans un parking public. Tu penses bien que les flics ont dû voir ma tronche s'afficher sur les vidéos de surveillance.

— Tu t'es mis dans la merde en Italie aussi ! Putain t'est pas sortable mon pote ! dit-il en s'esclaffant.

Vincent regarda son ami rire aux éclats. Il rit aussi :

— T'es con, putain ! C'est pas marrant !

Franck en eut le fou rire. Il eut du mal à s'arrêter et à reprendre son sérieux :

— Ô putain ! Ça fait du bien de rire ! Ô merde ! J'en ai mal au ventre !

— Du coup, j'ai préféré rentrer, tu comprends ?

— Je comprends surtout que tu es dans une merde noire, putain ! Comment on va te sortir de là ?

— J'ai besoin de ton aide, Franck. Seul, je n'y arriverai pas. Tu as des réseaux que je n'ai pas, tu connais le fonctionnement des voyous, du milieu, des flics. Moi, je suis étranger à tout ça.

— Tu sais que je ferai tout ce que je peux pour t'aider, Vincent. Dis-moi ce que tu attends de moi et je le ferai.

— Tout d'abord, je vais avoir besoin de faux papiers. Je ne peux pas me balader avec les miens, je vais me faire choper à la première occasion.

— Ça, c'est pas un gros problème. Je m'en occupe dès demain matin. Tu en auras qui seront plus vrais que les vrais !

— Ensuite, j'ai besoin que tu te rencardes auprès de tes amis.

— Tu veux quoi exactement ?

— Je ne sais pas trop à vrai dire, mais Jennifer n'a pas pu monter cette histoire d'enlèvement seule. Lorsque j'ai porté la rançon, elle et ses complices m'ont fait faire un trajet en changeant plusieurs fois de véhicule, dans le but très certainement de vérifier que je n'étais pas suivi par les flics. Ensuite, lorsque j'ai déposé l'argent dans le dernier véhicule, le type qui est venu chercher l'argent, a foncé droit sur les flics, comme s'il savait qu'ils étaient là et, au dernier moment, il a bifurqué sur un chemin de randonnée, impraticable par les voitures des poulets et a semé tout le monde. Des dizaines de gendarmes se sont lancés à sa poursuite, ont établi des barrages sur toutes les routes et le type a réussi à passer au travers.

Vincent se tut, laissant le temps à Franck réfléchir à ce qu'il venait de dire. Celui-ci lui demanda :

— D'accord, mais tu veux en venir où ?

— Tout ça prouve que ce type était très bien organisé et qu'il n'était vraisemblablement pas seul, qu'il avait une équipe avec lui, qu'il connaissait parfaitement la marche à suivre dans ce type de situation, qu'il savait comment semer les flics, comment passer au travers des mailles du filet. Ce type et ses complices n'étaient pas des amateurs.

— Je vois, réfléchit Franck. Tu penses qu'il s'agit de pros, c'est bien ça ? Des gars du milieu peut-être ?

— Moi, je ne saurais pas faire ce qu'ils ont fait. Jennifer non plus. Elle a dû s'associer à des gens capables de monter un coup comme celui-là. Ca ne peut pas être des nocives, tu es d'accord avec moi ?

— Je crois que tu as raison, Vincent. Y a juste un point que j'arrive pas à comprendre dans tout ça, ajouta-t-il, l'air ennuyé.

— Lequel ?

— Si c'est des pros qui ont fait le coup, pourquoi est-ce qu'ils ont tué Jennifer et qu'ils t'ont assommé pour faire croire que tu étais l'assassin ? C'est pas très logique.

— Ils ont voulu se débarrasser de Jennifer, peut-être pour ne pas lui donner sa part, c'est plausible, non ?

— Tu n'as pas répondu à ma question, Vincent. Pourquoi ils t'ont assommé et pas tué, à la rigueur ?

— Je n'en sais rien, avoua Vincent. Ils se sont dit que de faire accuser le mari du meurtre les disculperaient, au cas où ils se feraient arrêter par la suite, qui sait.

— Moi, je vais te dire ce que je pense. Des pros ne se seraient pas fait chier à monter un tel scénario. S'ils avaient voulu se débarrasser de Jennifer, ils l'auraient descendue dans un coin tranquille et enterrée dans un coin encore plus tranquille. Personne l'aurait jamais retrouvée. Non, ça colle pas, affirma-t-il.

— Mais tu es d'accord avec moi que ce ne sont pas des amateurs, pour monter un coup comme ça et le réussir ?

— Pour ça, je suis d'accord. C'est une équipe de pros, y a aucun doute. Pour la mort de Jennifer en revanche, je pense qu'il va falloir chercher ailleurs.

— Ailleurs ? s'étonna Vincent. Que veux-tu dire ?

— Ce ne sont pas ses complices qui l'ont tuée, j'y crois pas un seul instant. Y a quelqu'un d'autre, c'est certain, affirma Franck, sûr de lui.

— Mais qui aurait voulu la tuer dans ce cas ? Jennifer n'avait pas d'ennemis, que je sache, surtout au point de la tuer !

— J'en sais rien, Vincent, mais cette histoire est sacrément tordue, si tu veux mon avis. Et puis, y a la mort de Max par-dessus le marché. Qui aurait eu intérêt à lui coller deux balles dans le buffet ? Et là encore, pour te faire porter le chapeau ! A mon avis, c'est ni à Jennifer, ni à Max que le tueur on voulait, en fin de compte, mais à toi !

— À moi ?

Vincent était perplexe, mais il devait reconnaître que Franck n'avait peut-être pas tort. Il s'était lui-même déjà posé la question et l'hypothèse lui semblait plausible, même s'il ne voyait pas pourquoi quelqu'un lui en aurait autant voulu.

— Quand j'ai eu Max au téléphone, il m'a dit : « j'ai quelque chose à t'avouer ». Il savait des choses, c'est pour ça qu'on l'a tué.

— Et tu penses que Max était dans le coup ?

— Je n'en sais rien. Pourquoi est-il mort ? Avait-il découvert quelque chose ? Était-il complice ? Difficile à dire pour l'instant.

— Pour en revenir à notre conversation, si je comprends bien, tu veux que je me rencarde pour essayer d'avoir des infos sur une équipe de truands qui pourrait être à l'origine de l'enlèvement bidon de Jennifer, c'est bien ça ?

— Tu crois que c'est possible ?

— Me rencarder, oui. Avoir des infos… Si c'est des gens que mes connaissances et mes partenaires fréquentent, de près ou de loin, c'est possible, mais je te promets rien.

— C'est déjà bien d'essayer. On ne sait jamais.

— Ok, je m'en occupe également. Autre chose ?

— J'ai besoin de faire passer un message à mon père. Tu peux envoyer quelqu'un qui n'est pas surveillé lui déposer une lettre ?

— Oui, bien sûr. J'ai la personne qu'il faut pour ça. C'est tout ?

— Il va me falloir une voiture, dit Vincent presque en s'excusant.

— Putain, tu vas finir par me coûter cher avec tes conneries ! plaisanta-t-il. Je t'en dégotte une dès demain, promis.

§

La commissaire Peletier, accompagnée de ses deux collègues de Marseille, Adrien Lotard et Yousouf Mokanbé, était assise autour de la table de la salle de réunion du commissariat de la caserne Auvare de Nice, en compagnie du commissaire Balducci, du capitaine Castillo et de son équipe.

— Où en est-on de l'enquête sur l'affaire Delorme ? questionna Balducci. Les médias commencent à nous traiter à mots couverts d'incapables ! Ça ne peut pas durer, s'énerva-t-il. Il nous fait des résultats ! Castillo, les Italiens en sont où ?

Le capitaine demeura silencieux, le temps de calmer la conversation. Il se fichait éperdument de l'avis des médias. Ce n'était pas les journalistes qui menaient l'enquête et encore moins eux qui allaient lui dicter leur loi. Balducci, lui, avait la pression de ses supérieurs, du préfet, du parquet, de la presse et de l'opinion publique. Bien que le capitaine fût persuadé que la plupart des gens se fichaient royalement de l'affaire Delorme, hormis le moment où ils étaient devant leur téléviseur à l'heure des infos, et encore… Il finit par dire, laconique :

— Ils avancent.

Ce qui eut le don de mettre Balducci hors de lui :

— Ils avancent ! Comment ça, ils avancent !? Il est où Delorme ?!

— Introuvable pour le moment, mais nous savons désormais qu'il a bénéficié de la complicité d'une femme qui se trouvait avec lui dans le gîte de Castellina in Chianti.

— Une complice ? s'étonna Balducci.

— Nous ne savons pas exactement le rôle qu'a joué cette femme. Nous supposons que c'est sa maîtresse, qu'elle est venu rejoindre Delorme, qu'elle a loué un appartement mitoyen au sien, qui comme par hasard avait une porte communicante, pour faciliter sa fuite en cas de besoin, ce qui s'est avéré très utile pour eux.

— C'est donc sa complice, affirma Balducci. Que sait-on sur elle ?

— Rien, absolument rien. Elle a loué l'appartement et plusieurs véhicules sous un nom d'emprunt, avec de faux papiers, a dissimulé habilement son visage pour échapper aux caméras de surveillance et s'est volatilisée dans la nature ! Plus aucune nouvelle depuis !

— Vous avez interrogé les proches des Delorme à son sujet ?

— Nous l'avons fait, ça n'a rien donné. Personne ne semble être au courant pour cette femme. Si c'est la maîtresse de Vincent Delorme, ils l'ont bien dissimulé à tout l'entourage.

— Un malin ce Delorme, songea Balducci. J'aurais presque eu un doute sur sa culpabilité, je dois dire. Ces indices qui se contredisaient me laissaient perplexe, mais au final, il nous prouve chaque jour un peu plus qu'il est manipulateur et calculateur.

— Il a tout planifié, sauf peut-être le fait que son épouse essayerait de le doubler. Elle a sans doute appris pour la maîtresse et a décidé de se venger de lui. Il ne lui a laissé aucune chance.

Le téléphone de Galantini sonna. Tous se tournèrent vers elle avec des regards désapprobateurs. L'on était censé éteindre son portable en salle de réunion.

— Répondez Galantini, qu'est-ce que vous attendez ? lui lança Balducci.

— Excusez-moi, dit-elle, avant de répondre.

L'on entendit :

— Hum. Hum, hum. Oui. Hum. D'accord. Merci du renseignement.

Galantini eut un large sourire sur le visage :

— C'est le commandant Richer, de la police de l'air et des frontières. Ils ont contrôlé une voiture de location italienne qui a franchi la frontière à Menton hier soir avec qui à son bord, d'après vous ?

— Delorme ? proposa Castillo.

— Parfaitement, chef : Delorme !

— Ils l'ont arrêté ?

— Non.

— Pourquoi ne l'ont-ils pas arrêté ces imbéciles ! fulmina-t-il.

— Parce qu'ils n'ont pas percuté sur le moment, chef. C'est une fois rentrés dans leurs bureaux que l'un d'eux, voyant la photo de Delorme au tableau des personnes recherchées, a compris qu'ils avaient raté le suspect.

— Les cons !

— Je vous le fais pas dire ! lança la capitaine Peletier, une femme proche de la cinquantaine.

De taille moyenne, solide sans être forte, brune aux cheveux courts, le visage carré, le menton volontaire, les yeux vert profond, ce n'était pas à proprement parler une belle femme, mais elle dégageait quelque chose d'animal, quelque chose qui attirait.

— Bon, c'est quand même plutôt une bonne nouvelle pour nous, ajouta-t-elle. Il est à nouveau sur notre territoire, ce qui signifie que nous n'avons plus à compter sur les Italiens pour le serrer.

— La capitaine Peletier a raison, renchérit Balducci. Castillo, mettez les hommes qu'il faudra sur le coup : surveillance des parents de Delorme, de ses amis et de sa maison. Je vais demander au juge Laporte de nous délivrer un mandat pour mettre en place de nouvelles écoutes téléphoniques. Nous devons mettre fin à la cavale de cet individu rapidement.

Balducci se tourna vers Peletier :

— Je crois, capitaine, que vous avez des informations à nous livrer sur le meurtre de madame Delorme, à Marseille ?

— Oui. Nous avons le résultat de la balistique. Il s'agit d'une balle de calibre 7,65.

— Avez-vous retrouvé l'arme ? s'enquit Balducci.

— Non, malheureusement, regretta Peletier.

— Ce n'est pas le calibre préféré des truands, en tout cas, fit remarquer Aymar.

— Ce qui prouve que c'est bien Delorme ou sa complice qui ont fait le coup, affirma Galantini.

— Il faut trouver comment Delorme a réussi à se procurer une arme de ce calibre, expliqua Castillo. Si nous pouvons prouver qu'il est bien le possesseur d'une telle arme, nous aurons la preuve indiscutable qu'il est l'assassin.

— Pourquoi, vous aviez un doute ? s'étonna Peletier. On l'a cueilli dans l'appartement de sa femme, assis près de son corps. La porte d'entrée était fermée à clé et l'on a retrouvé les deux trousseaux que l'agence de location lui avait remis. Personne d'autre n'a pu commettre le meurtre, affirma-t-elle.

— Ah oui ? Et l'arme ? Vous expliquez comment le fait que vous ne l'avez pas retrouvée sur Delorme ou dans l'appartement ?

— Il y a une colonne vide-ordure, comme on les faisait dans le temps. Il aura probablement jeté l'arme dedans. Nous avons essayé de la retrouver à la décharge, sans succès.

— Donc, on n'en est pas sûrs.

— Ce qui ne veut pas dire qu'il ne l'a pas fait.

— Ni le contraire, objecta Castillo.

— Vous proposez quoi alors ? s'agaça Peletier, qui n'aimait pas trop qu'on remettre en question le travail de ses équipes.

— Nous savons qu'il y a une femme, sa complice. Elle était peut-être avec lui dans l'appartement.

— Ah oui ? Et elle serait partie en fermant la porte à clé et en laissant son amant se faire arrêter pour le meurtre ? douta la capitaine.

— Ce n'est pas très logique, je vous l'accorde… sauf si…

— Sauf si quoi ?

— Sauf si la complice voulait à son tour garder les dix millions pour elle seule. Là, ça deviendrait logique.

— Vous rendez cette affaire de plus en plus tordue avec vos suppositions, capitaine. Moi, je m'en tiens aux faits et ils désignent Vincent Delorme comme seul coupable du meurtre de sa femme et vraisemblablement de celui de son beau-frère, à Rome.

— Je pense que Delorme est coupable, tout comme vous, se défendit Castillo, seulement je pense que le juge Laporte ne se contentera pas d'approximations dans l'enquête que nous menons. Nous devons lui apporter des preuves indiscutables, vous le savez aussi bien que moi, capitaine Peletier. Si j'émets des réserves, le juge le fera aussi.

— Bien, alors, trouvez comment Delorme s'est procuré l'arme. Si on ne la retrouve jamais, le juge aura de quoi le mettre en examen quand même, reconnut-elle.

— Autre chose capitaine ? s'informa Balducci.

— Oui, la mort est due à un arrêt du cœur provoqué par les deux balles que Jennifer Delorme a reçues dans le thorax. Elle est morte sur le coup. L'heure de la mort se situe aux alentours de douze heures trente, à peine un quart d'heure avant que nos collègues n'enfoncent la porte et ne découvrent Delorme et le cadavre. En dehors des balles qu'elle a reçues, madame Delorme n'a subi aucune autre violence. Il n'y a pas eu de bagarre, pas de bousculade, rien. L'interrogatoire des gens du quartier, des commerçants en particulier, nous indique que Delorme a rencontré sa femme sur la promenade terrasse, devant les commerces de la Rouvière, environ une demi-heure avant le meurtre. Une commerçante nous a affirmé qu'elle a vu le couple face à sa vitrine, d'où sortait madame Delorme. Celle-ci avait l'air effrayée face à son mari. Ils ont discuté un moment puis sont partis ensemble.

— C'est une preuve de plus que Vincent Delorme n'est pas clair dans cette affaire, constata Galantini. Pourquoi sa femme aurait-elle été effrayée, si elle n'avait pas craint pour sa vie ?

— On sait que Delorme est coupable, inutile d'essayer de s'en convaincre, dit Castillo qui s'agaçait. Ce qu'il nous faut, c'est une preuve concrète contre lui, c'est tout. Pour le moment, malgré tous les indices qui s'accumulent, nous n'avons pas de quoi le présenter au juge Laporte.

— Assez parlé alors ! coupa le commissaire Balducci. Au travail mesdames et messieurs ! Trouvez-nous des preuves !

§

Olivier Delorme s'arrêta devant le portail de sa demeure, au niveau de la boîte aux lettres. Il sortit de la voiture, ouvrit le petit portillon, prit son courrier et regarda les enveloppes : des factures, de la publicité et une enveloppe sans timbre qui attira son attention, non pas à cause du fait qu'elle n'était pas timbrée, mais de l'écriture, qu'il reconnut, puisque c'était celle de son fils. Il regarda tout autour de lui, comme si quelqu'un aurait pu l'épier et voir de qui provenait l'enveloppe. Il la décacheta, en sortit une feuille de papier manuscrite qui disait ceci :

Bonjour Papa.

Je suis revenu dans la région. J'ai besoin de te parler le plus rapidement possible. Je serai tous les jours à midi au bout de la jetée des milliardaires du port d'Antibes. Lorsque tu auras réussi à semer les flics, rejoins-moi.

Vincent

Olivier remonta dans sa voiture, avança jusqu'à l'emplacement où il la garait habituellement et rentra dans la maison. Il prit un briquet, mit le feu à la lettre au-dessus d'un cendrier et regarda le papier se consumer entièrement.

Ensuite, il téléphona à l'un de ses plus vieux amis, André Maurault, à qui il demanda de lui rendre un petit service.

Le lendemain matin, vers dix heures, André Maurault se présenta à l'entrée de la villa des Delorme avec un Range Rover aux vitres teintées. Il fut convié à prendre le café et il discuta avec Olivier jusqu'à dix heures quarante-cinq. C'est à ce moment-là que Jackie vint prendre le relais de son mari, qui s'éclipsa, empruntant le véhicule d'André, avec le consentement de celui-ci. Il prit la direction d'Antibes, avec toujours un œil dans ses rétroviseurs pour vérifier qu'il n'avait pas été suivi. Une fois qu'il fut convaincu que ce n'était pas le cas, Olivier prit la direction du port et de la jetée des milliardaires, où l'attendait son fils.

Il dut marcher les quelques centaines de mètres qui séparaient la barrière, qui bloquait l'accès au quai des milliardaires, du phare qui trônait au bout de la jetée. Là, assis sur les rochers, face à la mer, Vincent regardait le spectacle qu'offrait la baie des Anges, avec ses villes côtières, enserrée dans l'écrin majestueux que formait la barrière des Alpes. En short, tee-shirt blanc, casquette à visière rouge et grosses lunettes noires, Olivier ne le reconnut pas immédiatement, le cherchant parmi les quelques pêcheurs, qui étaient là plus pour s'aérer ou fuir le domicile familial, que pour prendre un poisson devenu de plus en plus rare le long de la côte. Lorsque enfin il le repéra, il vint s'asseoir sur un rocher, près de lui, sans le regarder, au cas où, malgré sa vigilance, il aurait été suivi.

— Bonjour Papa, comment vas-tu ?

— Bien, mon fils, mais c'est à toi qu'il faut demander ça, tu ne crois pas ?

— Ça va, Papa, ne t'inquiète pas.

— Si tu le dis, ajouta Olivier, désabusé.

— Je n'ai pas eu le choix, tu sais. J'ai été pris au piège et j'ai dû fuir précipitamment.

— Tu aurais quand même pu nous donner des nouvelles, nous expliquer, nous rassurer, nous dire que tu n'étais pour rien dans la mort de Jennifer… Tu n'y es pour rien, n'est-ce pas ?

— Bien sûr que je n'y suis pour rien, tu en doutes ?

— Non, mais c'est bon de l'entendre venant de toi. On s'est fait beaucoup de soucis, tu sais mon fils. Ta mère a pleuré toutes les larmes de son corps, pour toi, mais aussi pour Jennifer et pour Max. Nous les aimions comme nos propres enfants, tu le sais.

— Oui, je le sais, Papa. Moi, j'aimais Jennifer éperdument et je l'ai perdue à tout jamais. Et même si elle nous a fait du mal, je n'arrive pas à la détester.

— C'est vrai ce que m'ont dit les flics à son sujet ? Elle aurait fait tout ça pour nous soutirer l'argent ?

— C'est probable.

— Que s'est-il passé ? Pourquoi est-ce que Castillo t'accuse de son meurtre ? Il paraît que tu étais dans son appartement à Marseille, c'est ça ?

— Oui, je l'ai retrouvée grâce à un coup de fil anonyme. Elle semblait surprise et apeurée en me voyant. Elle allait tout m'expliquer mais…

— Mais ?

— Il y avait quelqu'un d'autre dans l'appartement, qui se cachait. Il m'a assommé et lorsque je me suis réveillé, Jennifer était morte. Les flics étaient déjà à la porte et ils m'ont embarqué. Tout portait à croire que j'étais l'assassin de ma propre femme.

— Et pour Max ? Qu'est-ce qu'il avait à voir là dedans, à part le fait qu'il était ton avocat, bien sûr ?

— Je n'en sais rien, Papa. C'est un mystère, mais il m'avait contacté pour me dire qu'il avait des choses à m'avouer.

— Des choses à t'avouer ? s'étonna Olivier. Qu'a-t-il voulu dire ?

— Si je le savais. Il n'a jamais eu le temps de me parler. Lorsque je suis arrivé dans le parking où nous avions rendez-vous, il était déjà mort. Castillo a dû te dire que j'étais aussi son meurtrier, non ?

— Non. Je n'ai pas revu le capitaine depuis. Il nous a juste annoncé le décès de Max par téléphone, c'est tout. Pourquoi, tu es accusé de son meurtre ?

— Je n'en sais rien, mais c'est probable. Ils ont dû visionner les vidéos des caméras de surveillance du parking et voir mon visage. Je n'avais aucune raison de le cacher.

— Je n'arrive pas à comprendre pourquoi tu te retrouves accusé de deux meurtres ! se désola Olivier. C'est incompréhensible.

— À ce propos, si je t'ai demandé de venir, c'est pour te poser une question, papa.

— Je t'écoute.

— Est-ce que dans tes affaires, ou dans ta vie privée, tu aurais pu faire quelque chose qui puisse t'avoir attiré des inimitiés assez fortes pour que quelqu'un puisse vouloir s'en prendre à toi ?

— À moi ? dit-il, surpris et un peu dérouté par la question. Pourquoi à moi ? À quoi penses-tu ?

— J'ai longuement réfléchi à toute cette affaire durant ma cavale en Italie. J'ai cherché dans ma vie, mes relations, mes ex, mes clients et mes concurrents et je n'ai trouvé personne qui ait pu m'en vouloir au point de tenter de me mettre dans une telle situation. Alors, j'ai essayé de raisonner et je me suis dit que ce n'était peut-être pas moi qui était visé, mais toi. Après tout, cet enlèvement était fait pour te soutirer de l'argent, car Jennifer et ses complices savaient pertinemment que je n'avais pas la possibilité de payer une somme aussi importante.

— Quel rapport avec une éventuelle vengeance ?

— Je n'en sais rien, je cherche à comprendre. Pourquoi est-ce que dès le début de la disparition de Jennifer, des indices semés dans la maison sont venus conforter les enquêteurs dans l'idée que je pouvais être le coupable de son meurtre, alors qu'elle n'était pas morte ? Je crois que l'on voulait me faire accuser et condamner pour te toucher, toi.

— C'est ridicule ! objecta Olivier en ricanant. Si l'on voulait se venger de moi, il suffisait de s'en prendre directement à moi, pas à toi !

— J'ai pensé la même chose, mais je me suis demandé si une personne assez sournoise, qui aurait vraiment une haine profonde contre toi, ne pourrait pas vouloir te faire souffrir en s'en prenant à tes enfants. Tu ne vois personne, vraiment ?

— Non, personne, s'agaça-t-il.

— Tu veux bien prendre le temps d'y réfléchir quand même, Papa ? C'est très important.

— Bon écoute, je ne vois personne, mais si je pense à quelqu'un, je te ferai signe. Je ne pense pas toutefois qu'il y ait la moindre chance pour que ce soit à moi à qui l'on ait voulu s'en prendre. Et puis, dans ce cas, pourquoi maintenant ?

— Comment ça ?

— Ça fait plus de dix ans que je suis retiré des affaires. Si quelqu'un voulait se venger de moi, il n'aurait pas attendu si longtemps, tu ne crois pas ?

— Possible, dit Vincent sans conviction.

— Probable, tu veux dire ! De toute façon, je n'ai jamais rien fait de mal à qui que ce soit dans ma vie. J'ai fait des affaires, certes et j'ai sans doute damé le pion à pas mal de concurrents, mais ils ont fait de même à mon encontre. Alors, nous sommes quittes.

— D'accord, si tu ne vois pas, c'est que je fais fausse route, Papa. N'en parlons plus.

— Bien. A part ça, tu as besoin de quelque chose ? Tu dors où ?

— Je ne peux pas te le dire. Moins tu en sauras, moins tu seras inquiété par la police.

Olivier Delorme sortit une enveloppe épaisse de la poche de sa veste et la tendit à son fils :

— Tiens, prend ça, tu vas en avoir besoin.

Vincent prit l'enveloppe, regarda son contenu, une grosse liasse de billets de cent euros et dit :

— Merci Papa. J'en ai encore, mais dans ma situation, l'argent aide beaucoup.

— Fais attention à toi, mon fils. Et si je peux faire quoi que ce soit pour t'aider à prouver ton innocence, n'hésite pas.

— Je te ferai signe quand j'aurai besoin de ton aide. Je vais y aller maintenant. Attends cinq minutes avant de partir, on ne sait jamais.

§

Chapitre XIV

Le complice

Avec le battoir de la vieille porte furent frappés trois coups courts suivis de deux coups longs. Vincent, qui était au second étage, où se trouvait la cuisine salle à manger, descendit quatre à quatre les escaliers aux marches hautes pour venir ouvrir à Franck Di Carlo. Celui-ci, après avoir regardé dans la rue, à droite, puis à gauche, s'engouffra dans l'étroite entrée vieillotte, aux murs couverts d'une peinture qui s'écaillait de toutes parts. Les deux hommes montèrent au second étage. Il faisait très chaud en ce mois de juillet et la relative fraîcheur de la maison, aux murs épais, était apaisante.

— Tu veux une bière ? demanda Vincent.

— Ouais, je veux bien. Il fait une chaleur dehors !

— C'est tous les ans pareil, fit remarquer Vincent.

— Je sais, c'est histoire de râler un peu. C'est ça être Français ! dit-il en riant.

Vincent rit de voir son ami toujours aussi enjoué, heureux de sa vie, quoi qu'il arrive, quels que soient les problèmes qu'il pouvait rencontrer. Franck était comme ça. Vincent l'avait toujours connu ainsi, depuis leur plus tendre enfance. Vincent lui tendit une bouteille de bière, qu'il saisit et dont il but plus de la moitié en une seule gorgée. Lorsqu'il s'arrêta, il poussa un râle de satisfaction en ouvrant en grand sa large bouche.

— Ô putain, ça fait du bien par où ça passe ! J'avais une soif !

— Finis ta bouteille, je vais t'en chercher une autre…

— Non, ça ira, merci, mon pote. Je conduis et tu sais ce que c'est maintenant : un verre ça va…

— Deux verres, c'est mieux ! lança Vincent en riant de bon cœur.

— Plus maintenant, Vincent, plus maintenant. Ces cons de poulets te font chier pour un milligramme d'alcool en trop, putain ! J'ai perdu presque tous mes points sur le permis à cause de ces conneries ! Alors maintenant je fais gaffe.

— Je sais. On n'est plus à la bonne époque où l'on pouvait s'éclater toute la nuit et reprendre la voiture sans se soucier des contrôles.

— Y en avait pas ! s'exclama Franck en riant de plus belle.

— C'est vrai. C'était une autre époque, dit Vincent, non sans une certaine nostalgie.

— Remarque, on a perdu quelques potes qui se sont fracassés parce qu'ils roulaient comme des cons dès qu'ils avaient quelques verres dans le nez.

— C'est pas une mauvaise chose dans le fond que l'on ne puisse plus picoler comme des cons !

Après ces réflexions sur l'alcool, les contrôles de police et quelques autres pensées nostalgiques sur le *c'était mieux avant*, les deux compères en vinrent aux raisons de la venue de Franck :

— J'ai peut-être quelque chose pour ce que tu m'as demandé l'autre jour.

— Je t'écoute.

— J'ai un pote qui a entendu une conversation entre deux autres gars, lors d'une petite réunion dont je te passerai les détails. Disons que ce pote écoutait aux portes pour savoir ce qui se tramait chez la concurrence, d'accord ?

— Je vois.

— Bref, il entend l'un des deux gars dire qu'un ami à lui, un certain Martial, lui aurait confié qu'il avait été mis sur un très gros coup, un coup à dix millions d'euros. Lui et deux autres complices ont réussi à tirer le fric à un bourge pour un enlèvement qui n'en était pas un. Seulement le type en question et ses complices n'ont jamais vu la couleur de l'argent. Pire, le type est rentré dans la planque qu'ils occupaient, après avoir été faire une course et a trouvé ses deux amis morts, tous deux avec deux balles dans le cœur. Pris de panique, le Martial se tire vite fait et court frapper à la porte d'un ami, le fameux qui racontait son histoire, pour lui demander de l'aide. Il voulait se barrer le plus loin possible et faire le mort, le temps que cette affaire se tasse. L'autre lui refile un peu de pognon pour qu'il puisse aller se planquer quelque part et n'en a plus entendu parler depuis.

— Intéressant, reconnut Vincent. Est-ce qu'on sait où trouver ce Martial ?

— Il se planque, Vincent. Un mec qui se planque, on n'est pas censé savoir où il se trouve, non ?

— Ce que je voulais dire, c'est : est-ce que le type qui parlait à l'autre type, a dit quelque chose sur l'endroit où se trouve Martial ?

— Je n'en sais rien. Il faudrait l'interroger pour le savoir, mais si c'est un pote à lui, il ne dira rien, même s'il sait quelque chose.

— Bref, on n'est pas plus avancés, se désola-t-il.

— Pas vraiment, car j'ai fait ma petite enquête sur ce Martial. Il s'appelle Domergue, c'est un type de Toulouse qui a travaillé un temps pour les Batisti avant de se mettre plus ou moins à son compte. Il travaillait, disons, en freelance. C'est comme ça qu'il a dû être recruté pour le faux enlèvement de Jennifer, sans doute. Martial Domergue habite Cannes. J'ai son adresse, au Suquet.

— Il se planque chez lui, tu crois ? demanda Vincent, peu convaincu.

— Ça m'étonnerait. On pourrait quand même commencer par là et fouiller son appartement. On trouvera peut-être quelque chose qui pourra servir à découvrir qui tire les ficelles dans cette affaire, qu'est-ce que t'en dis ?

— On peut toujours essayer, admit-il.

— Bon, alors on y va, décréta Franck.

— Maintenant ?

— Oui, pourquoi t'as autre chose à faire ?

— Non, rien. Tu crois que c'est prudent ? Tu est sûr d'avoir semé les flics ?

— Je me serais pas pointé ici si j'avais eu un doute, qu'est-ce que tu crois ?

— Bon, allons-y dans ce cas.

§

Lucas entra dans le bureau que partageait Castillo avec ses collègues et lança :

— Franck Di Carlo s'est rendu dans le vieil Antibes, rue des paveurs. Il est entré dans une maison, au numéro 4.

— Rue des paveurs ? songea Galantini. Qu'est-ce qu'il y a rue des paveurs ?

— Je ne sais pas, mais il a pris toutes ses précautions pour s'y rendre. Il a essayé de semer les collègues qui sont affectés à sa surveillance. Ils ont dû ruser pour lui coller au train.

— Il est allé voir Delorme, à tous les coups, supposa Castillo, qui se leva de son siège et fit les cent pas en réfléchissant.

— Qu'est-ce qu'on fait, patron ? demanda Aymar, prêt à partir.

— Les collègues sont toujours sur place, je suppose ?

— Oui, répondit Lucas.

— Alors qu'ils continuent de le surveiller et qu'ils laissent un homme en planque sur place s'il ressort seul. Il faudrait être sûr qu'il est avec Delorme pour intervenir, autrement on va se griller complètement et il redoublera de vigilance. Laissons-le croire qu'il est plus malin que nous.

— Et s'il sort avec Delorme, on leur dit de le cueillir, je suppose ? supputa Aymar.

— Non, on va les filer dans ce cas.

Tous les membres de son équipe furent surpris par la réponse de leur chef.

— On le laisse filer ? s'étonna Galantini. C'est prudent ?

— On ne le laisse pas filer, on le suit, appuya le capitaine.

— Dans quel but ? se demanda Aymar.

— Dans le but de savoir ce que Delorme a dans la tête. Depuis son retour, je me suis posé pas mal de questions à son sujet, expliqua Castillo en se rasseyant. Pourquoi un homme en cavale, qui a fui dans un pays étranger, reviendrait-il se jeter dans la gueule du loup ? Vous pouvez m'expliquer, vous ?

— Le manque de fric, proposa Lucas.

— C'est vrai, il en faut un paquet pour une cavale, renchérit Galantini.

— Non, non, ce n'est pas ça, objecta Castillo. Delorme n'est pas parti sans argent. Di Carlo lui en a sûrement prêté un bon paquet. Et puis il aura trouvé un moyen de joindre ses parents et d'avoir tout le pognon nécessaire pour filer où bon lui semble.

— Il est revenu récupérer les dix millions qu'il n'a pas eu le temps d'emporter avec lui dans sa fuite, supposa Galantini.

— Voilà une proposition sensée, se réjouit le capitaine. On est à peu près sûr que Delorme a monté le coup avec sa femme pour soutirer les dix millions à ses parents. C'est sans doute à cause de l'argent qu'il a tué Jennifer Delorme et Max Renard, son avocat. Il faut le suivre. Il nous conduira tout droit à l'argent. On fera d'une pierre, deux coups comme ça. Allez, on se met en branle et on file à Antibes. S'il bouge, on le prend en filature, en espérant que nous ayons vu juste.

§

L'appartement de Martial Domergue était situé dans le quartier du Suquet, à Cannes. C'était la partie la plus ancienne de la ville, village provençal avec ses rues étroites, ses maisons aux façades en pierres apparentes, ses fenêtres de taille réduite, pensées pour limiter la chaleur, avec parfois, rajouts d'une époque récente, de petits balcons aux garde-corps en fer forgé. Le Suquet était bâti sur une colline qui dominait le port et la ville. Ses rues en pente conduisaient au sommet, sur une place où se dressait une église. C'est un peu en dessous de cette place, lui faisant face, que se trouvait la maison de trois étages qu'habitait Domergue. L'entrée de celle-ci était fermée. Un parlophone, avec huit boutons et seulement sept étiquettes avec des noms inscrits, se trouvait sur la droite. Le seul nom qui manquait était bien évidemment celui de

Domergue. Celui-ci devait vouloir se faire le plus discret possible, eu égard aux activités qu'il pratiquait.

— On va entrer comment ? se demanda Vincent.

— Comment ? Comme ça, répondit Franck en appuyant sur tous les boutons à la fois.

Au bout de trente secondes, la voix tremblante d'une dame âgée résonna dans le haut-parleur :

— Qu'est-ce que c'est ?

— Bonjour Madame, c'est votre voisin du troisième. Je suis sorti un instant et la porte s'est refermée derrière moi. Et vous savez quoi ? Je n'ai pas de tête, j'ai laissé mes clés à l'appartement. Vous pourriez m'ouvrir, s'il vous plaît ?

Il y eut un moment de silence, après quoi, le bruit caractéristique d'une gâche électrique qui se déclenche indiqua que la vieille dame avait appuyé sur le bouton d'ouverture. Franck la remercia et les deux compères entrèrent et montèrent les trois étages par un escalier étroit et peu éclairé. Sur le palier du troisième étage il n'y avait que deux portes, une à gauche et l'autre à droite. Celle de gauche avait un nom inscrit dessus, alors que celle de droite non. Ils en conclurent que c'était sans doute l'appartement de Domergue. Une fois encore, Vincent se demanda comment ils allaient pouvoir entrer sans les clés. Franck sourit, fouilla dans la poche intérieure de sa veste, en sortit une petite pochette qui contenait divers petits outils. Il prit une sorte de tige métallique fine et longue, qu'il introduisit dans la serrure et tordit en tous sens, jusqu'à ce qu'il entende un petit clic suivi d'un clac, indiquant qu'elle était déverrouillée. Il tourna la poignée et poussa la porte, qui

s'ouvrit sur une petite entrée austère et triste. Ils entrèrent et se retrouvèrent dans une pièce modeste, meublée chichement, d'un confort spartiate. Cet appartement était sûrement loué meublé. Il n'y avait aucune âme dans ce lieu, pas la moindre photo, pas de cadres, pas de bibelots, rien qui laisse supposer qu'une personne y vive. Domergue ne devait pas passer son temps ici, tout juste y venait-il pour dormir, sans doute. Franck entra dans la petite cuisine, sommairement aménagée de vieux meubles recouverts de Formica blanc et gris, vestiges d'une autre époque. Il ouvrit le petit réfrigérateur, constata qu'il ne contenait que quelques bières et une bouteille de vin rosé, continua sa visite par les placards, vides de toute nourriture. Domergue ne mangeait jamais ici. Il n'y prenait même pas son petit déjeuner. Il n'y avait ni thé, ni café, ni pain, biscottes ou croissants. Rien. Il quitta la cuisine et entra dans la chambre, aussi triste et vieillotte que le reste de l'appartement. Le lit était défait et il y avait une odeur désagréable de linge sale. Sur le sol et sur une chaise, des vêtements s'entassaient, froissés, jetés en vrac. Une vieille armoire, sur la droite, contenait des cintres vides, des tiroirs vides, des étagères vides. Domergue avait visiblement fait ses bagages dans la précipitation, abandonnant tout ce qui n'était pas propre et rangé, dans un impérieux besoin de fuir. Franck retourna dans le séjour où Vincent, attablé, s'affairait sur un ordinateur portable trouvé là.

— C'est à Domergue ? demanda Franck.

— Oui, je l'ai trouvé dans une sacoche planquée derrière le canapé.

— Il est parti sans. Ca veut dire soit qu'il y avait rien d'important dedans et qu'il avait pas d'intérêt à s'en encombrer, soit qu'il a fui le plus vite possible et l'a oubliée dans sa précipitation, tu ne crois pas ?

— Possible, dit machinalement Vincent, occupé à craquer le mot de passe pour entrer dans le système d'exploitation du PC.

— Tu fais quoi ?

— J'essaye d'entrer.

— Comment tu fais ça ?

— J'ai une clé USB bootable qui contient des utilitaires divers pour dépanner les bécanes en cas de besoin.

— Une clé USB bootable ? répéta-t-il.

— Oui, bootable, ça veut dire que l'on peut démarrer directement à partir de la clé, sans passer par le système d'exploitation sur le disque dur, expliqua Vincent.

— Je sais ce que ça veut dire, s'offusqua Franck. Ne me prends pas pour un abruti, mon pote.

— Excuse-moi, je croyais que tu ne comprenais pas de quoi je parlais. J'avais oublié que tu étais assez doué avec les ordis quand nous étions plus jeunes.

— C'est vrai que je me débrouillais pas trop mal, pas autant que toi, mais pas mal quand même.

— T'aurais pu faire un excellent ingénieur, si tu avais voulu.

— C'était pas mon truc, les études. J'avais une voie toute tracée depuis le départ, tu sais bien.

— C'est sûr qu'avec les parents que tu as, tu aurais difficilement pu faire autrement.

— J'ai une vie. Elle vaut ce qu'elle vaut, mais c'est celle que j'ai choisie et je regrette pas grand-chose, tu sais.

— Je n'ai jamais critiqué tes choix, lui rappela-t-il.

— Et je t'en ai toujours été reconnaissant. T'as toujours été mon meilleur ami et ça depuis qu'on se connaît. Tu m'as pas laissé tomber, même si je ne suis pas un type fréquentable pour les bourges dans ton genre.

Franck dit cela sur un ton amusé, qui fit sourire son ami.

— Voilà, j'ai effacé tous les mots de passe, expliqua Vincent. Je n'ai plus qu'à redémarrer et le tour est joué !

— T'es le meilleur ! le congratula-t-il.

Vincent, une fois entré dans l'ordinateur de Martial Domergue, eut accès à toutes les données qu'il contenait. Il fouilla en premier lieu sa boîte mail et fit une constatation qu'il partagea avec son ami Franck :

— Martial recevait des instructions sur son mail d'un certain Némésis, un pseudo, bien entendu. Regarde, il y en a plusieurs dizaines, étalés sur plus de trois mois.

— Ça veut dire que Martial a été recruté il y a au moins trois mois.

— Oui, au moins. Tout ça a été organisé, planifié depuis longtemps, visiblement. Némésis est le cerveau de l'affaire. Il dictait ses ordres à Domergue, qui semblait être le lien entre lui et les deux autres complices.

Vincent parcourait des yeux les très nombreux mails que Némésis avait envoyés à Martial Domergue.

— Le dernier message date du lendemain du jour où ils ont récupéré la rançon. Némésis lui demandait de se rendre à Nice pour le rencontrer. C'est curieux... songea-t-il.

— Pourquoi ?

— C'est la première fois en trois mois qu'il lui propose un contact autre que par mail. Némésis a contacté Martial, la première fois le 14 mars, pour lui donner des consignes et l'adresse de la planque qu'ils devaient utiliser. Depuis, jamais de contact. Tout s'est fait, semble-t-il, uniquement via son ordinateur.

— On a l'adresse de leur planque ?

— Oui, c'est à Gattières.

— C'est très bien ça. On va pouvoir aller y faire un tour, tu crois pas ?

— C'est utile, tu penses ?

— Je sais pas, on verra bien. Et au fait, c'est Martial qui a pris la rançon et qui s'est tiré avec le 4x4 ?

— Je n'en sais rien. J'ai lu quelque chose là-dessus… Attend, que je retrouve ça...

Vincent pianota sur le clavier du portable et retrouva ce qu'il cherchait :

— Voilà, je l'ai. C'est un échange qui expliquait comment fausser compagnie aux flics. Tout est expliqué par Némésis : l'utilisation d'un 4x4, le parcours à emprunter pour les semer, la barrière à ouvrir à l'avance, tout. Ensuite, où se diriger pour récupérer un autre véhicule, un camion de foin qui se dirigerait vers la ferme de Thorenc, dans lequel il serait facile de dissimuler les sacs de fric, etc. etc. Une organisation parfaite, que devait exécuter à la lettre Domergue et ses complices.

— Le rendez-vous du lendemain devait être pour remettre sa part à Némésis, sans doute.

— Peut-être, dit Vincent, sans conviction.

— En tout cas, c'est bon pour toi tout ça.

— Tu crois ?

— Oui, tous ces échanges de mails prouvent que tu n'étais pour rien dans l'affaire de l'enlèvement, c'est déjà ça.

— Ça ne me disculpe pas du meurtre de Jennifer.

— Non, mais ça, on y travaille. Il faut que tu gardes espoir. On finira par le prouver.

— J'espère.

— Au fait, j'y pense : tu peux pas remonter jusqu'à ce Némésis grâce à sa boîte mail ?

— Non, c'est une boîte anonyme. On n'est pas obligé d'ouvrir un compte avec ses coordonnées pour ce type de boîte. Tout ce que je pourrais faire, c'est remonter jusqu'aux serveurs qui hébergent ces boîtes, ce qui n'avancerait à rien.

— D'accord. C'est tout ce qu'il contient cet ordi ?

— Je vais fouiller, on verra bien.

Vincent éplucha les données contenues dans les entrailles de la machine et découvrit que Martial Domergue avait consulté de nombreux sites sur la Bretagne et notamment sur Le Croisic. Il en fit part à Franck qui lui dit :

— Il se serait barré là-bas que ça m'étonnerait pas. Il a consulté des sites d'hôtels, de gîtes, de maisons d'hôtes ou de locations ?

— Non, rien de tout ça.

— Bizarre. Pourquoi il aurait consulté juste des sites sur la Bretagne et cette ville, autrement ?

Franck réfléchit longuement. Il eut comme un éclair et dit :

— Il a Google Earth sur son ordi ?

— Oui, répondit son ami après vérification.

— Est-ce que tu peux voir s'il a zoomé sur Le Croisic avec ?

— Je dois pouvoir vérifier son historique, oui.

Vincent lança le logiciel de cartographie satellite de Google et, après quelques secondes, dit :

— Oui, il l'a fait.

— Zoome sur le bled en question, s'il te plaît.

Vincent fit un zoom sur la carte jusqu'à ce que la petite cité bretonne apparaisse avec les détails de son implantation. Soudain, des dizaines de petits pictogrammes apparurent : les photos prises par les touristes, les lieux importants et les commerces de la bourgade.

— Tu vois, il a pu consulter les hôtels comme ça, fit remarquer Franck, sans laisser de trace dans un navigateur.

— C'est vrai, je n'y avais pas pensé. Comment tu sais ce genre de trucs, toi ?

— Dans le milieu où je nage, il faut connaître toutes les astuces pour ne pas couler, tu sais bien.

— Ok. Bien, on sait qu'il a peut-être été au Croisic. Comment on va trouver le bon hôtel ? j'en vois près d'une douzaine, rien que sur cette carte !

— Là, on a pas le choix, va falloir se les palucher tous, un après l'autre jusqu'à trouver le bon.

— Comment ? On ne sait pas sous quel nom il s'est présenté et on ne connaît pas son visage.

— Je reconnais que ça va pas être simple, mais il faut qu'on le retrouve. Ce type sait beaucoup de choses et il a vu ce Némésis. Il pourra nous le décrire. C'est ce type qui a tué Jennifer et Max, tu crois pas ?

— C'est probable, oui.

— Bon, pour la photo de Domergue, je vais voir ce que je peux faire. Il doit bien y en avoir quelque part qui traînent. Je vais me rencarder auprès de mes amis. Pour le reste, on se débrouillera une fois sur place. En attendant, on va aller faire un tour à Gattières.

§

Gattières est un village provençal haut perché, qui domine la vallée du var, d'où la vue est magnifique sur les montagnes environnantes, la plaine fluviale et la côte, située à une bonne dizaine de kilomètres à vol d'oiseau. L'adresse indiquée sur le mail de Martial Domergue se situait dans une zone boisée, éloignée du village, au-dessus de celui-ci, dans la montagne. C'était une vieille maison en pierre, petite, isolée, sise sur un terrain en restanques, en friche, complanté d'oliviers. Après avoir franchi une chaîne rouillée tendue entre deux poteaux, Vincent et Franck gravirent un chemin pierreux qui se terminait quelque vingt mètres plus haut, au pied de la maison. Les volets étaient clos, elle semblait vide. Toutefois, Franck sortit une arme de poing, ne voulant courir aucun risque. La porte d'entrée de la maison était close elle aussi. Franck tambourina durant quelques secondes, le temps de s'assurer que personne n'était présent. Il sortit son petit trousseau qui contenait les outils nécessaires pour forcer une serrure et en moins de temps qu'il n'en faut pour le dire, il ouvrit la porte. L'intérieur de la maison était vétuste, poussiéreux et sale. Les papiers peints d'un autre temps tombaient en lambeaux, la peinture était tout écaillée et s'effritait sur le sol de tomettes hexagonales rouge sang de bœuf, usées et brisées pour la plupart. Une étroite entrée qui se prolongeait par un escalier en bois, délabré, desservait sur la droite une cuisine complètement en ruine, sur la gauche un séjour dans lequel trônait une veille table ronde de style ancien, un vaisselier très abîmé, couvert de poussière, à l'intérieur duquel se trouvait de la vaisselle ébréchée, au vernis usé par le temps. Cette pièce n'était pas aussi délabrée, toutefois. Mieux, un semblant de ménage semblait avoir été fait car le sol n'avait qu'une fine couche de poussière, contrairement au reste de la maison. Vincent constata que des goulottes blanches, fines, couraient le long des murs et des prises de courant récentes avaient été installées. Il pressa un interrupteur, récent lui aussi, mais la lumière ne vint pas.

    — Curieux, on dirait que cette pièce a été occupée et que des travaux d'électricité ont été réalisés, fit-il remarquer.

— C'est pas une planque, c'est un taudis ! s'exclama Franck, que l'endroit dégoûtait.

— Tu crois vraiment qu'ils ont planqué ici ? Ça m'a l'air en piteux état.

— Il y a quelque chose de curieux, constata Franck. Puisque l'enlèvement était bidon, pourquoi avoir pris une planque en pleine cambrousse ? Ils n'avaient personne à garder enfermé, il me semble, non ?

— Tu as raison, c'est très curieux.

— On va voir à l'étage, si on trouve quelque chose d'autre, proposa Franck.

Ils quittèrent le séjour et regardèrent l'escalier avec une pointe d'appréhension. Il n'avait pas l'air bien solide. Franck fut le premier à fouler les marches, qui craquaient et couinaient tant et plus. Il atteignit le sommet après avoir pris ses précautions pour le gravir. À l'étage, un petit couloir desservait deux chambres et une salle d'eau. Ici, curieusement, tout était relativement propre et en bon état. Les peintures étaient vieilles, certes, mais pas écaillées. L'électricité était refaite, comme dans le séjour et la salle d'eau, bien que vieillotte elle aussi, était en état et avait visiblement servi. Il y avait encore du savon liquide, de l'essuie-tout, du gel-douche et des serviettes en éponge. Dans les chambres, des matelas couverts de draps propres étaient posés à même le sol de tomettes, propre et en bon état. L'étage contrastait avec le rez-de-jardin. Vincent essaya d'allumer les lumières, en vain. L'électricité semblait coupée.

— En tout cas, des gens ont vécu ici récemment, c'est sûr, constata Franck.

Dans la plus petite des deux chambres, il n'y avait qu'un matelas de quatre vingt dix centimètres de large. Vincent vit un tee-shirt chiffonné jeté négligemment sur l'un des matelas. Il s'en saisit, le déplia, vit qu'il était de petite taille, celui d'un enfant de douze ans ou d'une femme, le porta à hauteur de son nez, sentit le parfum qui persistait encore, renifla plusieurs fois et dit :

— C'est un tee-shirt de Jennifer.

— Tu es sûr ? douta Franck.

— Certain. C'est un vêtement que j'ai déjà vu sur elle et c'est son parfum, son odeur. Je la reconnaitrais entre mille. C'est bien à elle.

— Elle aurait dormi ici ? dit Franck, très étonné.

— Elle a peut-être vraiment été enlevée, songea vincent.

— Elle n'a pas été enlevée, Vincent, se désola Franck.

Il voyait que son ami n'arrivait toujours pas à admettre que Jennifer n'était pas la gentille petite femme qu'il avait épousée, mais qu'en réalité c'était une arnaqueuse de première, qui avait réussi à soutirer dix millions d'euros ! Et pour ça, elle avait patienté plus de deux ans, jouant l'épouse parfaite, allant même jusqu'à donner une fille à ce pauvre Vincent, qui n'arrivait toujours pas à réaliser ce qui lui arrivait.

— Elle a dormi ici, peut-être, mais elle n'était pas séquestrée. Il n'y a pas de serrure à la porte, regarde, fit remarquer Franck.

Vincent ne put que constater. Dans l'autre chambre, trois matelas étaient alignés. Il n'y avait rien qui traîne, pas de vêtement, pas de papier, rien.

— Les trois types embauchés par Jennifer et Némésis ont dormi là, constata Franck. C'est ici qu'ils ont tout organisé, sûrement.

— C'est Némésis qui a tout organisé, tu as lu les mails, comme moi, objecta Vincent.

— Oui, mais il faut quand même s'organiser pour exécuter à la lettre le plan prévu. Il faut trouver le moyen de contacter la famille sans que les flics écoutent, trouver les voitures, mettre au point le timing pour tout, répéter plusieurs fois tout le scénario pour que tous se calent parfaitement, qu'il n'y ait pas de merde en cours de route. Ils ont passé du temps ici à mettre tout ça au point, crois-moi.

— Tu es plus au fait de toutes ces choses que moi, c'est certain.

— Je n'ai pourtant jamais organisé d'enlèvement, mais c'est de la logique de truand, c'est tout.

Les deux hommes redescendirent, n'ayant rien trouvé d'intéressant à l'étage. Franck découvrit une porte qui donnait sur un escalier qui descendait dans une cave. Une forte odeur âcre, désagréable, venait de là. Franck dit :

— Y'a un cadavre là-dessous.

— Un cadavre ? Tu es sûr ?

— L'odeur ne trompe pas, tu peux me faire confiance. Franck sortit un mouchoir et se l'appliqua devant le nez avant de descendre en s'éclairant avec la torche de son I phone. La cave était humide et le sol en terre battue était couvert de mousses verdâtres. De vieilles caisses en bois s'empilaient en tas au milieu de la pièce sans fenêtre ni soupirail. Dans un coin, à moitié décomposés, deux corps d'hommes reposaient à même le sol. La puanteur était intenable. Franck toussa, rebroussa chemin, remonta et referma la porte. Il sortit à l'air libre avant de reprendre sa respiration :

— Putain ! Quelle puanteur ! C'est à gerber !

— Tu as vu quoi ? Un cadavre ?

— Deux cadavres, appuya-t-il.

— Ce sont les deux complices de Domergue. Il avait expliqué à son ami ce qui leur était arrivé.

— Ils sont bien là. Némésis les a tués et s'est lancé aux trousses de Domergue. Il s'est tiré vite fait pour lui échapper.

— On sait en tout cas que tout ce qu'il a raconté est vrai, maintenant. Il faut retrouver ce type, il doit savoir pas mal de choses.

— Ouais. On sait qu'il dit la vérité et on sait que ta Jennifer était bien mouillée jusqu'au cou. Ca aussi c'est une réalité, tu en as conscience maintenant ou pas ?

Vincent baissa la tête. La tristesse se lisait sur son visage :

— Je crois que je ne peux plus douter. Jennifer n'a été ma femme que pour nous soutirer de l'argent, c'est de plus en plus évident, reconnut-il, la mort dans l'âme.

§

Chapitre XV

La traque du complice

Vincent et Franck arrivèrent au Croisic vers neuf heures du matin, après avoir roulé toute la nuit. Ils stationnèrent leur véhicule sur la place Dinan, au centre-ville, sortirent, se dégourdirent les jambes et s'étirèrent, après cette longue nuit de conduite. Ils décidèrent ensuite d'aller prendre un petit déjeuner avant d'attaquer leur tournée des hôtels, dans l'espoir de retrouver Martial Domergue. Ils en avaient repéré huit sur Google Earth, avaient éliminé d'emblée « Pierre et vacances » qui était une résidence de vacances, avec un mode de réservation qui ne convenait sans doute pas à un homme en fuite et un « Relais et châteaux », pour des raisons financières cette fois, mais aussi de discrétion. Il en restait donc six à visiter, en espérant que l'un d'entre eux ait eu une chambre libre pour Martial, ce qui n'était pas certain en cette saison. Si ce n'était pas le cas, ils devraient faire la tournée de tous les hôtels de la ville et, bien qu'ils ne sachent combien il y avait d'établissements, ils se doutaient que cela ferait beaucoup.

Les deux compères commencèrent par l'hôtel le plus proche, qui se trouvait en plein centre du Croisic, près du port. Un petit hôtel de charme dans une bâtisse en pierre typique des constructions bretonnes. Ils furent accueillis à la réception par une dame d'un certain âge, souriante, mais dont le visage dur traduisait parfaitement le caractère trempé des Bretons.

— Bonjour madame, commença Vincent, nous recherchons un homme qui pourrait se trouver dans votre établissement. Pourriez-vous nous dire s'il est ici, s'il vous plaît ?

La femme jeta un regard méfiant sur les deux hommes et leur dit d'un ton très sec, fronçant les sourcils dans une posture menaçante :

— Vous êtes de la police ?

— Non, nous sommes détectives privés, rétorqua Franck.

— Vous avez une carte à me présenter ? dit-elle.

— Une carte ? dit Franck, pourquoi vous ne nous faites pas confiance ?

— Si vous êtes détectives, vous devez avoir des cartes, autrement je vous conseille de déguerpir d'ici, avant que je ne décroche mon téléphone pour appeler la police ! dit-elle en haussant inexorablement le ton.

— Calmez-vous, madame, dit Vincent, nous voulons juste savoir si cet homme est chez vous, c'est tout. Nous ne cherchons pas les ennuis.

— Il vaudrait mieux pour vous, dit-elle, remontée comme une pendule.

Vincent prit la photo de Martial Domergue, que Franck avait réussi à se procurer par l'intermédiaire d'amis et la présenta sous le nez de la vieille femme acariâtre. Elle la saisit sèchement et la regarda longuement avant de dire :

— Ça ne me dit rien. Il est pas chez moi, c'est sûr.

— Nous vous remercions, dit Vincent pour clore la conversation, et vous souhaitons une agréable journée, madame.

Ils sortirent de l'hôtel, se regardèrent et éclatèrent de rire.

— Putain ! c'est une folle ! s'exclama Franck.

— C'est une Bretonne. Faut pas les faire chier visiblement !

— La vache ! J'ai cru qu'elle allait appeler les flics cette conne ! Heureusement que tu as une bonne tête !

— Ouais, parce que avec la tienne, on était cuits ! plaisanta Vincent.

Après ce début houleux, ils continuèrent leur tournée des hôtels et décidèrent que Vincent entrerait seul pour chercher Martial. Ils écumèrent ainsi les hôtels de la liste qu'ils avaient établie durant une partie de la journée, sans omettre de s'octroyer un moment de repos à l'heure du déjeuner, où ils dégotèrent un petit restaurant sympa qui servait des spécialités bretonnes et de magnifiques plateaux de fruits de mer. C'est vers le milieu de l'après-midi qu'ils arrivèrent à l'hôtel « Les nids », un établissement situé à quelques dizaines de mètres de la mer, sur la côte sauvage, au calme. La bâtisse, blanche avec des balcons au garde-corps en métal peint en gris foncé, était sur quatre niveaux, rez-de-chaussée plus deux étages et des mansardes sous des toits hauts et pentus, recouverts d'ardoise. L'intérieur était blanc, comme la façade, avec partout un sol recouvert d'une moquette de couleur framboise délavé et un mobilier qui se voulait design des années cinquante. Le tout était relativement impersonnel et froid, mais impeccablement propre. Il n'y avait pas grand monde à cette heure où les clients étaient pour la plupart sur la plage pour profiter de vacances d'été bien méritées après une année de dur labeur. Vincent s'accouda au comptoir de la réception et fit sonner la petite cloche d'appel, qui était censée faire venir le réceptionniste. Il dut attendre près de deux minutes qu'un homme de taille moyenne, solide, les cheveux bouclés, une barbe de trois jours, vêtu d'un pantalon blanc et d'une chemise à fleurs, ouverte sur un poitrail velu qu'ornait une épaisse chaîne en or, ne daigne venir l'accueillir. L'homme, dont les petits yeux rougis traduisaient une longue sieste paresseuse, bailla à tout rompre, se gratta le cuir chevelu et dit :

— Bonjour. Désolé, nous sommes complet.

Il commença à faire demi-tour, sans doute pour retourner se coucher lorsque Vincent l'interpella :

— Je ne veux pas de chambre, juste un renseignement.

L'homme, intrigué, vint s'accouder au comptoir, face à Vincent, le regarda dans les yeux et dit :

— Quel genre de renseignement ?

— Du genre qui pourrait vous rapporter un billet de cent, si vous répondez à mes questions, dit-il en agitant un billet vert sous son nez.

Vincent avait jaugé rapidement l'individu, estimé qu'il n'était qu'un employé, que, vu sa dégaine et sa propension à la fainéantise, il ne devait pas rouler sur l'or, ce qui le mettait en position de saisir la moindre occasion de se faire un peu d'argent facile. Celui-ci regarda le billet avec des yeux brillants de convoitise :

— Je vous écoute, que voulez-vous savoir ?

Vincent lui tendit la photo de Martial Domergue :

— Avez-vous déjà vu cet homme ?

Le réceptionniste jeta un coup d'œil rapide et rendit la photo avant de demander :

— Qu'est-ce qu'il a fait ?

— Rien. Je dois lui parler, c'est tout. L'avez-vous vu ? Est-ce qu'il est client de l'hôtel ?

— Oui, je l'ai déjà vu. Il a séjourné ici plusieurs jours.

— Il n'est plus ici ?

— Non, il est parti depuis au moins une semaine, peut-être plus.

— Et bien sûr, vous n'avez aucune idée de l'endroit où il a pu aller ? demanda-t-il, l'air ennuyé par cette nouvelle.

— Non, aucune.

Vincent tordit la bouche, déçu par cette mauvaise nouvelle. Il réfléchit un moment avant de demander :

— Vous avez un ordinateur pour les clients, ici ?

— Oui, dans le salon, pourquoi ?

— Je peux le consulter ?

— Allez-y, c'est tout droit, par là, expliqua-t-il, geste à l'appui.

Après avoir remis son billet au réceptionniste, Vincent se rendit dans le salon et consulta l'historique de navigation de l'explorateur Internet. Il ne tarda pas à être attiré par les traces de la consultation de sites d'agences immobilières pour de la location de studios dans la région de Nantes. Il prit quelques notes sur un petit calepin et quitta l'hôtel pour rejoindre Franck qui l'attendait sagement dans la voiture.

— Toujours rien ? s'enquit-il.

— Il était dans cet hôtel, mais il est parti depuis au moins huit jours.

— Merde, on l'a loupé ! se désola-t-il.

— Oui, mais j'ai peut-être quelque chose.

— Ah, quoi donc ?

— J'ai consulté l'historique de navigation de l'ordinateur du salon de l'hôtel et j'ai trouvé que quelqu'un avait consulté des sites d'agences de location d'appartement du côté de Nantes et ses environs.

— Ça peut-être n'importe qui, objecta Franck. On risque de courir partout pour rien, tu ne crois pas ?

— Non. Réfléchis un peu : qui, en vacances dans un hôtel, en plein mois de juillet, consulte des sites de location ? Et même pas dans la ville où il se trouve.

— Tu as raison, ça doit être lui, admit Franck.

— Il cherche à se planquer, c'est sûr. Les hôtels, ce n'est pas ce qu'il y a de plus discret pour ça. Une location, dans un bled tranquille, c'est l'idéal, non ?

— Entièrement d'accord avec toi. Bon, qu'est-ce qu'on attend ? On fonce ?

— On fonce.

§

L'agence immobilière de Grandchamps-des-Fontaines était la troisième qu'ils visitaient le lendemain, dans la journée. Avant cela, ils avaient été à Carquefou et Rezé, d'autres communes autour de Nantes. Grandchamps était située au nord de la métropole, au cœur de la campagne Nantaise. Un lieu tranquille d'environ cinq mille âmes, articulé autour de son église. Là encore, ce fut Vincent qui entra, seul, dans la petite agence du village. Une femme d'environ quarante ans, blonde, un peu forte, souriante et sympathique, l'accueillit chaleureusement. Après les présentations d'usage, elle demanda :

— Vous recherchez une location ou une acquisition ?

— Location, répondit Vincent.

— Pour combien de personnes ?

— Pour moi seul.

— Un studio où un deux pièces ?

— Je n'ai pas de préférence, mais je ne veux pas me ruiner non plus, précisa-t-il.

— Chez nous, vous trouverez ce que vous recherchez dans le budget que vous vous êtes fixé, dit-elle fièrement.

— Je sais, un ami m'a recommandé votre agence. Il a lui-même loué par ici.

— Ah, vraiment ? Comment s'appelle votre ami ?

— Voyons voir, dit-il, feignant de réfléchir.

La femme rit :

— Vous ne connaissez pas son nom ?

— On se connaît depuis peu de temps à vrai dire, mais il a été formel : va chez eux, ils sont très bien, a-t-il dit. Ah, tenez, je n'ai pas son nom, mais j'ai sa photo.

Vincent tendit la photo à la femme. Elle la regarda, sourit et dit :

— C'est monsieur Dupré. Je lui ai loué un studio la semaine dernière, sur la D326, rue de Curette.

— C'est ce que je vous disais.

Vincent était satisfait. Il avait retrouvé la trace de Martial et cette fois, il ne le manquerait pas.

— À ce propos, je dois aller le voir après. Il m'a donné l'adresse, rue de Curette, mais je ne sais pas où ça se trouve. Vous pourriez m'indiquer, s'il vous plaît ?

— Oui, bien sûr. C'est très facile. En sortant d'ici, à droite, puis première route à droite. Ensuite, tout droit sur un kilomètre environ. Vous verrez une maison blanche typique, avec une belle haie de cyprès bien taillés. C'est là.

— Super, je vous remercie, dit Vincent en se levant de sa chaise pour prendre congé de la dame.

— Mais vous ne vouliez pas voir pour une location ? dit-elle, voyant le client lui filer entre les pattes et la commission avec.

— Oui, faites-moi une petite sélection, je repasserai plus tard. J'ai hâte de revoir mon ami. J'y vais de ce pas.

Vincent sortit rapidement de l'agence, remonta dans la voiture et dit à Franck :

— Vas-y, roule ! Je sais où se trouve Domergue.

La maison était nichée dans la verdure, sur un terrain plat, verdoyant, planté d'arbres centenaires. Construite dans le style de la région, façades blanches, toit d'ardoises pentu, avec des chiens assis et des fenêtres à petits carreaux, elle se fondait dans le paysage de la campagne Nantaise. Une haie de cyprès touffue et dense protégeait ses occupants des regards indiscrets. Vincent et Franck décidèrent d'aller ensemble à la rencontre de Martial Domergue. Ils firent tinter la cloche du portail blanc, qui barrait l'accès au jardin de la maison, attendirent que le propriétaire arrive. Celui-ci, un homme âgé d'au moins soixante-dix ans, pas très grand, le crâne dégarni, avec des lunettes d'écaille rectangulaires et vêtu d'un short et d'un tee-shirt couverts d'herbe fraîchement coupée, leur dit :

— C'est pour quoi ?

— Bonjour monsieur, répondit Vincent, nous sommes venu rendre visite à notre ami, monsieur Dupré.

— Monsieur Dupré ? s'étonna l'homme. Il ne m'avait pas prévenu qu'il aurait de la visite, dit-il, l'air ennuyé.

— C'est parce que nous lui faisons la surprise. C'est son anniversaire aujourd'hui et nous ne l'oublions pas. En fait, on va l'emmener manger dans un bon restaurant, mais il ne faut pas lui dire, c'est une surprise ! ajouta-t-il avec l'air de celui qui vous met dans la confidence.

— Ah, je vois. Il ne m'avait rien dit à ce sujet.

L'homme actionna le bouton de la télécommande du portail, qui s'ouvrir lentement, découvrant un magnifique jardin parfaitement entretenu.

— Veuillez excuser ma tenue, dit-il, je suis en train de tondre la pelouse.

— Ne vous en faites pas pour ça, dit Franck, on n'est attiré que par les jolies femmes.

Franck avait voulu faire un trait d'humour. L'homme le regarda d'un air curieux, se demandant si ce type avait toutes ses facultés. Quant à Vincent, il secoua la tête en tordant la bouche, l'air de dire : « qu'est-ce que t'est con mon pauvre ! ». Franck perdit son sourire, haussa les épaules et suivit Vincent et le vieil homme, sans en rajouter. Celui-ci fit le tour de la maison pour les conduire à l'appartement que louait Martial Domergue. Il frappa à une porte au rez-de-jardin et dit, parlant fort :

— Monsieur Dupré, des amis pour vous !

Après un moment d'attente, il répéta sa phrase. Encore un moment de silence où Martial ne se manifesta pas. Franck regarda Vincent, lui fit un signe de la tête, lui indiquant qu'il faisait le tour de la maison par l'autre côté. Il s'éloigna. Vincent vint frapper à la porte à son tour :

— Martial, ouvrez ! Nous savons que vous êtes là. Nous voulons juste vous parler !

— Je croyais que vous étiez ses amis ? dit le vieil homme, perplexe.

— Désolé, cher monsieur, mais je n'ai pas le temps de vous expliquer. Vous devriez vous éloigner, ça risque de chauffer dans un moment.

L'homme prit ses jambes à son cou et partit en direction de l'entrée principale de la maison où il résidait.

Vincent tourna la poignée de la porte et la poussa. Elle n'était pas condamnée. Il regarda prudemment à l'intérieur, ne vit personne, franchit le seuil et fut dans une pièce spacieuse bien meublée et décorée, propre et saine. Une cuisinette équipée d'un comptoir se trouvait dans le fond. Au-delà, il y avait un étroit couloir avec deux portes. L'une devait donner sans doute dans la salle de bain, mais où donnait la seconde ? Un canapé-lit, ouvert, les draps chiffonnés, prenait une bonne place dans le milieu de la pièce. Des vêtements sales étaient jetés négligemment sur le sol. Vincent se dirigea vers le petit couloir, ouvrit lentement la première porte fermée, la poussa, vit une pièce plongée dans le noir. Il chercha l'interrupteur à tâtons, le trouva, alluma. C'était bien la salle de bain. Il n'y avait personne non plus. Domergue n'était pas là. Pourtant, le propriétaire était persuadé qu'il y était. Vincent tourna la poignée de la seconde porte. Elle donnait sur un court prolongement du couloir, mais là, les murs étaient en béton brut et parpaings. Au bout, une autre porte, grise, très simple, s'ouvrait sur le garage où se trouvait une voiture. Il n'y avait personne ici. Franck entra. Il regarda autour de lui et dit :

— Pas de Martial ?

— Non.

— Bizarre. D'après le vieux, il était là pourtant.

— Tu crois qu'il se serait tiré en nous voyant arriver ? Regarde, le studio communique avec le garage. Il a très bien pu fuir pendant qu'on faisait le tour de la maison pour rejoindre l'entrée de l'appartement.

— Possible. Il ne doit pas être bien loin. On va le retrouver. Viens, on va demander au vieux s'il a une voiture.

Ils quittèrent le studio de Martial, firent le tour de la maison et frappèrent à la porte du propriétaire. Celui-ci n'ouvrit pas :

— Qu'est-ce que vous voulez encore ? Partez, j'ai appelé la police !

— Juste une question, monsieur. Monsieur Dupré avait-il une voiture ?

— Non, il était sans moyen de locomotion.

— Celle qui se trouve dans le garage est la vôtre ?

— Oui, c'est la mienne. J'ai aussi une Mobylette.

— Dans le garage aussi ? demanda Franck.

— Oui.

— Merci monsieur. Excusez-nous pour le dérangement. On jette juste un coup d'œil dans le garage et on vous laisse tranquille, d'accord ?

— D'accord.

Vincent et Franck se hâtèrent d'aller au garage, où ils constatèrent que la Mobylette n'y était plus.

— Je n'ai pas entendu de bruit de Mobylette, constata Vincent.

— On a pas dû y faire attention. Il s'est tiré en la poussant jusque dans la rue, pendant qu'on était à la porte de son studio et l'aura démarrée pendant qu'on attendait qu'il ouvre.

— Probable. Avec une Mobylette, il n'a pas dû aller bien loin. Seul problème, dans quelle direction ?

— Vers le village, affirma Franck.

— Comment tu peux en être si sûr ?

— Parce que, comme tu l'as dit, avec une Mobylette, il ne peut pas aller loin. Au village, il y a une station de taxis, je l'ai vue pendant que j'attendais que tu sortes de l'agence immobilière.

— Il faut le rattraper avant qu'il ne nous file entre les pattes.

Les deux compères coururent jusqu'à la voiture, démarrèrent en trombe et foncèrent en direction du village, croisant la voiture de gendarmes qui se dirigeait très certainement vers la maison d'où ils venaient de partir. Arrivés à la station de taxis, ils constatèrent qu'aucun véhicule n'était en attente de clients et repérèrent la Mobylette qui était garée sur le même trottoir. Ils regardèrent dans toutes les directions, se demandant par où Domergue était parti. Un vieux monsieur qui était assis à la terrasse du bar-restaurant qui jouxtait l'agence immobilière, les regardait. Ils avaient l'air désemparés. Il les interpella depuis l'autre côté de la rue :

— Vous cherchez un taxi ?

— Peut-être, pourquoi ? demanda Franck.

— Non, parce qu'il vient de prendre un client à l'instant. Il ne sera pas de retour tout de suite, à mon avis.

— Comment pouvez-vous dire ça ?

— Parce qu'il est parti par là, dit-il, joignant le geste à la parole. Et par là, c'est la direction de la quatre voies qui va de Nantes à Rennes.

— C'est quoi comme voiture ce taxi, s'il vous plaît ? s'enquit Vincent.

— Une Mercedes bleu marine.

— Merci pour le renseignement, monsieur, dit Vincent, tandis qu'il commençait à courir pour sauter dans la voiture, en même temps que son ami. Ils repartirent, traversant le village à tombeau ouvert dans la direction indiquée, pour tenter de rattraper le taxi qui ne devait pas avoir beaucoup d'avance. Franck conduisait. Il roulait à plus de cent vingt kilomètres à l'heure sur une départementale qui traversait la campagne et qui était, heureusement, peu fréquentée. Après quelques minutes à ce rythme effréné, la voiture atteignit l'entrée de l'autoroute. Franck s'arrêta et regarda Vincent :

— Et maintenant ? Nantes ou Rennes ?

— Je ne sais pas. Tu en penses quoi ?

— Nantes. Il pourra facilement disparaître dans une grande ville. Rennes est trop loin.

Franck redémarra et s'engagea sur la bretelle d'accès, direction Nantes. Il accéléra, mais évita de dépasser la vitesse limite autorisée, craignant les patrouilles de gendarmes sur ce type de route. Il ne craignait pas d'avoir une contredanse ou un retrait de points, mais que

Vincent se fasse appréhender. Après une vingtaine de minutes, ils arrivèrent en vue de la cité des ducs de Bretagne. Là encore ils durent choisir entre plusieurs directions :

— On fait quoi maintenant ? se demanda Vincent. Il a pu aller n'importe où à partir d'ici.

— On n'a pas réussi à le rattraper à temps, se désola Franck. C'est fichu.

Vincent promenait son regard dans toutes les directions lorsqu'il aperçut une Mercedes de couleur sombre. Il n'arrivait pas à distinguer si elle était noire ou bleu marine, mais se dit qu'il fallait peut-être tenter le coup. Franck changea de file et prit une bretelle pour entrer sur le périphérique nantais afin de suivre la Mercedes. Après quelques minutes dans la circulation, ils finirent par se rapprocher assez pour mieux la distinguer. C'était bien un taxi et il était de couleur bleu marine. Ils avaient eu un peu de chance cette fois. Franck décida de suivre le taxi à distance suffisante pour ne pas se faire repérer. Il finirait bien par s'arrêter quelque part. Domergue serait alors à leur portée. Le taxi quitta le périphérique pour entrer dans le cœur de Nantes, en direction de son centre. Après un quart d'heure à travers les artères de la ville, le taxi s'arrêta devant l'entrée de la gare centrale. Un homme grand, costaud, cheveux un peu longs, vêtu d'une veste en lin couleur sable et d'un pantalon noir, en sortit et se dirigea vers le hall des départs.

— Franck, qui ne pouvait laisser la voiture en plein milieu de la chaussée, lança à Vincent :

— Fonce ! Ne le perd pas de vue, il va se tirer !

— Et toi ?

— Je fous la caisse au parking et je te rejoins. S'il monte dans un train, suis-le. Tu m'appelles dans ce cas et tu me donnes la direction du train. Je vous rejoindrai par la route, d'accord ?

— Ok, j'y vais.

Vincent sortit de la voiture et courut en direction du hall de la gare. Il se fraya un chemin dans la foule qui allait et venait et chercha du regard Domergue. Il mit un peu de temps pour le repérer. Il était à un guichet. Vincent s'approcha discrètement. Domergue prit son billet et s'éloigna du guichet, en direction des portiques d'accès aux quais. Vincent hésita : que devait-il faire ? Tenter d'interpeller Domergue où le suivre ? L'homme était costaud et n'avait pas l'air commode. Vincent savait qu'il n'aurait pas le dessus contre ce genre d'énergumène si celui-ci décidait de filer et s'il devait l'en empêcher. Ils ne seraient pas trop de deux, avec Franck, qui lui, savait se débrouiller en cas de bagarre. Domergue passa le portique. Vincent fonça vers le guichet, dut faire la queue avant d'arriver devant le guichetier :

— Vous allez où ? demanda celui-ci.

— Le grand type avec la veste marron en lin, il allait où ? questionna Vincent.

Le guichetier leva les yeux et le regarda à travers les carreaux de ses lunettes épaisses et dit :

— Pourquoi, vous êtes de la police ?

— Non, mais je suis cet homme depuis plusieurs jours et j'ai besoin de connaître sa destination, avoua-t-il.

— L'amant de votre femme ? demanda le guichetier, un petit sourire en coin.

— Je vous dirais bien oui, mais ce n'est pas ça. Alors, vous me le donnez ce renseignement ?

— Paris, laissa tomber le guichetier.

— Vous êtes sympa, merci. Donnez-moi un billet pour Paris alors.

Vincent franchit le portique d'accès aux quais et se dirigea vers le passage souterrain qui conduisait au quai où un TGV attendait. L'heure du départ approchait et il dut se hâter pour ne pas le rater. Il entendit le coup de sifflet du départ et eut tout juste le temps de sauter dans une rame avant que les portes ne se ferment. Le convoi s'ébranla. Vincent prit son portable et appela Franck pour lui donner les informations. Celui-ci, qui venait à peine d'entrer dans un parking public, en ressortit immédiatement, après avoir programmé son GPS pour aller prendre la direction de Paris au plus vite. Le TGV faisait un arrêt au Mans. Franck prit le pari que Domergue n'y descendrait pas et décida de foncer à Paris directement. Il profiterait de l'arrêt pour tenter de rattraper un peu le retard qu'il ne manquerait pas de prendre sur un train qui roulait près de deux fois et demi plus vite que lui. Il conseilla à Vincent de se faire le plus discret possible pour ne pas éveiller les soupçons de Domergue. Vincent s'installa confortablement dans son fauteuil et attendit tranquillement que le TGV fasse son arrêt au Mans. Là, il sortit sur le quai et observa tous ceux qui sortaient du convoi. Domergue ne quitta pas la rame, comme Franck l'avait prévu. Il se rendait à Paris. Après un long arrêt, le TGV reprit sa route et fonça droit vers la capitale. Pendant ce temps, Franck fonçait de son côté, prenant le risque de rouler à plus de cent soixante kilomètres à l'heure, poussant même une pointe à plus de cent quatre-vingt-dix durant un moment. Il se fit flasher, mais à une vitesse moindre, qui n'occasionnerait qu'une perte de quelques points sur son permis, assorti d'une bonne amende. Il s'en fichait un peu, à vrai dire, car il avait des amis qui perdraient leurs points en se dénonçant à sa place. De toute façon, avec ou sans permis, Franck conduirait toujours. Franck était un vrai dur, un voyou, un homme qui avait du sang sur les mains, que presque rien n'effrayait. Il était le chef d'une bande dont les affaires s'étendaient de Marseille à la frontière italienne. Il possédait plusieurs établissements officiels, tels que des restaurants, des boîtes de nuit, des hôtels et même un cercle de jeu. Il avait même investi de l'argent dans la société de Vincent. Mais il avait aussi des activités officieuses telles que la prostitution, la vente de drogue et les paris clandestins. Franck Di Carlo pesait lourd dans le cercle des truands azuréens, ce qui lui valait des inimitiés et l'obligeait parfois à se salir les mains en personne pour régler un différend avec un autre membre du milieu. Il devait et savait se faire respecter. À côté de cela, Franck était un homme adorable, fidèle en amitié, ce qu'il prouvait en se lançant avec Vincent dans la traque de Domergue, bon père de famille, bon fils et bon patron. Bien entendu, Vincent ne connaissait pas la réalité des activités de Franck, même s'il se doutait que celui-ci n'était pas un saint. Pas sûr que s'il savait à quel point son ami de toujours était impliqué dans certaines de ces activités, il demeurerait son ami et continuerait à le fréquenter si peu soit-il. A vrai dire, il fermait un peu les yeux et se bouchait les oreilles quand il s'agissait de Franck. Il ne voulait pas savoir pour ne pas le perdre.

Le TGV entra en gare Montparnasse. Vincent s'était discrètement rapproché de Martial Domergue qui, debout près de la sortie, attendait que s'ouvrent les portes du train. Lorsque ce fut le cas, il déb   oula sur le quai noir de monde et marcha rapidement vers la sortie, jetant régulièrement de petits coups d'œil, tantôt à droite, tantôt à gauche, tantôt derrière. Vincent le suivait, se fondant dans la foule qui avançait rapidement vers les issues de la gare. Domergue ne semblait pas l'avoir repéré, du moins le pensait-il. Il contacta Franck qui était encore sur le périphérique, coincé dans la circulation chaotique, voire anarchique à cette heure de la journée.

— Suis-le le plus discrètement possible pour ne pas te faire repérer, lui enjoint-il. Si nous le perdons dans Paris, nous ne le retrouverons jamais. Tiens-moi au courant de ta position que je puisse te rejoindre au plus vite.

— Il sort de la gare. Je pense qu'il va prendre un taxi. Si c'est le cas, je fais quoi ? demanda Vincent qui n'était pas un pro de la filature.

— Prends-en un autre et demande au chauffeur de suivre celui de Domergue. Tu verras, en général les chauffeurs de taxi adorent faire ça, comme dans les films.

Domergue monta dans un taxi qui partit aussitôt. Vincent se précipita dans le taxi suivant et lança au chauffeur :

— Suivez ce taxi, vite !

Le chauffeur le regarda dans son rétroviseur et dit :

— Vous vous croyez dans un film américain ou quoi ? Moi, je ne suis pas mes collègues comme ça.

Vincent en fut désarçonné. Il ne sut que répondre et eut l'idée de sortir un billet de sa poche :

— Un billet de cent, ça suffira ?

— En plus de la course, alors.

— Ok, mais dépêchez-vous, s'il vous plaît, on va le perdre.

Le chauffeur prit le billet, qu'il glissa dans la pochette de sa chemise, avant de démarrer en trombe et de se lancer à la poursuite du taxi dans lequel se trouvait Domergue. Heureusement, la circulation était dense à cette heure et celui-ci n'avait pu aller bien loin.

— Essayez de rester le plus discret possible, lui conseilla Vincent. Il ne faut pas se faire repérer.

— Vous inquiétez pas, j'ai l'habitude, lâcha-t-il.

Vincent comprit qu'en fait le chauffeur avait fait tout ça pour avoir de l'argent, de façon habilement détournée. Il haussa les épaules. Après tout, c'était de bonne guerre. Chacun se débrouillait comme il pouvait pour mettre un peu de beurre dans les épinards. Le taxi de Domergue prit le boulevard Montparnasse jusqu'au boulevard Raspail qu'il remonta en direction de la Seine qu'il traversa par le pont Royal. Il longea ensuite les quais de Seine et emprunta le boulevard Sébastopol où il s'arrêta au niveau de la rue de la Cossonnerie, en plein cœur de la ville entre le Centre Pompidou et le forum des halles. Domergue en descendit, traversa le boulevard, prit la rue de la Cossonnerie et s'arrêta en terrasse d'une brasserie qui faisait l'angle des deux rues. Vincent, qui avait tout suivi depuis le taxi dans lequel il était, paya sa course, sortit du véhicule et demeura sur le trottoir de droite du boulevard, d'où il pouvait surveiller discrètement Martial Domergue. Il contacta Fanck, qui était entré dans le cœur de la capitale depuis un moment déjà et s'efforçait de rejoindre son ami. Celui-ci n'était plus très loin et demanda à Vincent de ne pas bouger tant qu'il ne serait pas là, avec lui. Domergue avait commandé un café. Il avait l'air d'un homme aux abois, regardait régulièrement dans toutes les directions, scrutant tous les passants qui approchaient de sa position, comme s'il avait peur de quelqu'un. C'est ce qui frappa Vincent durant le temps qu'il passa à l'observer, avant que n'arrive Franck. Celui-ci, après avoir miraculeusement trouvé une place de stationnement dans ce quartier où c'était presque mission impossible, arriva à la hauteur de l'endroit où se trouvait son ami. Il lui dit :

— Il est où ?

— Là, assis à la terrasse de la brasserie.

Franck repéra Domergue. Il l'observa avant d'ajouter :

— Il fait quoi ?

— Il boit un café.

— Il a l'air d'attendre quelqu'un, on dirait, fit-il remarquer.

— Peut-être. Il a l'air d'avoir peur surtout.

— Qu'est-ce qui te fait dire ça ?

— Je l'observe depuis un moment et j'ai remarqué qu'il guette tous les visages des passants qui s'approchent de lui avec de la peur sur son propre visage.

— Bon, maintenant qu'il est là, devant nous, on va pas le laisser filer encore une fois, qu'est-ce que t'en dis ?

— Entièrement d'accord avec toi. On vient de se taper un paquet de kilomètres pour retrouver cet enfoiré et j'en ai marre de courir après.

— Allez, on y va.

Franck traversa le boulevard. Vincent lui emboîta le pas. Ils furent bientôt au niveau de la terrasse de la brasserie où quelques clients étaient attablés. Domergue croisa le regard des deux compères, vit leurs yeux rivés sur lui et prit peur. Il se dressa sur ses deux jambes, renversant la table et les chaises et se mit à courir en direction du forum des halles. Franck, aussi vif que Martial, se paya un sprint mémorable pour le rattraper et lui tomber dessus. Vincent, qui n'avait pas réagi aussi vite, arriva alors que Franck avait déjà ceinturé Domergue, tombé au sol lorsque celui-ci s'était jeté sur lui. Martial était costaud et Franck eut du mal à le maîtriser, se prenant deux où trois coups de poing au passage, mais il était costaud lui aussi et savait se battre. Il finit par immobiliser Domergue et lui dit :

— Bouge plus, on te veut pas de mal. On veut juste discuter avec toi, Martial.

— T'es qui, putain ?! cria Domergue, apeuré.

— Di Carlo. Franck Di Carlo. Ca te parle ?

— Franck Di Carlo, c'est toi ? s'étonna Martial.

— Ouais mon pote, c'est moi.

— Mais, qu'est-ce que tu me veux, bordel ?!

— Je te l'ai dit, juste causer avec toi. C'est bon, je peux te lâcher, tu vas pas encore essayer de te barrer ?

— Ouais, c'est bon, lâche-moi.

Franck relâcha son étreinte et se releva. Il donna la main à Domergue pour qu'il se relève à son tour. Les deux hommes remirent de l'ordre à leurs tenues, secouèrent avec leurs mains le tissu salit et se recoiffèrent comme ils pouvaient. Martial regardait Vincent avec insistance. Franck s'en aperçut et lui dit :

— Tu connais mon pote peut-être ? Vincent Delorme. Ca te dis quelque chose ?

— Peut-être bien.

— Tu sais, c'est le fils du type à qui, toi et tes potes avez piqué dix millions, avec la complicité de sa femme.

— C'est pour ça que vous êtes là ? Pour récupérer le pognon ? Si c'est ça, je vous préviens, je l'ai pas.

— Non, rassure-toi Martial, on est pas là pour ça. Je te l'ai dit déjà, on veut parler avec toi. On voudrait savoir comment vous avez monté ce coup, qui vous a recruté et quel rôle à joué la femme de mon pote.

— D'accord, je vais tout vous expliquer, allons nous asseoir. Je vous préviens, j'attends quelqu'un qui devrait pas tarder. Alors soyez pas surpris.

— Pas de problème.

Les trois hommes vinrent s'installer à une table de la brasserie, toujours en terrasse. Le serveur, qui venait de remettre de l'ordre dans le foutoir qu'avait causé Martial, vint prendre leur commande en les regardant avec méfiance. Martial semblait toujours aussi nerveux et méfiant. Il jetait de brefs coups d'œils dans toutes les directions, agitait sa jambe gauche et se frottait ses mains machinalement. Quelque chose lui faisait peur. Cela se sentait. Franck entama la conversation :

— Tu sembles nerveux. C'est pas à cause de nous quand même ?

— Non, non, ça va, je suis pas nerveux. Pourquoi tu dis ça ?

— Parce que la peur se lit sur ton visage, Martial. Qu'est-ce qui se passe ? De qui tu as peur ?

— De personne, mentit Domergue.

— Vraiment ? Alors, arrête de t'agiter comme ça, c'est moi que tu rends nerveux, dit-il sur un ton sec et cassant. Domergue ne répondit rien. Il connaissait la réputation de Di Carlo. Ce n'était pas un homme à qui l'on répondait ou tenait tête. Il le savait. Franck soupira d'impatience avant d'ajouter :

— Alors, tu nous la racontes, ton histoire ? Ou est-ce qu'il va falloir qu'on te prie comme on prie le bon Dieu ?

— Par quoi tu veux que je commence, Franck ?

— Par le début, ça sera déjà bien.

— D'accord. J'ai été contacté par un pote, Luigi Cornetti, dit Louis le Borgne. Tu dois connaître ?

— J'ai entendu parler de lui, je le connais pas personnellement.

— C'est lui qui m'a branché sur le coup. Quelqu'un l'avait contacté pour monter une équipe pour faire un coup facile, à ce qu'il disait. Il y avait un bon paquet de blé à se faire, sans grand risque. J'avais des doutes jusqu'à ce qu'il m'explique le plan : simuler l'enlèvement de la femme d'un type dont les vieux étaient bourrés aux as ! La femme était dans le coup pour tirer le fric. Il fallait organiser tout ça pour que ça ait l'air vrai et pour récupérer le fric sans se faire serrer par les flics. Il y avait une part de la rançon pour chacun de nous, ce qui faisait un sacré paquet de pognon !

— Vous étiez combien dans la combine ?

— Y'avait Louis le Borgne, Joe le Belge, votre femme, dit-il en s'adressant à Vincent, et celui qui s'était adressé à Louis pour nous recruter, le cerveau de l'affaire.

— Ça vous faisait deux millions chacun, ça. Pas mal pour un coup facile ! fit remarquer Franck.

— Ouais, c'était trop beau pour être vrai, dit Martial, du regret dans la voix.

— Vous n'avez rien touché, c'est ça ?

— Pas un radis !

— Qu'est-ce qui s'est passé ?

— Tout s'était déroulé parfaitement, selon le plan mis en place. J'ai récupéré la rançon sur le parking de Courmes et j'ai filé avec la Jeep à travers les chemins dans la montagne jusqu'à un point de rendez-vous où je devais transférer les sacs de fric dans un camion de foin dans lequel était censé se trouver Jennifer.

— Vous l'appeliez par son prénom ? s'étonna Vincent.

— Oui. Après tout, nous étions complices, non ? C'était une chouette fille, votre femme, monsieur Delorme.

Je ne sais pas pourquoi elle a fait tout ça, mais je ne crois pas que c'était contre vous, si ça peut vous consoler.

— Qu'est-ce qui vous fait dire ça ?

— Je sais pas, une intuition. C'était pas une mauvaise fille. Elle obéissait à l'autre, le chef. Il se faisait appeler Némésis.

— Ce chef, Némésis, il était comment ? Tu le connaissais ? demanda Fanck.

— On ne l'a jamais vu en fait.

— Jamais ? Comment ça ?

— Non, jamais. Il a recruté Louis par téléphone. Il a réussi à le convaincre en lui donnant tous les détails du plan qu'il avait mis au point. Il semblait connaître parfaitement les Delorme et avait tout prévu. Ensuite, c'est Louis qui a fait le reste. Il nous a recrutés, Joe le Belge et moi. Après ça c'est moi qui ai pris la direction des opérations. Louis est un bon élément, mais il n'est pas taillé pour mener une affaire comme ça. Il le savait et c'est lui qui avait pensé à moi pour organiser la logistique de l'opération. J'ai donc pris le relais. Je communiquais avec Némésis par mail et par téléphone. Jennifer s'est jointe à nous. J'ai vite compris qu'elle seule savait qui était réellement Némésis. Ils avaient tout manigancé tous les deux, c'est sûr.

— Ok, t'en étais au moment où tu devais transférer le fric dans le camion de Jennifer. Qu'est-ce qui s'est passé après ?

— Jennifer était censée être seule dans ce camion, mais c'était pas le cas.

— Il y avait Némésis ?

— Peut-être. J'en sais rien. Tout est allé très vite. Je suis descendu de la Jeep, j'ai sorti les sacs, j'ai ouvert le coffre qu'on avait caché sous le tas de foin, j'ai balancé les sacs dedans et j'ai remis du foin par-dessus pour le cacher. Après je suis allé jusqu'à la cabine du camion pour lui dire que c'était ok et c'est là que j'ai remarqué l'autre, à côté de Jennifer, sur le siège passager.

— Tu as vu qui c'était ?

— Non, il se tenait de telle sorte que j'ai pas pu voir son visage, mais je suis sûr que c'était un homme. Il était grand, très grand, avec les cheveux presque blonds, très bouclés. C'est tout ce que j'ai pu voir de lui.

Vincent et Franck se regardèrent. Tous deux pensèrent à Max Renard en entendant la description faite par Domergue. Celui-ci continua son récit :

— Dès que l'argent a été dans le camion, Jennifer a démarré et s'est tirée, comme c'était prévu. Moi, j'ai continué avec la Jeep pour faire courir les poulets dans la mauvaise direction pendant que le fric passait tranquillement à travers le filet qu'ils avaient tendu. J'ai atteint la route à l'endroit où un autre véhicule m'attendait et j'ai filé, moi aussi, à travers les mailles du filet. On devait tous se retrouver dans la planque qu'on avait, quelque part dans l'arrière-pays, pour faire le partage et nous tirer, chacun de notre côté. Lorsqu'on est arrivés au chalet, Jennifer n'était pas là avec le fric. Némésis m'a contacté par mail pour me dire qu'il y avait eu un changement de plan de dernière minute, car il avait des doutes sur l'un des membres de l'équipe, qu'il soupçonnait de vouloir nous doubler. Il me proposait de venir le retrouver à Nice pour faire le partage directement avec lui. J'aurais plus qu'à donner leur part à Louis et Joe. Je suis descendu à Nice et j'ai été au lieu de rendez-vous. J'ai attendu, attendu et attendu encore ! Némésis n'est jamais venu. Lorsque je suis retourné a la planque, j'ai trouvé les corps de Louis et Joe, deux balles dans le cœur chacun. J'ai entendu du bruit dans la maison et j'ai compris que j'étais pas seul. J'ai pris mes jambes à mon cou et j'ai filé. Je me suis fait tirer dessus et j'ai tout juste eu le temps de sauter dans ma voiture et me barrer avant que cet enculé ne me descende ! Je suis descendu à mon appart, à Cannes et j'ai fait mon sac. J'ai reçu un coup de fil de Némésis pendant que j'y étais. Il me disait que, où que j'aille, il me retrouverait et me ferait la peau. Tu comprends maintenant pourquoi je me suis tiré le plus loin possible et que je n'avais pas envie qu'on me retrouve ?

— Vous dites que, d'après vous, ma femme était l'organisatrice de ce faux enlèvement avec Némésis. Dit Vincent. Est-ce que vous pensez qu'elle ait pu être mêlée aux meurtres de vos amis ?

— Jennifer était une brave fille, du moins c'est ce que je crois. Je pense pas qu'elle ait pu faire ça. Non, pour moi, c'est ce Némésis qui a tout planifié depuis le début. Il n'avait pas l'intention de partager le fric avec nous et même pas avec Jennifer, puisqu'il l'a tuée, elle aussi. C'est bien triste pour elle. Vous aviez une fille, c'est ça ?

— Oui. À ce propos, qu'est-ce que vous en avez fait ?

— De qui ? De votre fille ? s'étonna Martial.

— Oui, Tara, c'est son nom.

— J'ai jamais vu votre fille. Je sais pas où elle peut se trouver.

— Elle était pourtant avec sa mère, dans la vidéo que j'ai reçue lors de la demande de rançon.

— Une vidéo ? Quelle vidéo ? On n'a jamais fait de vidéo, affirma Domergue, de plus en plus perplexe.

— J'ai reçu une vidéo dans ma boîte aux lettres dans laquelle l'on voyait Jennifer et Tara, dans une pièce aux murs blancs, sur un lit.

Domergue secoua la tête :

— On n'a jamais fait de vidéo de Jennifer avec votre fille, monsieur Delorme. Je vous le répète, on a jamais vu Tara. Elle n'a jamais fait partie de notre plan d'enlèvement. Celui-ci ne concernait que votre femme. Cette vidéo n'a pas été faite par moi et mes potes. C'est sans doute votre femme et Némésis qui l'ont tournée. On était pas au courant.

— Vous dites que vous n'avez jamais vu ma fille. Jennifer ne vous en a jamais parlé ?

— Si, elle nous a dit qu'elle avait une fille avec vous, mais nous en a jamais dit plus que ça. On croyait qu'elle était avec vous.

— Non, Jennifer a disparu le treize juin avec ma fille et depuis je ne l'ai jamais revue. J'ai retrouvé Jennifer à Marseille, juste avant qu'elle ne soit tuée, sans doute par Némésis, là aussi. Elle allait tout me révéler lorsque j'ai été assommé. Quand je me suis réveillé, Jennifer était morte. Depuis, les flics pensent que je suis l'assassin de ma femme. C'est aussi pour ça que nous nous sommes lancés à votre recherche. Nous cherchons tout ce qui pourrait m'innocenter.

— Je vois pas ce que je pourrai faire pour ça.

— T'est sûr ? demanda Franck. Moi je crois que tu pourrais faire beaucoup au contraire.

— Ah oui, quoi ?

— Raconter ta petite histoire aux flics par exemple.

— Tu te fous de moi, Franck ? Si je vais voir les flics pour leur raconter ce qu'on a fait, je vais passer quelques années derrière les barreaux et j'ai vraiment pas envie de ça. J'ai donné de ce côté-là.

— Il va pourtant falloir que tu le fasses, Martial. Mon ami est accusé de meurtre. Tu sais ce que ça veut dire ?

— Ouais, mais compte pas sur moi pour aller en tôle à sa place ! dit Martial, de plus en plus tendu.

— Écoute Martial, tu comprends pas, ou tu fais exprès ? s'énerva Franck. Je te donne pas le choix ! Tu vas aller te rendre aux flics et expliquer que Vincent n'est pas l'assassin de sa femme. Tu leur parleras de Némésis et tu leur diras que c'est lui qui a tué tes potes et Jennifer. En compensation, je t'assure les meilleurs avocats. Tu prendras quoi ? cinq, six ans maxi et si tu te tiens à carreau, tu feras deux ou trois ans, pas plus.

— Je refuse ! s'écria Domergue, de plus en plus nerveux.

— Attend, Martial, je n'ai pas fini. À ta sortie, mon ami et moi t'assurons une somme qui te permettra de prendre ta retraite et arrêter de galérer sur des coups à la con.

Franck regarda Vincent, cherchant son approbation aux propos qu'il venait de lancer. Vincent acquiesça d'un mouvement de tête. Domergue secouait la tête nerveusement. Il ne voulait plus retourner en prison. Il y avait passé une partie de sa vie, faisant de nombreux séjours depuis l'âge de seize ans. Il avait accepté le coup proposé par Némésis pour pouvoir prendre sa retraite, en finir avec le stress des boulots à la petite semaine.

— Je t'en prie, Franck, supplia Martial. Je veux pas retourner en prison. Je tiendrai plus le coup, je suis trop vieux pour ça, tu comprends ?

Franck fixa Martial avec des yeux qui en disaient long sur sa détermination.

— Je te laisse pas le choix, laissa-t-il tomber d'une voix ferme.

Domergue se dressa d'un bond. Franck empoigna son bras gauche avec fermeté et lui intima de se rasseoir.

— Assieds-toi Martial ! Ne m'oblige pas à devenir violent !

Il lui montra le revolver qu'il cachait sous sa veste. Il n'avait pas vu immédiatement la tache rouge qui maculait sa chemise, sous sa veste. Le visage de Martial Domergue se convulsa et devint blême. Il vacilla sur ses appuis et finit par s'écrouler comme une masse sur le sol, emportant dans sa chute la chaise sur laquelle il était assis. Vincent et Franck se dressèrent sur leurs jambes et reculèrent de deux pas, incrédules. Franck se retourna et balaya du regard la rue et le boulevard Sébastopol, à la recherche de celui qui venait de tirer sur ce pauvre Martial Domergue. Il ne vit rien de particulier et pesta. Il se tourna vers Domergue, au-dessus de qui Vincent s'était penché.

— Comment il va ? s'enquit Franck.

— Mort, se désola Vincent.

— Putain ! C'est cet enfoiré de Némésis ! on l'a pas vu venir ce pédé !

Franck était furieux. Il regarda les gens qui les entouraient, lui, Vincent et le cadavre. Certains prenaient des photos, d'autres filmaient. Dans la brasserie, un barman était au téléphone. Il se ressaisit et dit :

— Viens, on se tire ! Les flics vont bientôt débarquer ! Si on reste ici, ils vont nous coller sa mort sur le dos. On doit se barrer au plus vite !

Les deux hommes laissèrent Martial Domergue et fuirent en direction du boulevard et d'une rue transversale dans laquelle Franck avait garé sa voiture.

§

Chapitre XVI

Où se cache la vérité ?

Le téléphone sonna. Le capitaine Castillo décrocha. Galantini, qui travaillait sur le dossier Delorme, entendit son chef dire :

— Bonjour commissaire… oui… Vincent Delorme ?... d'accord… un autre homme ?... on sait de qui il s'agit ?... des vidéos ?... oui, vous notez ?... j-p tiret Castillo, arobase, p-j Nice point fr… merci commissaire… je vous rappelle après.

Castillo raccrocha. Galantini posait sur lui des yeux interrogateurs. Il la regarda avant de dire :

— C'était le commissaire divisionnaire Michel Darco, du quai des Orfèvres. Vincent Delorme a été filmé par les témoins d'un meurtre survenu hier après midi en plein Paris. Delorme, Di Carlo et la victime étaient tous trois attablés à la terrasse d'une brasserie lorsque l'un d'eux a été tué par un tir en plein cœur.

— C'est Delorme, le meurtrier ? demanda-t-elle étonnée par la nouvelle.

— On n'en sait rien pour l'instant, affirma Castillo. L'enquête est en cours pour déterminer les circonstances dans lesquelles se sont déroulés les évènements. Une chose est sûre, Aymar et Lucas sont des idiots ! pesta-t-il. Perdre la trace de Vincent Delorme à la gare de Nantes ! Tout ça pour s'être trompés de train ! Plus con, tu meurs !

— C'est vrai que si ça venait à s'ébruiter, on passerait vraiment pour des abrutis, admit Galantini. Heureusement qu'il n'y a qu'eux, vous et moi qui savons ce qui s'est passé.

— Surtout, n'en parle à personne, lui recommanda-t-il. On se ferait charrier jusqu'à la retraite !

— Il n'y a pas de risque que je raconte ça à qui que ce soit.

— Ils sont où au fait les deux charlots ? Tu as des nouvelles ?

— J'ai eu Aymar en début de matinée. Ils repartaient de Bordeaux par le premier TGV. Ils doivent être arrivés à Nantes à cette heure.

— Bon, si Aymar rappelle, dis-lui de foncer à Paris et de se mettre à la disposition du commissaire Darco. Nous, on va recevoir les vidéos que les témoins ont filmées.

— C'est qui la victime au fait, chef ?

— Un certain Domergue. Martial Domergue. Ça te dit quelque chose ? Moi, ça ne me parle pas.

— Martial Domergue ? Non, rien, pourquoi, ça devrait ?

— Non, mais on est sûr que Delorme et Di Carlo cherchaient quelqu'un, d'après nos deux bras cassés. Ce type n'était pas assis à table avec eux deux sans raison. C'était sans doute la personne qu'ils cherchaient.

— Ils l'ont trouvé et l'ont tué, vous pensez ?

— Peut-être.

— Cette affaire est vraiment bizarre, vous ne trouvez pas, chef ?

— Il y a sûrement un lien entre ce Domergue, le faux enlèvement et les meurtres de Jennifer Delorme et Max Renard. Reste à comprendre lequel.

— Vous ne pensez pas que Delorme et Di Carlo sont peut-être complices de l'organisation de l'enlèvement, depuis le début ? Ils sont en train d'éliminer tous ceux qui y ont participé pour garder le fric pour eux seuls, non ?

— C'est une possibilité, admit Castillo sans convictions, mais je parierais que c'est plus compliqué que ça.

Un son retentit dans les haut-parleurs de l'ordinateur de Castillo. Il ouvrit sa boîte mail et cliqua sur la pièce jointe qui accompagnait le courriel envoyé par le commissaire Darco. La vidéo mit près d'une minute avant de démarrer. Les deux policiers regardèrent la scène. L'on y voyait Franck Di Carlo regardant dans une certaine direction, tandis que Vincent Delorme s'accroupissait et se penchait sur la victime, au sol. Di Carlo se tourna ensuite vers Delorme, lui parla et les deux hommes prirent la fuite pour disparaître au coin de la rue.

— Il n'y a pas quelque chose qui te semble étrange ? demanda Castillo, en pleine réflexion.

— Non, quoi ?

— Attend, regarde.

Castillo relança la vidéo depuis le début :

— Regarde l'attitude de Di Carlo.

— Oui, il regarde dans la direction opposée à la victime. Alors ?

— C'est curieux, tu ne trouves pas ? Et Delorme qui se penche sur le cadavre, c'est bizarre aussi, non ?

— Il cherchait peut-être quelque chose.

— Sur la vidéo, il semble s'inquiéter pour lui, plutôt qu'autre chose.

— Vous en déduisez quoi, chef ?

— Je me dis que si c'était Delorme ou Di Carlo qui avaient tué ce Domergue, ils auraient pris la fuite immédiatement. Là, au contraire, ils semblent surpris et ne réagissent pas. Ou plutôt, ils ne réagissent pas comme des gens qui viennent de commettre un meurtre. Di Carlo semble chercher quelque chose du regard.

— Oui, on dirait qu'il cherche… d'où provient le tir !

— Oui, c'est ça. C'est exactement ça.

— Et Delorme se penche sur Domergue pour connaître son état.

— Je le crois aussi. Les trois hommes étaient en train de discuter. Delorme et Di Carlo ne le cherchaient pas pour le descendre, mais pour trouver des réponses.

— Oui, mais des réponses à quoi ?

— Je n'en sais encore rien.

Castillo réfléchissait à toute cette affaire et cherchait à établir un lien avec cette nouvelle victime lorsqu'une nouvelle hypothèse lui vint à l'esprit :

— Et si on s'était trompés sur Delorme depuis le début ? Si Delorme disait vrai, s'il n'était pour rien dans l'enlèvement de son épouse et dans les deux meurtres ? S'il était en réalité une victime et non un coupable ?

— Vous croyez vraiment ce que vous dites ? s'étonna Galantini, pour qui la culpabilité de Vincent Delorme ne faisait aucun doute.

— Réfléchis, Galantini. Pourquoi est-ce que Delorme, en cavale à l'étranger, serait revenu en France, si ce n'est pour tenter de prouver son innocence ? Il fait appel à la seule personne qui peut l'aider : Di Carlo. C'est son ami d'enfance et c'est un truand. Il connaît du monde et a une grande expérience du crime. Il connaît les ficelles, ce que Delorme ne maîtrise pas du tout. Seul, il sait qu'il n'arrivera à rien, mais avec son ami, il peut remonter jusqu'aux types qui ont organisé, avec la complicité de madame Delorme, le faux enlèvement et qui ont récupéré la rançon.

— Si je suis votre raisonnement, Delorme est totalement innocent de tous les crimes qu'on lui colle sur le dos depuis le début, c'est ça ?

— Imaginons ce cas de figure, en effet.

— Difficile à croire, tout de même.

— C'est vrai, mais c'est parce que nous nous sommes focalisés sur une vérité, celle que nous voulions voir, ou plutôt qu'on voulait que nous voyions.

— Qui ça, on ?

— Pour l'instant, je n'en sais rien. Suivons notre raisonnement jusqu'au bout, tu veux ?

— Allez-y, chef. De toute façon, même si je ne suis pas d'accord avec vous, vous irez jusqu'au bout de votre idée.

— Tu me connais bien. Donc, Delorme et Di Carlo cherchent à retrouver les complices de Jennifer Delorme. Di Carlo fait jouer ses relations et des infos remontent. Un certain Domergue faisait partie de la bande. Ils découvrent où le trouver, s'y rendent, mais Domergue a pris la poudre d'escampette. Par je ne sais quels moyens, ils retrouvent sa trace en Bretagne, mais il parvient à leur échapper. Ils finissent par le retrouver à Paris, encore une fois je ne sais comment, et lui demandent des explications. Mais quelqu'un qui ne veut pas qu'il parle se charge de le faire taire pour toujours. Ça se tient, non ? Qu'est-ce que tu en penses ?

— Que si c'est vrai, on s'est plantés de façon mémorable, vous ne croyez pas ?

— Oui, mais si l'on raisonne comme ça, tout à coup les différentes pièces du puzzle s'emboîtent parfaitement, ou presque.

— Qu'est-ce qu'on va faire pour Delorme ?

— Pour l'instant, on doit essayer de le retrouver. Ensuite, on avisera.

§

— Vincent ?

— Papa ? s'étonna-t-il. Qu'est-ce qui se passe ? Pourquoi m'appelles-tu ? Tu as fais attention de ne pas appeler de chez toi, comme je te l'avais dit, hein ?

— Oui, oui, ne t'inquiète pas, s'agaça Olivier Delorme.

— Un problème, Papa ?

— Un gros problème, fils. Maeva a été enlevée à son tour. Cette fois, je ne pense pas que ce soit un faux enlèvement.

— Quoi ?! Ce n'est pas possible ! Quand ?

— Hier soir sans doute. Maman l'a eu au téléphone en fin d'après-midi et tout allait bien, enfin si l'on peut dire. Nous avons appris que les Italiens vont nous rendre le corps de Max seulement la semaine prochaine. Elle n'arrive pas à s'en remettre, tu sais.

— Oui, je sais. Elle aimait Max tout autant que j'aimais Jennifer. Nous avons tous deux été amputés d'une moitié de nous-mêmes avec leurs morts. Mais, au fait, comment tu sais qu'elle a été enlevée ? Tu as déjà reçu des nouvelles de ses ravisseurs ?

— Il y a une demi-heure à peine. C'est pour ça que je t'appelle. Ils réclament une rançon exorbitante !

— Combien ?

— Cinquante millions.

— Cinquante !... Ils sont complètement fous ! Où est-ce que l'on va trouver une somme pareille ?!

— Nous n'avons pas autant d'argent disponible, c'est sûr, mais...

— Mais ?

— On dirait que les ravisseurs connaissent parfaitement l'état de notre fortune.

— Que veux-tu dire, Papa ? Vous posséderiez de quoi payer ?

— Dans l'absolu, oui. Et il semble que les ravisseurs le sachent, puisqu'ils nous ont demandé, lorsque je leur ai dit que nous n'avions pas cette somme, de leur céder nos actifs à hauteur des cinquante millions.

Vincent mit un long silence entre eux, le temps de la réflexion :

— Papa, il faut que tu réfléchisses bien et que tu me dises qui, à part Maman et toi, est au courant du montant réel de votre fortune.

— Nous avons plusieurs conseillers financiers qui connaissent en partie nos placements, mais aucun ne sait exactement combien, puisque nous avons réparti nos actifs entre plusieurs de ces conseillers, en France et à l'étranger.

— A part ces conseillers, quelqu'un d'autre pourrait être au courant ?

— A priori non. Nous avons toujours été discrets sur ce sujet.

— Oui, je sais. Ni Maeva ni moi étions au courant que vous possédiez autant d'argent jusqu'à aujourd'hui.

— C'était mieux ainsi, fils. Si vous aviez su à combien se monterait votre part d'héritage, pas sûr que vous vous seriez donné autant de mal dans la vie pour réussir par vos propres moyens. Et puis, Maman et moi avons préféré avoir des enfants aimants que des enfants hypocrites, n'attendant qu'une chose, que leurs géniteurs meurent pour hériter.

— Nous savions quand même que vous n'étiez pas dans le besoin, loin de là.

— Maintenant tu sais, fils. Ce qui me chagrine, c'est que, lorsque nous aurons payé pour la libération de Maeva, il ne restera plus grand-chose pour vous deux.

— Ce n'est pas important, Papa. Maeva et moi avons nos affaires et nos revenus sont suffisants pour bien vivre. C'est pour vous que ça me fait souci. Si vous n'avez plus rien, qu'allez-vous faire ?

— Nous sommes vieux, fils. Nous avons eu une belle vie, ta mère et moi et nous n'avons plus besoin de grand-chose. Nous survivrons si vous êtes toujours là, à nos côtés.

— Bon, écoute Papa, dès que tu as des nouvelles des ravisseurs, appelle-moi. Je vais voir de mon côté comment on va pouvoir t'aider.

— On ? Qui ça on ?

— Franck et moi.

— D'accord, je te tiens au courant.

§

— Tu crois que c'est Némésis qui a enlevé ta sœur ? demanda Franck.

— Avoue que c'est tout de même curieux : deux enlèvements en quelques semaines. Même si le premier était bidon, il a permis aux faux ravisseurs d'empocher le gros lot. Et puis, ce qui est encore plus curieux c'est que les ravisseurs sont très bien renseignés sur la fortune de mes parents. C'était déjà le cas lors de la première rançon, sauf que là, ils ont mis le paquet.

— Combien ils demandent cette fois ?

— Cinquante millions.

Franck siffla d'admiration.

— Cinquante millions ! La vache ! Ils n'y sont pas allés de main morte cette fois !... Mais, tes parents ont le fric pour payer ?

— Ils ont des biens qui représentent à peu près la somme, oui.

Nouveau sifflement de Franck :

— Je savais qu'ils étaient blindés tes vieux, mais pas à ce point.

— Moi non plus je ne savais pas qu'ils étaient aussi riches.

— Qu'est-ce qu'on va faire ? se demanda Franck.

— Je n'en sais encore rien, mais une chose est sûre, il faut qu'on mette fin aux agissements de Némésis. On doit trouver comment coincer ce salopard ! Tu t'es renseigné auprès de tes amis à son sujet ?

— Oui, mais personne n'a jamais entendu parler de quelqu'un qui se faisait appeler comme ça. Au fait, ça me dit quelque chose ce nom. C'était qui Némésis ?

Vincent tordit la bouche, haussa les épaules et avoua :

— Aucune idée. Il me semble que c'était un genre de Dieu égyptien, un truc dans le genre. Attends, je vais chercher sur le net, qu'on meure un peu moins cons, plaisanta-t-il.

Vincent pianota sur son ordinateur. En quelques secondes les résultats s'affichèrent.

— Alors, voyons voir : Némésis, Némésis… Voilà : Némésis est la déesse de la juste colère…et elle n'est pas Égyptienne, comme je le pensais, mais Grecque.

— Une déesse ? s'étonna Franck.

— Oui, une déesse.

— Ça voudrait dire…

— Que Némésis est une femme, pas un homme. Ou alors ce type est parfaitement inculte, pire que nous sur les dieux grecs, plaisanta Vincent en riant.

— T'as raison ! On n'était pas très forts tous les deux en mythologie, si je me souviens bien.

— Non, ça c'était pas notre tasse de thé, c'est sûr. Mais je ne pense pas que Némésis soit un inculte, loin de là. Tiens écoute ça : elle est quelquefois assimilée à la vengeance. Elle est également considérée comme un messager de mort, envoyée par les dieux comme punition !

— Tu crois que Némésis a pris ce nom en toute connaissance de cause ? Genre : faire passer un message ?

— Vengeance et punition, songea Vincent. Ça fait un moment que je pense que toute cette histoire tourne autour de quelqu'un qui m'en veut personnellement. Mais j'ai eu beau chercher, je n'ai pas trouvé quelqu'un qui aurait pu m'en vouloir au point de faire tout ça. J'ai questionné mon père, pensant alors que c'était à lui que quelqu'un en voulait.

— Et alors, qu'est-ce qu'il t'a dit ?

— Qu'il ne voyait pas du tout qui aurait pu lui en vouloir.

— Ouais, mais maintenant que nous sommes pratiquement sûrs qu'il s'agit d'une femme, tu devrais lui en parler à nouveau. Il aura peut-être une idée.

— Je lui en parlerai dès qu'il me contactera, assura Vincent.

— Je pense à une chose : et si ce n'était ni toi, ni ton père qui était visé par Némésis, mais Jennifer ?

— J'y ai déjà pensé, mais ça ne colle pas. Elle était visiblement complice de Némésis. Domergue nous l'a confirmé.

— Ouais, mais si on faisait tous fausse route ? Si tu étais Némésis et voulais t'en prendre à Jennifer, tu ferais quoi ?

Vincent prit le temps de la réflexion. Que ferait-il ? À qui s'en prendrait-il ? De quelle façon ? Soudain, l'hypothèse soulevée par Franck lui devint évidente. Il dit :

— Je m'en prendrais à ce qu'elle a de plus cher, son enfant ! Mais comme je voudrais la faire souffrir et faire souffrir sa famille, je serais assez tordu pour faire en sorte de m'en prendre à son époux et sa famille, avec sa complicité forcée !

— Pas mal, reconnut Franck. Continue.

— J'aurais l'enfant, je pourrais faire pression sur Jennifer pour qu'elle fasse tout ce que je lui demanderai. Je l'obligerais à travailler à l'élaboration du faux enlèvement et à faire croire que son époux est son meurtrier. Ensuite, une fois que j'aurais réussi à obtenir la rançon, je me débarrasserais des complices et de Jennifer, qui n'aura plus revu son enfant et à qui j'aurais expliqué ce que je réservais à sa famille pour la suite.

— Ça se tient, admit Franck.

— J'aurais une telle soif de vengeance, que même après la mort de Jennifer, je voudrais aller jusqu'au bout et détruire totalement sa famille et sa belle-famille. J'enlèverais sa belle-sœur et demanderais une rançon qui mettrait sur la paille sa famille et me permettrait d'assouvir enfin pleinement ma vengeance !

— Whaou ! Bravo ! tout se tient avec ce raisonnement, tu ne crois pas ?

— Oui, à peu près. En tout cas, pour la première fois depuis le début de cette affaire, les divers éléments s'imbriquent parfaitement.

— Tous, sauf un, fit remarquer Franck.

— Lequel ?

— Max. D'après la description qu'a fait Domergue du type qui était avec ta femme dans le camion de foin, on est presque sûrs que c'était lui, non ?

— Le contraire serait difficile à croire.

— Ouais, mais si Némésis tenait Jennifer grâce à Tara, avec quoi tenait-elle Max ?

Vincent réfléchit tout en hochant la tête et tordant la bouche. Son ami avait raison, Max était le grain de sable dans cette belle théorie. Comment justifier qu'il ait participé à cet enlèvement ? Vincent soupira et dit :

— Encore des questions sans réponse. Je pense que l'on tourne autour de la vérité d'une manière ou d'une autre, mais qu'il nous manque encore des pièces du puzzle pour tout comprendre. Max fait partie de ces pièces manquantes. Je n'ai pas encore réussi à le relier de façon logique à tout ça, même s'il est évident qu'il l'était.

— Je crois que nous savons ce qu'il nous reste à faire dans ce cas : découvrir qui est Némésis si nous voulons trouver toutes les réponses, tu ne crois pas ?

— Il faut que je fouille dans le passé de Jennifer. C'est la clé qui nous conduira à élucider le mystère sur l'identité de Némésis et à la démasquer. Cette femme, si c'en est bien une, doit être mise hors d'état de nuire. Elle nous a fait déjà trop de mal. Et surtout, si nous trouvons qui elle est et où elle est, nous trouverons sûrement Tara. Je ne pense pas qu'elle s'en soit prise à elle. Si ça avait été le cas, elle aurait fait en sorte qu'on la retrouve pour continuer à nous faire souffrir.

— D'accord avec toi.

— Il faut que je me rende à la villa.

— La villa ? Chez toi, tu veux dire ?

— Oui.

— Tu sais que si tu te pointes là-bas, tu vas te faire gauler sur-le-champ. Il doit y avoir des flics en planque en permanence.

— Je sais, mais c'est là qu'il y a tous nos papiers. Et c'est le premier pas pour remonter dans le passé de Jennifer : ses papiers.

— Ok, on va aller à la villa. Laisse-moi juste régler un ou deux petits détails avant.

— Comme tu voudras.

§

Antoine Priolo

Chapitre XVII

Le passé de Jennifer

Franck avait organisé une diversion devant la villa de Vincent. Deux de ses amis s'étaient mis à se battre devant la voiture de police en planque devant l'entrée. Ils s'étaient laissé tomber sur la carrosserie, provoquant l'intervention des deux fonctionnaires qui les avaient séparés avec grande difficulté. Pendant ce temps, Vincent et Franck en avaient profité pour se glisser dans le jardin par le portail.

Vincent s'était immédiatement dirigé au sous-sol, où des chemises cartonnées entreposées sur les étagères métalliques contenaient tous les papiers de la famille. Il prit l'une des chemises, retira les sangles élastiques qui maintenaient le rabat fermé et sortit la paperasse qui y était rangée. Il fouilla et mit de côté les papiers qu'il jugeait utiles. Au fur et à mesure, Franck jetait un œil sur chacune de ces feuilles, cherchant ce qu'elles recélaient d'intéressant. Il tomba sur des photocopies de pages du livret de famille, les lut et demanda à Vincent :

— Je vois qu'elle est la fille de Robert Leguet et d'Anne Martinez. Ses parents sont morts je crois, c'est bien ça ?

— Oui, c'est ça…

Vincent eut un doute tout à coup et ajouta :

— Du moins, c'est ce qu'elle a toujours prétendu. Maintenant, avec le recul, je me dis qu'il faut peut-être prendre tout ça au conditionnel.

— D'accord. Je vois qu'elle serait née à Marseille. Je peux faire jouer des connaissances là-bas pour essayer d'en savoir un peu plus.

— C'est une bonne idée.

— Ils sont morts de quoi ses parents, d'après ce qu'elle t'a raconté ?

— Un accident d'avion, en Afrique. Ils ont disparu tous les deux en même temps.

— Pratique comme histoire, si l'on veut éviter de mêler son passé à son présent, constata Franck.

— Oui, je commence à croire que, là aussi, je dois m'attendre à des surprises.

— Je passe deux ou trois coups de fil à Marseille, histoire de vérifier tout ça.

— Bon, j'ai récupéré à peu près tout ce qu'il y a d'intéressant sur Jennifer. On peut partir maintenant.

— Ok, j'appelle le camion pour qu'il nous récupère.

Un camion de livraison avançait lentement dans la rue, juste devant l'entrée de la villa de Vincent. Son chauffeur faisait mine de chercher une adresse. Il stoppa devant le portail et attendit que Franck et Vincent sortent et montent à l'arrière du véhicule par la porte latérale gauche. Lorsqu'ils furent à l'intérieur, le camion reprit sa route, lentement, jusqu'à ne plus être en vue des policiers qui planquaient toujours, dans une voiture banalisée.

§

— Jennifer a perdu ses parents alors qu'elle n'était qu'une enfant, expliqua Vincent à Franck, devant un bon repas dans un restaurant appartenant à des amis de celui-ci. Il évitait d'inviter Vincent dans l'un de ses propres restaurants, pensant qu'ils pouvaient faire l'objet d'une surveillance de la part de la police. Vincent continua :

— Elle m'a toujours dit qu'elle avait été recueillie par une tante, qu'elle nommait affectueusement : tante Mimi. Je crois que son prénom était Amélie en fait.

— Cette tante, tu l'as connue ? s'informa Franck.

— Non, elle est morte elle aussi.

— Comme par hasard, songea son ami.

— Oui, maintenant que j'y repense, c'est vrai que tout ça sent le mensonge à plein nez. Des parents morts, une tante morte. Elle s'est retrouvée seule, sans la moindre famille. À notre mariage, tu t'en souviens sûrement, il n'y avait que des gens de ma famille et des amis à moi et à ma sœur. Jennifer n'a invité que quelques collègues de travail. À l'époque elle travaillait pour une boîte de communication de Cannes.

— A part ces collègues de boulot, elle n'avait pas d'ami ?

— Non, aucun. Elle m'avait dit qu'elle en avait à Marseille, mais qu'elle les avait perdus de vue depuis des années, après qu'elle soit partie faire ses études à Paris. Ensuite, la vie professionnelle aidant, elle n'avait plus eu l'occasion de se faire de vrais amis. Ça, c'est tout à fait plausible. Combien d'adultes qui travaillent toute la semaine ont encore plein d'amis ? Moi, je n'en ai pas beaucoup, à part toi.

— Moi, j'en ai plein, mais ce sont que des amis de façade. Dans mon milieu, on est soit amis, soit ennemis. Y a pas vraiment de juste milieu, si on peut dire. Bref, ta Jennifer avait su faire le vide dans son passé. Je suis désolé de te dire ça, mais ça sent le coup monté depuis le début de votre rencontre.

— J'en ai bien peur, se désola Vincent, qui prenait conscience chaque jour un peu plus que la vie qu'il croyait vivre avec Jennifer n'était qu'un tissu de mensonges.

Le téléphone de Franck sonna. Il s'excusa auprès de Vincent et décrocha. Il échangea quelques mots avec son interlocuteur et raccrocha rapidement. Il regarda son ami droit dans les yeux et lui dit :

— C'est Marseille. J'ai des infos à propos de Jennifer.

— Vas-y, je t'écoute.

— D'après mon ami, son père, Robert Leguet, est toujours vivant. Il habite toujours Marseille. Je devrais recevoir un SMS avec son adresse d'ici quelques instants.

— Encore un mensonge, songea Vincent, un petit sourire désabusé aux coins des lèvres.

— Tu t'y attendais, non ? lui fit remarquer Franck.

— Oui, mais ça fait mal de constater que toute la vie de celle que l'on a aimée à la folie et avec qui l'on a fondé une famille, n'est en réalité qu'un océan de mensonges.

— On va aller trouver ce monsieur Leguet, histoire d'en apprendre un peu plus sur la vraie Jennifer. C'est un bon début, non ?

— Tu as raison, il faut se réjouir de cette nouvelle. Tu remercieras tes amis de Marseille. Je ne sais pas comment je pourrai vous renvoyer l'ascenseur, à toi et à tous ceux qui nous ont aidés, mais si je peux le faire un jour...

— Aucun problème, le coupa Franck. Pour mes amis, tu n'auras rien à faire. Ils sont mes amis et me rendre service est pour eux un honneur et un plaisir. Quant à moi, tu sais que la seule chose que je désire de toi, c'est ce que tu m'as toujours offert sans restriction : ton amitié. Tu me devras jamais rien, Vincent. Entre toi et moi, ce sera jamais du donnant, donnant. Nous sommes les meilleurs amis du monde, non ?

— Oui, nous le sommes.

— Alors, aucun problème entre nous.

— Merci Franck, car sans toi, je n'y arriverai jamais.

— L'amitié, c'est être là pour ses amis quand ils sont dans le besoin. Et là, j'avoue que t'es non seulement dans le besoin, mais aussi dans un sacré pétrin ! On va tout faire pour te sortir de là, hein ?

— Oui, on va tout faire pour ça. J'espère juste qu'on y arrivera et que ça ne te causera pas trop d'ennuis pour tout ce que tu fais.

— On file à Marseille, voir le père de Jennifer ?

— Allons-y, j'ai hâte de connaître ce qu'il a à nous raconter.

§

Robert Leguet habitait un vieil immeuble étroit, à la façade beige, de la rue Fortia, dans le quartier du Vieux-Port de Marseille. La porte d'entrée, étroite et modeste, jouxtait une double porte battante en métal, grise, qui semblait être une entrée de garage. Vincent chercha le nom sur la grille du parlophone et appuya sur le bouton d'appel. Il n'y avait pas grand monde dans la rue à cette heure matinale. Les nombreux restaurants étaient encore fermés. Seuls les employés municipaux s'affairaient à la propreté des rues de la métropole. Un grésillement strident envahit l'espace sonore autour de Vincent et Franck, suivi d'une voix masculine rocailleuse :

— Ouais, c'est qui ?

— Monsieur Leguet ? s'enquit Vincent.

— C'est qui ? répéta l'homme, visiblement méfiant.

— Bonjour monsieur. Je me présente : Vincent Delorme. Je suis l'époux de votre fille, Jennifer.

Il y eut un blanc, avant que Leguet ne réponde :

— Jennifer ? Ma fille ? dit l'homme, de l'étonnement dans la voix. Vous êtes sûr de pas vous tromper, monsieur ?

— Vous avez bien eu une fille avec une madame Anne Martinez ?

— Ah ! Je l'avais oublié celle-là, dit-il avec désinvolture. Vous voulez quoi ?

— J'aimerais que vous me parliez d'elle, c'est possible ?

— Entrez, dit-il, après un moment d'hésitation.

Le son de la gâche électrique qui vibre résonna et Vincent poussa la porte, qui donnait sur un étroit couloir mal entretenu au fond duquel se trouvait un escalier tout aussi en piteux état. L'appartement de Leguet était situé au second étage de l'immeuble. Robert Leguet se tenait dans l'encadrement de la porte d'entrée, en short et marcel blanc, une maïs au bec, les cheveux en bataille et une barbe de trois jours au moins. Il avait largement dépassé la soixantaine et son visage couperosé trahissait son penchant certain pour la boisson. C'était une épave de la vie, comme l'on en rencontre souvent dans les cafés de quartier. Il essayait de sourire poliment à Vincent qui arrivait. Lorsqu'il vit débouler Fanck derrière son ami, son visage se renfrogna. Il s'adressa à Vincent d'une voix inquiète :

— Je croyais que vous étiez seul.

— Non, pourquoi, ça pose un problème ?

— Non, non. J'ai été surpris, c'est tout.

— Je vous présente mon ami, Franck Di Carlo. Il m'accompagne, car je n'ai plus de points sur mon permis, mentit Vincent.

— Excès de vitesse ? demanda Leguet.

— Entre autres, oui.

— On peut plus circuler maintenant, se plaignit Leguet. Ces putains de flics arrêtent pas de nous faire chier ! Moi, je conduis plus, comme ça le problème est réglé. J'ai pas besoin de bagnole de toute façon.

L'appartement de Leguet était exigu et en désordre. Une odeur désagréable, mélange de vêtements sales et d'odeurs de cuisine, flottait dans l'air. L'homme habitait seul, de toute évidence. La pièce dans laquelle il fit entrer ses hôtes était une cuisine sommairement aménagée, avec un évier où s'entassait une vaisselle de plusieurs jours. Une vieille table rectangulaire recouverte d'un lino orange à fleurs, autour de laquelle étaient disposées quatre chaises tout aussi âgées, emplissait l'espace central de la pièce.

— Asseyez-vous, les pria Leguet, désignant les chaises d'un geste de la main. Vous voulez du café ?

Les deux hommes déclinèrent l'offre, dégoutés à la simple idée de boire dans des tasses dont la propreté devait autant laisser à désirer que le reste.

— Pastis, Whisky ? insista Leguet.

— Pas pour moi, merci, répondit Vincent.

Franck secoua la tête en signe de refus. Leguet prit la bouteille et se servit un verre :

— Je bois tout seul alors. À la vôtre !

Il prit le verre d'une main tremblante et le porta à ses lèvres qui tremblaient aussi. Il but une bonne gorgée, se racla la gorge et ajouta :

— Alors, vous êtes le mari de… comment vous avez dit qu'elle s'appelle ?

Vincent et Franck furent surpris. L'homme ne semblait pas connaître le nom de sa fille. Comment était-ce possible ? L'alcool ingurgité à forte dose depuis des années peut-être ? Vincent répondit :

— Jennifer. C'est bien le nom de votre fille ?

— Il me semble bien que c'était pas ça. Ou alors, c'était pas son prénom habituel.

— Prénom usuel, vous voulez dire, non ?

— Usuel, oui, c'est ça. Moi, je me souviens qu'elle s'appelait Ophélie.

— Ophélie ? Vous en êtes certain ?

— Oui, bien sûr, je suis pas gâteux !

— Désolé, je ne voulais pas dire ça, monsieur Leguet. Depuis quand n'avez-vous pas vu votre fille ?

Leguet rit, d'un rire caverneux et pulmoneux, qui indiquait qu'en plus de la boisson, il n'y allait pas de main morte sur la cigarette.

— Ophélie n'est pas ma fille, vous savez, lâcha-t-il.

— Comment ça ? Je ne comprends pas.

— C'est une longue histoire… dit-il, laconique.

— Vous voulez bien nous la raconter, monsieur Leguet. J'ai besoin de savoir qui était la femme que j'ai épousée.

— Pourquoi vous dites : était ? Elle vous a quitté ?

— Oui, était. Elle est morte.

Leguet n'eut aucune réaction. Visiblement il se fichait royalement du tragique destin de sa progéniture.

— Navré pour vous, monsieur… comment vous m'avez dit que vous vous appelez déjà ?

— Delorme. Vincent Delorme.

— Navré monsieur Delorme. Vous m'excuserez de ne pas verser ma petite larme, mais comme je vous l'ai dit, Ophélie n'était pas ma fille. J'ai connu sa mère, il y a plus de trente ans. Elle était venu habiter ici, dans cet immeuble. Au début, on s'adressait à peine la parole et puis, petit à petit, on est devenus amis. Elle était enceinte et j'ai vu son ventre s'arrondir au fur et à mesure des mois qui passaient. Elle était seule avec son fils et devait souvent rester alitée à cause de son état. Elle ne pouvait pas trop bouger. Elle risquait de perdre l'enfant. C'est pas qu'elle y tenait particulièrement, c'était l'enfant d'un viol.

— Un viol ? dit Vincent, surpris et intrigué.

— Oui. La pauvre petite était désespérée, mais comme elle était catholique et très croyante, elle était d'origine espagnole, précisa-t-il à voix basse, elle avait refusé de se faire avorter.

— Vous dites qu'elle avait un fils. Il avait quel âge ?

Leguet réfléchit, tordit la bouche et répondit :

— Trois, peut-être quatre ans, pas plus.

— Vous vous souvenez de son nom ? demanda Franck.

— Alain, je crois… non, Antoine ! Oui, c'est ça, Antoine.

— Il avait un père cet Antoine ?

— Allez savoir. En tout cas, Anne, sa mère, ne m'en a jamais parlé et je ne l'ai jamais vu.

— Que s'est-il passé ensuite ? demanda Vincent, impatient d'en apprendre plus.

— Anne m'a expliqué qu'elle ne voulait pas que cet enfant qui allait naître n'ait pas de père. Ce n'était pas un bon départ dans la vie qu'elle disait. Elle m'a demandé de devenir son père. J'ai refusé. J'ai jamais été très doué avec les gamins, vous savez. Et puis je voulais pas de cette responsabilité. Mais Anne a insisté et insisté encore, en me promettant que je n'aurai pas à m'en occuper et qu'elle ne me demanderait rien pour lui. Alors, à force, j'ai dit oui. C'est comme ça que je suis devenu le père de cet enfant.

Leguet prit la bouteille et se servit un autre verre. Il but avec délectation, comme s'il découvrait les sensations que procurait ce breuvage pour la première fois.

— Et ensuite, qu'est-il arrivé à cette femme et ses deux enfants ?

— Elle a accouché d'une petite fille qu'elle a appelée Ophélie. Jennifer, c'était son second ou troisième prénom, je crois. J'ai été reconnaitre l'enfant. Anne et ses deux gamins sont restés ici durant près de quatre ans. J'ai vu grandir sa petite fille. Elle m'aimait bien et je l'aimais bien aussi, dit-il, tout à coup attendri.

— Sa mère faisait quoi pour vivre ? se demanda Franck.

— Rien. Elle s'occupait de ses deux gosses.

— Elle ne travaillait pas ? s'étonna Vincent.

— Non.

— Elle vivait avec quoi ? Les aides sociales ?

— Je crois pas. Elle avait de l'argent. Elle était pas riche, loin de là, mais elle manquait de rien et ses gamins non plus. J'ai jamais su d'où elle le sortait son fric, avoua Leguet.

— Et elle est partie pour quelles raisons ?

— Elle est tombée malade et elle en est morte. Elle n'a jamais surmonté ce qui lui était arrivé. Ce viol l'avait bousillée de l'intérieur. Elle était toujours triste, déprimée, morose. J'essayais de l'aider, mais personne pouvait rien pour elle, pas même ses gosses. Elle les aimait, même la petite Ophélie et je crois que sans eux elle serait morte bien avant.

— Que sont devenus ses enfants après sa mort ?

— Lorsque Anne est tombée malade, qu'elle a commencé à faire des séjours à l'hôpital et qu'elle a su qu'elle en avait plus pour longtemps, elle a contacté une parente à elle, une sœur, je crois. C'est elle qui s'est occupée des gosses après la mort d'Anne.

— Vous vous souvenez de son nom, par hasard ?

— Non, je l'ai jamais su.

— Et vous ne savez pas non plus d'où elle était, je suppose ?

— Si, je me souviens bien. Elle était venue d'Amérique.

— Par Amérique, vous voulez parler des États-Unis ?

— Ouais, c'est ça.

— Vous en êtes sûr ?

— Certain, affirma-t-il sans la moindre hésitation.

— Vous n'avez pas plus de précisions, bien sûr ?

— Ben, là je crois pas. Je me souviens qu'elle venait des États-Unis parce qu'on en avait parlé tous les deux et qu'elle m'a laissé un petit souvenir en partant.

— Quel genre de souvenir ?

— Un tee-shirt qu'elle portait et que j'avais trouvé sympa. Elle m'en a fait cadeau.

— Et c'est tout ? demanda Vincent, dépité.

— Ouais... Eh, mais attendez ! s'écria Leguet, qu'une lueur venait d'illuminer. Je me souviens qu'elle y tenait beaucoup à ce tee-shirt. C'était celui de son université, ou celle de son mari... je sais plus trop.

— Vous vous souvenez de quelle université il s'agit ? demanda Vincent, soudain rempli d'espoir.

— Non, mais j'ai conservé le tee-shirt ! dit-il avec soudain un sourire amusé.

Il se leva de table, quitta la pièce, en revint quelques instants plus tard avec un tee-shirt bleu marine avec en lettres rouge carmin les inscriptions suivantes : *Harvard university* encadrant un écusson.

— Un tee-shirt de l'université de Harvard, constata Franck. On ira pas loin avec ça.

— Pourquoi dis-tu ça ? dit vincent, étonné.

— Parce que ce genre de tee-shirt, ma cousine en fabriquait des centaines par jour ! On n'est même pas sûr qu'il provienne vraiment de là-bas.

Vincent dut reconnaître que c'était un peu mince comme piste. Quand bien même le tee-shirt fut-il authentiquement fabriqué pour les étudiants de Harvard, cela ne suffisait pas à localiser cette tante de Jennifer qui s'en était occupée.

— C'est tout ce que vous avez ? demanda Vincent à Leguet.

Celui-ci se servit un autre verre de Whisky et voulut le porter à ses lèvres, lorsque Franck retint son bras :

— Je crois que vous avez assez bu, monsieur Leguet, vous ne croyez pas ? Ce n'est pas bon pour la concentration et nous avons besoin que vous vous concentriez sur le sujet qui nous préoccupe, d'accord ?

Le regard que Franck lança à Leguet lui glaça les os. Il reposa le verre et réfléchit. Au bout d'un moment il finit par dire :

— J'avais conservé une vieille boîte à chaussures avec des papiers appartenant à Anne, que sa sœur n'avait pas voulu prendre.

— Vous pouvez nous les montrer ? demanda Vincent.

— C'est que… dit-il, ennuyé.

— Quoi ?

— Je sais plus trop ce que j'en ai fait.

— Concentrez-vous, s'il vous plaît, c'est important, le supplia Vincent.

—Je ne me souviens plus, désolé, s'excusa Leguet.

— On va vous aider à réfléchir, d'accord ? Vous avez dit qu'il s'agissait d'une boîte à chaussures. Vous l'avez mise dans un placard peut-être ?

Leguet secouait la tête en signe de négation :

— Non, je ne sais plus, je suis désolé.

— Où est-ce que vous rangez vos propres papiers ? demanda Franck.

— Dans l'armoire de la chambre, dans un tiroir. Une boîte à chaussures ne tient pas dedans.

— Non, mais dans l'armoire, si.

Vincent se dressa sur ses jambes et fonça dans la chambre pour fouiller l'armoire, après avoir demandé sa permission à Leguet. Il revint bredouille.

— Rien, dit-il.

—Il y a sans doute un autre endroit où vous rangez vos affaires, non ? s'enquit Vincent.

—Oui, y'a la cave, au rez-de-chaussée, mais je me rappelle pas avoir mis la boîte dedans.

— Ça ne fait rien, on va aller jeter un coup d'œil, si vous n'y voyez pas d'inconvénient.

— Allez-y, c'est après l'escalier, la porte à droite, puis deuxième porte à droite toujours.

— Il n'y a pas de clé ?

— Ah si, tenez, dit-il en tendant son trousseau de clés, après avoir mis en évidence celle de la cave.

Vincent et Franck descendirent à la cave de Leguet. Elle était comme toutes les caves, encombrée d'un tas de choses inutiles que l'on hésitait généralement à jeter, pensant qu'un jour cela pourrait servir. Il y avait des étagères sur la droite et au fond, sur lesquelles s'entassaient des cartons et... des boîtes à chaussures. Vincent et Franck se mirent à les ouvrir toutes, l'une après l'autre jusqu'à ce qu'enfin Franck mette la main sur la bonne.

— J'ai trouvé ! Des papiers appartenant à Anne Martinez : factures EDF, d'eau et de gaz, ordonnances médicales, courriers de toubibs, lettres du syndic de l'immeuble, énumérait-il en sortant les papiers de la boîte pour les déposer sur l'étagère devant lui.

— C'est tout ? Rien de plus intéressant ?

— Attends, il y en a encore. Ah, quelque chose de plus intéressant : une lettre par avion en provenance de l'étranger. Voyons voir d'où elle provient, ajouta-t-il en regardant le cachet de la poste. Boston, Massachusetts. Envoyée il y a un peu moins de trente ans !

— Boston ? Ce n'est pas là que se trouve l'université d'Harvard ?

— Je crois bien, oui.

— Donc, le tee-shirt était un vrai, provenant des États-Unis. Ce qui veut dire que la tante de Jennifer vit bien là-bas.

— T'emballes pas, mon pote, tempéra Franck. Elle est peut-être morte depuis longtemps, on sait pas. Tu trouveras peut-être rien à Boston.

— Est-ce qu'on a une adresse, un nom ? Donne-moi le courrier, que je regarde, s'impatienta Vincent.

— Tiens, le nom et l'adresse de l'expéditeur sont au dos, sur le rabat.

Vincent se précipita sur l'enveloppe au dos de laquelle il put lire : *Olivia Mac Gregor, 236 Mont Vernon Street, Beacon Hill, Boston, Massachusetts.*

— Jennifer a été élevée par une tante américaine. Je comprends mieux pourquoi elle parlait l'anglais avec autant d'aisance. Elle m'avait affirmé avoir passé un an aux États-Unis, que c'était là qu'elle l'avait perfectionné. Encore un mensonge, regretta-t-il.

— Un demi-mensonge seulement, fit remarquer Franck. C'est bien aux États-Unis qu'elle l'a appris.

— Elle a grandi là-bas, à Boston. Elle m'a menti sur toute la ligne. La vie que je connaissais d'elle était entièrement inventée. Rien n'était vrai. Pourquoi ?

— Pourquoi ? On sait tous les deux pourquoi, Vincent. Pour le fric et sans doute, accessoirement pour une vengeance.

— Je voulais dire : pourquoi moi ? Pourquoi est-ce qu'une telle chose m'est arrivée à moi ? J'avais une vie. Elle me l'a volée. J'avais une famille. Elle me l'a volée aussi. Ce que je n'arrive pas à digérer, c'est qu'elle soit allée jusqu'à faire un enfant avec moi ! Elle n'était pas obligée ! Pour tout le reste, je n'arrive pas à lui en vouloir, car je l'aimais comme un fou. Elle était la femme de ma vie et malgré tout je l'avais dans la peau, mais pour ça, je la déteste ! lança-t-il, plein de rancœur.

— Au fait, y a quoi dans l'enveloppe ? demanda Franck. J'ai trouvé qu'elle était bien légère.

Vincent l'ouvrit et en tira un petit mouchoir en tissu, blanc, avec une rose brodée dessus. Elle ne contenait rien d'autre.

— Curieux, tu ne trouves pas ?

— Ouais, comme tout le reste. Allez, viens, sortons d'ici, dit Franck, posant une main sur l'épaule de son ami, On a encore du chemin à faire pour comprendre ce qui t'es arrivé.

Les deux hommes remontèrent à l'appartement de Robert Leguet, qui attendait en buvant ce qui restait dans la bouteille de Whisky.

— Monsieur Leguet, vous souvenez-vous bien de cette sœur d'Anne Martinez ? demanda Vincent.

— Bien ? C'est loin tout ça, vous savez. Je me rappelle que c'était une femme assez grande, mince, très bien habillée, qui sentait toujours bon. Ah oui, ça je m'en souviens très bien, elle sentait le jasmin.

— C'était une Américaine. Est-ce qu'elle parlait bien le Français ?

— Ah ouais, très bien. Elle n'avait pas d'accent.

— Pas d'accent ? Vous êtes sûr ?

— Ouais, je me rappelle qu'on a parlé souvent les jours avant que cette pauvre Anne ne passe l'arme à gauche. Elle n'avait aucun accent, je suis sûr et certain.

— Est-ce qu'elle vous a parlé d'elle, de qui elle était, de ce qu'elle faisait dans la vie, de pourquoi elle vivait aux États-Unis ?

— Non, pour ça elle était pas causante. On a beaucoup parlé d'Anne, de sa maladie, des enfants, mais jamais elle m'a parlé d'elle. En tout cas, si elle l'a fait, je m'en rappelle pas.

— Après le départ des enfants, vous n'avez plus eu de nouvelles ?

— Jamais, jusqu'à aujourd'hui où vous êtes venu m'annoncer la mort de la petite.

— Une dernière question : vous n'avez pas revu Antoine non plus, je suppose ?

— Ni l'un ni l'autre. Ils ont disparu de ma vie, il y a vingt-cinq ans exactement.

§

Chapitre XVIII

Boston, Massachusetts

Franck Di Carlo arriva à l'aéroport JFK de New York vers quatorze heures. Il déambula dans l'immense hall d'aérogare, où se pressaient des milliers de voyageurs venant de toutes les directions du continent Nord Américain et d'ailleurs. Il arriva au point de rendez-vous que lui avait fixé son contact, qui le guiderait et serait son traducteur durant son séjour dans ce pays immense. Il avait été décidé, avec Vincent, que, bien que lui aussi ait été filmé à Paris par des passants lors du meurtre de Martial Domergue, il irait à Boston pour enquêter sur Jennifer. Vincent n'avait aucune chance de franchir les contrôles aéroportuaires tant au départ de France et d'Europe qu'à l'arrivée aux États-Unis. S'il se faisait arrêter par la police française, Franck ne serait vraisemblablement pas inquiété outre mesure puisqu'on ne devait rien voir, sur les vidéos, qui puisse le lier de près ou de loin au meurtre. Dans le pire des cas, il aurait été interrogé et aurait dû retarder son départ de quelques heures. Ce ne fut pas le cas. Franck passa sans encombre tous les contrôles. Il arriva au point de rendez-vous, un kiosque à journaux situé en plein centre du hall principal. Il chercha du regard la personne qui était censée l'accueillir, dont une description assez détaillée lui avait été faite par Vincent, mais ne la vit pas. Il regarda sa montre, constata qu'il était pile à l'heure prévue et attendit sagement, consultant les couvertures des magazines américains. Franck avait fait de l'anglais à l'école et il était capable de se faire comprendre pour des choses simples, mais il ne maîtrisait pas suffisamment la langue pour se débrouiller seul, surtout pour enquêter. C'est alors qu'il lisait les gros titres du magazine Life, qu'il entendit une voix féminine dont le timbre traduisait une certaine maturité de la personne :

— Vous êtes Franck Di Carlo ?

Franck se retourna et reconnut immédiatement la description qu'avait fait Vincent d'Alicia Redgrave. C'était une belle femme d'âge mur tirée à quatre épingles, souriante et sympathique. Franck lui sourit à son tour :

— Alicia ? demanda-t-il.

Elle lui tendit une main chaleureuse :

— Bienvenue à New York, Franck.

— Merci beaucoup, Alicia.

Après avoir échangé les banalités d'usage lorsque deux personnes se rencontrent pour la première fois, Alicia Redgrave entraîna Franck vers la sortie, où les attendait une limousine avec chauffeur, qui les conduisit en plein cœur de Manhattan. Là, dans un quartier chic, Alicia possédait un petit hôtel particulier de style Victorien.

Installés dans le salon, une pièce octogonale à l'ameublement et la décoration chargés, dans le style typiquement américain des années trente à quarante, Alicia et Franck discutaient devant une tasse de café :

— J'ai fait des recherches en attendant votre arrivée, expliqua Alicia. Olivia Mac Gregor est décédée il y a cinq ans. Sa propriété de Boston a été vendue et il y a malheureusement peu de chance pour que vous trouviez quelque chose d'intéressant là-bas.

— Peut-être, mais je dois essayer quand même, affirma Franck avec conviction. Si je veux tirer Vincent du pétrin dans lequel il est, je dois rien négliger. Il compte sur moi.

— Je comprends. C'est quelqu'un de bien et je suis certaine que vous réussirez à l'innocenter. Vous êtes amis depuis longtemps tous les deux ?

— Depuis l'enfance.

— C'est beau une telle amitié. Et rare, appuya-t-elle.

— C'est vrai, reconnut-il. Vincent et moi, on a toujours été les meilleurs amis du monde, depuis le jour où on s'est connus, sur les bancs de l'école primaire. Il a toujours été là pour moi et j'ai toujours été là pour lui. Aujourd'hui c'est lui qui a besoin de moi, mais si ça avait été l'inverse, je sais que j'aurais pu compter sur lui de la même façon.

— Vous comptez vous rendre à Boston quand ?

— Dès demain. Plus vite j'irai sur place, mieux ce sera.

— Je ne pourrai pas vous accompagner à Boston demain, dit-elle d'un air navré.

— Ah. C'est ennuyeux.

— Je sais, mais j'ai contacté un ami détective privé qui vous y accompagnera. Il parle français, rassurez-vous.

— Un ami détective, dit-il, embêté.

— Pourquoi, cela vous pose problème ?

— Je pensais que vous seriez mon guide à Boston. C'est ce que vous aviez convenu avec Vincent. Je n'aime pas trop que d'autres personnes se retrouvent sur cette affaire, vous comprenez ?

— Oui, j'en suis désolé, Franck, mais j'ai un contretemps fâcheux dans mes affaires et je dois me rendre à Baltimore demain. Cet ami détective est quelqu'un de confiance. Je l'emploie parfois dans le cadre de mes affaires et il est extrêmement compétent.

— D'accord, va pour votre ami détective dans ce cas.

— Je peux vous poser une question ?

— Allez-y.

— Qu'est-ce que vous espérez trouver à Boston ?

— Des indices qui pourraient nous conduire à la personne qui a manigancé toute l'affaire à laquelle la femme de Vincent a été mêlée. Nous pensons que c'est elle qui tire les ficelles depuis le début. Nous espérons aussi retrouver Tara, la fillette de Vincent.

— Oh oui, sa fille. C'est terrible ! dit-elle en secouant la tête. Pauvre Vincent, il doit tellement souffrir !

— C'est dur pour lui, c'est vrai. Heureusement, il est solide et se laisse pas aller, malgré toutes les épreuves qu'il traverse. Il est combatif et se laissera pas détruire sans se battre !

— Tant mieux ! J'espère que vous arriverez à résoudre toute cette affaire et qu'il finira par comprendre ce qui s'est passé, dit-elle, enthousiaste. Bon, je vais prévenir Jason Turner, le détective, que vous voulez vous rendre demain à Boston.

§

Jason Turner était un grand gaillard d'un mètre quatre vingt quinze, large d'épaules, brun, un visage à la mâchoire carrée, un nez long et droit et des yeux gris bleu. Il n'était pas à proprement parler un bel homme, mais sa masse en imposait au premier regard. Il avait un sourire un peu niais qui donnait la fausse impression d'un homme tout en muscles et sans cervelle. Habillé d'un costume bon marché aux pantalons démesurément larges, de couleur havane sur une chemise beige avec une cravate vert olive, il faisait penser à un de ces détectives privés des polars noirs des années cinquante. Il ne lui manquait plus que le Stetson Trilby pour couronner le tout ! À côté de lui, Franck Di Carlo avait l'air d'un nain de jardin ! Après avoir été présentés par Alicia Redgrave, ils se mirent en route pour Boston à bord de la Cadillac SRX gris clair de Turner. Entre New York et Boston, il y avait environ trois cent cinquante kilomètres, que reliait une autoroute très fréquentée qui traversait l'État de New York, le Connecticut et le Massachusetts. Partis vers dix heures du matin, ils arrivèrent au cœur de Boston vers quatorze heures trente à cause d'une circulation intense. Après s'être arrêtés pour déjeuner dans un fast-food, Franck voulut se rendre à l'adresse indiquée sur l'enveloppe trouvée chez Robert Leguet, dans sa cave.

Le 236 Mont Vernon Street, dans le quartier de Beacon Hill, était un petit hôtel particulier accolé de chaque côté à d'autres demeures de même type et de même style Victorien, très fréquent dans tout le nord-est des États-Unis. Beacon Hill était un quartier chic de Boston, situé sur une colline, à deux pas du centre-ville. Jason Turner gara sa voiture devant l'entrée de la maison en briques rouges, sur trois niveaux, avec des bow-windows et une porte d'entrée vert bouteille, que les arbres centenaires de la rue cachaient en partie aux regards. Les deux hommes sortirent du véhicule et s'avancèrent jusqu'au perron du 236. Franck sonna à la porte. Après quelques instants, une petite femme brune, de type hispanique, vint ouvrir. Elle regarda les deux hommes d'un air méfiant et dit :

— Bonjour, c'est pour quoi ? avec un fort accent espagnol.

— Bonjour, répondit Turner, nous sommes à la recherche de renseignements sur Olivia Mac Gregor.

— Olivia ? Mac Gregor ? C'est qui ça ? Je connais pas.

— C'est sans doute l'ancienne occupante de la maison.

— Ah, la personne qui était ici avant, c'est ça ? dit-elle d'un air un peu niais.

— Oui, c'est ça.

— Ah, moi je sais rien, monsieur, vous savez. Il faut parler avec monsieur et madame Fitzgerald. Eux, ils savent peut-être.

— D'accord, on peut les trouver où ces Fitzgerald ?

— C'est les gens qui sont dans la maison maintenant, mais ils sont pas là jusqu'à dimanche soir. Moi, je fais le ménage, mais j'habite pas là. Y'a personne.

— Merci pour ces renseignements, termina Turner.

Il se tourna vers Franck, qui avait à peu près compris la conversation et dit :

— Elle ne sait rien et les propriétaires sont absents plusieurs jours. On devrait revenir la semaine prochaine.

— Revenir ? Vous plaisantez, j'espère ? Il en est pas question. On va aller frapper aux portes du voisinage. Y a peut-être des personnes qui connaissaient madame Mac Gregor.

— Comme vous voulez, se contenta de dire Turner.

Les deux hommes frappèrent aux portes du voisinage. La plupart des voisins étaient absents et ceux qui étaient présents ne connaissaient pas ou peu la famille Mac Gregor. L'un d'eux expliqua simplement qu'il voyait régulièrement madame Mac Gregor aller et venir avec les deux enfants, un garçon et une fille, mais qu'il n'avait pas d'autres contacts qu'un *bonjour bonsoir* de politesse entre voisins. Une vieille dame indiqua qu'elle avait déjà vu les enfants de la famille Madisson jouer avec les Mac Gregor et leur donna l'adresse de ceux-ci.

Franck sonna au portail des Madisson, qui habitaient une belle maison avec un petit jardin clos bien entretenu, dans une rue perpendiculaire à celle où se situait celle d'Olivia Mac Gregor, à quelques centaines de mètres de là. Un homme, âgé d'une cinquantaine d'années, grand, les cheveux grisonnants, vêtu d'un costume couleur gris anthracite, traversa le jardin pour venir à leur rencontre. Il dévisagea les deux inconnus avec de la méfiance dans le regard et leur dit :

— Si c'est pour les témoins de Jéhovah, où tout autre secte, merci, ça ne m'intéresse pas !

— Bonjour, dit Turner, nous sommes détectives privés et nous cherchons des renseignements sur une famille qui habitait dans le quartier : les Mac Gregor. Vous êtes monsieur Madisson ?

— Pas du tout, répondit l'homme, ce sont les anciens propriétaires. Moi, je m'appelle Moshé Orovitz.

— Ah, désolé, monsieur Orovitz. Est-ce que vous connaissiez les Mac Gregor, à tout hasard ?

— Pas du tout.

— Bon d'accord. Est-ce que vous savez où sont partis habiter les Madisson ?

— Non plus, désolé, dit-il laconiquement.

Turner et Franck sentaient qu'ils l'importunaient. Monsieur Orovitz le leur faisait bien comprendre.

— Bien, nous allons vous laisser tranquille dans ce cas. Désolé de vous avoir dérangé, ajouta Turner.

— Vous ne m'avez pas dérangé, mentit Orovitz.

— Excusez-moi, Monsieur, dit Franck. Vous avez emménagé ici il y a combien de temps ?

— Trois ans, pourquoi ?

— Quel mois ?

— Avril. Je peux savoir pourquoi vous me posez ces questions ?

— Non, juste pour savoir, merci.

Ils quittèrent monsieur Orovitz et déambulèrent dans le quartier. Turner posa une question :

— Pourquoi vouliez-vous savoir quand il avait emménagé ?

— Parce que j'ai pensé faire le tour des déménageurs du quartier, on ne sait jamais.

— Vous voulez retrouver absolument les Madisson ? s'étonna Turner.

— S'ils étaient amis avec les Mac Gregor, peut-être qu'ils pourraient nous dire où ils se trouvent, vous ne croyez pas ?

— Oui, c'est possible, dit-il, peu convaincu. Vous savez, songea Turner, il n'est peut-être pas nécessaire de faire le tour des déménageurs. Je vais consulter l'annuaire en ligne et voir si les Madisson sont dedans, qu'en pensez-vous ?

— Oui, bonne idée, approuva-t-il, à condition qu'ils soient toujours dans le secteur.

Turner chercha sur son téléphone dans l'annuaire de Boston. Il s'afficha pas moins de vingt-huit Madisson.

— On pourra pas aller les voir tous, ce serait trop long, dit Franck. Je crois que mon idée d'aller chez les déménageurs est plus rationnelle, non ?

— Oui, j'ai consulté l'annuaire pour ça. Dans le coin, il y en a sept seulement, à condition qu'ils aient fait appel à un déménageur du quartier, conclut Turner.

Les deux hommes firent le tour des déménageurs. Ils durent redescendre sur les larges artères de la ville, au pied de la colline, pour cela. Le quartier de Beacon Hill était avant tout résidentiel et peu de commerces y étaient installés et surtout pas les déménageurs. Ils durent attendre le cinquième établissement pour enfin trouver ce qu'ils cherchaient. Une femme les accueillit. Elle avait bien soixante ans, les cheveux bouclés, gris, était mince, à la limite de la maigreur, le visage émacié, portait des lunettes en forme d'ailes de papillon, attachées par une chaînette couleur or autour de son cou.

— Madisson, vous dites ? dit-elle en consultant son ordinateur. Il y a trois ans, en avril, ajouta-t-elle. Je vais vous dire ça tout de suite.

Il s'écoula une quinzaine de secondes avant que la réponse ne tombe :

— Oui, c'est bien chez nous, affirma-t-elle. Nous avons déménagé les Madisson le sept avril.

— Vous pouvez nous donner leur nouvelle adresse ? demanda Turner.

La femme les regarda, méfiante :

— Nous ne donnons pas ce genre de renseignements sur nos clients, affirma-t-elle.

— C'est important, vous savez, dit Franck. C'est une question de vie ou de mort.

— Vraiment ? dit-elle, n'en croyant pas un mot. Allez trouver la police si c'est si important.

Franck comprit qu'il fallait trouver d'autres arguments pour convaincre cette femme.

— Bien, nous vous remercions, Madame, dit Turner.

Franck trouvait curieux que le détective mette fin à la conversation aussi rapidement, sans chercher à obtenir ce qu'ils étaient venus chercher. Il avait l'impression que celui-ci n'en avait rien à faire. Il était pourtant payé pour ce travail. Franck décida de ne pas lâcher l'affaire :

— Madame, dit-il, je suis français, j'ai fait des milliers de kilomètres pour retrouver une famille, ici, à Boston. Je suis ici pour aider un ami qui se trouve en France et qui a été accusé de deux meurtres, qu'il n'a pas commis et la seule façon de le disculper est de retrouver cette famille. Je vous en prie, Madame, je suis même prêt à vous dédommager s'il le faut, mais j'ai absolument besoin de ces renseignements.

Franck dut être suffisamment convaincant, car la femme, après avoir scruté son visage et son regard, finit par imprimer une feuille de papier avec la nouvelle adresse des Madisson :

— Tenez, dit-elle, en espérant que vous réussissiez à innocenter votre ami. Comment s'appelle-t-il ? demanda-t-elle par curiosité.

— Vincent Delorme, Madame. C'est quelqu'un de bien, vous savez.

— J'imagine, pour qu'un ami fasse autant pour lui, ajouta-t-elle, un franc sourire sur le visage.

— Merci, du fond du cœur, Madame, termina Franck, lui rendant son sourire.

Turner et Franck traversèrent la ville pour se rendre dans un quartier moins huppé de la ville, où l'on trouvait surtout des classes moyennes. L'adresse indiquée était une maison plus modeste, en bois, aux façades bleu gris, ce qui semblait indiquer que les Madisson avaient peut-être eu des problèmes d'argent et qui expliquerait leur déménagement. Turner sonna à la porte. Ils entendirent des voix crier à l'intérieur. Une femme demandait que l'on aille voir qui arrivait. Des bruits de pas qui courent et la porte s'ouvrit sur une petite fille noire, avec de grands yeux qui lui mangeaient le visage et des tresses dans les cheveux, terminées par deux petits nœuds roses.

— Bonjour, dit-elle, c'est pour quoi ?

— Bonjour jeune fille, tes parents sont là ? demanda Turner.

Elle acquiesça d'un mouvement de la tête.

— Nous aimerions leur parler, dit-il. Tu peux aller les chercher, s'il te plaît ?

— Oui, dit-elle, avant de refermer la porte sur eux.

Les deux hommes attendirent plusieurs minutes avant qu'enfin elle ne se rouvre sur un homme noir impressionnant par la taille et la carrure. Malgré cela, il avait un visage doux, presque angélique qui contrastait avec l'aspect « brute épaisse » de son corps musculeux.

— Bonjour, dit-il, ma fille m'a dit que vous vouliez me parler ?

— Bonjour monsieur, nous recherchons la famille Madisson, expliqua Turner. Êtes-vous monsieur Madisson ?

— Non, moi c'est Joe Duke, dit-il, leur tendant une main démesurée.

— Jason Turner. Et voici monsieur Di Carlo. Enchanté monsieur Duke. Vous savez ce que sont devenus les Madisson, la famille qui habitait ici avant vous ?

— Vous les cherchez pour quelles raisons ? demanda Duke, méfiant.

— Je suis détective privé. Monsieur Di Carlo travaille pour un cabinet notarial, mentit Turner. Nous avons une bonne nouvelle pour madame Madisson, elle a fait un petit héritage qui la sortira de ses problèmes, j'en suis sûr.

— C'est une bonne nouvelle, je suis content pour elle, se réjouit naïvement Duke. Elle est partie, il y a trois mois, juste avant que nous n'emménagions.

— Et bien sûr vous ne savez pas où elle est allée ?

— Les Madisson ont eu de gros problèmes d'argent. Monsieur Madisson avait perdu son travail et comme il était âgé, ce n'était pas facile d'en retrouver dans sa branche. C'est pour ça qu'ils ont déménagé de Beacon Hill pour venir ici.

— Vous semblez bien les connaître, constata Turner.

— Ils étaient très gentils. Nous habitions la maison juste en face, dit Duke en montrant du doigt l'autre côté de la rue. Lorsque monsieur Madisson est mort, il y a un peu plus de six mois, les choses ont empiré pour madame Madisson, qui s'est retrouvée seule dans cette grande maison. Elle ne pouvait plus payer le loyer. Alors, elle a fini par se résigner et quitter cet endroit. Je lui ai dit que si elle le quittait, je serais preneur. Nous manquions de place dans l'autre maison. C'est pour ça que nous sommes ici.

— Vous n'avez pas répondu à la question de mon ami, du coup, monsieur Duke, fit remarquer Franck.

— Ah oui, c'est exact. Madame Madisson est allée habiter dans le quartier de Roxbury, dans un appartement situé dans une maison sur Lagrange street. Je vais vous chercher l'adresse exacte.

§

La maison de Lagrange Street était modeste, en bois, peinte en bleu foncé.

— Sacrée descente, pour cette femme, fit remarquer Turner.

— On est loin de la maison bourgeoise de Beacon Hill, en effet, constata Franck.

Une vieille dame ouvrit la porte de la maison. Elle était petite et courbée sous le poids des ans.

— Bonjour, vous êtes madame Madisson ? demanda Turner.

— Non, qu'est-ce que vous lui voulez à cette femme ? demanda-t-elle, peu aimable.

— Nous aimerions lui parler, c'est tout.

— Ça va pas être possible, affirma la vieille dame.

— Ah, et pourquoi ça ?

— Parce qu'elle est morte, laissa-t-elle tomber sans la moindre émotion.

— Morte ? Quand ?

— La semaine dernière.

— Vous savez si ces enfants sont venus à son enterrement ? s'informa Franck.

— Oui, ils étaient là. De beaux enfants, fit-elle remarquer. Sa fille surtout. Elle est très gentille en plus.

— Est-ce que vous savez où nous pourrions la trouver ?

— Ah oui, j'ai son adresse. J'ai fait transporter les affaires de cette pauvre madame Madisson chez elle pas plus tard qu'hier. Vous la voulez ?

— Oui, s'il vous plaît, la pria Franck.

La fille de madame Madisson s'appelait désormais Jenkins, du nom de son époux. Elle habitait à nouveau dans le quartier de Beacon Hill, à quelques rues de l'ancienne maison des Mac Gregor. C'était une belle femme blonde d'une trentaine d'années, qui sortit de la maison, traversa le jardinet et, sans ouvrir le portail, demanda :

— Bonjour messieurs, que puis-je pour vous ?

— Bonjour madame. Vous êtes madame Jenkins, la fille de madame Madisson ? s'enquit Turner.

— Oui, je suis madame Jenkins, sa fille. Madame Madisson, c'était ma mère. Elle est décédée la semaine dernière. Pourquoi ?

— Vous nous en voyez désolés, madame Jenkins. Nous sommes détectives privés et nous recherchons des renseignements sur la famille Mac Gregor. Une voisine nous a dit que vous étiez amis avec eux. Est-ce exact ?

— Oui, nous étions amis, c'est vrai. Je peux connaître les raisons qui poussent des détectives privés à enquêter sur les Mac Gregor ? demanda-t-elle, intriguée.

— Nous ne pouvons pas tout vous révéler, mais sachez que nous recherchons en fait tout indice sur ces personnes à cause du meurtre de leur fille, Jennifer.

— Jennifer ? Qui est Jennifer ?

— Vous la connaissez sans doute sous le prénom d'Ophélie, précisa Franck, qui arrivait à suivre la conversation, jusque-là relativement simple.

— Offy a été assassinée ? s'étonna-t-elle. Quelle tristesse !

Son visage se ferma, des larmes coulèrent sur ses joues roses.

— Vous la connaissiez bien apparemment ?

— Nous étions amies depuis l'enfance. Cela faisait des années que nous n'avions plus trop de contacts. Un coup de fil de temps en temps et une carte de vœux à thanksgiving, c'est tout.

— Vous auriez un peu de temps à nous consacrer, demanda Turner, pour nous en dire plus sur elle et sa famille ?

— Oui, bien sûr, entrez, dit-elle, ouvrant le portail.

L'intérieur de la maison, toujours dans le style victorien propre à ces quartiers huppés de Boston, était résolument moderne. Les murs étaient peints en blanc, taupe et gris tirant sur le bleu. Le mobilier était contemporain, ainsi que la décoration. La maison respirait la douceur de vivre d'une société américaine opulente. Assis sur un grand canapé d'angle en cuir beige, Franck et Turner faisaient face à madame Jenkins, installée dans un fauteuil assorti au canapé.

— Comment étaient les Mac Gregor ? demanda Turner.

— Une famille comme les autres, répondit-elle, cherchant ce qu'elle aurait bien pu ajouter.

— C'est-à-dire ?

— Madame Mac Gregor était une belle femme, très classe, toujours bien habillée, qui s'occupait parfaitement de ses deux enfants, Ophélie et Maxence. Tout le monde les appelait par leurs diminutifs : Offy et Max, précisa-t-elle. Son époux, monsieur Mac Gregor, était un riche homme d'affaires. Il possédait diverses entreprises d'après ce que nous en savions. Offy et Max étaient des enfants comme tous les autres. Je ne vois pas quoi ajouter d'autres.

— D'accord. Est-ce qu'ils ont fait des études supérieures ?

— Oui. Max a fait du droit et Offy se passionnait pour la psychologie. Elle a, du reste, obtenu son diplôme avec brio. Ils ont tous les deux fait Harvard.

— Harvard ? Ah oui, des étudiants brillants donc ?

— Oui, très.

— Vous savez ce qu'est devenu Maxence ?

— Il a ouvert son cabinet d'avocats à New York, je crois. C'est là qu'ils sont partis s'installer lorsqu'ils ont vendu la maison de Mont Vernon street.

— Et Ophélie ?

— Elle a travaillé à l'hôpital Bellevue de New York avant de monter son cabinet, toujours à New York. Maintenant, je ne sais pas ce qu'elle est devenue, je n'ai plus de nouvelles depuis près de trois ans, ajouta-t-elle d'un air désolé.

— À quoi ressemblait Maxence ? demanda Franck, intrigué par l'étrange similitude de prénom et de profession entre celui-ci et Max Renard, l'avocat, beau-frère de Vincent.

— Il était grand, mince, les cheveux plutôt blonds et bouclés… mais attendez, ma mère devait avoir des albums photos sur lesquels ils apparaissent en famille, lors d'évènements divers. Je vais aller vous chercher ça.

Madame Jenkins s'éclipsa un long moment, durant lequel les deux hommes n'échangèrent que très peu de mots. Lorsqu'elle revint, elle était chargée de plusieurs albums photos, qu'elle déposa sur la table basse, entre le canapé et le fauteuil. Elle ouvrit un premier album, le feuilleta longuement jusqu'à s'arrêter sur une page :

— Voilà, j'en ai trouvé une assez récente, moins de dix ans, je pense, où vous pouvez voir toute la famille Mac Gregor réunie. Elle posa l'album ouvert devant les deux hommes et pointa du doigt la photo. L'on y voyait les deux familles réunies lors d'un Noël, un sapin décoré l'attestait, posant ensemble devant l'objectif. Franck se pencha pour bien voir les visages et eut un choc qu'il eut du mal à dissimuler. Devant ses yeux, Jennifer Delorme et Max Renard aux côtés de...

— Vous pouvez nous dire qui est qui sur cette photo ? demanda-t-il.

— Oui, bien sûr. Alors, vous avez, de gauche à droite, ici, dit-elle en montrant les personnes présentes avec son doigt, mon papa, ma maman, mon frère Paul, ma sœur Cathy, Offy, Max, moi, madame Mac Gregor et monsieur Mac Gregor.

Franck comprit à ce moment précis à quel point ce qui était arrivé à Vincent était un piège fomenté depuis des années, sans le moindre doute, dont les acteurs faisaient tous partie de la même famille et dont l'un des principaux, sinon le principal, était toujours présent dans l'environnement de Vincent. Il fallait le prévenir immédiatement qu'il avait enfin trouvé qui était ce fameux Némésis. L'affaire devrait trouver rapidement son dénouement et Vincent pourrait être innocenté, mais il fallait jouer serré, car ce n'était pas gagné d'avance.

— Est-ce que je pourrais vous emprunter cette photo, madame Jenkins ? demanda-t-il. Je voudrais juste en faire une photocopie et vous la rendrais ensuite.

— Ce n'est pas utile, monsieur. Mon père, durant sa longue période de chômage, avait entrepris de numériser tous nos albums. Je vais simplement vous en imprimer un exemplaire.

— Vous pourriez directement l'envoyer sur mon téléphone portable peut-être.

— Aucun problème, donnez-moi votre numéro. Je vous l'imprime quand même, au cas où…

— Ce sera parfait, je vous remercie.

Madame Jenkins s'éclipsa à nouveau. Jason Turner regarda Franck et lui dit :

— Qu'est-ce que ça veut dire ? Je ne comprends pas ?

— Moi je comprends, affirma-t-il. Vincent Delorme et sa famille se sont fait piéger par toute une famille d'escrocs ! Je ne suis pas persuadé que monsieur Mac Gregor ait jamais possédé la moindre entreprise légale dans ce pays. Je crois plutôt que ce sont des professionnels de l'arnaque qui ont jeté leur dévolu sur une famille riche.

— D'accord, mais pourquoi en France ? Il y a des riches à foison chez nous ?

— Ils étaient peut-être grillés ici. Vous avez une excellente police ici avec le F.B.I..

— Oui, c'est une explication, admit Turner.

Madame Jenkins revint avec une feuille imprimée de la photo et la remit à Franck. Elle avait aussi envoyé la photo sur son téléphone. Les deux hommes prirent congé et regagnèrent la voiture de Turner. Celui-ci traversa la ville jusque dans ses faubourgs où il atteignit une zone industrielle aux nombreux bâtiments désaffectés, ce qui intrigua Franck, qui ne voyait pas ce que Turner venait y faire. La voiture s'engagea dans un terrain vague qui séparait la route d'un bloc de vieux bâtiments délabrés et tagués. Arrivé dans une cour qu'enserraient les bâtisses, à l'abri des regards indiscrets, Turner stoppa le véhicule, ouvrit la portière et sortit. Franck était sur ses gardes. Il se passait quelque chose d'anormal, il le sentait bien. Il vit Turner sortir un calibre d'un holster qu'il cachait sous sa veste et le pointa sur lui.

— Descendez ! lui intima-t-il.

Franck sortit posément du véhicule, tandis que Turner en faisait le tour pour se rapprocher de lui.

— Avancez ! cria-t-il en montrant du bout de son revolver la direction d'un des bâtiments.

— Qu'est-ce que vous allez faire ? Me tuer ? lui lança Franck en ricanant.

— Vous ne m'en croyez pas capable ? s'étonna Turner.

— Oh oui, j'ai aucun doute là-dessus. Vous avez été chargé de me surveiller, c'est ça ?

— Vous l'avez compris, il me semble, non ?

— Si je découvrais quelque chose, vous deviez me faire taire, c'est bien ça, je me trompe ?

— Désolé, je n'ai rien contre vous, c'est juste le business.

— Je comprends. Est-ce que je peux vous demander une dernière faveur avant que vous appuyiez sur la détente ?

— Allez-y.

— Je voudrais fumer une dernière cigarette, c'est possible ?

— Je ne vais pas dire non à un condamné à mort. Allez-y, fumez là, mais attention !... pas de geste brusque, ok ?

— Ok. Mon paquet est dans la poche intérieure de ma veste, je peux ?

— D'accord, mais doucement. Et je veux voir vos mains en permanence, sinon...

— Compris. J'ai qu'un paquet de clopes et un briquet, c'est tout. J'ai rien pu passer à la douane, vous vous doutez bien.

— Ok, fumez votre clope, qu'on en finisse. J'ai de la route à faire.

Franck tira le revers de sa veste avec sa main gauche pour dégager la poche intérieure et, de la main droite, plongea dans celle-ci pour en extraire le paquet de cigarettes et le briquet couleur argent, de forme très allongée, qui s'y trouvaient. Il les mit bien en évidence dans sa main pour rassurer Turner. Celui-ci relâcha un court moment sa vigilance en voyant qu'il n'y avait rien de dangereux pour lui, abaissant même le canon de son arme. Franck se saisit du briquet de la main gauche et, dans un geste vif, le lança dans la direction de Turner qui, surpris, n'eut pas le temps de réagir, recevant une lame acérée, sortie tout droit de cet ustensile d'apparence anodine, en plein cœur ! Il vacilla, émit un cri étouffé et s'affala sur le sol poussiéreux, mort. Franck s'approcha prudemment de Turner, constata qu'il ne respirait plus, retira la lame de son cœur, l'essuya sur la veste du défunt et la fit se rétracter en appuyant sur la molette du briquet, qui d'ordinaire servait à l'allumer. Il rangea son arme dans la poche intérieure de la veste avec le paquet de cigarettes et dit dans un geste de satisfaction victorieuse :

— Je fume pas, connard ! Mais ça, tu pouvais pas savoir.

Franck fouilla les poches de Turner, trouva ses clefs de voiture et quitta cet endroit sinistre.

§

Vincent sortit de la nouvelle planque que Franck lui avait dégotée après leurs péripéties en Bretagne et à Paris. Il n'était plus très prudent de retourner dans l'appartement du vieil Antibes que la police aurait découvert tôt ou tard. Il était dans un studio au sixième étage d'un joli petit immeuble situé à Golfe-Juan, une petite cité balnéaire à mi-chemin entre Antibes et Cannes. Vincent décida de faire quelques pas le long du bord de mer, las de passer ses journées enfermé à attendre des nouvelles de Franck. Il se promena le long du port où des restaurants, d'un côté de la route, avaient des terrasses côté opposé, ce qui occasionnait un curieux ballet de serveurs qui allaient et venaient, la traversant au mépris du danger, courant en tous sens pour servir les clients qui dînaient en terrasse. De nombreux vacanciers déambulaient le long de la promenade, la circulation automobile était dense à cette heure. Vincent décida de s'éloigner de la cohue en marchant le long d'un quai peu fréquenté. L'air était doux à cette heure où la nuit commençait à tomber sur la mer et le cap d'Antibes à l'est. Une brise légère soufflait du large, atténuant la chaleur de la journée. Il décompressait. Après avoir marché un moment, il emprunta un escalier en béton qui conduisait en haut de la digue qui protégeait le quai et descendit de l'autre côté sur les rochers où des pêcheurs tentaient encore de prendre quelques poissons avant de rentrer chez eux. Vincent s'assit sur un rocher, face à la mer, le vent léger caressant son visage. Au loin, il voyait le cap d'Antibes et Juan-les-Pins, illuminés dans le noir qui les enveloppait. Il appréciait toujours ces moments de quiétude et de paix, malgré tout ce qu'il vivait. Son smartphone vibra. Il vit que c'était son ami Paul Grunwald et décrocha :

— Bonjour Paul, comment allez-vous ?

— Bien Vincent et vous ? Vous tenez le coup ? s'inquiéta-t-il.

— C'est dur, mais je n'ai pas le choix. Qu'est-ce qui vous amène, Paul ?

— Vous m'aviez demandé qui était à l'origine de l'invitation de votre future épouse à la soirée que nous avions donnée il y a un peu plus de trois ans, vous vous souvenez ?

— Ah oui, c'est vrai ! J'avoue que ça m'était un peu sorti de la tête, reconnut-il. Il s'est passé tellement de choses depuis…

— Eh bien, comme promis, dès que j'ai pu, j'ai demandé à Sally. Elle ne se souvenait plus, à vrai dire. C'est pour cela que j'ai mis si longtemps à vous contacter. Et puis, hier matin, en se réveillant, elle s'est soudain souvenu.

— Vraiment ? C'est super ! Vous avez le nom de la personne ?

— Oui. Il s'agit d'une amie de Boston qui s'appelle Olivia Mac Gregor.

— Mac Gregor ? Vous êtes sûr ? demanda-t-il, abasourdi et choqué.

— Certain, oui. C'est ce que m'a dit Sally. Pourquoi, vous la connaissez ?

— Non, pas vraiment, mais j'en ai entendu parler ces derniers jours.

— Votre femme serait sa fille, d'après ce que m'a dit Sally. C'est curieux, non ? Il me semblait que vous m'aviez dit que Jennifer avait perdu ses parents dans un accident, je me trompe ?

— Non, c'est bien ce qu'elle m'avait affirmé. Mais il semble que ma femme ne soit pas ce qu'elle prétendait être, Paul.

— Bien, je vous laisse, Vincent. J'ai à faire, dit Grunwald, un peu gêné. Heureux de vous avoir parlé, mon cher. J'espère que ça va s'arranger pour vous.

— Merci Paul, pour ça et pour le coup de fil.

§

Chapitre XIX

Tout ne s'explique pas.

— Vincent, c'est Franck. Je viens de t'envoyer sur ton téléphone une photo que j'ai récupérée chez des voisins des Mac Gregor.

— Salut Franck, tout va bien ?

— Oui, ça va.

— Y'a quoi sur la photo ? demanda Vincent, curieux et impatient.

— Tu vas voir et comprendre par toi-même quand tu la verras. On est pas loin de résoudre l'affaire, Vincent.

— Merci Franck. Sans toi, jamais je n'y serais arrivé.

— Garde tes merci pour plus tard, mon pote, quand on t'aura complètement innocenté. Je te rappelle dans un moment, le temps que tu reçoives la photo et que tu réfléchisses à ce que tu vas y découvrir.

— Tu m'intrigues. C'est à ce point ?

— Je te rappelle.

Vincent raccrocha et attendit l'arrivée de la photo. Elle finit par arriver après quelques minutes. Vincent l'ouvrit en grand sur son téléphone, vit les visages d'une dizaine de personnes, qu'il détailla longuement. Il reconnut trois d'entre elles seulement, dont Jennifer et Max. C'est la troisième personne qui le surprit au-delà de tout ce qu'il aurait pu imaginer. Il comprit, comme Franck avant lui, que toute cette affaire avait été manigancée depuis longtemps, bien plus même qu'il n'aurait pu le penser. Restait à savoir ce qui avait motivé ces trois-là pour agir de la sorte ? Qui étaient-ils vraiment ? Pourquoi avaient-ils quitté les États-Unis pour venir en France, les séduire, lui et sa sœur Maeva, les épouser, pour ensuite les entraîner dans une chute sans fin ? Et pourquoi Jennifer et Max avaient-ils perdu la vie alors que, visiblement, ils faisaient partie de la même famille que Némésis, qui était désormais clairement identifiée ? Grâce à Franck, Vincent y voyait un peu plus clair, même si de nombreuses zones d'ombre persistaient et empêchaient encore de comprendre le pourquoi de tout cela.

Le téléphone sonna. Vincent Décrocha.

— C'est Franck. Tu as vu ? Tu as compris ?

— C'est clair, en effet. Je me suis fait manipuler pendant des années par Jennifer, Max et leur tante. C'est elle Némésis.

— On ne peut plus en douter, je pense.

— C'est cette femme qui a tout organisé. C'est une sacrée manipulatrice ! Reste à savoir pourquoi.

— L'argent ?

— Ce n'est pas la motivation principale, je te l'ai déjà dit. Je reste persuadé qu'il y a autre chose. Il semble qu'elle ne manque pas d'argent de toute façon.

— Non, c'est sûr. Tu me diras que, si elle monte un coup comme ça de temps en temps, elle peut avoir du fric.

— C'est du super boulot que tu as fait, en tout cas. Tu devrais rentrer par le premier avion, on va devoir mettre au point la suite.

— Je vais fouiller encore un peu sur place, on ne sait jamais. Je te rejoins dès que possible.

— D'accord. De mon côté, je vais aller montrer la photo de cette femme à mon père. Ça lui dira peut-être quelque chose.

— Bonne idée.

§

— Chef ! interpella Galantini, je viens d'avoir l'agent Morisson, du FBI. Il vient d'arrêter Franck Di Carlo pour le meurtre d'un détective privé du nom de Jason Turner, à Boston.

Castillo, qui arrivait de sa pause-déjeuner, se laissa tomber dans son fauteuil. Il soupira, s'étira et dit :

— C'est quoi encore cette affaire ? Et c'est qui ce Jason Turner ?

— Un privé, chef. Di Carlo l'aurait poignardé en plein cœur.

— C'est tout ce qu'il a dit Morisson ?

— Il faut que vous le rappeliez pour qu'il vous explique plus en détail. C'est ce qu'il m'a dit.

— Je parle pas l'américain, moi, objecta Castillo.

— Il se débrouille plutôt bien en français, chef. Vous comprendrez tout ce qu'il dit.

Castillo décrocha son téléphone et composa le numéro du bureau de Morisson à New York. Di Carlo était sous surveillance depuis un moment. Dès qu'il avait pris un billet pour New York, la police française avait contacté le bureau du F.B.I. de New York pour que les Américains mettent une filature en place pour connaître les faits et gestes de Franck. Di Carlo était un truand local et n'avait pas d'accointances avec le milieu international ou la mafia. Castillo était persuadé que ce voyage pouvait avoir un rapport avec l'affaire Delorme et il voulait comprendre pourquoi il l'effectuait. Ce meurtre constituait pour lui un mystère qu'il aurait bien aimé éclaircir. À l'autre bout de la ligne, la voix rauque de James Morisson, l'agent du F.B.I. de New York, se fit entendre en américain.

— Bonjour agent Morisson, ici le capitaine Castillo de la police judiciaire de Nice, en France.

— Ah oui, bonjour capitaine ! dit Morisson en français, avec un accent très prononcé. Comment allez-vous ?

— Très bien, merci et vous ?

— Tout est ok, merci. Votre collègue vous a dit pour Di Carlo ?

— Oui, c'est pour ça que j'appelle. Que s'est-il passé ? Qui est ce Jason Turner, exactement ?

— C'est un petit détective privé de New York. Un type pas très clair qui se dit détective privé, il a bien une licence pour ça, mais qui est en réalité un voyou qu'on soupçonne depuis un certain temps d'exécuter des contrats pour la mafia.

— La mafia ? Qu'est-ce que vient faire Di Carlo avec la mafia ? se demanda Castillo, surpris.

— Il faut que je vous dise que nous avons suivi Di Carlo depuis son arrivée à l'aéroport JFK de New York. Il a pris contact avec une femme dès l'aéroport.

— Une femme ? Vous savez qui elle est ?

— Pas encore. Nous sommes en train de remonter sa trace. Elle a conduit Di Carlo en plein cœur de la ville, dans une magnifique maison, qu'elle a louée pour l'occasion on dirait, sous un faux nom : Alicia Redgrave. Nous avons recherché dans nos fichiers, cette femme n'existe pas. Il y a bien plusieurs Alicia Redgrave aux États-Unis, mais aucune ne correspond au signalement de cette femme-là.

— Que s'est-il passé ensuite ? Ma collègue m'a dit que Di Carlo avait été arrêté a Boston, c'est ça ?

— Oui. Di Carlo est allé à Boston en compagnie de Turner, le détective. Ils sont partis de la maison de cette femme. À Boston, ils ont enquêté sur une famille qui habitait dans un quartier chic de la ville, les Mac Gregor. Nous sommes en train de faire le tour du voisinage pour en apprendre plus. Ensuite, Turner et Di Carlo se sont rendus dans une zone de la banlieue de Boston où se trouvent des usines désaffectées. C'est là que Di Carlo a tué Turner.

— Il vous a dit pourquoi il a fait ça ?

— Oui, il prétend que c'est Turner qui voulait le tuer. Celui-ci l'aurait attiré dans ce coin tranquille pour se débarrasser de lui. Il prétend que Turner, qui devait l'aider dans une enquête qu'il faisait pour un ami en France, était en réalité là pour le surveiller et le tuer s'il découvrait qui était la personne qui avait organisé l'enlèvement de la femme de son ami, chez vous, à Nice. C'est une histoire tellement incroyable, que j'ai préféré vous contacter immédiatement pour savoir s'il pouvait y avoir un fond de vérité dans tout ça. Qu'en pensez-vous, est-ce que ce type dit la vérité ?

— Je ne sais pas s'il vous dit la vérité, mais il est vrai que nous sommes sur une enquête qui concerne son meilleur ami, Vincent Delorme, dont la femme a été enlevée, il y a quelque temps. Cette affaire est très curieuse, car la femme qui avait disparu est réapparue un peu après à Marseille. Malheureusement, elle était morte. Nous soupçonnons le mari de l'avoir tuée. Toutefois, nous avons de nombreuses incohérences qui nous laissent penser que l'affaire est plus complexe qu'il n'y paraît. Si Di Carlo est venu chez vous pour enquêter sur cette affaire, c'est parce que nous avons laissé Vincent Delorme en liberté, sous surveillance discrète bien entendu, pour essayer de comprendre. Il se fait aider de Di Carlo depuis un moment déjà. Il faut que je vous dise que, dans cette affaire, il y a déjà eu trois meurtres qui y sont directement liés.

— Ça fait beaucoup. Ce Delorme, vous pensez qu'il est coupable de tous ces meurtres ?

— Nous le pensions jusqu'à ce que Delorme, qui était en cavale à l'étranger, ne revienne ici. Là, nous avons commencé à nous demander pourquoi, alors qu'il avait réussi à nous échapper, il était revenu. Depuis, avec Di Carlo, ils ont enquêté sur un petit voyou du nom de

Domergue, qui est mort lui aussi alors qu'il était en leur compagnie. Mais là, nous avons de nombreux témoins qui affirment que les deux hommes n'y sont pour rien. Les résultats de la balistique l'ont confirmé : Domergue a été tué par une balle de fusil tirée d'une distance d'au moins cent cinquante mètres et d'une hauteur de huit mètres, ce qui exclut que l'un d'eux ait pu commettre le meurtre, puisqu'ils étaient assis à la même table.

— Vous semblez avoir là une affaire bien compliquée, capitaine Castillo. Pour en revenir à Di Carlo, vous pensez que je doive considérer ses dires pour vrais alors ?

— Je ne suis pas sur place et je n'ai pas tous les éléments, mais il est possible qu'il dise la vérité. En tout cas, si la police française vous a contacté, c'est parce que nous pensions que Di Carlo se rendait dans votre pays à cause de cette affaire. Vincent Delorme n'avait aucune chance de sortir du pays, même si nous lui laissions une certaine latitude à l'intérieur de nos frontières et les deux hommes le savaient. Di Carlo en revanche savait que nous n'avions rien contre lui, mis à part le fait qu'il aidait Delorme, mais nous n'avions rien de concret pour le mettre en prison. Il pouvait donc aller et venir comme bon lui semble. Le plus intelligent pour nous était de ne pas perdre sa trace et tenter de savoir ce qu'il allait faire à New York. Finalement, sa destination finale était Boston à ce qu'il semble.

— Bon, nous allons continuer d'interroger Di Carlo et tenter de lui faire dire tout ce qu'il sait sur votre affaire. Nous ne pourrons pas le libérer, même s'il dit la vérité au sujet de Turner, car il l'a tué. Même s'il plaide la légitime défense, il faudra qu'il passe en jugement. Il n'est pas près de rentrer en France.

— Très bien, agent Morisson. Tenez-moi au courant de la suite de vos investigations.

§

— Tu n'as toujours pas terminé avec la rançon ? s'informa Vincent auprès de son père.

— Presque. Nous ne pouvions pas faire plus vite. C'est compliqué. En plus, il y en aura une partie en espèces, ce qui n'est pas facile à réunir.

— Combien ?

— Quinze millions environ. Et toi, mon fils, tu en es où de tes recherches ? dit Olivier pour changer de conversation.

— C'est pour ça que je t'ai demandé de venir, Papa. J'ai du nouveau.

Vincent sortit son smartphone et rechercha la photo que lui avait fait parvenir Franck depuis les États-Unis. Il le tendit à son père :

— Tu veux bien jeter un œil sur cette photo, Papa et me dire si tu reconnais quelqu'un ?

Olivier fronça les sourcils, prit le smartphone et regarda longuement la photo, sous le regard intrigué de son fils. Il sembla s'arrêter sur un visage, du moins c'est l'impression qu'en eut Vincent. L'expression de son visage changea, presque imperceptiblement, mais pour Vincent, qui connaissait bien son père, il ne fit aucun doute qu'il avait reconnu quelqu'un sur cette photo, mis à part Jennifer et Max bien entendu.

— Alors ? demanda Vincent.

— Oui, bien sûr, il y a Jennifer et Max. Comment est-ce possible ? Ils ont l'air beaucoup plus jeunes.

— Mis à part eux, tu ne reconnais pas d'autres visages ?

Non, personne, répondit négligement Olivier, dont Vincent sentit qu'il mentait.

— Regarde bien, Papa. C'est très important. Il y a une personne au moins sur cette photo, qui doit avoir un rapport avec notre famille.

— Qu'est-ce qui te fait dire ça ?

— Je reste persuadé que tout ce qui nous arrive depuis l'enlèvement de Jennifer, depuis bien avant en réalité si l'on y réfléchit bien, est lié à une personne qui en veut à notre famille.

— Désolé, fils, mais je ne vois pas qui. En tout cas, personne sur cette photo, réaffirma Olivier avec force.

— D'accord Papa, ce n'est pas grave.

— Elle vient d'où cette photo ? demanda Olivier, d'un air de ne pas s'y intéresser plus que cela.

— De Boston, aux États-Unis. C'est là que Franck a retrouvé la trace de Jennifer et de sa famille.

— Sa famille ? s'étonna Olivier. Que veux-tu dire ?

Vincent reprit le téléphone et s'approcha de son père en disant :

— Là, ce sont des voisins et amis de la famille Mac Gregor, la famille de Jennifer, dit-il en montrant du doigt. Ici c'est Jennifer, là c'est Max.

— Que fait Max sur cette photo ? Quels liens a-t-il avec ta femme ? demanda-t-il, totalement perdu.

— Max est le frère de Jennifer.

— Quoi ? Ce n'est pas possible ! s'exclama Olivier.

— C'est malheureusement la vérité. C'est ce que Franck à découvert en parlant avec une voisine, amie de Jennifer et Max. Elle lui a affirmé que ces deux-là étaient frères et sœurs.

— Je n'y comprends plus rien, avoua Olivier. Pourquoi, si c'est le cas, ne nous ont-il jamais rien dit ?

— Parce qu'ils préparaient de longue date ce qu'ils nous ont fait.

— Ce qu'ils nous ont fait ? Ils étaient complices pour la rançon ?

— C'est plus que probable.

— Tu veux dire qu'ils ont épousé, l'un le fils, l'autre la fille, dans le seul but de nous soutirer de l'argent ?

— Ce n'est pas tout à fait ce que je crois, mais l'argent fait partie de leur plan, c'est sûr.

— Que voulaient-ils d'autre alors ?

— Je crois qu'il y a une affaire entre l'une des personnes sur la photo et notre famille. Tu ne vois vraiment pas de qui et de quoi il pourrait s'agir ?

Olivier demeura silencieux un long moment. Vincent projeta son regard au-delà de la jetée du quai des milliardaires d'Antibes, sur la baie des Anges. Il sentait que son père cachait quelque chose, qu'il avait certainement reconnu celle qui leur causait tant de malheur, mais il ne parvenait pas encore à comprendre pourquoi celui-ci gardait pour lui ce qu'il savait, malgré ce qui pesait sur ses deux enfants. Quel terrible secret de famille cachait-il ? Qui protégeait-il ? Que s'était-il produit dans la famille pour que, des années après, cette femme veuille se venger en élaborant un plan aussi machiavélique qu'il soit sur le point de la détruire ? Il restait trop de questions sans réponse et le fait que son propre père refuse de lui dire la vérité montrait qu'il avait dû se produire quelque chose de terrible dans le passé. Personne n'avait une telle haine sans motif sérieux.

— Je ne vois pas, finit par dire Olivier.

Il regarda sa montre et dit :

— Je vais y aller, mon fils. J'ai encore à faire pour finaliser la préparation de la rançon. Les ravisseurs ne vont pas tarder à se manifester et je ne pense pas qu'ils accepteront de reporter encore une fois le versement. Nous allons bientôt récupérer Maeva.

— Je l'espère, Papa, je l'espère. Je pars avec toi, j'ai à faire aussi, ajouta Vincent.

Les deux hommes marchèrent côte à côte le long de la jetée du port, jusqu'à la voiture d'Olivier, stationnée dans l'un des parcs municipaux situés le long des quais. Olivier entra dans l'habitacle de son véhicule. Il regarda son fils et lui dit, avant de refermer la portière :

— Fais attention à toi, fils.

— Ne t'inquiète pas pour moi, Papa, je m'en sortirai. Tiens-moi au courant pour la rançon. Je voudrais bien venir avec toi pour faire l'échange.

Olivier se contenta de hocher la tête. Vincent s'accroupit, feignant de lacer ses chaussures. Il en profita en réalité pour coller une balise GPS, achetée sur Internet, sous la caisse de la voiture. Olivier démarra et s'éloigna rapidement. Vincent retourna à l'appartement de Golfe-Juan. Il vérifia sur son ordinateur que la balise fonctionnait correctement. Il vérifia également que le logiciel de localisation de téléphone portable lui renvoyait bien la position du smartphone d'Olivier. Ainsi, avec ces deux moyens de connaître à tout moment l'emplacement de son père, il pourrait le suivre et retrouver Némésis, car il était persuadé désormais qu'Olivier savait pertinemment qui s'en prenait à leur famille et pour quelles raisons. Il l'avait deviné lorsque Olivier avait posé les yeux sur la photo. Son regard ne trompait pas. Il avait compris. S'il décidait d'apporter la rançon lui-même, sans demander son aide, il le saurait et pourrait le localiser, où qu'il aille. Restait à surveiller et attendre que cela se produise. Vincent vérifia aussi l'arme, un revolver automatique, que lui avait confié Franck, car il savait que ce serait très dangereux. Jennifer, Max et Martial Domergue y avaient laissé la vie. Il n'était pas question qu'il y ait une victime de plus et surtout pas Olivier, Maeva ou lui-même.

§

Franck Di Carlo était assis à une table, face à l'agent Morisson, du F.B.I. Celui-ci l'interrogeait sans interruption depuis plus de dix heures, lui faisant répéter son histoire encore et encore, jusqu'à l'épuisement. Les deux hommes étaient exténués, l'un de répéter sans cesse et l'autre d'entendre toujours la même rengaine.

— J'aimerais comprendre, dit Morisson. Vous dites que cette femme, Alicia Redgrave, aurait payé Jason Turner pour vous descendre. Dans quel but ? Qu'a-t-elle à voir là-dedans ?

Franck soupira. Cette question, Morisson l'avait posée au moins cent fois. Et cent fois Franck avait répondu ce qu'il s'apprêtait à lui dire :

— Cette femme est celle qui se fait appeler Némésis. C'est elle qui a organisé l'enlèvement de la femme de Vincent Delorme, elle qui a assassiné aussi Max Renard, le beau-frère de Vincent, elle enfin qui a aussi tué Jennifer Delorme, l'épouse de Vincent.

— Pourquoi est-ce que cette femme aurait fait ça ? demanda Morisson, toujours aussi incrédule. C'est un véritable monstre que vous me décrivez là. Elle aurait tué les enfants qu'elle a élevés ? Vous savez, il y a très peu de femmes qui sont capables de tels actes. Les tueurs récidivistes sont en grande majorité des hommes, pas des femmes. Surtout pour tuer de deux balles dans le cœur ses propres enfants. De plus, c'est une façon de tuer qui est typique d'un homme. Les femmes utilisent des moyens bien différents, tels que le poison par exemple, rarement les revolvers.

— Cette femme est extrêmement dangereuse. C'est une tueuse. J'ai pas réussi à connaître ses motivations précises, mais Vincent pense depuis longtemps déjà, qu'il s'agit peut-être d'une vengeance envers sa famille. Je m'apprêtais à aller la retrouver à New York lorsque vous m'avez arrêté. Je voulais lui faire dire toute la vérité.

— Le problème est que cette femme n'existe pas. Nous sommes allés à son adresse à New York et il n'y avait plus personne. Envolée madame Redgrave ! De toutes façons, elle avait loué pour quelques jours seulement et sous ce nom qui est bidon !

— Bien sûr. Elle devait attendre des nouvelles de Turner. Lorsqu'elle a vu qu'il en donnait plus, elle en a déduit que les choses s'étaient pas passées comme prévu. C'est une femme qui a de l'argent, qui utilise sans doute plusieurs identités pour voyager d'un continent à l'autre. Elle est certainement déjà loin d'ici, en France sans doute. Elle a enlevé la sœur de mon ami et s'apprête à soutirer des dizaines de millions d'euros supplémentaires à la famille Delorme. Une fois qu'elle aura l'argent, je suis sûr qu'elle libérera pas cette femme, mais la tuera. Il faut absolument l'arrêter avant qu'elle fasse de nouvelles victimes, agent Morisson. Vous devez me croire, supplia-t-il.

Morisson soupira à son tour. Il s'étira sur sa chaise, tira un paquet de cigarettes de sa poche de veste, l'ouvrit, en sortit deux et en proposa une à Franck, qui refusa poliment, indiquant qu'il ne fumait pas. Il alluma la sienne et remit la seconde dans le paquet. Il tira une longue bouffée, qu'il recracha lentement dans la direction de Franck, qui apprécia moyennement, mais ne dit rien.

— Bon d'accord, admettons, dit-il. Dites-moi comment vous avez tué Turner ?

— Je vous ai déjà dit que j'ai demandé à fumer une cigarette et que j'ai utilisé mon briquet qui cache une lame pour lui envoyer dans le cœur.

— Ingénieux votre briquet poignard, reconnut l'agent du F.B.I. Vous visez bien pour quelqu'un qui est tenu en joue par un revolver. Et rapide avec ça !

Franck sentait que l'agent ne le croyait pas. Il lui avait fait répéter son histoire dix fois et à chaque fois il semblait sceptique. Morisson essayait de le faire craquer, mais Franck était un dur à cuire qui connaissait toutes les ficelles utilisées par les policiers. Et les policiers, qu'ils soient de France ou d'ailleurs, restent toujours des policiers, avec les mêmes méthodes de flic.

— C'est un cadeau d'un ami coutelier, en France, expliqua-t-il. Il l'a fait spécialement pour moi. J'avais jamais eu à m'en servir jusque-là, Dieu merci. Si je l'avais pas eu sur moi, je serais sans doute mort à l'heure actuelle.

— Vous lui avez piqué les clés de sa voiture et vous avez quitté l'usine désaffectée. Vous comptiez faire quoi ensuite ?

— Je vous l'ai dit, je voulais retourner voir madame Redgrave que j'avais reconnue sur la photo où elle s'appelait alors Olivia Mac Gregor. C'est pour ça que Turner devait me descendre, parce que j'avais reconnu sur cette photo Alicia Redgrave et parce qu'elle était en compagnie des enfants de sa sœur, qu'elle avait sans doute adoptés après la mort de celle-ci. La fille, Ophélie, s'est mariée avec mon ami Vincent Delorme sous le nom de Jennifer Leguet et le garçon, Max, a épousé la sœur de mon ami sous le nom de Max Renard. Ils ont fait croire qu'ils se connaissaient pas, alors qu'ils étaient frères et sœurs.

— Dans quel but ? demanda Morisson, qui était perdu et ne comprenait pas pourquoi ils auraient fait tout ça.

— Je vous l'ai déjà dit, pour plusieurs raisons, dont le fait de soutirer de l'argent aux parents de Vincent Delorme, ce qu'ils ont fait. Dix millions d'euros, c'est un but en soit, non ?

— C'est une sacrée somme, en effet. Et vous dans tout ça, pourquoi êtes-vous venu ici, enquêter sur eux ?

— Parce que Vincent est accusé du meurtre de sa femme Jennifer et de son beau-frère Max. Mais il est innocent et je suis ici pour trouver des réponses et le faire innocenter.

—Êtes-vous sûr que votre ami est innocent ?

— Certain. Je connais Vincent depuis toujours. C'est pas un assassin. Et surtout pas de sa femme. Il en était amoureux fou.

— L'amour fou, ça peut conduire au meurtre, fit-il remarquer.

— Pas Vincent. C'est un type bien. Et puis, il avait aucune raison de tuer sa femme. C'est un coup monté contre lui, sans doute une vengeance. C'est pour ça qu'il faut prévenir Le capitaine Castillo et lui expliquer tout en détail. S'il vous plaît, laissez-moi lui téléphoner et lui raconter tout ce que je sais, agent Morisson. Il doit protéger Vincent Delorme. Mon ami et sa famille courent un grand danger. Cette femme est très dangereuse !

Morisson réfléchit longuement. Il décrocha le téléphone et appuya sur la touche de rappel. Après quelques instants, il eut Castillo en ligne et lui dit :

— C'est Morisson, capitaine Castillo. Je vous passe Franck Di Carlo. Il a des choses à vous dire…

§

Olivier Delorme était dans le jardin de sa villa, admirant la végétation luxuriante qui ornait son petit coin de paradis. Il aimait flâner là, à regarder pousser les plantes, les fleurs, les arbres. Il observait le ballet incessant des insectes qui butinaient de fleur en fleur pour en extraire le nectar. Dans les allées, les lézards se chauffaient au soleil, immobiles, tandis que des myriades d'oiseaux chantaient dans les arbres plusieurs fois centenaires. Il y avait là tout un monde qui s'agitait dès que le soleil pointait le bout de ses premiers rayons. Du jardin, comme de la villa, il avait une vue exceptionnelle sur la rade de Villefranche, véritable joyau de la Côte d'Azur. Il remerciait le ciel chaque jour de lui avoir permis de vivre cette vie, même si dans le fond de son âme, restait enfouie une profonde blessure dont jamais il ne parlait à quiconque. Olivier avait reconnu la personne qui faisait tant de mal à ses enfants. Il devinait quelles étaient les motivations de celle-ci, savait qu'elles tiraient leur origine d'un évènement survenu dans le passé, qu'il avait essayé toute sa vie d'oublier en vain et qui ressurgissait aujourd'hui et lui explosait au visage. Comment allait-il sortir les siens de ce mauvais pas, maintenant qu'il avait clairement identifié la menace et ses causes ? Il devait tenter de raisonner cette personne, lui faire comprendre que se venger de lui en s'en prenant à ses enfants n'était pas la solution, que ça ne changerait rien au passé, ne ferait pas disparaître le mal qu'il avait fait jadis. C'est alors qu'il était plongé dans ses réflexions, que le capitaine Castillo et son équipe pointèrent le bout de leur nez dans le jardin.

— Bonjour, monsieur Delorme, j'espère que nous ne vous dérangeons pas ? dit Castillo en lui tendant une main.

— Pas du tout, capitaine, j'admirais mon jardin.

— C'est vrai qu'il est beau, reconnut Castillo. Vous avez de la chance de vivre dans un endroit aussi paradisiaque.

— C'est exactement la réflexion que je me faisais avant que vous n'arriviez. A ce propos, que puis-je pour vous aider, capitaine ?

— Beaucoup de choses, monsieur Delorme. Nous avons eu une petite conversation avec Franck Di Carlo, que vous connaissez bien, n'est-ce pas ?

— C'est le meilleur ami de mon fils. Je n'approuve pas son choix de rester ami avec lui, sachant ce qu'il est devenu, mais mon Vincent est un grand garçon maintenant et je ne peux plus lui imposer quoi que ce soit désormais.

— Je vois. Di Carlo nous a longuement parlé de l'affaire qui concerne votre fils, nous expliquant ce qu'ils avaient découvert tous les deux sur le passé de votre belle-fille, Jennifer. Il nous a également parlé de l'enlèvement de votre fille.

— Ah, dit Olivier, ennuyé.

— Pourquoi faites-vous cavalier seul, monsieur Delorme ? Nous sommes là pour vous aider.

— J'ai vu ce que votre aide a donné lorsqu'il s'est agi de retrouver Jennifer et Tara, dit-il sur un ton de reproche.

— Vous êtes injuste. Nous avons fait tout notre possible depuis que nous avons pris cette affaire. Il se trouve qu'elle est particulièrement compliquée et qu'il est vrai que nous avons été mis sur de fausses pistes. De plus, vous ne nous avez pas aidés en nous cachant qu'une rançon avait été demandée pour leur libération. Si nous avions pu travailler de concert, les choses se seraient sans doute passées autrement, vous ne croyez pas ?

— Je ne sais pas, peut-être, admit-il.

— C'est pour ça que nous sommes ici, monsieur Delorme, pour vous éviter de refaire deux fois les mêmes bêtises.

— Qu'attendez-vous de moi ?

— Votre pleine et entière collaboration, monsieur. Si vous voulez revoir votre fille vivante et éviter de vous faire tuer ou faire tuer Vincent, il va falloir nous faire confiance. D'accord ?

— Ai-je le choix ?

— C'est votre meilleur choix. Nous savons que les ravisseurs ont demandé une forte rançon, bien plus importante que pour Jennifer, est-ce exact ?

— Oui, cinquante millions.

Aymar émit un sifflement admiratif :

— Ils n'ont pas lésiné cette fois ! s'exclama-t-il.

— Vous avez de quoi payer ? demanda Castillo, impressionné.

— Pas en liquide en tout cas.

— C'est-à-dire ?

— J'ai dû préparer des transferts de parts et d'actions que nous possédons, vers des comptes numérotés dans les îles Caïmans, que les ravisseurs nous ont fournis.

— Je vois. Y a-t-il, d'après vous, un moyen de retrouver les détenteurs de ces comptes ? demanda Castillo qui n'était pas très au fait de ce genre de choses.

— Je ne crois pas, non. C'est tout l'intérêt des comptes numérotés. C'est parfaitement anonyme. Une fois les fonds transférés sur ces comptes, leurs détenteurs peuvent les faire virer n'importe où depuis un simple ordinateur portable et les faire disparaître pour toujours.

— J'aimerais comprendre une chose, dit le capitaine, tracassé. Si vous transférez cinquante millions sur un compte numéroté, quelles garanties avez-vous que votre fille vous sera rendue ?

— Il y a quinze millions en liquide. Je les porterai moi-même aux ravisseurs et les échangerai contre ma fille.

— Voilà une bonne nouvelle ! se réjouit-il. Nous allons vous équiper d'une balise afin de vous suivre et nous déploierons un dispositif important pour ne pas vous perdre et pour vous récupérer, vous et votre fille, sains et sauf.

— Une balise ? Et si les ravisseurs la découvrent ?

— C'est un risque que nous devons prendre. Vous suivre à vue ne serait pas très judicieux. Les ravisseurs nous repéreraient aisément. Quand doit avoir lieu l'échange ?

— Je ne suis pas encore prêt. J'ai encore quelques millions qui doivent arriver dans les prochains jours.

— Bien, ça nous laisse le temps de tout organiser dans ce cas. Comment les ravisseurs vous contactent-ils ?

— Par le biais d'un téléphone qu'ils m'ont fait passer.

— Bon, dès que vous serez prêt, faites-le nous savoir, que nous lancions l'opération. Nous vous suivrons grâce à la balise et nos forces ne tarderont pas à suivre, elles aussi.

— J'espère que vous savez ce que vous faites, capitaine. Si nous nous plantons, vous savez ce qui arrivera, n'est-ce pas ?

— N'ayez crainte, cette fois ça se passera bien, le rassura Castillo, qui savait qu'il ne pouvait l'affirmer en réalité, car tout pouvait se passer lors d'une opération de police, en bien comme en mal.

§

Antoine Priolo

Chapitre XX

Le chalet

Le signal GPS s'était déclenché à sept heures du matin, réveillant en sursaut Vincent, qui eut à peine le temps de boire un café et d'avaler un croissant avant de quitter l'appartement de Golfe-Juan pour sauter dans une voiture que Franck avait mise à sa disposition. Sur la tablette qu'il avait emmenée avec lui, Vincent pouvait suivre en temps réel le trajet que son père suivait. Il était actuellement sur l'autoroute, en direction d'Antibes. Cela laissait le temps à Vincent de rejoindre tranquillement la bretelle d'accès située au nord de la commune, à plusieurs kilomètres de là. Le véhicule d'Olivier franchit la barrière de péage d'Antibes et poursuivit sa route en direction de Cannes. Vincent se hâta alors de franchir à son tour le péage et de venir se placer à quelques centaines de mètres de son père, en gardant suffisamment de distance pour ne pas se faire repérer. Olivier prit la sortie de Cannes et emprunta la voie rapide qui conduisait à Grasse, la célèbre ville des parfumeurs. Il prit ensuite la sortie *Antibes Sophia-Antipolis*. Il rejoignit la technopole par l'avenue du général de Gaulle jusqu'au carrefour avec la D98, qu'il emprunta, traversant le quartier du Font de l'Orme, où des dizaines de bâtiments s'intégraient dans une nature généreuse. Après avoir franchi plusieurs ronds-points, Olivier continua la route, qui traversait maintenant une zone boisée, grimpant vers le sommet d'une petite colline que le creusement de la route avait coupé en deux. Au sommet de la côte, la route passait sous un pont très haut, en béton, qui s'appuyait sur les deux falaises rocheuses que l'entaille dans la colline avait créées. Olivier stationna sa voiture exactement sous le pont. Il sortit de la voiture et attendit des ordres qui ne tarderaient pas à venir.

Entre-temps, Vincent, qui suivait à distance respectueuse son père, se gara sur le bord de la route, en contrebas de la côte, d'où il pouvait voir, grâce à des jumelles qu'il avait emportées, ce qu'Olivier faisait. Il le vit répondre au téléphone, regarder en l'air, raccrocher et attendre. Une corde d'alpiniste au bout de laquelle pendait un harnais descendit jusqu'à sa hauteur. Olivier ouvrit le coffre de sa voiture et en sortit les sacs contenant l'argent. Il les accrocha à la corde puis enfila le harnais, fit un signe de la main, le pouce bien en évidence et il commença à s'élever lentement dans les airs. Les ravisseurs avaient imaginé ce stratagème pour semer d'éventuels suiveurs. Heureusement que Vincent avait prévu deux possibilités de suivre son père : la balise GPS sous sa voiture et la localisation de son téléphone portable. Pour la balise, c'était râpé ! Il restait le téléphone, à condition que les ravisseurs ne le jettent pas dans la nature avant de partir. Vincent étudia la carte du secteur, vit qu'il y avait plusieurs routes que pouvaient emprunter les ravisseurs pour sortir de là, décida de demeurer sur place, le temps de voir comment les choses allaient évoluer. Si le téléphone d'Olivier restait dans le véhicule des ravisseurs, il pourrait les suivre où qu'ils aillent. Il trouverait toujours une route pour les rejoindre à un endroit ou un autre. Olivier fut hissé par-dessus le parapet du pont et conduit dans un véhicule 4x4 par deux hommes cagoulés. Lui-même fut cagoulé à son tour pour ne pas voir l'endroit où il se rendait. Le 4x4 démarra et emprunta plusieurs routes avant de bifurquer sur des chemins de terre à travers bois, après avoir ouvert des barrières en interdisant l'accès. Ils répétaient le même scénario qu'à Courmes où ils avaient ainsi pu semer des dizaines de policiers et gendarmes lancés à leurs trousses. Vincent savait qu'il ne s'agissait pas des mêmes ravisseurs, tout au moins des mêmes hommes de main, mais que la tête était visiblement toujours la même. C'était Alicia Redgrave qui était derrière tout cela. Il espérait qu'en suivant son père, il retrouverait sa sœur Maeva, sa fille Tara et Alicia, avec qui il devrait avoir une petite conversation pour comprendre enfin pourquoi elle s'acharnait ainsi sur les siens.

§

La matinée du capitaine Castillo avait commencé sur les chapeaux de roues. À six heures trente, un appel d'Olivier Delorme l'avait tiré de son petit déjeuner pour lui annoncer que l'argent était arrivé la veille dans la nuit et que les ravisseurs avaient appelé tôt ce matin pour savoir ce qu'il en était. Du coup, sachant que l'argent était là, ils avaient immédiatement demandé à Olivier de faire l'échange dans les heures qui suivent. Castillo avait ameuté tous les membres de son équipe, plus ceux d'autres unités de police qui étaient prévues pour l'opération. À sept heures, branle-bas de combat, la balise d'Olivier Delorme se déplaça. L'opération, baptisée « Dauphin bleu » commença. Castillo eut à peine le temps d'arriver à la caserne Auvare où l'attendaient Galantini, avant de filer sur les routes, suivis par d'autres collègues, un cortège de quatre voitures en tout. Aymar et Lucas, qui étaient rentrés de Paris, étaient, eux, dans un autre véhicule qui avait pris la route quelques minutes plus tôt et qui se dirigeait déjà vers l'autoroute qu'Olivier Delorme venait d'emprunter. Viendrait s'ajouter à ces forces, un dispositif plus important, composé d'hommes de la gendarmerie et de la BAC, avec mise en place de barrages et survol en hélicoptère. Un dispositif impressionnant, rendu nécessaire par la nature de ces voyous, qui étaient particulièrement bien organisés et que Castillo ne voulait pas voir lui faire le même coup que lors de la précédente remise de rançon. Cette fois, il se l'était juré, ils ne lui échapperaient pas !

Galantini surveillait l'écran sur lequel la balise GPS clignotait sur une carte de la région, leur indiquant en permanence la position à quelques mètres près d'Olivier Delorme. Il était sorti de l'autoroute à Cannes et se dirigeait tout droit vers Grasse. Après avoir quitté la pénétrante de Cannes à Grasse, celui-ci se dirigea vers la technopole de Sophia-Antipolis. Il s'arrêta sur le bord d'une route, à l'emplacement précis d'un pont qui l'enjambait. Aymar et Lucas, qui étaient plus proches de Delorme, virent une voiture BMW grise se garer sur le côté de la route, à quelque deux cents mètres de celle d'Olivier Delorme. Ils étaient derrière elle depuis déjà un petit moment et Lucas avait cru reconnaître Vincent Delorme au volant de celle-ci. Lorsqu'ils passèrent devant, Lucas jeta un œil discret et confirma à Aymar qu'il s'agissait bien de lui.

— Il suit son père, constata Aymar. Ce n'était pas prévu, il me semble.

— Tu crois que le vieux nous cache quelque chose ? se demanda Lucas.

— J'en sais rien, mais s'il faut qu'on surveille le vieux et son fils, ça va pas être simple !

— Je préviens Castillo.

Lorsque Castillo apprit la nouvelle, il ne fut pas plus surpris que cela. Commençant à connaître l'énergumène, il se dit que celui-ci suivait son père, à son insu très certainement et qu'il cherchait non seulement à l'aider à libérer sa sœur, mais à mettre la main sur la femme qui avait, d'après Franck Di Carlo, organisé toute cette affaire pour assouvir une vengeance. Cette histoire de vengeance supposée n'avait pas encore complètement convaincu Castillo, qui voyait dans cette affaire un crime crapuleux pour s'emparer de l'argent des Delorme.

— Merde ! s'écria Aymar, ils sont en train de hisser Delorme avec le fric sur le pont !

— Qu'est-ce qu'on fait ? demanda Lucas.

— On attend. La balise est toujours opérationnelle. On pourra continuer à les suivre.

Lorsque Olivier Delorme disparut derrière le parapet du pont, il ne s'écoula pas trente secondes avant que le signal de la balise ne s'interrompe définitivement, provoquant la colère d'Aymar :

— Putain, ils ont trouvé la balise ! Eh merde ! Comment on va pouvoir les suivre maintenant ? se désola-t-il.

Galantini vit disparaître le signal de la balise. Elle en fit part à Castillo, qui dit :

— Appelle Aymar pour savoir s'ils ont toujours le signal et s'ils les ont en visuel ?

Galantini eut Aymar au téléphone. Il expliqua :

— On l'a perdu, nous aussi. Ils ont fait grimper le vieux sur un pont et se sont tirés… mais… attendez ! je vois la voiture de Vincent Delorme qui redémarre. Il fait demi-tour et accélère. On dirait…

— Quoi ? demanda Galantini, suspendue à ses lèvres.

— … Qu'il continue à les suivre !

— Comment c'est possible ? se demanda-t-elle.

— J'en sais rien. Il a peut-être trouvé le moyen de mettre une balise lui aussi, qui n'aurait pas été trouvée…curieux… bon, on te laisse, on fonce derrière lui !

— Ok, tenez-nous au courant toutes les minutes de votre progression, que nous puissions vous suivre aussi.

Castillo rit d'apprendre que Delorme était toujours sur le coup, contrairement à eux. Il dit :

— Ce Vincent Delorme est vraiment plein de ressources. Il aurait fait un excellent flic. Allez Galantini, fonce ! On ne doit pas les perdre cette fois, c'est notre crédibilité qui est en jeu.

§

Vincent suivait sur l'écran de la tablette le trajet qu'empruntaient les ravisseurs. Ils avaient omis de se débarrasser du portable d'Olivier, ce qui était une faute de leur part, mais qui arrangeait bien ses affaires. S'ils l'avaient laissé sur le bord de la route, sa tentative de les suivre aurait avorté. Après avoir traversé les bois sur les chemins gérés par les eaux et forêts, ils reprirent une route en direction du village de Plascassier. Vincent reprit la route à son tour, après avoir calculé le meilleur trajet pour se rapprocher rapidement, sans pour autant les suivre de près. Les ravisseurs passèrent Plascassier et continuèrent leur route jusqu'à Grasse, qu'ils traversèrent vers le nord pour emprunter la route Napoléon qui reliait Golfe-Juan à Grenoble. Après Grasse, la route montait jusqu'à un plateau où elle traversait le village de Saint-Vallier-de-Thiey pour ensuite grimper rapidement, avant de redescendre et de monter à nouveau. Le village d'Escragnolles passé, ce fut ensuite le col de la Ferrière, après lequel la route redescendait rapidement jusqu'à l'embranchement de celle qui conduisait au village de Cailles. C'est ce chemin que les ravisseurs suivirent sur quelques kilomètres avant de bifurquer sur la route de la Moulière, qui conduisait au quartier du même nom, dans la montagne, non loin de la station de ski de l'Audibergue. Vincent, qui avait rattrapé son retard sur la voiture dans laquelle se trouvait son père, était maintenant sur cette route étroite qui tortillait dans la forêt de pins et de sapins de cette zone de moyenne montagne. L'hiver, il y faisait froid et la neige y était parfois abondante, les bonnes années, tandis que l'été, les températures y étaient chaudes durant le jour, tempérées le soir et fraîches la nuit. Les premiers chalets firent leur apparition le long de la route, plantés au milieu des bois, sur des terrains relativement plats à cet endroit où la route traversait une petite vallée tranquille. Le lieu était assez désert en cette saison. Il y avait bien quelques chalets habités par leurs propriétaires ou par des vacanciers qui fuyaient la côte survoltée et surchargée en cette saison estivale, mais ils n'étaient pas nombreux. Vincent ralentit soudain, jusqu'à s'arrêter complètement. Le point sur la carte ne bougeait plus. La voiture des ravisseurs était à l'arrêt, à moins de trois kilomètres de là, sur une petite route secondaire qu'elle avait empruntée quelques instants auparavant. Vincent prit la tablette en main et passa en mode vu au sol qu'offrait le célèbre logiciel de cartographie de Google. Il put ainsi voir à distance l'endroit exact où les ravisseurs s'étaient arrêtés. Il s'agissait d'un beau chalet en bois, assez isolé dans les bois, dans un lieu très tranquille. Idéal pour y garder prisonnière Maeva. Il décida de se rapprocher à moins de cinq cents mètres et de continuer à pied à travers bois jusqu'au chalet.

Aymar et Lucas sortirent de leur voiture, qu'ils avaient garée à bonne distance de celle de Vincent Delorme. Ils avancèrent prudemment le long de la route dans la direction prise par celui-ci. Aymar téléphona à Castillo pour le tenir informé :

— C'est moi, dit-il. Nous sommes quelque part dans la montagne, aux environs d'Andon, à la Moulière, vers l'Audibergue. Delorme a quitté son véhicule pour marcher à travers bois. Nous le suivons.

— Tu as une idée de l'endroit où il se rend ? s'informa Castillo.

— Il n'y a pas grand-chose par ici, mis à part quelques chalets isolés. Je suppose qu'il va rejoindre l'un d'eux.

— Ok, nous sommes sur la Napoléon. Nous arrivons dans moins d'un quart d'heure. Les renforts de gendarmerie de Grasse sont déjà en route et placent des barrages un peu partout. Cette fois les ravisseurs ne nous échapperont pas.

— De notre côté, qu'est-ce qu'on fait ?

— Suivez Delorme et repérez où il se rend. C'est là que se trouvent les ravisseurs avec sa sœur et son père. Nous allons cueillir tout ce beau monde, en espérant que cette fois, nous allons connaître le fin mot de l'histoire.

§

Vincent arriva aux abords d'un grand chalet en bois, niché dans la verdure, accroché aux pentes de la montagne, surplombant la petite vallée. Il était relativement isolé des autres chalets. Le plus proche était en contrebas, à bonne distance, dans le fond de la vallée. Vincent aperçut le 4x4 qui avait conduit son père jusque-là, preuve qu'il était arrivé au bon endroit. Il avança avec prudence, se cachant derrière chaque arbre durant sa progression, guettant le moindre mouvement du côté du chalet. Il fut suffisamment proche pour voir l'intérieur à travers les fenêtres. Il distingua des silhouettes qui se déplaçaient dans l'une des pièces. Lorsqu'il arriva derrière le dernier arbre avant le chalet, il prit le temps de sortir le revolver, vérifia le cran de sûreté, engagea une balle dans le canon et attendit, le temps de réfléchir à la stratégie à adopter. Vincent n'était pas un pro comme Franck. Son ami aurait tout de suite su quoi faire, comment aborder la situation, mais il n'était pas là pour lui prodiguer ses judicieux conseils. Vincent allait devoir se débrouiller seul sur ce coup-là. Il savait qu'il n'avait pas le droit à l'erreur. Ce qu'il faisait n'était pas un jeu. Il risquait sa vie, celle de son père et celle de sa sœur. Les hommes qui étaient dans le chalet étaient des professionnels du crime. Ils savaient se battre, manier les armes, n'hésiteraient pas à s'en servir s'il le fallait. Vincent, lui, ne savait toujours pas s'il en serait capable, face à un homme, ou une femme, qui le menacerait. C'était là sa plus grande crainte : comment réagirait-il s'il devait tirer sur une personne ? Et s'il n'y arrivait pas ? Il serait sans doute blessé ou tué dans ce cas. Il espérait que son instinct de survie l'emporterait sur tout autre considération.

Vincent entendit du bruit derrière lui. Il se retourna, vit le canon de l'arme qui était pointée sur lui et l'homme qui était à l'autre bout lui intimer de rester silencieux et calme, d'un simple geste de la main. Un deuxième homme arriva et pointa, lui aussi, son arme sur lui. Les deux hommes s'approchèrent de Vincent, un œil sur lui et l'autre sur le chalet.

— Donnez-moi votre arme, monsieur Delorme, lui ordonna Aymar en chuchotant.

Vincent hésita. Son revolver pointait dans la direction du lieutenant.

— S'il vous plaît, insista celui-ci, tendant la main pour récupérer l'arme.

Vincent finit par obtempérer. Aymar, une fois en possession du revolver, le jeta dans les fourrés. Il vint près de Vincent, derrière l'arbre et observa le chalet. Il demanda :

— Votre père est là-dedans ?

— Oui, se contenta de répondre Vincent.

— C'est là que les ravisseurs de votre sœur la séquestrent, vous pensez ?

— C'est vraisemblable.

— Ils sont combien là-dedans ? demanda-t-il.

— Je n'en sais trop rien. J'en ai vu deux lorsqu'ils l'ont remonté sur le pont, mais ils étaient peut-être plus nombreux.

— Bon, on ne bouge pas d'ici tant que les renforts ne sont pas arrivés, ordonna Aymar.

— Les renforts ? Vous n'êtes que tous les deux ? dit-il étonné. Mais au fait, comment êtes-vous arrivés jusqu'ici ?

— On vous a suivi, monsieur Delorme. À ce propos, nous avons constaté plusieurs infractions au code de la route de votre part. Il faudra qu'on en reparle quand tout ça sera terminé, plaisanta Aymar, un peu pince-sans-rire.

— Vous ne m'arrêtez pas ? dit Vincent, de plus en plus surpris.

— Inutile, nous savons que vous n'êtes sans doute pas impliqué dans la mort de votre épouse et de votre avocat. Franck Di Carlo nous a tout raconté au sujet de cette femme, Alicia comment déjà ?...

— Redgrave.

— C'est ça, Redgrave. C'est elle qui serait à l'origine de tous vos ennuis. Castillo pense que vous êtes plus une victime qu'un coupable.

— C'est nouveau, ça ? Il me soutenait mordicus que j'étais l'assassin, qu'il en était convaincu et qu'il le prouverait. Que s'est-il passé pour qu'il change à ce point d'avis ?

— J'en sais trop rien. Il a commencé à se poser des questions sur vous quand vous êtes revenu d'Italie.

— Ah, pourquoi à ce moment-là ?

— Parce qu'il s'est demandé pourquoi vous êtes revenu alors qu'il vous suffisait de partir loin, dans un pays sans convention d'extradition avec la France.

— Je vois. J'ai bien fait de revenir alors.

— Mais bon, ne criez pas trop vite victoire. Vous êtes toujours l'un des principaux suspects, jusqu'à ce que nous tirions cette affaire au clair.

— Eh bien, je crois que vous allez avoir une bonne occasion de le faire. Et moi aussi par la même occasion. J'ai besoin de trouver des réponses et je pense qu'elles se trouvent dans ce chalet.

— En attendant, vous allez vous éloigner et retourner à votre voiture. Castillo ne va pas tarder. Vous lui indiquerez comment nous rejoindre, d'accord ?

— Désolé messieurs, mais moi je dois y aller. Il y a ma sœur et mon père dans ce chalet et une personne que je dois absolument rencontrer si je veux savoir pourquoi toute cette histoire nous est arrivée.

— Je ne peux pas vous laisser faire ça, dit Aymar.

— Je vous en prie, lieutenant. Il y a trop longtemps que j'attends ça. Cette femme est là, j'en suis sûr. C'est elle qui détient toutes les réponses. S'il vous plaît, les implora-t-il.

Aymar et Lucas regardèrent Vincent dans les yeux, silencieux, comme s'ils cherchaient quelque chose dans son regard. Les deux hommes se firent un petit signe de tête et Aymar dit :

— C'est dangereux, vous en avez conscience ?

— Oui.

— Les hommes qui sont là sont des pros. Il n'hésiteront pas à vous tuer, vous le savez ?

— Je ne crois pas qu'ils le feront, pas tout de suite du moins. Le cerveau de la bande est là, avec eux, j'en suis sûr.

— Vous croyez ? Si elle est si maline que Di Carlo nous l'a dit, elle ne se risquera pas à se mettre en danger en étant là avec ses complices, vous ne croyez pas ?

— Je dois y aller pour en avoir le cœur net. Elle est l'instigatrice des enlèvements et aussi la tante de mon épouse et de mon beau-frère Max Renard. Si elle est là, je veux l'interroger pour savoir pourquoi elle a fait tout ça et je pense que si elle ne m'a pas tué alors qu'elle en a eu plusieurs fois l'occasion, c'est qu'elle ne le fera pas encore aujourd'hui. Pas tant qu'elle ne m'aura pas donné des explications.

— Méfiez-vous quand même, les gens sont imprévisibles, surtout lorsqu'ils sont aux abois. Et si vous débarquez là-dedans sans prévenir, nul doute qu'ils vont l'être.

— Merci pour vos conseils, lieutenant Aymar. J'en tiendrai compte. Je peux y aller alors ?

Aymar interrogea Lucas du regard, pour être bien certain que les deux hommes étaient sur la même longueur d'onde. Lorsqu'il eut l'acquiescement de son collègue, il ajouta :

— Reprenez votre arme et soyez prudent.

Vincent récupéra son revolver et revint à la hauteur des deux lieutenants :

— Vous savez vous en servir au moins ? s'inquiéta Aymar.

— Je croyais que vous étiez sûr que j'avais tué ma femme et mon beau-frère ? ironisa-t-il.

— Nous n'en sommes plus tout à fait certains maintenant, sembla s'excuser le lieutenant. Une dernière chose, monsieur Delorme.

— Oui ?

— Nous ne sommes pas tombés sur vous et ne vous avons pas parlé bien sûr.

— Bien sûr, lieutenant Aymar. Et au fait, je ne vous en veux pas, lieutenant, de m'avoir cru coupable. Vous avez été trompés, tout comme je l'ai été, par cette femme. Elle a manipulé tout le monde durant des années, sans même que la plupart n'en soient conscients.

— Nous allons observer la fenêtre qui donne de ce côté, expliqua Lucas. Lorsque nous serons certains que personne n'est assez près pour regarder par ici, nous vous ferons un signe et vous foncerez jusqu'au chalet. Soyez prudent.

Vincent attendit le top départ avant de s'élancer jusqu'au chalet, qu'il longea, rasant les murs, jusqu'à un escalier à claire voie qui conduisait sur une large terrasse qui dominait la vallée, sur l'avant de la bâtisse. Il n'y avait personne. Vincent vit une fenêtre dont les rideaux étaient tirés, l'empêchant de voir à l'intérieur. Après la fenêtre, une large porte-fenêtre, au centre du mur de bois, s'ouvrait sur la terrasse. Au-delà encore, une seconde fenêtre, après laquelle la terrasse se rétrécissait soudain pour n'être plus qu'une coursive qui donnait sur un décroché du chalet où l'on pouvait voir deux portes-fenêtres plus petites, sans doute donnant sur des chambres.

Vincent s'accroupit afin de franchir la première fenêtre sans être repéré et atteignit la porte-fenêtre. Là, les rideaux étaient repliés, ce qui permettait de voir l'intérieur. La pièce, spacieuse, était un séjour salon au décor typique de chalet de montagne, tout en bois, avec une cheminée dont l'âtre était large et haut, avec dans sa partie haute un tourne broche et une grille pour y faire cuire des aliments. Deux canapés recouverts de tissu beige, marron et blanc aux motifs cachemire étaient disposés, l'un perpendiculairement au mur sur lequel s'appuyait la cheminée et l'autre parallèlement à celui-ci, face à l'âtre. Sur la partie gauche de la pièce se trouvait une grande table solide et rustique, en chêne, entourée de chaises aux assises et dossiers recouverts du même tissu que les canapés. Plus loin encore, contre le mur de gauche, s'étendait une cuisine équipée en chêne foncé, de style campagnard, qui occupait une partie du mur du fond où se trouvait un évier disposé sous une fenêtre aux rideaux tirés.

Assis sur l'une des chaises, les mains dans le dos, entravées de menottes et les jambes liées autour des pieds de chaise par une solide corde d'alpiniste, Olivier Delorme discutait avec les deux ravisseurs qui lui faisaient face, l'un debout près de la cheminée, l'autre assis sur le canapé transversal. Vincent remarqua une porte derrière ce canapé, juste à côté d'un énorme vaisselier rustique qui occupait une grande partie du mur où elle se trouvait. Il eut l'intuition qu'elle menait aux chambres, qu'il pouvait atteindre sans qu'on le voit par la coursive extérieure. Il fallait qu'il passe devant la porte-fenêtre pour cela. Comment faire sans que les ravisseurs le voient ? Il eut l'idée de redescendre l'escalier et de faire le tour du chalet jusqu'à atteindre l'autre côté, celui où était la fenêtre de la cuisine devant laquelle se trouvait l'évier. Il prit un petit caillou et le lança contre la vitre afin de faire du bruit. Il courut, remonta l'escalier et revint jusqu'à la porte-fenêtre, observa à l'intérieur et vit les deux ravisseurs qui regardaient dans la direction de la cuisine. L'un d'eux s'était approché prudemment de la fenêtre, tandis que l'autre le regardait, son arme à la main. Vincent franchit l'obstacle sans problème et fonça vers la coursive et les chambres. La première porte-fenêtre était verrouillée. Il alla jusqu'à la seconde, regarda à l'intérieur pour s'assurer qu'il n'y avait personne, tourna la poignée et poussa la porte-fenêtre. Elle s'ouvrit avec un petit couinement. Il entra et la referma derrière lui. Il traversa la pièce, une chambre d'enfant avec un lit étroit recouvert d'une couette aux motifs appliqués de la guerre des étoiles avec Dark Vador et Luke Skywalker, croisant le sabre laser. Il colla son oreille contre la porte pour écouter les bruits, n'entendit rien, l'ouvrit délicatement et déboucha sur un couloir aux murs entièrement recouverts de bois blond, avec des portes de chaque côté. Il s'avança lentement vers la porte du fond, celle qui donnait, d'après son sens de l'orientation, sur le séjour du chalet. Il entendit les voix des ravisseurs et de son père qui conversaient. Il atteignit la porte, y colla une oreille pour mieux entendre ce qui se disait.

— Vous n'obtiendrez rien de moi, dit Olivier, tant que je n'aurai pas vu ma fille et votre patronne.

— Si vous ne faites pas le transfert sur les comptes que nous vous avons indiqués, dit l'un des ravisseurs, vous ne reverrez jamais votre fille vivante.

— Écoutez, ça fait trois quarts d'heure que nous sommes là à palabrer pour rien, s'agaça Olivier Delorme. Si c'était pour me dire ça, il était inutile de me faire venir jusqu'ici. Jamais je ne vous donnerai toute ma fortune sans être sûr que vous détenez bien ma fille et qu'elle est en vie. Faites passer le message à votre patronne et dites-lui bien que si elle ne vient pas elle-même ici pour que nous parlions, elle n'aura plus rien de moi.

— Je vous ai déjà dit que je ne vois pas de qui vous voulez parler, s'agaça à son tour le ravisseur. Il n'y a pas de patronne, comme vous dites.

— Je sais que vous mentez, affirma Olivier. Contactez-là et dites-lui que je sais qui elle est. Dites-lui qu'il faut que nous parlions, que je sais pourquoi elle fait tout ça, que je suis prêt à faire ce qu'elle veut, mais qu'elle laisse ma famille tranquille.

— Putain, mais vous êtes sourd ou quoi ?! s'énerva le ravisseur. Je vous dis que cette femme n'existe pas !

— Ah non ? C'est parce que vous pensez que celui qui a organisé l'enlèvement est un homme, c'est tout. Alors, contactez cet homme, votre chef. Je parie que vous ne l'avez jamais vu ? Je me trompe ?

Il y eut un moment de silence. Vincent entreprit d'entrouvrir la porte pour jeter un œil dans la pièce. Il le fit très lentement, de façon à ne pas faire de bruit et ne pas attirer l'œil des ravisseurs. Il finit par voir une partie de la pièce, son père et le ravisseur assis sur le canapé, de dos. Le second ravisseur n'était pas dans son champ de vision.

— Qu'est-ce que vous savez exactement ? demanda le ravisseur, intrigué.

— Que vous avez été embauché par une personne qui ne s'est jamais montrée à vous, qu'elle utilise un appareil pour masquer sa voix, qu'elle vous fournit le matériel, les armes, les véhicules et ce chalet pour réaliser cette opération. Je ne crois pas me tromper, non ?

— Continuez.

— Vous êtes juste des exécutants. Tout a été pensé dans les moindres détails par cette personne. Elle vous donne ses ordres et vous agissez. Vous ne connaissez pas cette personne, mais moi je la connais très bien. Vous devriez vous en méfier, car elle est extrêmement dangereuse. Elle a déjà tué les membres d'une équipe qu'elle avait embauchée, comme vous, pour un autre enlèvement. Lorsqu'elle a eu l'argent, elle s'est débarrassé des complices pour ne pas laisser de traces.

— Comment pouvez-vous savoir tout ça ?

— Ce serait trop long à expliquer, mais sachez que le premier enlèvement, dont je viens de parler, concernait ma belle-fille, la femme de mon fils. Et elle m'a déjà soutiré une très grosse somme d'argent.

— Vous rigolez ? dit-il, incrédule.

— Pas du tout. Ce que vous devez savoir, c'est que cette personne n'agit pas pour obtenir l'argent, mais pour assouvir une vengeance contre moi. C'est tout ce qui la motive. L'argent, c'est juste une façon parmi d'autres de faire payer à ma famille mes erreurs passées. Cette personne est folle à lier ! Vous devez me croire. Elle n'hésitera pas à vous tuer quand elle aura obtenu ce qu'elle désire.

— Bon, ça suffit ! s'énerva le ravisseur. J'en ai marre d'entendre vos conneries ! Vous allez vous mettre sur cet ordinateur et virer le fric sur les comptes inscrits sur ce carnet ! Sans ça, nous descendons votre fille !

— Pas sans l'avoir vue, dit Olivier, déterminé.

— Bon, ok, je vais contacter cette personne que vous dites connaître et lui dire ce que vous venez de me raconter sur elle. Nous allons voir ce qu'elle va dire.

— À la bonne heure ! s'exclama Olivier. C'est ce que je vous demande depuis le début !

Le ravisseur appela son complice au téléphone et lui expliqua la situation. Après un échange qui dura deux bonnes minutes, le ravisseur raccrocha et dit avec étonnement :

— Il arrive.

§

Chapitre XXI

Némésis

Dix minutes s'écoulèrent. Dans le chalet, les ravisseurs attendaient l'arrivée de leur chef, qui n'était autre que Némésis, alias Alicia Redgrave, alias Olivia Mac Gregor. Les deux hommes n'avaient encore jamais rencontré Némésis et les propos tenus par Olivier la concernant, les avaient rendus nerveux. Olivier restait étonnamment calme. Lui savait à qui il avait affaire. Il avait très bien reconnu Alicia sur la photo. Elle avait certes vieilli depuis le temps, mais il l'aurait reconnue entre mille. Il n'avait pas peur, bien qu'il sût désormais de quoi cette femme était capable. Il savait pourquoi elle avait tout fait pour détruire sa famille, pourquoi elle s'en était pris à Vincent et Maeva, pourquoi elle avait imaginé ce faux enlèvement de Jennifer, pourquoi elle avait organisé le vrai enlèvement de Maeva. Il savait tout. Il avait tout compris dès l'instant où il vit son visage sur la photo que lui avait montrée son fils. Maintenant, venait le temps des explications, le temps de crever l'abcès, le temps d'en terminer avec les rancœurs, le temps de se dire enfin les choses, pour pouvoir passer à autre chose. Du moins, l'espérait-il.

Le téléphone du ravisseur avec lequel Olivier discutait sonna. Il décrocha et entendit la voix déformée de Némésis :

— Vous pouvez envoyer votre ami au sous-sol, prendre une bouteille de vin pour offrir à notre invité ? dit-elle.

— Oui, bien sûr. Qu'est-ce que je lui dis de prendre ?

— N'importe, il a le choix.

Le ravisseur se tourna vers son complice et lui demanda d'aller chercher une bouteille à la cave. Celui-ci s'éclipsa par une porte qui donnait sur l'entrée principale du chalet d'où partait un escalier vers d'une part l'étage et, d'autre part, le sous-sol. Après deux minutes, le téléphone sonna à nouveau. L'homme décrocha et entendit à nouveau Némésis :

— Finalement, j'ai réfléchi. Il faudrait prendre un bourgogne. Il doit y avoir quelques bouteilles de Nuits-Saint-Georges.

— Ah, mais Domi est déjà descendu, dit-il, ennuyé.

— Ce n'est pas grave, allez lui dire. Notre invité est bien attaché, n'est-ce pas ?

— Oui, bien sûr.

— Alors, vous pouvez le laisser un instant seul.

— D'accord, j'y vais.

Ce fut la dernière fois qu'Olivier vit cet homme en vie. Après moins de cinq minutes, il entendit des bruits de pas qui montaient l'escalier. C'était des bruits faits par des chaussures à talons, typiques d'une démarche féminine.

Olivier fixa du regard la porte qui donnait sur l'entrée, attendant de pied ferme celle qu'il espérait voir enfin. Les pas se firent plus rapides et s'arrêtèrent net derrière la porte. Il y eut un moment de flottement, durant lequel Olivier sentit son cœur s'emballer pour la première fois depuis qu'il était arrivé dans ce chalet. Derrière la porte, Némésis devait ressentir à peu près les mêmes émotions que lui, à n'en pas douter. Mais qu'attendait-elle pour pousser cette foutue porte ? Avait-elle de l'appréhension après toutes ces années ? Restait-il quelque part au fond de son cœur un peu d'amour pour lui, malgré tout ce qui était arrivé jadis ? Comment savoir ?

La poignée tourna, le battant de la porte s'écarta et elle apparut dans l'encadrement, vêtue d'un pantalon en lin, beige, sur lequel tombait un chemisier ample, dans la même matière, couleur chocolat. Ses cheveux étaient teints en blond très pâle, presque platine, coupés assez courts, avec une mèche qui retombait sur le front. Elle avait vieilli, certes, mais restait toujours une très belle femme. Son visage semblait tendu. Elle plongea ses beaux yeux bleus dans ceux d'Olivier, qui ressentit le froid glacial de ce regard sur lui. Il comprit qu'il ne fallait pas espérer un sursaut d'amour chez cette femme-là. Elle n'avait plus que haine et mépris pour lui, cela se sentait. Cela se voyait dans ces deux yeux vides d'humanité. Elle tenait dans sa main droite une arme munie d'un silencieux, qui fumait encore. Olivier présuma de ce qui était advenu des deux ravisseurs dans le sous-sol du chalet. Il les avait pourtant prévenus. Il n'avait pas vraiment peur, même s'il n'en menait pas large. S'il devait mourir aujourd'hui, bien que ce ne fût pas son intention première, il mourrait, mais il espérait au moins avoir une conversation avec elle pour tenter de la dissuader de s'en prendre à sa famille. C'est tout ce qui comptait pour lui. Il prit une grande respiration et dit :

— Bonjour Ophélie, ça fait longtemps.

Il perçut sur le visage de la femme un léger mouvement de décrispation des muscles. Elle répondit :

— Oui, très longtemps, Olivier, mais tu vois, depuis tout ce temps je n'ai jamais cessé de penser à toi.

— Je m'en suis rendu compte, en effet, ironisa-t-il. Tu t'es donné bien du mal pour m'atteindre.

— J'ai eu près de trente ans pour y réfléchir. Trente ans pour préparer ma vengeance, pour préparer la vengeance d'Anita.

— Je vois, oui. Et tu t'es bien vengée, je dois dire, lui fit-il remarquer.

— Oh, mais pas encore assez, crois-moi, pas encore assez, dit-elle avec détermination. Je n'en ai pas terminé avec toi et ta petite famille.

— Où est ma fille ? demanda-t-il sèchement.

— Ne t'inquiète pas, tu ne vas pas tarder à la revoir. J'ai des projets pour elle.

— C'est terminé, Ophélie, tu le sais très bien. Maintenant que je sais que c'est toi qui étais derrière tout ça, tu ne pourras plus rien faire. Tu nous as fait souffrir parce que tu avançais masquée, parce que nous ne nous doutions de rien, parce que je te croyais morte depuis longtemps. Mais c'est fini, le masque est tombé !

— Rien n'est fini ! cria-t-elle, soudain prise d'une colère hystérique. Je n'en ai pas fini avec toi ! Pas fini avec ton fils ! Pas fini avec ta fille ! pas fini non plus avec ta femme ! Et pas fini avec le reste de la famille Delorme ! Je n'aurais assouvi ma vengeance que lorsque tous les membres de cette famille seront morts, après avoir vu mourir leurs proches d'abord ! Voilà quand ce sera fini ! Pas avant ! Pas avant !

Olivier ricana en secouant la tête :

— Décidément, tu es devenue complètement folle ma chère sœur ! J'ai pleuré ta mort lorsque je l'ai apprise, pensant qu'en partie par ma faute nous nous étions éloignés à jamais, mais aujourd'hui je ne pleurerai plus devant ta dépouille, tu peux me croire ! dit Olivier avec dédain.

Vincent, qui écoutait derrière la porte, eut un haut-le-cœur en entendant Olivier dire qu'Alicia Redgrave, qu'il avait appelée Ophélie, était en réalité sa sœur. Vincent n'avait jamais entendu parler de cette sœur de son père. Décidément, songea-t-il, cette famille vivait depuis toujours dans les non-dits et les mensonges ! Vincent remarqua que cette femme, sa tante donc, se prénommait comme Jennifer, qui en réalité s'appelait Ophélie, d'après ce qu'avait dit son père, Robert Leguet. Était-ce une coïncidence ? Mais au fait, si cette femme était sa tante, elle ne pouvait pas être la tante de Jennifer ? Vincent cessa de se torturer l'esprit avec toutes ces questions. Il fallait être patient. Les explications semblaient être sur le point de tomber d'elles-mêmes dans la pièce voisine. Il tendit l'oreille.

Némésis, alias Alicia Redgrave, alias Ophélie Delorme désormais, vint tout près de son frère Olivier. Elle caressa de sa main droite le visage à la peau marquée par les ans, creusée de profondes rides et approcha son visage du sien en disant :

— Tu verras mourir ta fille sous tes yeux. Puis, ce sera le tour de ta femme. Et enfin, je tuerai ton fils ! Ce sera l'apothéose ! Tu souffriras, tu supplieras, tu pleureras, mais tu ne mourras pas ! J'y veillerai.

— C'est ça ! ricana Olivier. Tu prends toujours tes rêves pour des réalités ! Tu n'as pas changé petite sœur.

— Tu me crois incapable de faire ce que je viens de dire ?! cria-t-elle.

— Oh mais si, je t'en crois capable ! Tu nous as prouvé à quel point tu étais secouée avec tout ce que tu nous as fait ! Et pourquoi avoir fait tout ça au final, puisque tu veux tous nous tuer ? Tu l'aurais fait directement, c'était plus simple. Tu n'aurais pas eu à te donner autant de mal !

— Je voulais vous faire souffrir tous autant que vous êtes dans cette famille ! Je crois que j'y suis très bien arrivée ! Ton fils pleure sa femme, cherche désespérément sa fille et se démène comme il peut pour prouver son innocence ! Il en est touchant parfois, reconnut-elle avec un cynisme éloquent. Ta fille pleure son époux, cet homme qu'elle croyait être l'amour de sa vie, le mari parfait, l'amant idéal, le futur père rassurant ! Maintenant, je vais me faire un plaisir de lui expliquer à quel point cette sotte était loin de la vérité sur Max. Comme je me ferai un plaisir de faire la même chose pour Vincent, bien qu'en ce qui le concerne, il ait déjà eu un bon aperçu de ce qu'était en vérité sa chère Jennifer, qui s'appelle en réalité Ophélie, comme moi.

— À ce propos, j'ai vu une photo sur laquelle tu figurais en compagnie de Max et de Jennifer, aux États-Unis. Il semble que vous vous connaissez depuis longtemps tous les trois ? qui sont-ils pour toi ?

— Tu aimerais bien le savoir, n'est-ce pas ?

— Oui, bien sûr, puisque nous en sommes aux confidences tous les deux. J'aimerais comprendre les rapports qui vous unissaient.

— Maxence, et non pas Maxime, est le fils aîné d'Anita.

— Ah, je vois. Anita avait un fils ? Tu ne nous en avais jamais parlé, lui fit-il remarquer. Et Jennifer ? Qui était-elle ?

— Offy, c'est son surnom, n'est autre que la sœur cadette de Maxence.

— Fille d'Anita donc ?

— Fille d'Anita, oui.

Ophélie Delorme mit un silence entre eux, histoire de faire son effet dans ce qu'elle allait révéler maintenant :

— D'Anita et de… devine qui ?

— Comment pourrais-je le savoir ? se défendit Olivier.

— Tu n'as pas une petite idée ?

— Non, aucune, pourquoi, je devrais ? dit-il, ne comprenant pas où voulait en venir sa sœur.

— Offy est née exactement neuf mois après le départ d'Anita, laissa-t-elle tomber.

Olivier reçut la nouvelle comme un coup de massue sur la tête. Ophélie jubilait.

— Eh oui, mon cher, très cher, très, très cher frère ! Offy, alias Jennifer, était TA fille !

Cette fois ce fut Vincent qui reçut le coup de massue. Il sentit ses jambes flageller, son cœur se serrer, son estomac se nouer, son esprit se disloquer dans le brouhaha inaudible de ces révélations fracassantes ! Vincent avait déjà ressenti cette sensation du monde qui s'écroulait autour de lui, mais là, s'en était trop ! Toute sa vie partait en fumée, s'évaporait sous ses pieds, le laissant dans un vide incommensurable, dans le noir total où plus aucune lueur d'espoir ne brillerait désormais. Vincent avait été amoureux fou de sa propre sœur ! Il avait eu un enfant avec elle ! Il avait commis l'inceste ! Et même s'il ne le savait pas alors, cette idée lui était insupportable. Vincent se laissa glisser sur le sol où il finit assis contre le mur du couloir, la tête collée à la porte pour continuer d'écouter.

— Tu es un monstre ! cria de colère Olivier, dont le visage devint rouge écarlate, provoquant le rire hystérique de sa sœur.

— Un monstre ? C'est toi le monstre, mon cher frère ! Si tu n'avais pas violé Anita, ce soir-là, nous n'en serions pas là ! Je n'aurais pas eu à te le faire payer !

Là, Vincent eut l'impression qu'après le fond qu'il croyait avoir touché à l'instant, il y avait encore un abîme sous ses pieds. C'était un cauchemar absolu ! Apprendre que, non seulement, il avait épousé sa demi-sœur, mais qu'en plus elle était le fruit d'un viol ! À cet instant Vincent aurait voulu mourir, disparaître à tout jamais dans le néant pour ne pas ressentir la terrible souffrance qui l'étreignait. Il commençait à comprendre pourquoi cette tante qu'il venait de se découvrir en voulait tant à sa famille, pourquoi elle s'était donné autant de mal pour la faire souffrir, pourquoi elle avait passé sa vie à ourdir l'intrigue de sa vengeance et, bien qu'il en fût la victime, il eut soudain une forme de compassion pour cette femme.

— Je paye depuis ce jour-là, avoua Olivier d'une voix emplie de tristesse et de remords. Il n'y a pas un jour depuis où j'ai cessé de penser à ce que j'ai fait. Je vis avec le remords depuis trente-deux ans.

— Et moi, je vis sans Anita, depuis trente-deux ans ! dit-elle avec désespoir. Tout ça, à cause de toi, mon frère. Tout ça parce que notre famille ne voulait pas des qu'en dira-t-on, tout ça parce que, au lieu de prendre ma défense, tu t'es rangé aux côtés de nos parents, de nos oncles et tantes et de nos cousins pour tout faire pour nous séparer, Anita et moi.

— J'étais jeune, sœurette et c'était une autre époque, se défendit-il.

— Oui, c'était une autre époque. Deux femmes qui s'aimaient, dans une famille comme la nôtre, c'était le déshonneur, je sais tout ça mieux que quiconque. Mais toi, toi mon frère, toi qui m'aimais plus que tout et que j'aimais plus que tout, tu m'as trahie ! Et pour finir, tu as commis l'irréparable en détruisant Anita, en détruisant notre amour.

— Je regrette profondément, sœurette, dit-il d'un air contrit.

— Pourquoi as-tu fait ça ? Pourquoi l'avoir violée ? La menacer de me faire du mal ne te suffisait pas ?

— Je ne sais pas ce qui m'a pris ce soir-là. Je suis allé la trouver pour tenter de la convaincre d'arrêter cette histoire avec toi. Elle m'a fait entrer chez elle, enfin, chez vous, et nous avons discuté.

— Discuté ? ricana-t-elle. Violer une femme, c'est ça que tu appelles discuter ?

— Je ne suis pas allé la trouver pour la violer, objecta Olivier. Je voulais juste lui demander de ne pas continuer avec toi, c'est tout. Mais elle ne voulait rien entendre. Et plus je tentais de la convaincre, plus elle riait et se moquait de moi.

— Elle se moquait de toi ? Pourquoi est-ce qu'elle aurait fait ça ? s'étonna sa sœur. Je connaissais bien Anita, jamais elle se serait moquée comme ça, sans raison. Que lui as-tu dit pour qu'elle le fasse ?

Olivier baissa les yeux, regarda ses pieds et ne répondit rien. Ophélie lui prit le menton avec sa main droite et releva sa tête pour le regarder droit dans les yeux :

— C'est maintenant qu'il faut se dire toute la vérité, mon frère. J'attends ce moment depuis trop longtemps, avoua-t-elle. Ne me déçois pas.

— Je… je…

Olivier ne semblait pas trouver ses mots, n'osait pas lui avouer la vérité. Que cachait-il donc depuis toutes ces années ? Que s'était-il vraiment passé ce soir-là dans l'appartement qu'elle partageait avec Anita, la femme dont elle était tombée éperdument amoureuse, avec qui elle avait décidé de passer le restant de son existence ?

— Parle ! lui intima-t-elle. Je dois savoir pourquoi.

— J'étais amoureux d'elle ! lança soudain Olivier, comme un soulagement.

Ophélie s'attendait à tout, sauf à cela. Les bras lui en tombèrent. Elle se redressa, s'éloigna de son frère et le regarda de loin, avec, pour la première fois, une lueur dans les yeux. Elle se laissa tomber lourdement sur le canapé perpendiculaire à la cheminée, faisant face à Olivier. Elle demeura silencieuse longtemps, comme prostrée. Vincent, qui n'entendait plus rien depuis un moment, poussa un peu plus la porte derrière laquelle il était, pour voir mieux ce qui se passait dans le salon. Il vit Olivier, attaché sur sa chaise, la tête basse, les joues brillantes des larmes qui y coulaient et Ophélie, de dos, assise sur le canapé. Il était décomposé par tout ce qu'il venait d'apprendre en si peu de temps. Quel choc ! Et là, il avait assisté à une scène poignante, presque touchante, où les deux frères et sœurs venaient d'avoir l'explication qu'ils auraient sans doute dû avoir, il y a trente ans, ce qui aurait évité certainement la mort inutile de Jennifer et Max. Sans compter les malfrats, complices d'Ophélie, qu'elle n'avait pas hésité à tuer une fois qu'elle n'en avait plus eu besoin. Soudain, la voix d'Ophélie raisonna à nouveau :

— Je ne comprends pas, dit-elle, surprise. Tu n'as jamais montré à personne que tu t'intéressais à elle, il me semble.

— Quand tu es venue avec elle la première fois, à la maison, que tu nous l'as présentée comme une amie de fac, j'ai tout de suite eu le coup de foudre pour elle, avoua-t-il.

— Oui, c'est vrai, je m'en souviens, tu t'es très vite intéressé à elle. Ça m'avait amusée du reste, de penser que toi et moi avions les mêmes goûts en ce qui concernait Anita. Mais après quelques temps, tu n'as plus manifesté d'intérêt pour elle, si je me souviens bien, dit-elle, intriguée.

— Vous pensiez que personne n'avait compris quelle était la nature de votre relation, mais moi j'avais très bien compris. Je voyais les petits regards que vous échangiez quand vous étiez au milieu d'autres gens. Ces regards qu'Anita t'adressait, j'aurais tant voulu qu'ils soient pour moi et non pour toi. J'ai compris rapidement que je n'avais aucune chance avec elle et de savoir que c'était toi qui vivais l'histoire que j'aurais pu vivre, me rendais fou de douleur.

— Je n'en ai rien vu, se désola Ophélie.

— Je ne l'ai jamais montré à personne. J'ai décidé de l'oublier, mais c'était impossible car tu la trainais toujours avec toi à la maison.

— C'est comme ça que nos parents ont fini par avoir des doutes, reconnut-elle.

— Oui, et ça a mis la famille dans tous ses états à l'époque ! Papa et Maman ne savaient pas quoi faire. Ils en ont parlé avec leurs frères et sœurs et toute la famille s'en est mêlée. J'ai été pris dans ce tourbillon et ils m'ont demandé d'essayer de te parler, de te raisonner.

— C'est ce que tu as fait, je m'en souviens bien. Nous avons eu une conversation houleuse ce jour-là.

— Oui, on ne s'est pas fait de cadeaux, je dois bien le reconnaître. Tu n'as rien voulu entendre. Quand je suis rentré à la maison, les parents étaient effondrés de savoir que tu t'entêtais ainsi. Je les ai vus pleurer devant moi pour la première et dernière fois, je crois. Ça m'a fait tellement mal de les voir ainsi. Je t'en ai tellement voulu !

— Ce n'était pas de ma faute, j'aimais Anita plus que tout !

— Quand j'ai appris que tu serais absente pour quelques jours pour ton travail, j'en ai profité pour me rendre à votre domicile. Comme je te l'ai dit, j'ai tenté de convaincre Anita de te quitter. Elle m'a dit qu'elle ne voyait pas pourquoi elle devrait faire ça, qu'elle était bien avec toi et que rien ne pourrait vous séparer. J'en crevais d'entendre ça de sa bouche ! Elle était là, devant moi, si belle, si désirable. Je voyais sa peau si douce, son cou, ses épaules dénudées, son visage, ses magnifiques yeux verts et sa bouche, si sensuelle, si délicate, d'où sortait une voix si mélodieuse. Je me mourais pour elle ! éclata-t-il. Je ne sais pas ce qui m'a pris tout à coup, mais j'ai eu envie d'elle, de la serrer dans mes bras, de connaître le goût de sa bouche, le goût de sa chair. Je l'ai prise dans mes bras. Elle n'a pas compris ce que je faisais, se débattait en me suppliant de la lâcher, mais mon désir pour elle était si fort, plus fort que ses suppliques. J'ai commencé à l'embrasser, la caresser, la serrer tout contre moi. Elle se débattait de plus en plus, me donnait des coups de pied, des coups de poing, me griffait, me repoussait de toutes ses forces. Et plus elle le faisait, plus mon désir montait et me rendait fou ! J'ai commencé à la frapper à mon tour pour qu'elle arrête de se débattre. J'ai frappé et frappé encore ! Elle a fini par se résigner, en pleurs.

Olivier s'interrompit. Revivre cette scène était pour lui une véritable torture. Il avait fait du mal à la femme qu'il aimait, l'avait battue, violée, souillée à tout jamais, sans jamais réussir à comprendre comment il en était arrivé là. Toute son existence, il avait été rongé par le remords. Toute son existence, il avait vécu malheureux, amoureux de la seule femme qui avait compté vraiment pour lui et à qui il avait infligé ce qu'un homme pouvait infliger de pire à une femme. Il n'y avait pas un jour où il avait cessé de penser à tout cela, pas un jour où il ne s'était pas refait le film de cette soirée maudite où il avait goûté à la chair d'Anita et s'était damné pour l'éternité. Et même s'il avait ensuite rencontré Jackie, sa femme, avec laquelle il avait vécu de belles choses, qui lui avait donné deux beaux enfants dont il était très fier, même s'il avait vécu une vie pleine avec une famille qu'il aimait, jamais il n'avait pu oublier le seul véritable amour de sa vie.

Des larmes coulaient le long des joues d'Ophélie. Elle ne savait pas trop si c'était d'entendre enfin la confession de son frère ou le calvaire qu'il avait fait subir à Anita, qui provoquait en elle une telle émotion. Enfin, elle savait pourquoi tout cela était arrivé, pourquoi son frère avait violé l'amour de sa vie. Ophélie ne l'avait appris, de la bouche d'Anita, que sur le lit de mort de celle-ci, bien des années après. Elle lui avait alors juré de la venger de son frère. Depuis lors, elle s'était employée à imaginer la meilleure façon de le faire souffrir pour le mal qu'il avait causé à Anita et à elle-même.

Une voix puissante résonna à l'extérieur du chalet, surprenant aussi bien Ophélie qu'Olivier :

— Ici le capitaine Castillo de la police judiciaire de Nice ! criait-il dans un mégaphone. La maison est cernée ! Déposez vos armes et rendez-vous ! Sortez, les mains sur la tête, lentement, sans geste brusque et il ne vous sera fait aucun mal !

Castillo répéta plusieurs fois son message, au mot près. Ophélie se dressa sur ses jambes, sans hâte, alla jusqu'à la fenêtre de la cuisine, poussa délicatement le rideau et observa à l'extérieur. Elle repéra plusieurs gendarmes casqués et harnachés, armés jusqu'aux dents, disposés tout autour du chalet, le long de la route, se protégeant derrière les sapins, les conteneurs poubelles ou les véhicules stationnés. Elle revint vers son frère, le détacha de sa chaise, tout en lui laissant les mains attachées dans le dos et lui dit :

— Viens, il est temps de partir.

— De partir ? ricana-t-il. Tu plaisantes ? Les flics ont cerné le chalet. Tu n'as aucune chance de leur échapper.

— Viens, répéta-t-elle, un petit sourire satisfait.

Elle entraîna Olivier au sous-sol. L'escalier débouchait dans une pièce aux murs de parpaings qui s'appuyaient sur des piliers en béton brut. Il y avait une forte odeur de mazout, ce qui indiquait que la chaudière n'était pas loin. Plusieurs portes grises donnaient sur d'autres pièces. Olivier remarqua les gouttes de sang qui séchaient sur le sol en béton, traçant une ligne qui allait directement vers l'une des portes fermées. Ophélie ouvrit la porte qui donnait sur la chaudière au fioul et se dirigea vers une porte métallique solide, noire, installée derrière la chaudière, à l'arrêt en cette saison estivale. Elle l'ouvrit, découvrant un réduit dans lequel trois étagères supportaient un bric-à-brac de vieux outils rouillés et de bidons de désherbants. Elle glissa sa main derrière l'un des bidons trifouilla un instant et débloqua un mécanisme d'ouverture qui fit s'ouvrir le mur, qu'elle poussa devant elle.

— Allez, viens, dit-elle. On s'en va.

Olivier n'en revenait pas. Sa sœur avait tout prévu, tout planifié jusque dans les moindres détails. Derrière le mur, il y avait un étroit couloir, bas de plafond, taillé directement dans la roche, plongé dans le noir. Ophélie prit une lampe torche posée sur l'une des étagères, l'alluma et dirigea le faisceau lumineux dans l'étroit boyau. Celui-ci courait sur une dizaine de mètres avant de déboucher dans une cavité naturelle à peine plus large et haute que le couloir. Elle s'étendait sur plusieurs dizaines de mètres, zigzaguait plus ou moins, avant d'atteindre un nouveau couloir étroit, bétonné cette fois. Cette dernière partie du trajet était en pente légère, ce qui indiquait que la sortie devait se faire plus haut que le chalet, dans les bois sans doute.

Vincent entra dans la chaufferie. Il avait emboîté le pas d'Ophélie Delorme et de son père, se faisant le plus discret possible pour ne pas attirer l'attention sur lui. Il avait vu sa tante entrer dans le réduit, puis son père et ne les avait pas vus ressortir. Intrigué, il avança à pas feutrés, contourna la chaudière et tourna la poignée de la porte métallique lentement. Il poussa le battant, juste de quoi jeter un œil à l'intérieur et eut la surprise de voir qu'il était vide. Il ouvrit la porte en grand, tordit la bouche et regarda tout autour de lui, perplexe. Il eut l'idée de tapoter les murs du réduit et entendit que celui du fond sonnait plus creux que les deux autres, de côté. En y regardant de plus près, il vit que les parpaings qui le composaient n'étaient pas scellés au niveau des angles que formait ce mur avec ceux de côté. Il en déduisit logiquement qu'il devait y avoir une porte cachée et qu'il y avait forcément un système qui en permettait l'ouverture. Il tâtonna un bon moment avant de trouver enfin la poignée qui déverrouillait l'ouverture de la cloison. Il entra dans l'étroit couloir plongé dans le noir, hésita un instant avant d'avancer à tâtons. Il parcourut les premiers mètres en longeant le mur de roche, fut surpris ensuite de se retrouver dans un espace plus large et tortueux, qu'il franchit avec la plus grande prudence, atteignit le second boyau qui s'élevait en pente douce, le traversa jusqu'à buter contre un obstacle qui sonnait creux. Une porte très certainement. Il chercha la poignée, la trouva, la tourna et poussa. Elle ne bougea pas. Il tira vers lui. Elle ne bougea pas davantage. Il la fit coulisser à droite, puis à gauche et là, miracle, elle s'écarta devant lui, découvrant un espace plus large, éclairé par la lumière d'un soupirail, encombré de sacs de ciment, de palettes en bois et d'outils de maçonnerie. Au sol, une fine couche de poussière de ciment gardait les traces du passage d'Ophélie et d'Olivier. Les pas allaient tout droit vers l'unique autre porte de la pièce. Vincent l'atteignit, l'ouvrit, se retrouva dans un couloir assez large, aux murs tout en parpaings gris, à peine éclairé par de petites ouvertures dans l'un des murs, qui donnaient sur l'extérieur. Au bout, il vit un escalier en bois qui s'élevait. Il était dans un autre chalet, à n'en pas douter. Il gagna l'escalier, grimpa les marches lentement, prenant soin d'éviter autant que possible de les faire couiner et fut bientôt devant une nouvelle porte. Il colla son oreille, entendit le son de la voix d'Olivier, mais ne distingua pas clairement ce qu'il disait. Il était trop loin pour écouter la conversation. Il ouvrit délicatement la porte, vit qu'il se trouvait dans une entrée spacieuse aux murs recouverts d'une peinture jaune paille, dont le sol était en marbre blanc, veiné de vert, sienne et jaune. Un escalier large, en bois doré, montait droit vers l'étage supérieur, tandis qu' une double porte dans le même bois, avec, sur sa partie haute, des parties en verre martelé, occupait le mur d'en face. C'est de derrière cette porte que provenaient les voix. Vincent traversa l'entrée et vint se placer sur le côté de la porte, s'accroupit pour ne pas être vu à travers le verre martelé et colla son oreille pour mieux entendre. Cette fois il pouvait à nouveau suivre la conversation qui se poursuivait entre le frère et la sœur.

§

Jean-Paul Castillo était sur l'étroite route qui cheminait entre les sapins, derrière la voiture banalisée blanche avec laquelle lui et son équipe étaient venus jusque-là. Son mégaphone à la main, il attendait que les occupants du chalet obtempèrent à ses injonctions. Cela faisait plus de cinq minutes qu'il leur demandait, avec la régularité d'un métronome, de sortir, mains sur la tête, sans armes. Rien ne bougeait, personne ne se manifestait. Près de lui, le commandant de gendarmerie du peloton de Grasse, Ange Pitassi, attendait le feu vert pour investir de force les lieux et déloger les ravisseurs.

— Je crois qu'ils ne sortiront pas, capitaine, lui fit-il remarquer. Nous devrions donner l'assaut.

— Il y a la jeune femme séquestrée, son père et désormais, son frère également, dans ce chalet, en plus des ravisseurs. Si nous donnons l'assaut, qu'est-ce qui nous garantit que nous les récupérerons vivants ?

— Rien, admit le gendarme, mais si nous restons là à attendre, rien ne nous garantit non plus qu'ils s'en tireront sans dommage.

— Vos hommes sont en place ?

— Nous sommes prêts à intervenir. Donnez l'ordre et dans moins d'une minute nous serons à l'intérieur, affirma-t-il avec conviction.

— Ils sont armés, rappela-t-il.

— Nous les neutraliserons dans ce cas.

Castillo hésitait. Il craignait pour les Delorme, que cela se termine dans un bain de sang. D'un autre côté, que faire ? L'on ne pouvait pas rester dans une situation figée éternellement. Maintenant qu'ils étaient là, encerclant le chalet, ils se devaient d'agir sans tarder. Castillo prit une grande respiration et ajouta :

— Allez-y, commandant.

Ange Pitassi donna ses ordres via son émetteur-récepteur portatif relié avec l'ensemble de ses hommes, qui s'élancèrent à l'assaut du chalet. Ils y furent en moins de temps qu'il n'en faut pour le dire, l'encerclant entièrement, se positionnant partout où il y avait une ouverture pour investir les lieux et éviter la fuite de ses occupants. Lorsque le top fut donné, les portes furent enfoncées à coups de bélier et les gendarmes, protégés derrière leurs boucliers pare-balles, entrèrent en hurlant aux occupants de déposer leurs armes et de se coucher sur le sol. Ils se déployèrent dans toutes les pièces et constatèrent avec surprise qu'il n'y avait plus personne à l'intérieur du chalet.

— Quoi ? Ce n'est pas possible ! s'écria Castillo lorsqu'il apprit la nouvelle. Vous avez tout fouillé ? Ils doivent bien être quelque part ?

— Négatif, capitaine, dit le commandant Pitassi. Nous avons tout inspecté, ils ne sont plus là. Vous êtes sûr que c'est le bon chalet ? douta le gendarme.

— Oui, bien sûr, affirma Aymar, nous avons nous-même vu ses occupants à travers les fenêtres et Vincent Delorme s'y est rendu. Il devrait y avoir au minimum trois personnes là-dedans : deux des ravisseurs et Vincent Delorme.

— Désolé, il n'y a personne, confirma le commandant. Nos hommes ont tout fouillé.

— Ils ont dû sortir avant que vous arriviez, en déduit Aymar. Nous n'étions que tous les deux, Lucas et moi, nous n'avons pas pu surveiller l'autre côté du chalet.

— Ils ne peuvent pas être allés bien loin dans ce cas, affirma Pitassi. Nous avons bouclé tout le secteur. Toutes les routes ont des barrages et l'hélicoptère tourne au-dessus de nous. Nous allons les retrouver très vite, faites-moi confiance.

— Je nous le souhaite, commandant, dit Castillo qui gardait en mémoire le cuisant revers qu'ils avaient subi lors du versement de la rançon pour le faux enlèvement de Jennifer Delorme, quand les ravisseurs avaient réussi à leur échapper, malgré le dispositif mis en place.

§

Chapitre XXII

Réunion de famille

Le chalet était dans un style totalement différent du précédent. Le bois avait été remplacé par le plâtre, la peinture et le marbre. Le mobilier était résolument contemporain et la décoration raffinée. Il était bâti à flanc de montagne, comme l'autre, plus loin sur la route et plus en hauteur aussi. Distant du premier de deux cents mètres environ, il était entouré d'un jardin bien entretenu sur un terrain entièrement clos par de hauts murs de pierre sèche. La propriété était beaucoup plus luxueuse. Olivier, assis sur le grand canapé d'angle en cuir blanc aux formes arrondies, regardait sa sœur, cherchant dans ses yeux l'étincelle d'humanité qui leur faisaient défaut. Il se sentait plus léger, maintenant qu'il avait avoué et raconté ce qu'il avait fait à Anita. Il avait l'impression tout à coup de s'être débarrassé du fardeau qu'il portait depuis si longtemps. Certes, cela ne l'excusait pas, ne réparait rien et ne lui enlevait pas sa peine, ses remords et sa souffrance, mais il avait allégé son âme auprès d'Ophélie. C'était le plus important. Celle-ci était debout, lui tournant le dos, face à la vue de cette jolie petite vallée, que le soleil estival et le ciel bleu azur enjolivaient encore un peu plus. Ses pensées allaient à son amour perdu, Anita. La douleur demeurait intacte, même après toutes ces années et rien, pas même la vengeance, ne semblait pouvoir l'atténuer.

Ophélie se remémora ce jour de décembre, lorsqu'elle rentra d'un séminaire, organisé par sa société d'évènementiel, à Lyon. Lorsqu'elle tourna la clé dans la serrure de leur appartement de Nice, dans un bel immeuble, face à la ville, tourné vers le couchant, sur la colline du mont Boron, l'un des quartiers les plus résidentiels et huppés de la ville, qu'elle se réjouissait de retrouver son amour, quitté trois jours plus tôt, qu'elle traversa les pièces désespérément vides à sa recherche, qu'elle trouva sa lettre d'adieu, écrite d'une main tremblante, sur laquelle l'encre avait coulé des larmes qu'elle y laissa pour l'écrire. Elle se souvint de ces mots couchés sur le papier à l'odeur de rose :

Mon amour,

J'ai été la plus heureuse des femmes avec toi. Jamais je n'aurais cru qu'un tel bonheur pouvait m'arriver. Aujourd'hui, la situation fait que je dois partir. Je ne te quitte pas, mon amour, je fuis. Je ne cesse pas de t'aimer, je préserve notre amour. Je ne t'oublierai jamais mon amour. Tu seras toujours là, au centre de mon cœur, au centre de mes pensées les plus heureuses.

Je t'aime comme personne ne pourra jamais t'aimer

Anne.

Ophélie se souvint de la douleur insupportable qui l'étreignit alors. Son monde s'écroulait autour d'elle en cet instant. Elle ne comprenait pas ce qui lui arrivait soudain, alors que tout allait bien entre elles. Que s'était-il produit pour qu'Anita la quitte ainsi, sans véritable explication, sans l'attendre pour lui parler ? Ce n'est que bien des années après qu'elle l'apprit, de la bouche même d'Anita, alors que celle-ci se mourait dans un sordide hôpital de Marseille. Elle l'avait contactée pour lui demander de venir à son chevet pour la voir une dernière fois et lui demander de s'occuper de ses deux enfants, qu'elle ne pouvait confier à personne d'autre. C'est là qu'elle lui donna l'explication de son départ précipité : la visite de son frère Olivier, le viol, puis les menaces de mort, non sur elle, mais sur Ophélie. Anita prit peur devant la détermination d'Olivier, qui venait de lui prouver à quel point il était capable du pire. Anita prit son fils et fuit loin d'Ophélie, la laissant sans nouvelles durant près de cinq ans, jusqu'à ce jour où elle lui demanda de la retrouver à l'hôpital. Quand elle lui eut raconté toute l'histoire sur Olivier, Ophélie fut prise d'une rage intérieure qui ne la quitta plus jamais. Elle enterra Anita, après lui avoir promis de s'occuper de son fils et de sa fille. Ophélie ne put jamais s'attacher aux enfants, surtout à Ophélie junior, alias Jennifer, qu'elle voyait toujours comme le fruit de l'infamie, persuadée que l'enfant était de son frère. Pourtant, malgré cela, elle fit en sorte de ne pas le montrer à Max et Ophélie junior, les éleva comme ses propres enfants, leur donnant une illusion d'amour, dans un foyer qu'elle bâtit pour eux outre atlantique en épousant monsieur Mac Gregor, un riche industriel du Massachusetts. Très rapidement après la mort d'Anita, Ophélie commença à penser à la vengeance. Elle y pensait jour et nuit, de façon obsessionnelle. Elle finit par avoir l'idée d'utiliser les enfants d'Anita et mettre au point un plan visant à détruire Olivier en s'attaquant à ce qu'il avait de plus cher : ses enfants, sa famille. C'est ainsi qu'elle construisit année après année sa machiavélique vengeance, formatant les deux enfants pour qu'ils haïssent les Delorme, pour qu'ils n'aient, eux aussi, qu'un but dans la vie : venger leur défunte mère.

Au début, Ophélie avait prévu un tout autre plan de vengeance, mais le destin lui donna un coup de pouce quand Olivier eut deux enfants, un garçon et une fille. C'est à ce moment qu'elle eut l'idée de marier les uns avec les autres. Bien entendu, il ne suffisait pas de le vouloir. Elle entreprit alors de tout connaître des goûts de ses deux neveux et nièces, afin de pouvoir formater Max et Offy pour qu'ils calquent parfaitement l'idéal masculin et féminin des enfants d'Olivier. Elle engagea pour cela plusieurs détectives qui suivirent Vincent et Maeva sur plusieurs périodes. Ce ne fut pas chose aisée, mais avec encore une fois l'aide du destin qui fit qu'en grandissant Max devint un homme magnifique, intelligent et très séduisant, il ne fallut pas forcer beaucoup pour que Maeva Delorme en tombe amoureuse. Ce fut un peu plus compliqué pour Ophélie junior. La jeune fille avait tendance à être boulotte, avait les dents qui poussaient de travers, les cheveux filasse et une peau couverte de boutons disgracieux. Ce ne fut qu'au prix d'une discipline stricte et de sommes conséquentes, dont pas mal en chirurgie esthétique, que la chenille se métamorphosa en un magnifique papillon proche de l'idéal féminin de Vincent Delorme. Il ne restait plus qu'à provoquer le destin en les faisant se rencontrer et espérer que tous ces efforts ne soient pas vains. Ophélie en fut récompensée, car les deux couples se formèrent et deux magnifiques mariages, auxquels malheureusement elle ne put assister, furent célébrés. Les loups étaient dans la bergerie, la vengeance était en marche et allait s'accomplir.

— Que comptes-tu faire maintenant ? demanda Olivier.

— Je n'en sais rien, répondit Ophélie, que les révélations de son frère avaient secouée et faite vaciller dans ses certitudes.

— Si tu dois punir quelqu'un, c'est moi, sœurette. Je t'en prie, ne fais pas de mal à mes enfants et à ma femme. Ils n'y sont pour rien. Je suis prêt à payer le prix qu'il te plaira, je le mérite, la supplia-t-il.

Ophélie sembla soudain se ressaisir, son visage se raidit, son regard se figea dans l'inhumanité qu'Olivier lui connaissait désormais. Elle esquissa un début de sourire avant de dire, d'un air satisfait :

— Ce serait trop facile, mon cher frère. Te faire souffrir physiquement, te tuer, serait une fin trop douce pour toi ! dit-elle, haussant le ton jusqu'à l'hystérie.

— Tu n'es pas obligée de faire tout ça. Je t'en prie, épargne-les.

— J'ai dû plusieurs fois changer mes plans ces derniers temps, avoua-t-elle. Ton fils m'a donné du fil à retordre. Je l'avais sous-estimé, il est plus coriace qu'il n'en a l'air. Je pensais qu'après tout ce que nous lui avions fait subir, il craquerait et s'effondrerait, mais il n'en a rien été et il a même failli tout faire capoter ! Tu peux être fier de lui, il est volontaire. J'aurai de la peine lorsque je le tuerai, ajouta-t-elle froidement.

— Je t'en prie, ne fais pas ça, supplia Olivier, tu n'es pas obligée de le faire. Arrête tout maintenant, tant qu'il en est temps, tant que tu as encore un peu d'humanité en toi, tant que tu ressens encore quelque chose.

— Tant que je ressens quelque chose ? dit-elle, de la hargne dans la voix. Tu penses que je ressens encore quelque chose, vraiment ?

— Oui, je sais que tu n'es pas si mauvaise dans le fond de ton cœur. Je te connais, sœurette, tu n'es pas ce que tu veux croire et faire croire.

— Tais-toi ! ordonna-t-elle, furieuse. Ça suffit ta psychologie à deux balles ! Et arrête de m'appeler sœurette ! Je ne suis plus ta sœurette ! Tu penses vraiment réussir à m'attendrir avec tes belles paroles ? Tu te trompes ! Je suis ici pour accomplir notre vengeance, à Anita et moi et je l'accomplirai, je lui en ai fait la promesse sur son lit de mort ! Tu souffriras comme tu l'as fait souffrir ! Tu pleureras comme tu l'as fait pleurer ! Tu voudras mourir comme elle a voulu mourir ! Je vais te détruire complètement, totalement, irrémédiablement en détruisant ceux que tu aimes ! Et là, quand tout sera fini, quand tu seras seul face à ta conscience, face à tes remords, face aux cadavres de ta vie, je serai là pour voir ton visage percé de deux grands yeux perdus, vidés de leur âme, vidés de la vie ! Là, quand enfin tu seras broyé par cette souffrance qui te dévorera au plus profond de ton être, là, notre vengeance sera assouvie, enfin !

— Tu es complètement folle !

— Oui je suis folle ! Et c'est à cause de toi ! Trente-deux ans que je suis devenue folle à cause de toi, de ta jalousie et de ta lâcheté ! Tu dois payer pour ça !

Olivier ne répondit rien. Il ne savait plus quoi dire, quoi faire pour que sa sœur change d'avis, pour qu'elle arrête sa stupide et meurtrière idée de vengeance. Il comprit qu'Ophélie était devenue une déséquilibrée pathologique, qu'elle avait tous les symptômes de la folie en elle. Cette femme avait tant souffert qu'elle en avait perdu la raison, par sa faute en partie, il en était conscient. C'était sa petite sœur qu'il avait tant aimée, qu'il protégeait quand ils étaient enfants et même à l'âge adulte. Il avait mal pour elle, mais était conscient qu'il devait trouver le moyen de la neutraliser avant qu'elle ne mettre ses menaces à exécution. Elle était d'une extrême dangerosité, il n'en doutait pas un seul instant. Le problème pour le moment était qu'il avait les mains entravées par une solide paire de menottes et qu'elle tenait en main un revolver dont elle savait se servir. Il n'avait pas oublié qu'elle avait pratiqué le tir durant des années et qu'elle avait remporté de nombreuses compétitions dans sa jeunesse.

§

Vincent écoutait à la porte depuis un moment. Il ne voulait pas interrompre la conversation entre son père et Ophélie, pour essayer d'en apprendre plus et pour comprendre toute l'histoire qui avait conduit à la tragédie que sa famille vivait. Après avoir entendu les terribles révélations sur les actes odieux commis par son père, il avait perdu pied un long moment, s'enfonçant dans l'abîme, mais il avait vite remonté la pente, sans doute l'habitude désormais, après tout ce qu'il avait dû avaler entre sa femme, Max et Ophélie. Maintenant, Vincent y voyait plus clair. Il avait été persuadé que quelqu'un lui en voulait au début de la disparition de sa famille, quelqu'un qui semait des indices pour le faire accuser du meurtre de sa femme et il n'avait pas tort. Lorsqu'il en avait conclu que ce n'était peut-être pas lui qui était visé, là encore il avait raison. Il avait même fini par penser que c'était à Jennifer qu'on en voulait. Là, il avait tort. Il lui manquait toute une partie de l'histoire familiale pour pouvoir comprendre. Maintenant, il savait enfin qui et pourquoi. Et ce n'était pas joli, joli. Il aurait voulu intervenir pour essayer de neutraliser sa tante, mais il n'était pas sûr de réussir à le faire, bien qu'il eût une arme sur lui. Il avait peur de rater sa cible et de blesser son père dans la bataille. Et puis il ne savait toujours pas où se trouvait Tara. Pour l'instant, Olivier n'avait pas abordé le sujet. Il restait focalisé sur le passé, sur cette Anita, objet de tous leurs malheurs, de toutes leurs souffrances. Comment Vincent pourrait-il faire pour faire passer le message à son père afin qu'il essaye de tirer les vers du nez de sa sœur sur l'endroit où était sa fille ?

Ce fut peut-être la providence qui lui fournit la réponse lorsqu'il entendit Ophélie dire :

— Je dois te laisser un moment, un besoin naturel à satisfaire. Reste là, bien sagement, ironisa-t-elle.

Elle marcha en direction de la porte derrière laquelle était Vincent, qui partit se cacher dans le sous-sol d'où il était venu en entendant les pas se rapprocher de lui. Les pas d'Ophélie cessèrent. Il en conclut qu'elle devait être arrivée aux toilettes, hésita un court instant avant de s'élancer dans l'escalier, après avoir ôté ses chaussures pour ne pas faire de bruit et de débouler dans le salon où était Olivier. Celui-ci, surpris, faillit pousser un cri de soulagement, qu'il réfréna lorsqu'il vit son fils lui faire signe de garder son calme et le silence. Vincent vint près de lui et lui parla à l'oreille :

— Ne t'inquiète pas, Papa, je suis là.

— Je suis content de te voir, mon fils, chuchota Olivier, qui avait du mal à se contenir.

— Papa, il faut que tu fasses parler ta sœur. Tu dois essayer de savoir ce qu'elle a fait de Tara et où elle se trouve, d'accord ?

— Tu ne vas pas me libérer alors ?

— Non, pas encore. Tu dois lui faire dire, d'accord ?

— Oui, d'accord. Mais tu sais, c'est une folle. Elle est totalement imprévisible.

— Oui, je sais, j'ai entendu toutes vos conversations.

— Toutes ?

— Oui, toutes.

— Ah, dit-il, baissant la tête. Tu sais, je ne voulais pas…

— Ce n'est pas le moment, Papa, le coupa Vincent. Je retourne me cacher avant qu'elle n'ait terminé et me surprenne.

— Oui, va, c'est plus prudent mon fils.

§

Ophélie fut de retour après quelques minutes. Olivier lui dit :

— J'ai soif. Je pourrais avoir quelque chose à boire, s'il te plaît ?

— De l'eau, ça ira ?

— Ce sera parfait, merci.

Ophélie revint de la cuisine avec un verre d'eau qu'elle posa sur la table basse du salon, face à Olivier. Celui-ci regarda le verre et interrogea Ophélie du regard. Elle haussa les épaules et dit :

— Quoi ?

— Comment je fais pour prendre le verre et boire ?

— Ça, c'est ton problème, pas le mien, dit-elle négligemment.

Olivier, qui mourait de soif, se pencha en avant jusqu'à atteindre le verre avec sa bouche. Il mordit le bord avec ses dents et se releva, pencha la tête en arrière et avala toute l'eau qu'il pouvait, le reste tombant sur son visage et coulant sur ses vêtements. Ophélie le regarda, le visage fermé, qui n'exprimait aucune émotion, se débattre pour étancher sa soif. Elle lui dit en ricanant:

— Tu vois, quand on veut, on est capable de tout.

Olivier laissa tomber le verre sur le tapis qui recouvrait le sol à l'endroit de la table basse.

— J'aimerais te poser une question, dit-il.

— Quelle question ?

— Qu'est devenue ma petite fille, Tara ?

Ophélie ne répondit pas. Olivier insista :

— C'est pour me faire souffrir que tu ne veux rien me dire ?

— Peut-être. Est-ce que ça te fait souffrir de ne pas savoir ce qu'elle est devenue ?

— Oui, beaucoup. Elle n'a que deux ans, c'est une enfant. Elle n'a plus sa mère et elle est loin de son père. Elle doit être apeurée et malheureuse. Dis-moi ce que tu as fait d'elle ? S'il te plaît, supplia-t-il.

— Ne t'inquiète pas pour elle, elle va bien et n'est pas aussi malheureuse que tu sembles le penser, le rassura-t-elle.

— Tu me le jures ?

— Oui.

— Elle se trouve où actuellement ?

— Tu penses vraiment que je vais te le dire ?

— Pourquoi pas ? Je ne représente aucun danger pour toi, attaché avec ces menottes, tenu en joue par ton arme.

— Tara, c'est mon assurance-vie, dit-elle. Tant que je la détiens, ni toi ni ton fils n'oserez me faire de mal. Je suis la seule à pouvoir vous la restituer. Personne, à part moi, ne sait où elle est.

— D'accord. Tu m'as dit qu'elle allait bien, ça me suffit pour être rassuré. Parlons d'autre chose.

— Tu as raison, parlons d'autre chose. J'aurais bien continué à discuter avec toi, mais je dois accomplir ce pour quoi je suis ici. Tu voulais savoir où était ta fille. Eh bien, tu vas la voir dans un instant.

Ophélie quitta la pièce, obligeant Vincent à courir se cacher dans le sous-sol en quatrième vitesse. Il l'entendit monter l'escalier vers l'étage. Après un court moment, il entendit les pas de deux personnes le redescendre. Il comprit qu'Ophélie n'était plus seule, qu'elle était très certainement avec Maeva. Il remonta l'escalier jusqu'à apercevoir l'entrée, tout en restant caché. Il vit Ophélie passer, poussant devant elle sa sœur, menottée dans le dos et bâillonnée. Ce fut pour lui un soulagement. Sa sœur était là, vivante. Il sortit son arme, remonta dans l'entrée et rejoignit la double porte qui donnait sur le séjour, qu'Ophélie avait laissée légèrement entrouverte. Il pouvait ainsi voir en partie ce qui se passait à l'intérieur.

Olivier fut surpris et heureux l'espace d'un instant, lorsqu'il vit le visage de Maeva. Il lui sourit tendrement, mais perdit ce sourire lorsqu'il vit la détresse sur le visage de sa fille. Ophélie l'obligea à s'asseoir, sans ménagement, sur le canapé, à distance de son père.

— Ne t'inquiète pas ma fille, je suis là, tout va bien se passer, dit-il pour la rassurer.

— Oui, c'est ça, ne t'inquiète pas, dit Ophélie, qui ricanait. Ton gentil papa est là pour te sauver de la méchante dame !

Elle se tourna vers Olivier, s'en approcha et le regarda droit dans les yeux :

— Et tu vas faire comment pour la sauver, hein ? Explique lui.

— Je t'en prie, Ophélie laisse là partir. Elle n'a rien fait. Tu n'as aucune raison de lui faire du mal.

Olivier commençait à avoir très peur pour sa fille. Il savait Ophélie dérangée et prête à tout pour venger Anita. Il espérait qu'elle se raviserait, qu'elle aurait un sursaut de conscience envers ses enfants, mais n'avait pas beaucoup d'espoir pour autant. Il restait Vincent, caché quelque part dans la maison. Il se demandait si son fils serait capable d'intervenir et de mettre fin à ce cauchemar, mais il n'avait pas beaucoup plus d'espoir de ce côté-là. Vincent était un garçon courageux, mais face à cette femme si déterminée, il doutait de sa capacité à la neutraliser. Et la police ? Il n'avait plus trop d'espoir de ce côté-là non plus. Elle était à l'autre chalet et, même si elle avait investi les lieux et les avait trouvés vides, elle ne trouverait sans doute pas le souterrain qui conduisait dans cette maison.

— J'aime t'entendre me supplier, avoua Ophélie avec cynisme. J'ai attendu ce moment avec impatience. Je me le suis imaginé tant de fois et à chaque fois, tu me suppliais ainsi, comme tu viens de le faire. C'est curieux, tu ne trouves pas ? C'est la preuve que je te connais si bien, non ?

— Que veux-tu que je fasse ? Je ne peux pas refaire le passé, Ophélie. Une fois que tu auras accompli ta vengeance, tu n'en seras pas moins malheureuse, tu peux me croire. Tout au plus, tu auras l'impression d'être soulagée un temps, mais le mal que tu ressens t'accompagnera jusqu'à ton dernier souffle. Abandonne l'idée de te venger en faisant du mal à mes enfants, je t'en supplie encore une fois.

— Tu sais ce que je vais faire maintenant ? lui dit-elle d'une voix calme et déterminée. Je vais tuer ta fille sous tes yeux, regarder ta souffrance et m'en repaître !

A peine eut-elle fini de prononcer ces paroles, que Vincent surgit dans la pièce, arme au poing en criant :

— Lâchez cette arme et levez les mains en l'air !

Vincent vit Ophélie pointer son revolver sur lui à la vitesse de l'éclair. Il fit un bond de côté, tandis qu'un son assourdi sortit du canon muni d'un silencieux et il ressentit une violente douleur à l'épaule gauche. Il fit feu à son tour, espérant toucher son adversaire, avant de s'écrouler sur le sol. Il souffrait terriblement, se tordait de douleur, mais tenta de se relever dans un effort désespéré et aperçut Ophélie, apparemment en pleine possession de ses moyens, son arme pointée sur lui, un sourire narquois aux lèvres. Elle eut un petit rire sarcastique et il l'entendit lui dire :

— Dommage Vincent, tu aurais pu mettre fin à cette histoire si tu avais eu le courage de tirer tout de suite. Maintenant, à cause de ta faiblesse, ta sœur va mourir. Mais rassure-toi, tu n'auras pas à en souffrir très longtemps car tu seras le prochain sur ma liste !

Ophélie buvait du petit-lait en cet instant et se délectait de la situation. Elle n'avait pas imaginé que les choses finiraient ainsi, aujourd'hui, mais Vincent avait chamboulé plusieurs fois ses plans et il le faisait encore une fois. Mais après tout, cela ne la dérangeait pas plus que cela. Elle s'en accommodait et modifiait ses plans à chaque fois en fonction de la situation et, bien qu'elle eut aimé faire durer encore un peu le plaisir de voir son frère souffrir de ce qu'elle infligeait à sa famille, elle se dit qu'après tout, que les choses finissent ici, maintenant, n'était pas plus mal, pourvu que cette vengeance s'accomplisse totalement.

Vincent perdait beaucoup de sang et la douleur de la balle qui avait sans doute cassé sa clavicule ne faiblissait guère. Ophélie ouvrit un tiroir du bahut qui se trouvait près d'elle et en sortit un torchon propre qu'elle lança à son neveu :

— Tiens, mets ça sur la plaie, ça freinera l'hémorragie.

Vincent fit ce qu'elle dit, plaquant le torchon, plié en huit pour faire une bonne épaisseur sur la plaie pour stopper l'effusion de sang. La douleur s'atténua doucement. Il regarda sa sœur qui pleurait toutes les larmes de son corps, effrayée par la folie de cette femme dont elle ne comprenait pas l'acharnement sur les siens. Olivier se forçait à garder son calme et son sang-froid devant ses enfants, mais la peur de les perdre l'avait tétanisé et des tremblements nerveux parcouraient son corps de façon spasmodique. Il sentait le drame absolu se profiler et n'avait aucun moyen de l'arrêter.

Vincent se releva tant bien que mal et se cala comme il pouvait sur le canapé, près de sa sœur, à qui il prit la main pour tenter de la rassurer en plus de lui décocher un sourire tendre. Elle cessa de pleurer, reprit ses esprits et serra fort cette main réconfortante. Le jeune homme regarda sa tante dans les yeux et comprit dans son regard qu'elle irait jusqu'au bout. Que pouvait-il faire maintenant qu'il était blessé, sans arme, à la merci de cette folle ? Il n'avait pas d'espoir en grand-chose, hormis dans le capitaine Castillo et son équipe. Il décida de s'y accrocher jusqu'au bout et, après réflexion, se dit que leur seule chance de rester en vie était de faire traîner les choses le plus longtemps possible jusqu'à l'arrivée de la cavalerie.

Il savait que les chances que les flics débarquent dans cette maison étaient presque aussi faibles que de gagner au loto.

§

Chapitre XXIII

En attendant la cavalerie

Ophélie était debout face aux trois membres de sa famille, qui la regardaient, se posant chacun des questions différentes selon qu'il s'agissait d'Olivier, qui se demandait comment sa sœur, si douce, si proche de lui lorsqu'ils étaient jeunes, avait pu devenir le monstre sanguinaire qu'elle était désormais ? Maeva se demandait tout simplement qui était cette femme et quelle mouche l'avait piquée pour avoir autant de haine envers sa famille ? Vincent, lui, se demandait combien de temps il faudrait tenir avant qu'un miracle ne se produise pour les tirer de ce mauvais pas ? Il avait remarqué que lors des conversations entre Olivier et Ophélie, celle-ci aimait bien se répandre. Il devait jouer sur ce qu'il avait observé d'elle pour tenter de retarder au maximum le moment où elle déciderait de s'en prendre à eux, comme elle l'avait planifié et promis à son frère. Vincent ressentait toujours une douleur à l'épaule gauche, mais le sang ne coulait plus aussi abondamment, retenu par le torchon qui le contenait. Il avait perdu beaucoup de sang en peu de temps et il sentait une faiblesse l'envahir. Sa tête tournait un peu et une envie de fermer les yeux pour dormir l'envahissait, contre laquelle il devait lutter de toutes ses forces. Ophélie vit qu'il avait le teint livide. Comme elle tenait à ce qu'il soit parfaitement conscient pour assister à l'exécution de sa vengeance, elle ouvrit une porte du bahut et en sortit une bouteille d'eau de vie et un verre, qu'elle remplit et tendit à son neveu en disant :

— Tiens, bois ça, tu m'as l'air d'en avoir besoin.

Vincent prit le verre et but une bonne gorgée, qui le fit tousser, tant l'alcool était fort.

Ophélie eut un petit rire moqueur :

— C'est une vraie boisson d'homme ça ! s'exclama-t-elle. Une eau-de-vie de genièvre de notre région d'origine, le Nord, produite par un paysan de chez nous, clandestinement, avec un taux d'alcool bien supérieur à la gnognote qu'on vend maintenant ! C'est fort, n'est-ce pas ?

Vincent se racla la gorge, but une nouvelle gorgée, ne toussa pas cette fois et sentit que la boisson faisait effet sur lui : une douce chaleur l'envahissait rapidement, accélérait son flux sanguin et réchauffait ses joues, leur redonnant de la couleur.

— Ça a l'air d'aller mieux, constata Ophélie.

— Il faudrait soigner sa plaie mieux que ça ! lança Olivier à sa sœur. Elle risque de s'infecter !

Ophélie le regarda et dit :

— Tu as raison.

Elle prit la bouteille de genièvre et s'approcha de Vincent, à qui elle retira le torchon, découvrant une plaie profonde d'où le sang continuait de s'écouler de façon modérée. Elle approcha la bouteille de la plaie, provoquant un mouvement de recul de son neveu, qui s'enfonça dans le dossier du canapé.

— Ne bouge pas, ça va piquer un peu, lui dit-elle, versant le liquide sur la plaie.

Vincent hurla de douleur lorsque l'alcool pénétra dans la plaie, provoquant une brûlure intense. Il serra les dents et les poings jusqu'à ce qu'elle s'atténue et finisse par disparaître presque totalement. Il souffla, remit le torchon en place pour limiter la perte de sang et resta un moment inerte et silencieux.

— Tu es odieuse ! cria Olivier.

— Quoi ? J'ai fait ce que tu m'as demandé, non ? lui dit-elle, sarcastique.

— Je te déteste !

— Tu me haïras quand j'en aurai fini avec vous, lui promit-elle.

— Dieu te punira ! Tu brûleras dans les flammes de l'enfer pour l'éternité ! lui lança-t-il comme une menace.

Ophélie éclata d'un rire moqueur :

— Voilà que tu crois en Dieu et au diable maintenant ? Tu vieillis mon frère.

Ophélie se tourna vers Vincent, constata qu'il avait repris des couleurs et était parfaitement conscient. Maeva était prostrée, apeurée à l'idée de mourir là, maintenant, alors qu'elle n'avait pas encore trente ans. Ce n'était pas une chose qu'elle avait envisagée pour son avenir, déjà bien terni par la mort de son époux. Elle ne savait pas encore qui était cette femme, mais lorsqu'elle l'avait entendu dire à son père : mon frère, elle avait d'abord été étonnée, puis avait commencé à comprendre que tout cela n'était finalement qu'une affaire de famille. Cette femme semblait être une tante. Un membre de la famille dont elle n'avait jamais entendu parler, pour des raisons sans doute obscures liées à un secret remontant à un lointain passé.

Vincent se redressa, but une nouvelle gorgée d'eau de vie et s'adressa à Ophélie :

— Je ne connaissais pas votre histoire passée, que j'ai découverte en écoutant votre conversation avec mon père. J'ai reçu un choc, que dis-je, plusieurs chocs en apprenant que vous étiez sa sœur, que mon père avait fait… enfin, vous savez… et que vous aviez fait tout ça pour vous venger de lui.

— Mais qu'est-ce qu'il a fait ?! cria Maeva, au bord de l'hystérie. Qu'as-tu fait, Papa ?! Pourquoi cette femme veut-elle nous faire du mal ? Dis-le moi, je t'en prie !

Olivier baissa la tête, incapable de regarder sa fille dans les yeux, honteux de ce qu'il avait à révéler. Vincent secouait la tête. Il ne savait pas comment dire à sa sœur que leur père était un violeur. Ophélie s'approcha d'elle et caressa son visage en disant, toujours avec cynisme et sarcasmes :

— Oh, la chère petite ! Vous ne voudriez pas qu'elle meure sans savoir pourquoi, tout de même ? Tu veux savoir, mon enfant ? Je vais te le dire : ton gentil papa, mon cher frère, a violé la femme avec qui je partageais la vie. Tu vois, dit-elle, s'adressant à Olivier, ce n'est pas si dur à dire dans le fond, non ?

— Papa, dis-moi que ce n'est pas vrai ! le supplia Maeva, qui savait au fond d'elle-même que cette femme lui disait la vérité, simplement en regardant son père, prostré, dont les yeux reflétaient la culpabilité.

La jeune femme éclata en sanglots. Ophélie posa sur son épaule une main et la tapota en ajoutant :

— Allons, allons, reprends-toi mon enfant, je veux que tu sois digne lorsque j'appuierai sur la détente. Je ne veux pas que tu pleurniches comme ça !

— Attendez ! s'écria Vincent. Avant que vous le mettiez vos menaces à exécution, j'aimerais que vous m'expliquiez tout ce qui s'est passé, que nous puissions partir, ma sœur et moi, l'esprit en paix.

Ophélie eut un petit sourire en coin, qui laissa penser à Vincent qu'elle n'était pas contre une petite explication, qui ne manquerait pas de satisfaire son ego. Elle les regarda tous les trois avant de s'attarder sur Vincent et de dire :

— Je sais ce que tu veux faire, Vincent. Tu veux retarder l'échéance au maximum. Tu te dis que la police finira bien par arriver jusqu'ici. Tu penses qu'ils trouveront le passage secret et qu'ils débarqueront pour vous sauver. C'est bien ça, n'est-ce pas ?

— Je veux simplement comprendre ce qui nous est arrivé, minimisa-t-il. Les flics doivent nous chercher dans les bois. Ils n'ont aucune raison de débarquer ici.

— Quoi qu'il en soit, je ne pense pas qu'ils trouveront le passage et s'ils venaient frapper à ma porte, je n'ouvrirais pas et ils n'auront aucun moyen d'entrer. Après tout, j'ai tout mon temps, songea-t-elle. Retarder le moment fatidique et voir la peur qui se lit dans vos yeux prolongera le plaisir que j'éprouve en ce moment.

— Alors, c'est d'accord ? demanda Vincent.

— Oui, mais pose-moi des questions, je préfère, parce que je ne saurais pas par où commencer sinon, dit-elle avec une forme de lassitude.

Vincent regarda tour à tour son père et sa sœur. Il vit dans leurs yeux le relatif soulagement d'avoir obtenu un sursis.

— J'aimerais savoir en tout premier lieu, commença-t-il, si Jennifer était totalement dans la confidence de ce que vous aviez entrepris de faire ?

— Ou si elle n'était qu'une pauvre victime de sa machiavélique tutrice, c'est bien ce que sous-entend ta question, n'est-ce pas ?

— Alors ? s'impatienta-t-il.

— Jennifer, Ophélie ou Offy en réalité, précisa-t-elle, ainsi que Max, étaient parfaitement au courant de tout ce que j'avais, plutôt de ce que nous avions planifié ensemble, tous les trois. Ils ont agi tous deux en parfaite connaissance de cause et n'ont eu qu'une idée en tête tout au long de leur courte vie, assouvir notre vengeance commune ! Déçu ? demanda-t-elle avec ironie.

— C'est la confirmation de ce que je savais déjà. En second lieu, j'aimerais savoir pourquoi vous avez organisé la disparition de Jennifer et de Tara en laissant croire que je pouvais être son assassin pour ensuite demander une rançon, ce qui paraissait assez incohérent.

— Le plan initial prévoyait juste de te faire accuser du meurtre de ta femme, expliqua-t-elle. L'idée de la rançon ne venait pas de moi, mais de Max et Offy. Bien sûr, ils s'étaient bien gardés de m'en parler ! dit-elle, une pointe de colère dans la voix. Ils avaient embauché trois petits malfrats locaux pour les aider à exécuter leur plan, à mon insu.

— Némésis, ce n'était pas vous alors ? c'était Jennifer ? s'étonna-t-il.

— Elle et Max. Ils œuvraient ensemble. Moi, je ne voulais qu'une chose : te faire souffrir et faire souffrir ton père. La disparition de ta femme et de ta fille était déjà une grande souffrance, mais te faire accuser du meurtre, la sublimait. Lorsque j'ai fini par apprendre ce que ces deux-là étaient en train de faire dans mon dos, j'ai changé mes plans et j'ai décidé d'éliminer ces deux idiots ! J'ai fait en sorte que tu apprennes qu'Offy était encore en vie, à Marseille.

— Le coup de fil anonyme, c'était vous, comprit-il.

— Oui. Mon plan était simple : tu retrouvais Offy, elle te conduirait immanquablement dans son appartement, où je me serais préalablement cachée, je la tuais et je faisais en sorte que tu sois accusé du meurtre, comme mon plan initial le prévoyait.

— Et c'est bien ce qui s'est produit, fit-il remarquer.

— J'avais, Dieu merci, repris la main rapidement, se félicita-t-elle.

— Et pour Max ?

— Je me doutais qu'une fois qu'il aurait appris la mort d'Offy, il se douterait que je n'y étais pas étrangère. Il comprendrait aisément que tu n'aurais pas pu la retrouver sans mon intervention et croirait sans doute la version que tu lui servirais. J'ai fait en sorte de te faire suivre par des hommes de main que j'avais recrutés pour l'occasion, qui te pistèrent jusqu'en Italie. J'aurais pu tuer Max tout de suite, mais j'avais une meilleure idée pour lui : il serait ta seconde victime, ce qui ajouterait au malheur et à la souffrance des tiens, particulièrement de ton père bien entendu.

— Un plan machiavélique, intelligemment imaginé, flatta Vincent.

— Oui. Je me débarrassais de ces deux imbéciles et tu portais le chapeau pour les deux meurtres. De plus, avec la mort de Max, je touchais directement ta sœur, ajoutant la souffrance à la souffrance. C'était un changement de plan très satisfaisant au final, reconnut-elle.

— Mais comment avez-vous su que Max viendrait à Rome me retrouver ?

— Je connais Max depuis toujours, ou presque. Il était prévisible. Il avait peur de moi et je savais qu'il voudrait te révéler toute l'affaire pour qu'ensemble vous puissiez agir. J'ai fait en sorte de placer un petit micro miniaturisé dans ton téléphone portable pour entendre toutes tes conversations et ça n'a pas manqué : Max t'a contacté pour venir te retrouver à Rome.

— Et, ironie du sort, je vous ai demandé de m'indiquer un endroit tranquille pour un rendez-vous, ajouta-t-il à son propos.

— Ce fut assez ironique, en effet, reconnut-elle. Je n'avais plus qu'à attendre dans le parking l'arrivée de Max, le tuer et partir aussi tranquillement que j'étais arrivée là. Les caméras de surveillance t'ont vu entrer et sortir et il ne fit alors aucun doute que tu étais l'assassin de Max. Les policiers ne se perdirent pas longtemps en conjectures pour connaître les raisons qui te poussèrent à tuer ta femme et ton beau-frère par la suite.

— Tu es une personne ignoble ! lui cria Olivier, dégoûté et en colère par ce qu'il entendait de la bouche de sa sœur.

— J'accomplis une vengeance, se défendit-elle. Il n'y a rien d'ignoble là-dedans. J'ai fait en sorte que toute la famille soit dans le malheur, la souffrance et le chagrin. Et j'ai pas mal réussi jusqu'ici, tu ne crois pas ? ajouta-t-elle avec toujours cette ironie dans le propos.

— Tu me dégoûtes au plus haut point ! Je ne te considère plus comme ma sœur, plus comme un membre de notre famille !

Ophélie éclata de rire à ces propos :

— Mon pauvre Olivier ! Il y a bien longtemps que moi-même ne me considère plus comme un membre de cette famille ! Si ça n'avait pas été le cas, comment aurais-je pu faire tout ça, je te le demande ?

— Je maudis le jour où tu es venue au monde ! lui cria-t-il au visage.

Ophélie ne répondit rien. Elle savourait pleinement ces moments de véhémence de la part d'Olivier. Il ne maîtrisait rien et le savait. Il essayait la seule arme qu'il avait en main : les sentiments. Persuadé qu'il arriverait à toucher une corde sensible chez elle. Mais c'était sans compter sur l'état d'esprit de sa sœur, dont le seul et unique but dans la vie, depuis près de trente ans, était de se venger de lui. Il n'arriverait pas à l'infléchir d'un iota.

— C'est vous qui avez tué les complices de Max et Jennifer ? s'informa Vincent.

— Oui. J'ai réussi à savoir quand et où aurait lieu le versement de la rançon. J'ai mis mes hommes de main sur le coup et ils ont réussi à les suivre jusque dans leur repaire, près du village de Gattières. Je me suis rendue sur place après avoir mis un message à l'un des trois hommes pour qu'il soit absent à ce moment-là.

— Martial Domergue, dit Vincent.

— Parfaitement. C'était le plus dangereux des trois et leur chef. J'avais profité d'un moment d'absence d'Offy, de la maison que nous occupions toutes les deux, pour fouiller dans son ordinateur et j'ai découvert les messages qu'elle adressait à ce Domergue sous le pseudo de Némésis. J'ai eu le temps de lire une partie de leur correspondance et j'ai compris qu'ils avaient eu un problème de dernière minute pour le partage de la rançon. En fait, je pense que Max et Offy n'avaient absolument pas l'intention de leur verser leur part. Je lui ai alors dit que c'était parce que j'avais, enfin que Némésis avait un doute sur l'un des membres de son équipe et qu'il fallait que l'on se rencontre. Il est tombé dans le panneau et j'ai eu le champ libre pour m'occuper des deux autres.

— Pourquoi les avoir tués ?

— Je devais les tuer pour que Max et Offy comprennent bien que je n'étais pas contente après eux et pour leur faire peur ! Ils avaient décidé tous les deux de profiter de mon plan pour se faire un paquet d'argent en trahissant ma confiance. Ils savaient que je ne leur pardonnerai pas cette trahison et je m'attendais d'un moment à l'autre à recevoir leur visite ou celle d'un truand à leur solde pour venir me tuer.

— Vous pensez vraiment qu'ils auraient fait ça ? douta Vincent. Ils auraient pu simplement prendre l'argent et fuir quelque part, loin de vous, pour mener une existence paisible et en finir avec votre désir de vengeance, vous ne croyez pas ?

— Je n'ai voulu prendre aucun risque, dit-elle, contrariée par les propos de Vincent.

— Et vous nous avez fait suivre pour pouvoir tuer aussi Domergue, je suppose ?

— Oui, mais ce n'est pas moi qui l'ai tué celui-là. J'avais appris qu'il devait un paquet d'argent à un autre truand et j'ai tout simplement donné l'info à celui-ci sur les personnes à suivre pour retrouver sa trace. J'ai bien fait puisqu'il a fait le travail à la perfection, dit-elle avec satisfaction.

Ophélie regarda la pendule murale qui indiquait dix-huit heures vingt-cinq. Elle s'étira longuement avant de dire :

— Bien, je crois avoir répondu à toutes tes questions, Vincent. Tu sais tout maintenant. Il est temps que nous en finissions une bonne fois.

Elle s'avança vers Maeva, pointant son arme sur elle, la démarche assurée et le regard déterminé. Olivier cria :

— Non ! Je t'en supplie, non !

— Alicia, ne faites pas ça ! cria Vincent, qui n'arriva pas à l'appeler Ophélie.

Elle n'entendait plus rien, n'écoutait plus personne, était dans son délire obsessionnel de vengeance aveugle et comptait bien aller au bout de celui-ci. Elle fut à moins d'un mètre de Maeva, qui, tremblante de peur, avait fermé ses yeux remplis de larmes pour attendre la mort qui ne manquerait pas de s'abattre sur elle dans quelques instants. Elle entendit un grincement léger, suivi d'un brusque ensemble de sons divers qui emplirent la pièce et un cri fracassa le relatif silence qui s'était installé l'espace d'un instant :

— Lâchez cette arme ! criait une voix puissante. Lâchez là où je tire ! ajouta-t-elle.

Deux coups de feu s'ensuivirent et, lorsque ses yeux se rouvrirent, elle vit Ophélie à ses pieds, baignant dans une mare de sang qui s'écoulait de sa poitrine. Les gendarmes et policiers envahirent la pièce et se précipitèrent sur les occupants, après s'être assurés que le danger était écarté. Le capitaine Castillo entra, suivi d'Aymar, de Galantini et de Lucas. Il vint se pencher au-dessus du corps inerte d'Ophélie Delorme, tata son pouls, releva la tête vers ses coéquipiers et leur dit :

— Elle est morte.

Il se redressa, s'approcha de Vincent, qu'un médecin examinait déjà et lui avoua :

— On a failli vous louper ! S'il n'y avait pas eu un coup de feu et qu'un gendarme ne s'était pas trouvé dans la chaufferie de l'autre chalet pour l'entendre, nous n'aurions jamais découvert le passage secret entre les deux maisons. Vous avez eu de la chance cette fois.

— J'espérais que vous arriveriez à temps pour nous sortir de là, mais j'avoue que je n'y croyais plus. Il s'en est fallu d'un cheveu pour que nous y restions tous.

— C'est fini, monsieur Delorme. Cette femme est morte, elle ne vous causera plus d'ennuis.

— Oui, mais j'aurais préféré qu'elle reste en vie. Elle seule savait où se trouve ma fille. Maintenant, je ne sais pas comment je vais pouvoir la retrouver, se désola-t-il.

— Nous ferons tout ce qui est possible pour ça, l'assura Castillo. Nous vous devons bien ça, après tout.

— Comment ça va mon fils ? demanda Olivier, qu'un policier venait de libérer de ses entraves et qui s'était approché de lui.

— Ça ira, Papa. J'ai mal et je sens que je suis faible, mais ce n'est que l'épaule, je ne crois pas mourir de ça, n'est-ce pas docteur ? ajouta-t-il, s'adressant au médecin qui le soignait.

— La blessure est profonde, expliqua celui-ci, mais la balle est ressortie et n'a pas touché d'organes vitaux, ni sectionné d'artères. Vous devriez être sur pied rapidement.

— Tu vois, ça va. Va plutôt t'occuper de Maeva. Elle semble très choquée.

Olivier se redressa, se tint debout devant le cadavre de sa sœur, qu'il regarda longuement, sans le moindre état d'âme, puis alla s'asseoir près de sa fille, qui s'effondra en pleurs dans ses bras, ne pouvant plus contenir son émotion.

§

Antoine Priolo

Chapitre XXIV

Même la mort est un mensonge

Le salon était telle une ruche où policiers, médecins et gendarmes s'affairaient auprès des victimes et du cadavre d'Ophélie Delorme. Un fonctionnaire de la scientifique fouillait les poches des vêtements du cadavre. Il en sortit un mouchoir en tissu, brodé d'une rose rouge, un ticket de pressing, un portefeuille et un smartphone. Il confia le tout à Aymar, qui, muni de fins gants de fouille, commença à examiner le contenu du portefeuille. Il en sortit une pièce d'identité américaine au nom d'Olivia Mac Gregor, un permis de conduire au même nom et divers papiers, ainsi que des billets tant en euros qu'en dollars, qu'il disposa sur la table de la salle à manger en acacia, fer forgé et verre. Castillo prit la carte d'identité en main et l'observa sous toutes les coutures, regarda Aymar et dit :

— Tu crois qu'elle est vraie ? Ou bien c'est encore une fausse identité ?

— On va contacter les autorités américaines pour en avoir le cœur net, tu ne crois pas ?

— On verra ça plus tard, répondit Castillo, las de cette journée et las de cette affaire.

Aymar s'attaqua au smartphone. Il commença immédiatement par l'historique des appels, qu'il éplucha et repéra rapidement qu'un nom revenait très régulièrement et figurait parmi ceux appelés ces dernières heures. Il en fit part à Castillo :

— Il y a un nom qui revient très souvent et qui a été appelé, il y a moins de deux heures : Offy.

Vincent, qui était encore entre les mains du médecin, en attendant l'arrivée de l'ambulance qui devait le conduire à l'hôpital, réagit lorsqu'il entendit prononcer ce nom.

— Quel nom vous avez dit ? demanda-t-il à Aymar, pour avoir la confirmation qu'il avait bien entendu :

— Offy. Ca vous dit quelque chose ?

Vincent parut réfléchir un moment avant de répondre :

— Peut-être. Cette femme, dit-il en pointant le cadavre d'Ophélie qui gisait toujours sur le sol, nous a parlé de Jennifer, mon épouse, qui se prénommait en réalité Ophélie, comme elle, en la surnommant Offy.

— Votre femme est morte, lui rappela Castillo.

— Oui, je sais, mais avouez que c'est tout de même curieux, non ?

Castillo s'empara du téléphone qu'Aymar tenait en main et regarda l'historique à son tour, remontant jusqu'à plusieurs mois en arrière. Il parut dubitatif :

— Il y a des appels dans les deux sens depuis plusieurs mois, régulièrement en effet. L'on pourrait penser que c'est bien à votre épouse qu'appartenait ce numéro, mais puisqu'elle est morte, ce n'est sans doute pas le cas, en déduit-il.

— Sans doute, inspecteur, reconnut Vincent, mais ça ne coûte rien de l'appeler pour savoir qui est à l'autre bout du fil, vous ne pensez pas ? C'est peut-être une personne qui pourra nous donner des informations pour retrouver ma fille, dit-il, plein d'espoir.

— Monsieur Delorme, ne vous emballez pas, s'il vous plaît, tempéra le capitaine. Je comprends votre détresse et, comme je vous l'ai dit, nous ferons tout pour la retrouver, mais ne vous accrochez pas à de faux espoirs.

— C'est sans doute une autre personne qui a le téléphone de Jennifer, envisagea Vincent. Si c'est le cas, elle est certainement mêlée à cette affaire et aura des informations, qui sait.

Castillo regarda ses collègues, qui semblaient acquiescer aux propos de Vincent. Il revint vers lui et lui dit en pointant son index :

— D'accord, vous allez l'appeler, mais pas tout de suite. Nous allons d'abord prévenir les écoutes pour qu'ils essayent de repérer sa position.

— Pour ne pas perdre de temps, proposa Vincent, j'ai une meilleure idée. J'ai, dans ma voiture, une tablette avec un logiciel de localisation. Il suffit d'entrer le numéro du téléphone à localiser et il n'est même pas utile de l'appeler pour le repérer.

— Ok, donnez les clés de votre véhicule, je vais envoyer quelqu'un la chercher.

§

Le téléphone portable fut localisé en région parisienne, au Kremlin-Bicêtre, dans un immeuble situé à l'angle de la rue Anatole-France et de l'avenue Eugène-Thomas. Vincent composa le numéro et attendit d'entendre la tonalité de la sonnerie. Son cœur se mit à battre plus fort. Il espérait tomber sur une personne qui pourrait lui donner des renseignements pour retrouver sa fille, voire lui dire où elle se trouvait, qui sait. Il essayait toutefois de ne pas trop s'emballer, pour ne pas être déçu si ce n'était pas le cas. La sonnerie retentit une fois, deux fois, trois fois…

Une voix féminine résonna dans le haut-parleur, qui troubla fortement Vincent. Il eut un haut-le-cœur en l'entendant, se força à rester calme, à raisonner, à garder la maîtrise. Pourtant, cette voix était exactement la même. Ça ne pouvait pas être le cas, il le savait. Cette voix, il ne pourrait plus jamais l'entendre, c'était évident. Alors, pourquoi pensait-il que cette voix était exactement celle de Jennifer ? Parce que l'historique du smartphone indiquait Offy et qu'il avait entendu sa tante parler d'elle sous ce diminutif ? Sans doute. Il devait s'en persuader, c'était la seule explication logique. Mais alors, qui était cette femme à l'autre bout du fil ? Pourquoi répondait-elle sur ce numéro qui, de toute évidence, était celui qu'utilisait Jennifer avant qu'elle ne décède ? Et pourquoi ce téléphone était-il en sa possession ? Vincent était très troublé et espérait obtenir des réponses à toutes ces questions et à la principale d'entre elles : où était sa fille ?

— Allô ! Maman ? Tout va bien ? dit la voix.

Maman ? Cette femme appelait Ophélie Delorme : Maman. C'était encore plus troublant. Jennifer avait été recueillie et élevée par sa tante et il se pouvait que la relation qu'elles entretenaient puisse s'apparenter à celle d'une mère et d'une fille. Vincent secoua la tête, se refusa à penser que Jennifer était encore en vie. Il l'avait vu allongée sur le sol de son appartement de Marseille, baignant dans une mare de sang. Elle avait été formellement identifiée et était enterrée depuis dans une tombe d'un cimetière de la cité phocéenne.

— Maman ? C'est toi ? commença à douter la femme, dont la voix était identique à celle de Jennifer, au point que Vincent en fut complètement déboussolé et demeura incapable de dire quoi que ce soit.

Castillo, Aymar et leurs collègues le regardaient, interrogateurs. Castillo vit qu'il y avait quelque chose d'anormal et il fit des signes désespérés à Vincent pour qu'il se ressaisisse et parle avec son interlocutrice. Celui-ci finit par reprendre ses esprits et répondit par une question :

— Jennifer ?

Il y eut un blanc, qui lui sembla durer une éternité, après quoi la femme dit :

— Vincent ? Comment ?... hésita-t-elle. Le téléphone, c'est celui de… Comment se fait-il que ?...

Elle semblait prise de panique, incapable de comprendre pourquoi Vincent était au bout du fil, à partir du portable d'Ophélie.

— Où est ma mère ? finit-elle par demander clairement, d'un ton sec, presque agressif. Passe là moi ! ajouta-t-elle, toujours sur le même ton.

— Jennifer ? C'est bien toi ? demanda Vincent, encore sous le coup de la stupeur.

— Passe-moi ma mère ! répéta Jennifer, en panique.

— C'est impossible ! Tu es morte. Je t'ai vu étendue, couverte de sang. Ca ne peut pas être toi !

— Où est ma mère ! cria-t-elle, totalement en panique maintenant.

— Elle est morte, lui avoua Vincent, calmement, sans prendre de gants.

Il y eut un nouveau blanc, plus court cette fois, suite auquel elle demanda, le calme retrouvé :

— Tu l'as tuée ?

— Non, pas moi, la police.

Un nouveau blanc qui dura longtemps cette fois, au point que Vincent crut qu'elle avait raccroché. Il dit :

— Jennifer ? tu es toujours là ?

— Oui Vincent, je suis là.

— C'est bien toi alors ?

— Oui.

— Tu n'es pas morte, constata-t-il. Mais alors, qui ai-je vu ce jour-là ? songea-t-il.

— Pas maintenant et pas au téléphone, Vincent, s'il te plaît, dit-elle d'un ton abattu.

— Et Tara ? Elle est avec toi ? demanda-t-il plein d'espoir.

— Oui, elle est avec moi. Elle va bien, ne t'en fais pas pour elle.

— Je viens te rejoindre, dit-il.

— Non, attends ! Je dois d'abord savoir.

— Savoir quoi ? demanda-t-il, ne comprenant pas la question.

— Pour Max.

— Max ? Que veux-tu savoir exactement ?

— C'est toi qui l'as tué ?

— Non ! s'écria-t-il du fond du cœur. Comment peux-tu penser une chose pareille, Jennifer ?! Tu me connais, il me semble, non ? J'aimais Max, c'était mon ami avant d'être mon beau-frère. Du moins, c'est ce que croyais, ajouta-t-il, de la déception dans la voix.

— Tu ne me mens pas, n'est-ce pas ?

— Non, il faut que tu me croies, je ne l'ai pas tué. C'est Ophélie qui l'a fait, elle nous l'a avoué. Tu dois me croire.

— D'accord, je te crois, Vincent. Maintenant, tu peux venir. Il faut que cette histoire se termine enfin, dit-elle, comme soulagée.

§

Vincent fut déposé devant l'immeuble qui faisait l'angle de la rue Anatole France et de l'avenue Eugène Thomas au Kremlin-Bicêtre, par une voiture de police dans laquelle se trouvait également le capitaine Castillo et ses collègues Aymar et Galantini. Avant cela, Castillo lui donna ses dernières consignes et recommandations :

— Rappelez-vous que tout le pâté de maisons est cerné et que nous sommes prêts à intervenir à tout moment, si vous nous en donnez le signal, d'accord ?

— Oui, j'ai bien compris, capitaine.

— Le signal, vous vous souvenez ?

— Oui.

— Répétez-le.

— Coca, répéta Vincent.

— Bon, si vous sentez un danger quelconque, vous prononcez ce mot et dans les trente secondes les hommes du RAID sont dans l'appartement, c'est bon ?

— C'est bon, j'ai bien compris, capitaine. Mais si ma fille est dans l'appartement, votre intervention pourrait être dangereuse pour elle, vous ne croyez pas ?

— Si c'est le cas, ajoutez Cola à coca, je comprendrai et donnerai des instructions pour que le RAID prenne le maximum de précautions.

— Merci, capitaine.

— Le micro que vous portez va nous permettre d'enregistrer toute la conversation, ça fera des preuves pour vous disculper totalement, s'il en fallait encore pour la justice. Tâchez de lui faire dire tout ce quelle sait, c'est important, compris ?

— Compris.

Vincent, une fois descendu du véhicule, se présenta devant l'entrée d'un immeuble récent, de bon standing, qui faisait face à l'hôpital Bicêtre et donnait en partie sur la rue Anatole France. La porte vitrée était condamnée et il dut appeler Jennifer sur son portable pour qu'elle lui ouvre. Il traversa le hall d'entrée et prit un petit couloir de quelques mètres, sur sa gauche, qui le conduisit dans l'appartement qu'occupait Jennifer, au rez-de-chaussée. Elle se tenait dans l'encadrement de la porte, vêtue d'un pantalon en jean sur lequel tombait un débardeur noir. Elle avait les cheveux teints en blonds, tirés en arrière, qui soulignaient l'ovale de son visage. Elle avait les traits tirés et des poches sous ses yeux rougis. Le cœur de Vincent s'emballa dès qu'il croisa son regard. Il croyait ne plus rien ressentir pour elle, l'avait détestée pour tout le mal qu'elle lui avait fait et voilà qu'il se rendait compte qu'il l'aimait toujours avec la même force. Pourtant, il savait qu'il devait oublier cette femme, fut-elle la mère de son enfant, maintenant qu'il savait qu'elle était sa demi-sœur. D'y penser lui serrait le cœur.

— Entre, dit-elle avec une certaine froideur dans la voix.

Vincent franchit la porte de l'appartement. C'était un studio aux murs blancs crépis, avec un sol fait de dalles de linoléum gris clair. Après une petite entrée, une porte sur la gauche ouvrait sur une pièce assez spacieuse pour contenir un canapé lit, une table, quelques chaises, un meuble TV, un bureau et un ventilateur sur pied qui brassait l'air déjà chaud de la journée qui commençait. Sur la droite, dans un renfoncement, l'on trouvait une kitchenette aménagée. Sa déception fut grande de constater que Tara n'était pas là, avec sa mère.

— Assieds-toi, dit-elle, lui montrant le canapé en cuir noir.

Vincent s'installa sur le canapé. Jennifer se dirigea vers le petit réfrigérateur de la cuisinette, l'ouvrit et demanda :

— Une bière, du rosé, un coca ou un jus d'orange ?

— Bière, s'il te plaît. Où est Tara, je pensais la trouver ici avec toi ?

— Je l'ai mise à la garderie, à deux rues d'ici. Je voulais qu'elle ne soit pas là pour ces retrouvailles.

— Tu avais peur de quoi ?

— Je n'ai pas peur, Vincent. Je voulais juste que nous soyons tous les deux, seuls, pour parler de tout ça. C'est mieux comme ça, non ?

— Peut-être.

— Tu pourras la voir après. Je te l'ai dit, elle se trouve à la garderie, tout près d'ici.

— Et la chienne ?

— Lana ? Je l'ai mise dans un refuge.

— Pourquoi tu as fait ça ? dit-il, indigné.

— C'était pour la protéger. Ophélie voulait la tuer et balancer son cadavre devant le portail de la maison. Ça te va comme explication ?

Vincent ne répondit rien. Elle sortit deux bouteilles, les décapsula et en tendit une à Vincent. Il la regarda boire sa bière à la bouteille avec une certaine curiosité et un sourire amusé.

— Quoi ? dit-elle, voyant l'expression sur son visage.

— Rien, c'est la première fois que je te vois faire ça, c'est tout.

— Ah oui ? Et ben tu vois, je ne suis pas la gentille petite bourgeoise bien éduquée que tu croyais, voilà tout ! dit-elle avec un certain agacement.

— Je vois, en effet.

— Déçu ? demanda-t-elle sur un ton plus avenant.

— Je me rends compte simplement qu'en réalité, je ne te connaissais pas. Tu as joué un rôle depuis le soir où nous nous sommes rencontrés et je n'ai jamais connu la vraie Jenni... pardon, la vrai Offy.

— On joue tous un rôle dans la vie, tu ne crois pas ? Moi j'ai joué la gentille petite femme bien sous tous rapports, éduquée, tendre, s'occupant bien de sa maison, de son enfant et de son petit mari, c'est aussi simple. Combien de femmes font ça en fin de compte ?

— Je n'en sais rien, avoua Vincent, des quantités certainement.

— Et toi, tu ne jouais pas de rôle peut-être ?

— Moi ? Non, je ne jouais pas. Je t'aimais sincèrement, tendrement, passionnément. Tu étais la femme de ma vie. Pour moi, notre amour, notre complicité, nos goûts communs, notre entente sur tous les plans étaient réels. Je le pensais vraiment. J'ai déchanté depuis.

— J'en suis désolé pour toi.

Vincent but une gorgée de bière, se leva et marcha jusqu'à la large double fenêtre dont un store déroulant en occultait une moitié et un autre était à demi relevé, laissant entrer le soleil dans la pièce. Elle était entrouverte pour laisser entrer l'air extérieur. Il regarda la rue, les immeubles d'en face et les rares passants qui déambulaient. Il dit :

— Pourquoi as-tu fait tout ça ?

Après un silence qui dura, Offy se décida à répondre :

— Pour ma mère.

— Laquelle ? se demanda-t-il. La vraie, Anne Martinez, où l'autre, l'adoptive, Ophélie Delorme, ma tante ?

— Les deux en fait.

— Donc, pour toi aussi, tout ça est une affaire de vengeance personnelle, c'est bien ça ?

— Oui, c'est bien ça. Je voulais faire payer ta famille pour tout le mal que ton père nous a fait.

— Je te signale que mon père est aussi le tien. À ce propos, ça ne t'a pas dérangé de te taper ton frangin pendant presque trois ans ? demanda-t-il, du dégoût dans la voix.

Offy baissa les yeux. Elle ne semblait pas à l'aise. Vincent but encore une gorgée et ajouta :

— Et de lui donner un enfant ? Tu te rends compte que cette petite aurait pu avoir une malformation, une maladie incurable, voire une tare ! Ca ne t'a pas traversé l'esprit ?

— Si, mais c'est quelque chose qui ne nous dérangeait pas, dit-elle froidement, avec cynisme. C'est même quelque chose qui aurait contribué à faire souffrir les membres de ta famille.

— Tu te rends compte de ce que tu dis ? C'est abject !

— C'était notre état d'esprit à ce moment-là, se défendit-elle. Mais depuis que j'ai eu Tara, je remercie le ciel qu'il n'en ait pas été ainsi.

— Pourquoi ? Tu ne vas pas me dire que tu t'es attachée à cet enfant ? douta-t-il.

— C'est ma fille, autant que la tienne. Quand elle est née, je ne pensais pas pouvoir l'aimer, je dois bien l'admettre, mais quand j'ai tenu ce petit être si fragile dans mes bras, que ses grands yeux ont croisé mon regard, il s'est passé quelque chose. J'ai soudain compris que j'avais un enfant à moi, que ce n'était pas simplement l'enfant que je te donnais dans le but de vous faire souffrir, toi, ton père et les tiens, par la suite. J'ai tout de suite aimé Tara. Je l'aime tellement. J'ai peur de ce qui va m'arriver, Vincent, peur d'être séparée d'elle trop longtemps, de ne plus pouvoir être une mère pour elle et de la perdre à jamais.

— Tu es consciente que tu vas sans doute passer des années en prison après tout ce que tu as fait ?

— Oui, je le sais. Tout ça ne devait pas finir comme ça. Ce n'était pas ce que notre plan prévoyait.

— Ah non ? Et que prévoyait votre plan ?

— Tu devais finir en prison pour m'avoir assassinée, Tara ne devait jamais être retrouvée et ton père, notre père, précisa-t-elle, devait finir sa vie dans la souffrance et les remords, car à la fin, Ophélie devait lui apprendre que c'était à cause de ce qu'il avait fait jadis que tout ça était arrivé à sa famille. Nous aurions tenu notre vengeance. C'était ça le plan d'Ophélie.

— Mais ça ne s'est pas passé comme ça, n'est-ce pas ?

— Pas complètement en tout cas.

— Ophélie m'a raconté ce qui s'est passé, comment elle a mené les opérations, comment elle s'est adaptée à la situation quand toi et Max aviez décidé de simuler ton enlèvement pour soutirer la rançon à mes parents, à son insu et tout le reste aussi. Mais elle ne m'a pas dit toute la vérité, visiblement, car dans son récit, tu étais morte dans l'appartement de Marseille. Alors, dis-moi, que s'est-il réellement passé dans cet appartement ? Et qui était le cadavre que j'y ai vu et que les flics ont transporté à la morgue ?

— Je ne sais pas qui c'était. C'est Ophélie qui s'occupait de tout. Max et moi ne faisions qu'exécuter ses directives la plupart du temps, même si nous avons aussi participé à l'élaboration de notre plan.

— Elle m'a raconté qu'elle s'était cachée dans l'appartement à ton insu et qu'elle m'avait assommé et ensuite t'avait tuée à cause de cet enlèvement que vous aviez fait dans son dos. Étant donné que ce n'est pas le cas, soit elle m'a menti sur le fait qu'elle n'avait rien à voir avec l'enlèvement, soit elle ne t'en a pas tenu rigueur. C'est quoi la vérité ?

— La vérité, c'est que Max a eu l'idée de ce faux enlèvement pour soutirer une forte rançon à tes parents. Il voulait pouvoir fuir quelque part, loin de l'obsession permanente d'Ophélie. Il m'a avoué ne plus supporter tout ça. Ophélie nous a élevés, Max et moi, dans l'idée de l'accomplissement de cette vengeance. Toute notre vie a été rythmée par cet objectif à atteindre et nous avons été façonnés par elle dans ce but. Il était fatigué de tout ça.

— Et toi ?

— Moi ? J'aimais Ophélie et je ne voulais pas la laisser tomber, même si parfois j'avais des doutes sur ce que nous étions en train de faire, surtout depuis la naissance de Tara. Mais en fait, déjà avant j'avais commencé à en avoir et à me dire que ce n'était peut-être pas la solution, que de nous venger ne ramènerait pas ma mère et ne nous rendrait pas plus heureux. Bref, j'ai accepté la proposition de Max de tourner le film pour la demande de rançon avec Tara. Je l'ai aidé à monter le coup et il a trouvé des types, des petits malfrats, pour nous aider. Ce sont des types qu'il a connus dans le cadre de son métier d'avocat. Soit des clients à lui, soit des gars recommandés par des clients. Ophélie a eu vent de ce que nous avons fait. Elle était furieuse, car ça remettait en cause tout le plan. J'étais censée être morte et voilà que je réapparaissais dans une vidéo quelques jours plus tard ! Ça ne collait plus. Elle est venue me trouver et nous en avons parlé. Elle s'est mise à pleurer, en me disant que nous l'avions trahie, qu'elle ne s'en remettrait pas, que tout ce pour quoi elle avait œuvré durant toutes ces années s'écroulait et qu'elle ne pourrait plus tenir sa promesse envers ma vraie mère. Je lui ai dit que je l'aiderai à trouver une solution et que nous n'abandonnerions pas notre idée de vengeance. Le lendemain, elle est revenue avec un nouveau plan, plutôt une modification au plan initial, qui remettait tout dans l'ordre, presque par enchantement. Il n'y avait qu'un hic à ce plan, il fallait un véritable cadavre, qui me ressemble en plus, pour l'accomplir. Finalement, elle me dit qu'elle avait trouvé une solution : un type qui travaillait dans une morgue et qui pouvait nous fournir une morte qui correspondait aux besoins dès qu'une occasion se présenterait. Ce fut le cas au bout de quelques jours seulement. Ophélie n'avait plus qu'à te contacter de façon anonyme pour te donner mon adresse à Marseille et le tour était joué. Quand tu es arrivé, je t'ai conduit dans le piège. Tu as été assommé par l'un des truands qui travaillait pour nous, caché dans une autre pièce. Ensuite, nous avons mis le cadavre en place et t'avons injecté un calmant qui, une fois que tu serais réveillé, te laisserait vaseux juste assez pour que tu ne t'attardes pas sur les détails et que tu sois persuadé que c'était moi qui était allongée là, dans une mare de mon propre sang, qu'Ophélie m'avait prélevé un peu plus tôt dans la matinée.

— C'était bien vu, reconnut Vincent, mais pour les flics, comment avez-vous fait pour qu'ils soient persuadés eux aussi que c'était bien toi ?

— Pour eux, il était évident que le cadavre était celui de Jennifer Delorme. Tu étais dans l'appartement avec lui, tu étais couvert de sang et surtout, Ophélie s'est fait passer pour ta mère et est allée reconnaître le corps à la morgue de la police. Les flics marseillais n'ont pas cherché plus loin.

— Et s'ils l'avaient fait ? se demanda-t-il, curieux.

— Je ne sais pas. Notre plan serait tombé à l'eau sans doute. Mais avec des si….

— Mais j'y pense, Max dans tout ça ? Est-ce qu'il était au courant de ce que vous aviez manigancé ?

— Oui, bien sûr. Enfin, je suppose que oui, dit-elle avec soudain un doute dans l'esprit.

— Tu en es bien sûre ? douta Vincent.

Il ne comprenait pas pourquoi, dans ce cas, Max aurait voulu absolument voir Vincent, paniqué, pour lui faire des aveux. Il était persuadé que c'était la mort de Jennifer qui avait déclenché son coup de fil et son voyage à Rome pour venir lui parler.

— Est-ce qu'il a participé, de près ou de loin à l'élaboration de ce nouveau plan ? s'enquit-il.

— Je n'en sais rien. Nous n'avons pas eu de contact après avoir perçu la rançon. Nous devions être prudents car il se savait sur écoute et suivi par les flics. Pourquoi tu me demandes ça ? s'étonna-t-elle.

— Non, pour rien, dit Vincent, éludant la question.

— Tu m'as affirmé que tu n'étais pour rien dans la mort de Max, tu me le jures ?

— Je te l'ai dit, je n'y suis pour rien. C'est Ophélie qui l'a tué, je te le répète, elle nous l'a confirmé dans la conversation que nous avons eu avant qu'elle ne se fasse tuer par les forces de l'ordre.

— Elle nous a manipulés, Max et moi, songea-t-elle. Elle m'a fait croire que c'est toi qui l'avais tué. Mais pourquoi est-ce que Max est allé mourir à Rome ? se demanda-t-elle.

— Il m'a contacté après ton décès, l'air paniqué. Il m'a dit qu'il avait des choses à m'avouer. Je lui ai donné rendez-vous à Rome, dans un parking, qu'Ophélie m'avait indiqué.

— Tu as connu Ophélie ? dit-elle, tombant des nues.

— C'est compliqué. Elle s'est fait passer pour une touriste américaine sous un faux nom et m'a même aidé à

fuir les flics et m'a hébergé dans un appartement en plein
centre de la capitale italienne. C'était pour attirer Max dans
un piège, le tuer et me faire accuser du meurtre. Elle se
doutait que Max viendrait me trouver pour tout me raconter
et elle comptait dessus pour le piéger.

— Elle ne lui avait pas pardonné d'avoir organisé le
faux enlèvement, comprit-elle alors. Elle a tout fait pour
que je te haïsse en te mettant le meurtre de mon frère sur le
dos... et je dois bien avouer que je l'ai crue, comme
toujours. Je t'ai haï et je n'ai eu qu'une envie, te tuer. Elle
m'en a dissuadé, ce n'est pas ce qu'elle voulait pour toi.
Après ça, j'ai dû quitter Marseille avec Tara. Nous sommes
venus ici, en attendant que tout soit fini, pour pouvoir
ensuite retourner dans mon pays.

— Tu avais l'intention de retourner à Boston ?

— Pas à Boston, non, à New York. C'est là-bas que
j'avais ma vie, dit-elle avec un certain regret. J'avais mon
cabinet de psy et je gagnais bien ma vie. Et puis, j'ai mes
amis aussi, que j'ai quittés à regret lorsque nous sommes
venus en France pour... enfin, tu sais bien, ajouta-t-elle,
gênée.

— Oui, malheureusement, dit-il, désenchanté.

— Tu sais, je regrette d'avoir fait tout ça,
maintenant. Je me rends compte à quel point Ophélie nous
a manipulés et formatés, Max et moi durant tout le temps
que nous avons passé auprès d'elle. Elle nous a
programmés pour que nous vous haïssions, toi, ta sœur, ta
mère, ton père et l'ensemble de la famille Delorme. Nous
n'avons pas vraiment eu le choix, tu sais, nous vous avons
voué une telle haine durant toutes ces années.

— Je sais, j'ai vu à quel point Ophélie était manipulatrice, jusqu'au bout. On voyait transpirer cette haine par tous les pores de sa peau. Elle était malade, ça se sentait. Toi et Max ne pouviez pas le voir, comme Olivier, Maeva et moi l'avons vu, car vous l'aviez toujours connue ainsi, je pense et que son comportement était pour vous la norme.

— Je ne sais pas, avoua-t-elle. J'ai tellement mal de me rendre compte à quel point nos vies ont été détruites par cette femme qui disait nous aimer comme ses propres enfants et qui, en réalité, nous utilisait pour assouvir sa soif de vengeance. C'est dur, tu sais.

Une grande tristesse se lisait dans les yeux magnifiques de la jeune femme. Elle semblait totalement désemparée. Son monde s'était écroulé et elle avait perdu tous ses repères, construits artificiellement par sa mère de substitution. Des larmes emplirent ses beaux yeux et coulèrent le long de ses joues, jusqu'à la commissure de ses lèvres roses. Elle fondit en larmes. Vincent se précipita vers elle, la prit dans ses bras, la serra contre lui et lui caressa les cheveux, doucement, tendrement, sans un mot. Elle se blottit au creux de son épaule et continua de pleurer.

Elle finit par se calmer et reprendre ses esprits. Vincent relâcha son étreinte. Elle se recula assez pour le regarder. Il prit un mouchoir dans une poche et lui essuya les larmes délicatement. Il se mourait toujours d'amour pour elle, comme au premier jour. Il luttait contre ce sentiment, sachant devoir se résigner à ne plus considérer cette femme comme son épouse, mais comme sa sœur désormais et ça lui faisait si mal ! Il vit dans le regard intense d'Offy cette lueur d'amour et de désir qu'il lui connaissait lorsqu'ils étaient amants et se donnaient l'un à l'autre. Sa bouche s'entrouvrait, son souffle s'accélérait, sa poitrine se gonflait. Elle lui caressa la nuque doucement tout en l'attirant vers elle. Il sentit ce même sentiment l'animer, grandir en lui, provoquant cette chimie intérieure qui attirait inéluctablement les corps vers l'étreinte. Il se laissa envahir par cette douce sensation d'abandon au plaisir et sentit le goût fruité de ses lèvres qui se collaient aux siennes. Il se ressaisit brutalement, la repoussa, se recula et lui dit :

— Non, on ne peut plus faire ça ! Jenny, tu le sais bien. Et puis, tu n'es pas libre non ?

— Comment ça ? Que veux-tu dire ? demanda-t-elle, étonnée par la question.

— Ta copine, Marie Delagrange, t'a vue à Marseille en compagnie d'un homme. Elle m'a dit que vous alliez bras dessus bras dessous et que vous sembliez très amoureux. Dis-moi que ce n'est pas vrai, peut-être ? dit-il, de l'amertume dans la voix. Remarque, maintenant que je sais que tu es ma sœur, je comprends que tu sois avec un autre. De toute façon, nous deux, ça ne sera jamais plus possible, non ?

— Qu'est-ce que c'est que cette histoire ? dit-elle, tombant des nues. Je n'ai jamais été avec quelqu'un à Marseille. Elle t'a raconté des bobards cette salope !

— Ah bon, et pourquoi aurait-elle fait ça ?

— Mon pauvre, tu ne voyais donc rien ? dit-elle, ricanant.

— Voir quoi ?

— Marie était folle de toi. Elle n'attendait qu'une occasion de me faire du tort et se faire valoir auprès de toi, c'est tout.

— Vraiment ?

— Oh ! Tu m'énerves ! dit-elle, agacée.

Elle s'éloigna, furieuse contre Marie Delagrange, contre Ophélie, contre elle-même, contre cette vie factice qu'elle avait bâtie avec Vincent. Elle l'aimait. C'était la seule chose dont elle était encore sûre aujourd'hui. Mais voilà que la vie leur jouait encore un mauvais tour pour les séparer à jamais. Elle avait accepté d'épouser son propre frère, n'en ayant rien à faire alors, persuadée qu'elle agissait dans l'intérêt suprême de ses deux mères, de Max et d'elle-même, mais voilà qu'aujourd'hui elle allait le payer de la pire des façons : privée de l'amour de la seule personne qui comptait vraiment dans sa vie, hormis sa fille et dont elle avait fini par tomber follement amoureuse en vivant à ses côtés. C'était sans doute le prix à payer pour tout le mal qu'elle avait fait autour d'elle. Elle avait accompli le plan d'Ophélie Delorme jusqu'au bout, mais était malheureuse à l'idée de faire du mal à Vincent. Elle avait été tiraillée entre l'amour qu'elle éprouvait pour lui et le serment qu'elle avait fait à ses deux mamans de les venger. Le désespoir s'empara d'elle, la laissant avec un vide incommensurable dans le cœur. Et puis, comme dans un sursaut de son esprit, elle repensa à la lettre. Cette lettre qu'elle avait reçue quelques jours plus tôt et qu'elle n'avait osé ouvrir, la laissant croupir dans un tiroir du bureau. Et si ? se dit-elle, se raccrochant à un espoir fou. Elle regarda Vincent, lui décocha un sourire ému, alla jusqu'au bureau, ouvrit le fameux tiroir et en sortit la lettre. Elle vint jusqu'à lui et lui tendit l'enveloppe :

— Tiens, je l'ai reçue la semaine dernière, mais je n'ai pas osé l'ouvrir, de peur de ce que j'allais découvrir. Ouvre là, toi.

— Qu'est-ce que c'est ? demanda-t-il, intrigué.

— J'ai fait faire des tests ADN pour savoir si nous sommes vraiment de la même famille : toi, moi et Max. J'ai eu le temps de réfléchir et je me suis dit que si Ophélie nous avait menti sur tout le reste, elle avait très bien pu le faire sur ça aussi. Je ne suis peut-être pas la fille d'Olivier, après tout et Max n'était peut-être pas mon frère, qui sait.

Vincent regarda l'enveloppe. Elle provenait d'un laboratoire en Belgique. Il hésita à l'ouvrir, sentit son cœur s'accélérer, l'espoir grandir en lui, un peu fou. Et si ? songea-t-il à son tour. Il se décida à ouvrir l'enveloppe et, avant d'en sortir le courrier, regarda Offy dans le fond des yeux. Elle acquiesça d'un mouvement de tête. Il sortit les deux feuilles de l'enveloppe, les déplia et lut, dans le silence. Offy guettait le moindre signe, le moindre mouvement des muscles de son visage, dans l'espoir d'y voir un signe positif, mais rien ne trahit le contenu du courrier. Vincent jeta un œil rapide à la seconde feuille de papier, puis il replia les deux ensemble et il posa le tout sur le bureau, avant de prendre les deux mains d'Offy, pour lui annoncer le résultat de façon solennelle.

— Alors ? demanda-t-elle, n'y tenant plus, le cœur sur le point d'exploser.

— C'est curieux, constata Vincent.

— Quoi ? Qu'est-ce qui est curieux ? demanda-t-elle, fébrile.

— Le test concernant ta fratrie avec Max conclue…

— Quoi ? Parles ! s'impatienta-t-elle.

Vincent regarda la seconde feuille et ajouta :

— C'est bien ça, Max et toi êtes bien frère et sœur.

— C'est déjà ça, dit-elle, soulagée.

— Mais curieusement, le test précise que vous avez la même mère, mais aussi le même… père !

— Quoi ? dit-elle, tombant des nues. C'est impossible ! Max est plus vieux que moi d'au moins cinq ans ! On ne peut pas être jumeaux.

— Il ne n'agit pas de gémellité, non. Vous êtes frères, pas jumeaux, dit-il, troublé.

— Mais alors, ça veut dire que ton père, notre père, a eu une aventure avec ma mère cinq ans avant qu'elle se fasse violer par lui ? comment est-ce possible ? Je n'y comprend plus rien.

— Tu n'y es pas du tout, dit-il, retrouvant soudain le sourire.

— Comment ça ?

Offy réalisa la raison de ce sourire radieux qui illumina alors le visage de Vincent et elle comprit qu'Olivier n'était pas le père de Max et par conséquent, pas son père non plus. Anne, sa mère, avait sans doute menti à Ophélie sur cette paternité parce qu'elle avait eu une aventure avec son ex mari, le père de Max, alors qu'elles vivaient ensemble. Anne aimait Ophélie, mais aimait aussi les hommes. Elle n'était pas cent pour cent lesbienne et continuait à avoir, en cachette, une liaison avec cet homme.

Offy et Vincent s'enlacèrent, s'embrassèrent, se caressèrent et s'embrassèrent encore. Leur amour pourrait continuer d'exister autant qu'il durerait. La vie venait enfin de faire un cadeau à Ophélie Junior.

§

Vincent longea les cages grillagées qui enfermaient chacune plusieurs chiens, de toutes races, de toutes tailles, qui avaient tous en commun, d'avoir les yeux tristes du sort que leurs maîtres insensibles et indélicats leur avaient fait subir en les abandonnant, alors qu'ils n'avaient à leur donner que leur amour inconditionnel et total.

La directrice du refuge précédait Vincent. Elle s'arrêta devant une cage et la lui montra. Vincent avait déjà repéré les deux grands yeux marron éperdus d'amour que prolongeait un museau noir aux poils grisonnants sous la mâchoire. Des cris et des pleurs de joie, une longue complainte pour raconter à quel point il lui avait manqué et des léchouilles à n'en plus finir accueillirent le maître qui ne l'avait pas oublié, qui, après une si longue séparation, venait la chercher, enfin !

— Viens, ma Lana, viens faire câlin à Papa.

Lana remuait la queue et s'agitait en tous sens. La chienne, qui avait plus de dix ans, était celle de Vincent. Il l'avait recueillie dans un refuge, alors qu'elle n'avait que quelques mois et était pour lui un membre de la famille à part entière. Quand Jennifer était venue partager sa vie, elle n'avait pas eu d'autres choix que d'accepter ce membre qui ferait partie de sa vie désormais. Quand Tara était arrivée, Vincent n'avait rien changé dans son comportement avec Lana. Elle faisait partie de sa vie et son amour pour elle était aussi fort que l'amour qu'il pouvait éprouver pour une personne. Lana laissa son maître pour se précipiter vers Tara et lui faire les mêmes joies appuyées. La petite fille riait tant et plus, enlaçait de ses petits bras son cou et lui faisait des bisous sur la truffe humide et froide.

Vincent les regardait toutes les deux. Il savourait ce moment où enfin il avait retrouvé sa famille. Son cœur était empli à moitié de joie et à moitié de tristesse. Jennifer n'était pas là pour partager ce moment de bonheur. Il avait engagé les meilleurs avocats de France pour assurer sa défense et espérait qu'elle serait très vite de retour à la maison, car après tout, elle n'avait tué personne et était elle-même la victime d'Ophélie, ce que les avocats ne manqueraient pas de faire valoir auprès des juges.

— Allez, vous venez les filles, dit-il, on rentre à la maison.

Fin